Andreas Gruber

CODE GENESIS

Sie werden dich verraten

Andreas Gruber

Code Genesis

Sie werden dich verraten

cbj

Bei diesem Buch wurden die durch das verwendete Material und die Produktion entstandenen CO^2-Emissionen ausgeglichen, indem der cbj-Verlag ein Projekt zur Aufforstung in Brasilien unterstützt.
Weitere Informationen zu dem Projekt unter:
www.ClimatePartner.com/14044-1912-1001

MIX
Papier aus verantwortungsvollen Quellen
FSC® C083411

Wir produzieren Klimaneutral
ClimatePartner.com/14044-1912-1002
Druckprodukt

Verlagsgruppe Random House
FSC® N001967

1. Auflage 2020

Umschlaggestaltung und Artwork: Isabelle Hirtz
Umschlagmotiv: Isabelle Hirtz
Karte und U-Boot-Plan: © 2020 Melanie Korte
TP · Herstellung: BO
Satz: Buch-Werkstatt GmbH, Bad Aibling
Druck: CPI books GmbH, Leck
ISBN 978-3-570-16537-9
Printed in the Czech Republic

www.cbj-verlag.de
Dieses Buch ist auch als E-Book erhältlich

für Simone,
zur Erinnerung an eine Kindheit
voller Abenteuer und spannender Bücher

»Gegen einen Feind gibt es kein besseres Gegenmittel als einen zweiten Feind.«

Friedrich Nietzsche

PROLOG – ZEHN JAHRE ZUVOR …

Der Hafen von Miami an der Südspitze Floridas lag im Morgengrauen. Möwen kreisten über den Fischkuttern. Soeben kletterte die Sonne über den Horizont, vertrieb die Nebelschleier und brachte das Meer zum Glitzern. Weit draußen hörte man das Horn eines Containerschiffs.

Johann trug wie immer feste schwarze Schuhe, eine schwarze Hose mit breiter Gürtelschnalle und ein schwarzes Rippshirt. Er trat aus dem Schatten einer Palme und ging rasch an der betonierten Mole entlang. Es roch nach Muscheln und Algen, und die Jachten und Segelboote schaukelten auf dem Wasser, aneinandergereiht wie Perlen auf einer Schnur.

Ohne sich umzudrehen, spürte Johann die Anwesenheit der beiden Männer, die ihn auch an diesem Morgen wieder verfolgten. Genau genommen waren die Typen zum ersten Mal vor einigen Tagen in Miami aufgekreuzt, just zu dem Zeitpunkt, als Amanda West die Stadt im Morgengrauen verlassen hatte. Einer dieser Mistkerle war Finn, und der legte gerne auch eine härtere Gangart ein, wenn er etwas haben wollte. Und das konnte nur die Formel sein, die Amanda kürzlich entdeckt hatte.

Wenn alles so lief, wie Amanda es mit Johann besprochen hatte, würde er sie an diesem Morgen wiedersehen – und zwar zum letzten Mal für eine sehr lange Zeit. In den Tagen davor war sie ständig unterwegs gewesen und hatte ihre Vorbereitungen getroffen – zuerst auf Wreck Island, danach in Schottland und jetzt hier. In dieser Zeit war er mit Amandas vierjähriger Tochter Terry in Miami geblieben und hatte sich um die Kleine gekümmert.

Amanda hatte den heutigen Tag nicht zufällig für ihre große Inszenierung ausgewählt. Ihr Bruder, Dr. Simon West, hatte gestern mit der Kopernikus in Miami angelegt. Das U-Boot lag in der Hafenbucht und Terry hatte mit Charlie, ihrem Frettchen, an Bord übernachtet. Die Kleine fand es abenteuerlich unter Deck, auch wenn sie sich oft mit Simons Sohn Ethan zankte, der drei Jahre älter und ein besserwisserischer kleiner Nerd war. Bereits mit sieben Jahren las er Bücher über Elektronik, auch wenn er bestimmt nur die Hälfte davon verstand.

Johann lief an einer Reihe von Buden vorbei, die alle noch geschlossen waren. In der Vorsaison kamen keine Touristen, die ein Ausflugsboot mit Glasboden mieten wollten. Stattdessen herrschte im Hafen das übliche Treiben, soeben wurden die Frachtschiffe ausgeladen. Eine Handvoll Männer in blauen Latzhosen brachte mit Gabelstaplern einige Lattenboxen von Bord, die zum Zoll mussten. Nicht weit von ihnen, im Schatten einer Palme, entdeckte Johann eine junge, attraktive Frau, die so gar nicht zu den Hafenarbeitern passte.

Johanns Herz schlug schneller. *Sie hat es also geschafft!*

Pünktlich, wie vereinbart, stand sie neben dem letzten Kiosk und blickte aufs Meer. Für eine berühmte Meeresbiologin war sie noch verdammt jung – gerade mal dreißig. Und auch ihre legere Kleidung hätte nicht vermuten lassen, dass sie eine renommierte Wissenschaftlerin war: ausgefranste, knappe Shorts, die ihre braun gebrannten Beine zeigten, Turnschuhe, ein eng anliegendes schwarzes T-Shirt, ein gelber Schal. Im Ausschnitt ihres T-Shirts steckte eine blaue Spiegelsonnenbrille.

Heute trug sie ihre schwarze Mähne zu einem Zopf geflochten. Wind und Salzwasser hatten die restlichen Haare zerzaust und zu widerspenstigen Strähnen erstarren lassen. Wenn sie sich nicht in ihr geheimes Kellerlabor verkrümelte, betrieb Amanda ihre Forschungen meist auf See oder auf Inseln. In dieser Hinsicht war sie so genauso abenteuerlustig wie ihr Bruder. Das mussten die Gene sein.

Johann stellte sich neben Amanda und sah ebenfalls aufs Meer.

Sie rührte sich nicht. »Guten Morgen.«

»Ist es heute so weit?«, fragte Johann heiser.

Amanda nickte. »Ja.« Ihre Stimme klang bedrückt.

»Ich werde verfolgt«, sagte er.

»Ich auch.«

»Einer der Männer ist Finn.«

»Sehr gut, schließlich brauchen wir Zeugen für das, was jetzt kommt.«

»Und das Serum?«, fragte Johann besorgt.

»Meine Verfolger haben gesehen, dass ich die letzte Probe des Elixiers bei mir habe, alles andere ist bereits vernichtet.« Amanda zog ein blaues Fläschchen aus der Hosentasche und steckte es rasch wieder ein. Sie schielte zu den beiden Männern, die Johann verfolgt hatten, und danach zur anderen Seite, wo sich ebenfalls zwei Männer zügig näherten. »Der Jetski?«, wollte sie wissen.

»Liegt vorbereitet an der Mole. Schwarz mit einem gelben Blitz. Schlüssel steckt.«

»Vollgetankt?«

»Ja.«

»Und der Rest?«

»Ich war gestern Nacht mit dem Boot draußen. Es ist alles bereit.«

»Bei der roten Boje?«

Johann nickte. Gerne hätte er das Kommende verhindert, aber es gab keinen anderen Ausweg. Plötzlich spürte er, wie seine Augen feucht wurden. *Verflucht – er und heulen?* Das hatte es noch nie gegeben. »Es war mir eine Ehre, ein Leben lang an deiner Seite …«, presste er hervor.

»Schon gut – und danke«, unterbrach Amanda ihn. Für einen Moment berührte ihre Hand die seine. »Schwöre, dass du nie jemandem unser Geheimnis verraten wirst.«

»Bei der Ehre meiner Vorfahren.«

Für einen Augenblick schmunzelte Amanda. »Von Clausewitz, alter deutscher Adel, nicht wahr?«

Johann presste die Lippen aufeinander und nickte.

»Gib gut auf Terry acht.«

»Selbstverständlich.« *Und auf Charlie*, fügte er in Gedanken hinzu.

»Und versprich mir noch eines, Johann: Terry darf nie erfahren, wer ihr Vater ist.«

»Natürlich.« Johann nickte. *Das wäre fatal.*

Amanda setzte sich die Sonnenbrille auf, vermutlich damit er nicht sah, dass auch sie mit den Tränen kämpfte. Welche Mutter trennte sich schon gern für den Rest ihres Lebens von ihrer einzigen Tochter?

»Leb wohl.« Ohne sich umzusehen, setzte sie sich in Bewegung und hielt mit schnellen Schritten auf den Bootsverleih zu.

Johann sah ihr nach, bis sie auf dem Steg die Jetskis erreichte, die auf dem Wasser auf und ab tanzten, dann wandte er sich ab und ging in die entgegengesetzte Richtung. Keine zehn Pferde hätte ihn dazu gebracht, dabei zuzusehen, was als Nächstes kam.

Amanda lief über die Bretter zu den Jetskis am Ende des Holzstegs.

Denk nicht darüber nach! Zieh es einfach durch! Es wird schon klappen.

Ein Frachtkahn fuhr in den Hafen ein, gefolgt von einem Containerschiff, durch dessen dumpfes Warnsignal die Möwen hochschreckten. Amanda war klar, dass Finn und die anderen drei Männer im Hafen, die Johann und sie verfolgt hatten, den Schiffen keine Aufmerksamkeit widmen, sondern jeden ihrer Schritte mit Argusaugen beobachten würden.

Das schwarze Gefährt mit dem gelben Blitz war das letzte in der Reihe. Der Schlüssel steckte tatsächlich. Sie machte die Leine los, sprang auf das Gerät und startete den Motor. Das Wasser wurde angesogen und spritzte hinter ihr in einer Fontäne über die Wellen.

Als sie mit dem Jetski wendete, sah sie, dass die Männer ihren Schritt beschleunigt hatten und bereits über den Steg zu den anderen Jetskis rannten. Allen voran Finn, dieser Bastard. Bestimmt würde er ein Gefährt kurzschließen und sie verfolgen.

Mach nur!

Er war hinter dem blauen Fläschchen her. Amanda gab

Gas. Schon bald hatte sie auf dreißig Meilen pro Stunde beschleunigt. Schneller ging die Kiste nicht, aber das spielte keine Rolle. Im Zickzackkurs fuhr sie zwischen den im Hafen ankernden Yachten und Segelbooten hindurch. Der Fahrtwind wirbelte ihre Strähnen durcheinander und beinahe hätte es ihr die Sonnenbrille von der Nase gerissen.

Sie hielt auf die Hafenmündung zu, hinter der das offene Meer lag. Ein Fischerboot kam ihr entgegen, das gerade heimkehrte. Nachdem sie es passiert hatte, lagen jetzt nur noch der gewaltige Frachtkahn und das seitlich dahinter liegende Containerschiff vor ihr. Der Frachter hieß *Neptun* – der römische Gott des Meeres – das Containerschiff *Poseidon*, wie der griechische Gott des Meeres. *Wie passend!* Dazwischen sah sie die leuchtend rote Boje auf den Wellen auf und ab tanzen: ihr Ziel. *Der Augenblick kann gar nicht günstiger sein.* Am besten, sie fuhr zwischen den beiden Kähnen hindurch.

Amanda blickte sich einen Moment lang um. Finn und ein anderer Mann verfolgten sie auf jeweils einem Jetski und sie kamen verdammt rasch näher. *Zu rasch!* Johann hatte ihr offenbar die lahmste Ente in ganz Miami organisiert.

Als Amanda wieder nach vorne blickte, schnellte ihr Puls nach oben. Sie raste gerade direkt auf die gigantische rostige Seitenwand der *Neptun* zu. Hastig entfernte Amanda die Ölleitung an der Seite des Jetskis. Durch den Sprung über die Wellen spritzte die Flüssigkeit heraus. *Jetzt!* Sie tat so, als wäre sie dem Frachter unabsichtlich zu nahe gekommen, riss den Lenker herum und sprang mit dem Jetski quer über die Wellen.

Verflucht, das war knapp! Übertreib es nicht, sonst gehst du wirklich drauf!

Im nächsten Moment geriet sie in das Fahrwasser der

Neptun. Von der *Poseidon* ertönte ein lang gezogenes Hupen. Amanda reagierte so, als ließe sich der Jetski nicht mehr unter Kontrolle bringen. Das Gefährt hüpfte mit Höchstgeschwindigkeit über die Wellen, sodass der Propeller aus dem Wasser geriet und laut aufheulte.

Dann waren die beiden Männer auf ihren Geräten bereits dicht hinter ihr und wollten sie von links und rechts in die Zange nehmen. *Finn will mich tatsächlich abdrängen.* Amanda konnte nicht mehr ausweichen. *Perfekt!*

Das Horn der *Poseidon* tönte wie verrückt.

Amanda schraubte nun auch den Tankdeckel herunter, sodass der Benzindampf entwich. Sie hielt auf den Bug der *Poseidon* zu. Kurz bevor der Jetski gegen den vernarbten Schiffsrumpf knallte und das Metall Funken schlagen würde, sprang Amanda vom Sitz und stürzte ins Meer. Aus dem Augenwinkel sah sie noch, wie der Jetski in einer lodernden Feuersäule explodierte. Die Druckwelle erfasste sie und drückte sie unter Wasser.

Im nächsten Moment schluckte sie unabsichtlich einen Schwall Salzwasser und wurde nach unten gezogen. Sie spürte, wie sich Kleidung und Turnschuhe augenblicklich vollsogen. Aber statt mit einer kräftigen Tempobewegung nach oben zu schwimmen, nutzte sie den Schwung und tauchte noch tiefer hinunter.

Zwei Meter, drei Meter.

Sie hielt sich die Nase zu, schluckte, glich damit den Druck aus und kämpfte gegen den Sog der Schiffsschraube an.

Mit weiteren raschen Beinstößen erreichte sie den Meeresboden. In knapp sechs Metern Tiefe war es bereits ziemlich dunkel. Fasziniert beobachtete sie, wie die Meeresoberfläche über ihr brannte. Ein orangefarbener Teppich aus Öl und Benzin breitete sich auf den Wellen aus. Einige Meter von ihr entfernt sank der Jetski, einem dunklen Schatten gleich, auf den Meeresgrund.

Nun spürte sie, dass die Luft langsam knapp wurde. Wo war das Stahlseil mit der roten Boje? Instinktiv tauchte sie in Richtung offenes Meer. Und dann sah sie den erlösenden Schatten vor sich. Die Leine, an deren oberen Ende die Boje auf dem Wasser tanzte, endete an einem auf dem Grund einbetonierten Haken. Daneben blinkte ein rotes Licht. *Die Pressluftflasche!* Mit letzter Kraft tauchte Amanda hin, schnappte sich das Mundstück und inhalierte gierig. Länger hätte sie die Luft nicht mehr anhalten können. Es tat gut zu spüren, wie ihre Lunge sich wieder mit Sauerstoff füllte. Luftblasen sprudelten nach oben.

Als Nächstes schlüpfte sie in die Weste und zurrte die Pressluftflasche auf ihrem Rücken fest. Dann öffnete sie den Seesack, der an dem Haken hing, und entnahm Taucherbrille, Schnorchel und Flossen. Johann hatte an alles gedacht.

Amanda streifte die Turnschuhe ab, die augenblicklich nach oben taumelten, und schlüpfte in die Flossen. Dann zog sie sich die Taucherbrille über und blies sie aus, indem sie die Luftblasen aus der Nase in die Brille sprudeln ließ. Jetzt hatte sie statt eines verschwommenen Blicks perfekte Sicht.

Eine Sache fehlte noch. Sie holte das Fläschchen mit der blauen Flüssigkeit aus der Hosentasche, schraubte den Deckel ab und ließ den Inhalt ins Meer entweichen.

Ihre Verfolger hatten den Köder geschluckt, doch in Wahrheit hatte Amanda das Serum schon längst komplett vernichtet. Alles andere wäre zu riskant gewesen. In der Flasche befand sich nur Curaçao aus der Hausbar des Earls of Huntington. Ein blauer Likör, der sich jetzt rasch im Wasser auflöste.

Amanda würde sich die nächsten neunzig Minuten mit der Strömung entlang der Küste Richtung Biscayne Bay treiben lassen und da an Land gehen. Dort würde sie die Taucherausrüstung loswerden und im Jeep, den Johann schon vor zwei Tagen vorsorglich gemietet und für sie dort deponiert hatte, abhauen.

Aus Amanda West würde Samanta Dew werden. *Und zwar für immer!*

Nicht weit von der Explosion entfernt lag ein blitzblaues U-Boot im Wasser, das von gelben Markierungsbojen umgeben war. An Deck stand ein viereinhalbjähriges Mädchen barfuß und im Schlafanzug mit einem Teddybär im Arm. Es blickte entsetzt zum brennenden Wasser.

Ein junges rotbraunes Frettchen hüpfte über die mit Schweißnähten übersäte Außenhülle des U-Boots und sprang dem Mädchen quiekend auf die Schulter. Die Barthaare des Tieres zuckten aufgeregt im Wind, während sich die orangefarbenen Flammen der Explosion in seinen Pupillen spiegelten.

In den Augen des Mädchens bildeten sich Tränen.

Seine Lippen bewegten sich.

»Mama!«

1. TEIL

MID SOUTH VIEW

HEUTE ...

1. KAPITEL

Ich schrak aus einem Albtraum hoch. Mein Herz raste, ich schnappte nach Luft. Für einen Augenblick glaubte ich Charlie auf meiner Schulter sitzen zu spüren, doch dort war nichts.

Langsam verblassten die Traumbilder. Ich war viereinhalb gewesen, hatte an Deck der Kopernikus gestanden und gesehen, wie meine Mutter bei einer Explosion ums Leben gekommen war.

Der Traum war schrecklich real gewesen. Doch so sehr ich mir den Kopf zermarterte, ob ich das damals *wirklich* gesehen und im Lauf der Jahre nur verdrängt hatte oder nicht – ich wusste es nicht mehr. Das Videogespräch, das ich gestern in den Cinque Terre mit meiner Mutter geführt hatte, musste mich so aufgewühlt haben, dass die verdrängte Erinnerung wieder hochgekommen war.

Instinktiv hatte ich schon immer gewusst, dass die Frau, die an jenem Morgen bei der Explosion im Hafen von Miami angeblich ertrunken war, meine Mutter war. Man musste keine große Psychologin sein, um sich das alles zusammenzureimen.

Ich wollte zur Schulter greifen, ob Charlie vielleicht doch da saß. Aber ich konnte meine Arme nicht bewegen. Schlagartig war ich wach und wusste wieder, was gestern geschehen war. *Verdammt!* Ich saß auf einem harten Metallstuhl, der fest am Boden verschraubt war und meine Hände waren hinter meinem Rücken gefesselt. Mit je einer Handschelle an die Rückenlehne. Genauso wie meine Fußgelenke an die Stuhlbeine.

So hatte ich die Nacht verbracht. Wie eine Schwerverbrecherin in einem Hochsicherheitstrakt. Wer sich daraus befreien wollte, musste schon David Copperfield sein.

Mr. Finn und seine Auftraggeberin Valerie De Boes hatten Ethan und mich entführt und hierhergebracht – wo immer dieses *Hierher* auch war. Ich schätzte, dass der Helikopterflug etwa fünf Stunden gedauert hatte, die letzten vier davon musste ich mit einem kratzigen Jutesack über dem Kopf verbringen. Ich hatte keine Ahnung, in welche Richtung wir in dieser Zeit geflogen waren, daher wusste ich auch nicht, wo ich mich befand … oder theoretisch hätte befinden können. Jedenfalls waren wir verdammt schnell unterwegs gewesen.

Lange hatte ich immer wieder in Gedanken herumgerechnet – und dabei kam mir endlich einmal Johanns Mathematik- und Geografieunterricht zugute. Vier bis fünf Stunden Flug bedeuteten eine Strecke von etwa tausend bis tausendzweihundert Kilometern. Wenn man von den Cinque Terre aus einen Kreis mit diesem Radius zog, konnte man sowohl Hamburg als auch London, Madrid, Tunesien oder Rumänien erreichen. Praktisch fast ganz Europa. Und je mehr ich darüber nachdachte und meine Berechnungen überprüfte, umso größere Panik machte sich in mir breit.

Ethan und ich – falls er sich überhaupt noch in meiner

Nähe befand – waren wo auch immer, und Simon, Johann und Pierre würden uns niemals finden.

Der Raum, in dem ich gefangen gehalten wurde, war auch nicht gerade aufschlussreich. Ein kaltes, dunkles Zimmer. Metallwände, Metalldecke, grauer Metallboden, massive Eisentür. Eisenverstrebungen verstärkten die Wände, die mit rostigen Nieten übersät waren. Ein rundes Bullauge gab den Blick auf ein Stück hellblauen, etwas bewölkten Himmel frei. Das Pfeifen eines Sturms war zu hören. Anscheinend zog ein Gewitter auf.

Der Raum wirkte auf mich wie die Vorratskammer eines heruntergekommenen U-Boots, doch nichts deutete darauf hin, dass ich mich auf dem Wasser befand, kein Schaukeln, kein Wellenrauschen. Aber ich war auch nicht in einem Flugzeug. Es war zum Verrücktwerden.

Denk nach. Was weißt du noch?

Ich sah mich um. Es stank nach Maschinenöl und ich hörte ein mechanisches Wummern. Es klang wie das Stampfen mehrerer Kolben, aber dieser Ort bewegte sich nicht. Weder zu Wasser noch zu Lande oder in der Luft. Ich versuchte, Kopf und Oberkörper so weit wie möglich zu drehen, um zu sehen, was es noch in diesem Raum gab, als ich Metall auf Metall hörte. Die Tür wurde von außen entriegelt.

Finn trat ein. Ein Funkgerät hing an seinem Gürtel. Sein elegantes Äußeres wirkte deplatziert in dieser miesen Umgebung – schwarze Anzughose, blütenweißes Hemd, blank polierte Lackschuhe. Sein schäbiger Charakter passte allerdings durchaus in dieses Drecksloch.

»Ich muss aufs Klo«, sagte ich anstatt einer Begrüßung und merkte gleich, dass er übel gelaunt war.

»Später.« Er kam auf mich zu.

»Wo ist Ethan? Was haben Sie mit ihm gemacht?«

Keine Antwort.

»Wo bin ich?«, fragte ich weiter.

Eine Ohrfeige klatschte mir ins Gesicht. Meine Wange brannte.

»Ich habe keine Zeit für lange Erklärungen«, murrte Finn. Ungeduldig öffnete er den obersten Hemdknopf. Dann drehte er an den Manschettenknöpfen. »Wir haben die Fotos im Leuchtturm gefunden. Deine Mutter lebt also noch. Wo ist sie?«, wollte er wissen.

»Ich bezweifle, dass sie von Ihnen gefunden werden möchte.«

»Wo. Ist. Sie?«, wiederholte er stur.

»Leck mich«, entfuhr es mir, woraufhin ich die nächste Ohrfeige kassierte. Diesmal spürte ich Blut im Mund. Dem Schmerz nach hatte ich mir auf die Zunge gebissen. Ich musste mir abgewöhnen, freche Antworten zu geben, sonst würde ich diesen Tag nicht unbeschadet überstehen.

Finn sah mich an. Ich schluckte, presste die Lippen aufeinander. Die aufkommenden Tränen blinzelte ich weg und schwieg.

»Wie du willst.« Er griff in die Hosentasche und holte ein Gerät hervor, das ich bereits kannte. *Elektroschocker!* »Es liegt ganz bei dir, ob ich dieses Ding verwende oder nicht.«

Das kann ja heiter werden. Dieser Mistkerl will mich tatsächlich fertigmachen.

»Als ich in Miami im Haus meiner Mutter war, haben die Goians ihr Glück bereits bei mir versucht«, sagte ich verächtlich.

Finn drückte auf einen Knopf und ein blauer Lichtbogen zuckte zwischen den beiden Elektroden herum. Es zischte und knisterte, Funken flogen. Automatisch stellten sich mir die Nackenhaare auf. »Ich weiß«, sagte er. »Du bist ein tapferes Mädchen, darum gebe ich dir eine Chance. Ich erzähle *dir* etwas, dann erzählst *du mir* etwas.« Er zog einen Stuhl heran und setzte sich. Lässig fuchtelte er mit dem Elektroschocker vor meinem Gesicht herum.

»Ich dachte, Sie hätten keine Zeit für lange Erklärungen«, sagte ich.

Er grinste schäbig. Zu gern hätte ich ihn gegen das Schienbein getreten, wären meine Beine nicht gefesselt gewesen.

»Ich werde es zunächst mal auf die nette Tour versuchen … Den heben wir uns noch ein bisschen auf.« Er wedelte mit dem Taser. »Weißt du, ich habe immer schon vermutet, dass deine Mutter noch am Leben sein könnte. Ein zähes Luder wie sie gibt nicht so einfach den Löffel ab. Darum haben wir ihr Haus in Miami beobachtet, falls jemand kommen und sich dafür interessieren sollte. Oder Amanda gar eines Tages selbst dort auftauchen würde. Und als uns damals die Meldung erreichte, dass die Kopernikus im Hafen von Miami angelegt hat und die Kameras im Garten auch noch *dich* kleine Kröte zeigten, wie du munter auf das Grundstück zu spaziert bist, mussten wir rasch handeln und ein wenig improvisieren.«

Ich hörte schweigend zu. Nun wurde mir einiges klar. Das war der Grund, warum die Goians an diesem Tag so gehetzt gewirkt hatten, der Kühlschrank leer gewesen war und es nur Frühstück von einem Lieferservice gegeben hatte. Die fehlenden Puzzleteile setzten sich zusammen.

»Zum Glück musstest du ja deine Nase überall reinstecken und hast das geheime Labor deiner Mutter entdeckt.« Finns Stimme wurde wieder ernst. »Wo ist sie?«

Von mir erfährst du nichts, Arschloch! Und wenn es mich meine letzten Kraftreserven kostet. Da kannst du noch so viel drohen und zynische Sprüche klopfen.

Er sah mich mitleidig an. »Du solltest aufhören, auf hart zu machen. Wo ist deine Mutter?«

Ich schwieg.

Er stand auf, trat den Stuhl hinter sich weg, sodass er an die Wand flog, und drückte vor meiner Nase auf den Knopf des Elektroschockers.

»Sind Sie mein Vater?«, entfuhr es mir. Der Gedanke war mir in diesem Augenblick durch den Kopf geschossen.

Sein Augenlid zuckte. Er zögerte, ließ den Taser sinken. »Hat Amanda das behauptet?«

Ich schwieg. Er hatte nicht *deine Mutter* gesagt, sondern sie *Amanda* genannt. Das und seine Reaktion waren mir Antwort genug. *Dieses Monster hat mich also gezeugt! Verdammt! Ausgerechnet dieser Mistkerl! So ein Arsch!* Die Erkenntnis nahm mir fast den Atem.

»Ich frage mich, was damals in meine Mutter gefahren ist. Was hat sie bloß an Ihnen gefunden?« Ich starrte ihn giftig an.

»Oh!« Er zog die Augenbrauen hoch. »Zu deiner Information: Sie war bis über beide Ohren in mich verknallt!«

»Das bezweifle ich.«

»Schade, dass du keine Gelegenheit mehr haben wirst, sie danach zu fragen.«

»Meine Mutter hätte sich nie mit so einem miesen Charakter eingelassen«, rief ich.

Finn entfuhr ein überraschtes Grunzen. Das Problem war, dass er eigentlich ganz gut aussah. Womöglich hatte sich Mama davon blenden lassen? Allein der Gedanke verursachte mir Übelkeit.

»Es gab eine Zeit, da war sie wirklich in mich verliebt. Amanda war verdammt hübsch. Du siehst ihr übrigens ähnlich, auch wenn du helleres Haar und grüne Augen hast.«

»Da hört man richtig den stolzen Papa heraus«, ätzte ich.

»Ich habe deiner Mutter damals sogar versprochen, sie zu heiraten, nur um sie rumzukriegen.«

»Um an ihre Informationen ranzukommen!«, stellte ich richtig.

Finn nickte.

Und vermutlich war meine Mutter so blöd und ist darauf reingefallen.

»Aber leider hat sie das letztendlich durchschaut.« Finn hielt die Hand mit der langen Narbe hoch, an der zwei Finger fehlten. »Das habe ich deiner Mutter zu verdanken.«

»Wie ist das passiert?«

»Das geht dich nichts an!«

»Sind Sie ihr zu nahe gekommen und sie hat Ihnen die Finger abgebissen?«, fragte ich.

Er knirschte mit den Zähnen. »Und das hier stammt von ihrem Jetski, als er im Hafen vom Miami explodiert ist.« Er deutete auf sein Kinn.

Wenn man genau hinsah, konnte man unter dem Spitzbart eine Narbe erkennen. Als er wehmütig lächelte, sah ich kurz das Blitzen seines Goldzahns. Anscheinend hatte er dabei auch noch einen Zahn verloren. Ich ahnte, was er mit meiner Mutter anstellen würde, wenn er sie erst mal in die Finger kriegte. *Ein Grund mehr, den Mund zu halten!*

Schließlich deutete er auf seine Wange. »Und diese Narbe habe ich dir zu verdanken.«

Natürlich. Wreck Island! »Offenbar haben Sie sich mit den Falschen angelegt. Die Familie West ist zäh. Und hält zusammen wie Pech und Schwefel.«

Er lächelte. »Du bist wirklich tapfer.«

»Das habe ich bestimmt von meiner Mutter.«

»Mag sein. Aber lass uns doch mal sehen, *wie* gut du

wirklich bist.« Er drückte auf den Knopf des Elektroschockers, zögerte jedoch einen Moment. Kurz dachte ich, er würde es doch nicht wagen, aber dann presste er mir das Ding tatsächlich gegen die Schulter.

Ein elektrischer Schlag fuhr mir durch Mark und Bein. Ich hörte mich selbst schreien und spürte die Schmerzen von den Zehenspitzen bis zum Scheitel. Mit Mühe und Not konnte ich verhindern, dass ich mich anpinkelte.

Dieses Schwein!

Als er den Taser wegnahm, atmete ich erleichtert auf. Mein Herz raste. Beim nächsten Kontakt würde ich entweder ohnmächtig werden oder mir in die Hosen machen. Oder beides.

»Wo ist deine Mutter?«

Ich biss die Zähne zusammen. Um keinen Preis der Welt würde ich unseren Treffpunkt verraten.

»Wo hält sie ihre Formel versteckt?«

Ich presste die Lippen aufeinander.

»Wo genau warst du in Schottland? Und warum?«

Du kannst mich mal!

»Wohin ist die Kopernikus unterwegs?«

Leck mich!

»Wo hat dein Onkel die Pläne seines Kavitationsantriebs versteckt?«

Ach, daran bist du auch interessiert! Küss meinen Arsch!

Er wiederholte die letzte Frage.

»Im Grunde genommen wissen Sie ziemlich wenig«, sagte ich matt.

Drohend kam er mit dem Elektroschocker näher, doch er zögerte erneut. Vielleicht war es ihm doch nicht egal, dass ich sein eigen Fleisch und Blut war.

Schließlich seufzte er. »Wenn du weiter schweigst, werde

ich Ethan in diesen Raum zerren und ihn vor deinen Augen braten, bis seine Haare rauchen, hast du mich verstanden?«

Ja, verflucht! Bestimmt würde Finn das ohne mit der Wimper zu zucken durchziehen.

»Also?«, herrschte er mich an.

In diesem Moment knackte das Funkgerät an seinem Gürtel. Er riss es herunter. »Ja?«

»Mr. Finn?«, drang eine Frauenstimme aus dem Lautsprecher. »Valerie De Boes hat jetzt Zeit für Sie.«

»Ich komme, Sidney.« Er beendete das Gespräch und klemmte das Funkgerät an den Gürtel.

»Laufen Sie nur schnell, wenn *Mami* ruft!«, ätzte ich.

Er ließ den Elektroschocker in seiner Tasche verschwinden. »Was für ein verdammtes Glück du hast! Keine Sorge, ich komme gleich wieder!« Ohne ein weiteres Wort verließ er die Kammer.

2. KAPITEL

Durch die breite Glasfront von Valerie De Boes' Besprechungszimmer war der noch blaue Himmel zu erkennen, doch einige Gewitterwolken verdunkelten bereits den Horizont. Vor der Scheibe befand sich ein großer ovaler Tisch, an dem mehrere Personen saßen. Zahlreiche Handys, Mappen und Laptops lagen herum. Offenbar ging soeben eine große Besprechung zu Ende.

»Warum machst du so ein Gesicht?«, fragte Valerie, als Finn eintrat. »Hast du heute Morgen nur vierhundert Klimmzüge geschafft?«

Finn hasste diese Witze. Schweigend nickte er den Leuten im Raum zur Begrüßung knapp zu.

Valeries engste Vertraute waren hier versammelt: Ion Goian, der Überwachungsspezialist, der Amandas ehemaliges Haus in Miami observiert hatte. Dann der Wissenschaftler Giuseppe, der in Venedig als Signor Flavios Doppelgänger fungiert hatte. Neben ihm saß Xavier aus New York. Er war damals in die Rolle eines Portiers geschlüpft und hatte Ethans Mutter in ihrem Büro mit einem Füllfederhalter kaltblütig das Licht ausgeknipst. *Was für ein schräger und gefährlicher Typ*, dachte Finn. Außerdem saß auch noch Valeries Assistentin am Tisch, die ebenso kluge wie attraktive Sidney Stone, die Situationen schneller analysierte, als alle Anwesenden »Piep« sagen konnten.

»Und jetzt raus mit euch«, zischte Valerie gefährlich leise. Anscheinend war die Stimmung wieder mal am Brodeln. »Ich habe mit Finn etwas unter vier Augen zu besprechen.«

Rasch packten alle ihre Unterlagen zusammen und verschwanden der Reihe nach.

Nachdem die schwere Metalltür mit den Eisennieten zugefallen war, setzte sich Finn Valerie gegenüber ans andere Ende des Tisches. Die Klimaanlage über ihren Köpfen surrte. Irgendwo in den Tiefen des Bauwerks dröhnte das monotone Hämmern einer Turbine, die den Strom erzeugte.

»Spricht unser Häschen?«, fragte Valerie.

»Noch nicht, aber das ist nur eine Frage von wenigen Stunden.«

Valerie nickte. »Was hat die Durchsuchung von Amanda Wests Computer ergeben, den ihr im Leuchtturm gefunden habt?«

»Er war mit einem Passwort geschützt, aber wir haben es geknackt. Es lautete *Terry14*«, erklärte Finn.

»Wie einfallsreich!«

»Allerdings fanden wir rein gar nichts darauf. Amanda ist nicht dumm. Anscheinend hat sie damit gerechnet, dass wir eines Tages hinter ihr Geheimnis kommen und sie schnappen könnten.«

Valerie presste die Lippen aufeinander, ihr Unterkiefer mahlte.

Finn kannte diesen Gesichtsausdruck. »Aber dafür haben wir etwas auf Ethans Laptop gefunden«, sagte er rasch, bevor er sich wieder eine unflätige Bemerkung anhören musste.

Sie trommelte mit den Fingernägeln auf der Tischplatte. »Was kann dieser kleine Scheißer schon wissen?«

»Unterschätz ihn nicht«, entgegnete Finn. »Er programmiert die Flugroute der Drohnen, deren Patente Simon West weltweit verkauft hat.«

»Oh, wie spannend!« Unbeeindruckt rollte Valerie mit den Augen.

»Und dank einer Datei auf seinem Notebook kennen wir jetzt die genaue Type, Klasse, Baunummer und Motorblock-ID-Kennung von Simon Wests Unterseeboot«, knurrte Finn, der es hasste, wenn Valerie ihn wie einen drittklassigen Dienstboten behandelte. »Die Kopernikus ist ein ehemaliges U-Boot der SSK-Klasse der kanadischen Marine, mit dem Admiral Nathan West seinerzeit zur See gefahren ist und …«

»Finn!«, unterbrach Valerie ihn und beugte sich nach vorne. »Ich will keine geschichtliche Abhandlung über das Boot, ich will das *Boot*! Damit lässt sich viel Geld machen.«

»Die Kopernikus war ein Prototyp«, fuhr er unbeirrt fort. »Falls Simon West es uns nicht im Austausch gegen Terry aushändigen sollte, könnten wir mit der ID-Kennung im Archiv der Marine zumindest an die Baupläne rankommen. Und damit hätten wir die Unterlagen, auf deren Basis Simon West sowohl den Kavitationsantrieb als auch den Kalten-Fusions-Reaktor zum Laufen gebracht hat.« *So!* Und nun lehnte er sich zurück.

Valerie zog eine Augenbraue hoch. »Cleverer Junge!«, lobte sie ihn. »Ich werde meine Hacker gleich darauf ansetzen. In der Zwischenzeit …«, sie ließ ihre Fingerknöchel knacken, »… habe ich eine andere Aufgabe für dich.«

Das war klar. *Ein Problem gelöst, ein neues bereits vor der Tür!* »Bitte«, murrte er.

»Meine Vermutung, dass wir einen Spion im Konzern haben, der Benedict Thorn Informationen zukommen lässt, hat sich heute bestätigt.«

Finn nickte. Dem Milliardär Benedict Thorn gehörte die größte Pharmafirma weltweit, die Genetical Group. Seit vielen Jahren lieferten sich Biosyde und Genetical Group ein Wettrennen, wer als Erster Amanda Wests Formel knacken würde. Sie selbst standen kurz davor, umso dringender mussten sie den Spion eliminieren. Seit Wochen war Finn hinter dem Mistkerl her, bisher allerdings erfolglos. Jegliche Spuren waren geschickt verwischt worden.

»Und, wer ist es?«, fragte Finn.

»Langsam dachte ich mittlerweile tatsächlich, *du* wärst der Spion!«, antwortete Valerie mit einem sardonischen Lächeln.

»Sehr witzig.«

»Aber Ion Goian und seinen Technikern ist es gelungen, einen codierten Funkspruch an Benedict Thorn abzufangen und ihn zu entschlüsseln.«

Nun schob auch Finn sich nach vorne. »Und?«

»Wir wissen drei Dinge. Erstens, der Spion muss sich hier befinden, weil die Nachricht von hier gesendet worden ist.«

Finn sah sich um. »Hier auf Mid South View?«

Valerie nickte. »Genau, und zwar in unserer unmittelbaren Nähe. Zweitens, Thorn muss seinen Spion bereits vor Jahren in unsere Firma eingeschleust haben.«

Finn legte den Kopf schief. »Und drittens?«

Valerie griff nach einem Kugelschreiber. »Unser Spion ist eine Frau.« Mit einem nervösen Klicken ließ sie die Miene rein- und rausschnappen. »Außer mir sind im Moment fünf Frauen vor Ort – eine davon muss es sein.«

Finns Mund klappte auf. Insgeheim hatte er schon lange eine bestimmte Person in Verdacht – und dieser Verdacht bestätigte sich nun möglicherweise.

»Ion soll dir die Details des Funkspruchs zukommen lassen. Enttarne die Schlampe und mach sie unschädlich«, befahl Valerie. »Aber vorher bring unser Häschen zum Reden. Ich will wissen, wo Amanda West steckt. Ich brauche ihr Wissen und dieses verdammte Horn!« Valerie schloss die Hand zur Faust und brach den Kugelschreiber entzwei.

3. KAPITEL

Kaum hatte Finn den Raum verlassen, rasten mir die Ereignisse der letzten Tage durch den Kopf. Wir hatten mit Signor Flavio in Venedig und Milo Pakalidis auf Santorin gesprochen, die beide mit meiner Mutter befreundet gewesen waren und ihr bei ihrer Forschung geholfen hatten. Und schließlich hatten wir sogar den Earl of Huntington in seinem Schloss an der schottischen Steilküste ausfindig gemacht, an dem ich mit eigenen Augen sehen konnte, wie Mutters Serum wirkte – der Earl würde mindestens hundertfünfzig Jahre alt werden. Deshalb war es so wichtig, dass weder meine Mutter noch ihre Formel jemals in die falschen Hände gerieten.

Doch wie lange würde ich noch verheimlichen können, wann und wo ich mich mit ihr treffen wollte? Außerdem saß ich hier, gefesselt, und hatte nicht die geringste Chance, mich zu befreien.

Nicht die geringste?

Moment mal!

Da schoss mir eine Idee durch den Kopf.

Der Earl of Huntington!

Natürlich! Erst vor ein paar Tagen hatte ich die Tür zu seiner Bibliothek mit einer Stopfnadel und einer kleinen Nähnadel aus einer alten Nähmaschine geöffnet und dort schließlich den Geheimgang zu seinem Turmzimmer entdeckt. Johann hatte mir schon vor vielen Jahren gezeigt, wie man Schlösser knackte. Die Stopfnadel mit dem Blut des Earls hatte Simon an Bord der Kopernikus einer Untersuchung unterzogen – aber die Nähnadel besaß ich immer noch! Und zwar in meiner rechten Hosentasche. Mir wurde augenblicklich heiß.

Vielleicht schaffte ich es, an die Nadel zu kommen, bevor Finn wieder auftauchte. Ich versuchte, mich auf dem Stuhl zu winden, so weit es ging, um mit den Fingern irgendwie an meine Tasche zu gelangen. Die Handschellen schnitten mir ins Fleisch, mein Rücken schmerzte, aber ich ließ nicht locker. Mein verletzter Finger pochte. In den Cinque Terre hatte ich mir beim Versuch, die Kabelbinder mit einer Glasscherbe zu durchtrennen, eine tiefe Schnittverletzung zugefügt.

»Copperfield ist mein zweiter Vorname«, presste ich zwischen zusammengebissenen Zähnen hervor.

Endlich. Unter äußerster Anstrengung und indem ich mein Becken zurückschob, so weit es irgend ging, gelang es mir, mit den Fingerspitzen in die Hosentasche zu schlüpfen und die Innenseite des Stoffs abzutasten.

Keine Nadel!

Verdammt! Der Schock packte mich. Hatte Finn mich während meines Schlafs durchsucht? Falls ja, wie hätte er je diese winzige Nadel finden können? Der hatte doch keine Röntgenaugen!

Mensch, Terry, du Idiot!

Am liebsten hätte ich mich geohrfeigt. Die Nadel befand

sich in der linken Hosentasche! Also alles noch mal, nur seitenverkehrt. Weil ich links nicht so geschickt war wie rechts, dauerte es länger, doch nach einer Minute hielt ich die Nadel erfolgreich zwischen den Fingern.

Vom Herumstochern im Türschloss zur Bibliothek des Earls war sie bereits etwas verbogen. Dennoch gelang es mir, das Handgelenk so zu drehen, dass ich die Nadel in das Schloss der Handschelle stecken konnte.

Jetzt sachte! Das Ding durfte mir bloß nicht aus den Fingern rutschen. Ich erinnerte mich, was Johann mir über Schlösser beigebracht hatte. Im Prinzip funktionierte eine Handschelle wie ein Miniaturschloss. Ich schob die Nadel an der Schablone für den Schlüsselbart vorbei, bis sie griff, dann drückte ich den Riegel zur Seite.

Klick!

Die Fessel war offen und meine Hand frei. Ich nahm die Nadel zwischen die Zähne, schüttelte das Gelenk aus und wischte die schweißnasse Handfläche an meiner Hose ab. *Nur keine Panik jetzt!* Die zweite Handschelle ging schon deutlich schneller auf, und bei den beiden Fußfesseln war ich schon Meister. Hätte Johann mich sehen können, er wäre stolz auf mich gewesen.

Als ich die Nadel aus dem letzten Schloss herauszog, brach sie ab. *Egal!* Ich war frei und sprang auf. Zwar war ich noch etwas wackelig auf den Beinen, aber ich schüttelte die tauben Gliedmaßen aus, damit das Blut wieder normal zirkulieren konnte. Bei der Bewegung merkte ich auch wieder die schmerzende Stelle unter dem Schulterblatt, wo mich Finn in den Cinque Terre mit dem Gummigeschoss getroffen hatte. Dort war sicher ein mordsgroßer blauer Fleck, zumindest fühlte es sich so an.

Jetzt zur Tür. Ich drückte die schwere Klinke nieder, doch nichts rührte sich. Ich suchte nach einem Schloss, aber es gab keines. Mit einer abgebrochenen Nadel hätte ich es sowieso nicht aufbekommen.

Verdammt!

Anscheinend gab es auf der anderen Seite lediglich einen Riegel, der die Tür von außen fest verschlossen hielt. *Dann eben durchs Bullauge!* Ich stürzte zu der runden Fensteröffnung. Mittlerweile hatte sich der blaue Himmel deutlich verfinstert. Dunkle Wolken zogen am Horizont auf. Ein prächtiges Gewitter war im Anmarsch.

Ich suchte den Metallrahmen des Bullauges nach einem Schließmechanismus ab. *Nichts.* Das dicke Glas war nur von Nieten und Schweißnähten eingefasst.

Wie seltsam!

Dann fiel mein Blick durchs Fenster. Und da begriff ich, wo ich mich befand. Mir wurde schwindelig.

Ist das euer Ernst?

Ich musste mich an der Wand abstützen und presste die Nase ans Glas. Dreißig Meter oder noch tiefer unter mir tobte das weite Meer. Rings herum gab es bis zum Horizont nur Wasser. Kein einziger Landstrich in Sicht.

Verzweifelt drückte ich mein Gesicht noch fester ans Glas, um hinunterzuspähen. Der Anblick ließ mir das Blut in den Adern gefrieren. Da waren nur Metallstreben, Eisenrohre, Leitern, Plattformen … und ein riesiger Kolben, der auf und ab stampfte.

Ich befand mich mitten auf dem offenen Meer auf einer einsamen Ölbohrplattform.

4. KAPITEL

In seiner Kabine an Bord des U-Boots starrte Simon auf den Monitor seines Notebooks und wartete darauf, dass die Videoverbindung hergestellt wurde. *Mann, das dauert!* Nervös trommelte er mit den Fingern auf den Tisch.

Die Kopernikus lag im östlichen Mittelmeer in einer einsamen Bucht vor Anker und Simon hatte die Antenne voll ausgefahren. Bisher waren sie unentdeckt geblieben, aber das konnte sich jede Sekunde ändern. Nervös blickte er auf die untere Bildschirmleiste des Computers. *Verschlüsselungscode wird übertragen.* Die Anzeige zählte auf 100 Prozent hoch.

Sichere Leitung in fünf Sekunden … vier … drei … zwei … eins. Krypto-Code vollständig installiert.

»Na endlich«, murmelte Simon. Benedict Thorn war ein vorsichtiger Mann, der auf Nummer sicher ging, um nicht abgehört zu werden. Anscheinend war das in seiner Branche notwendig – andernfalls hätte er es nicht bis ganz nach oben geschafft.

Schließlich poppte ein Bild auf Simons Monitor auf. Die Auflösung war extrem hoch, die Aufnahme gestochen scharf. Ein Mann, etwa in Simons Alter, im weißen Poloshirt war zu sehen, braun gebrannt und mit einer Sonnenbrille in den blonden Haaren. Er saß in einem Büro. Hinter ihm an der Wand hingen Werbeplakate der *Benedict Thorn Genetical Group*. Thorn wirkte erstaunlich jung für einen Geschäftsführer eines so gewaltigen Unternehmens. Jedenfalls hätte Simon vermutet, dass er deutlich älter wäre.

»Guten Tag, Dr. West«, sagte Thorn. Seine Stimme klang angenehm tief und ruhig. Er drehte einen USB-Stick zwischen den Fingern und lehnte sich dabei bequem in seinen knirschenden Ledersessel zurück. Die Kamera des Monitors folgte seiner Bewegung. Würde er durchs Büro marschieren, würde sich der Monitor vermutlich auch in seine Richtung mitdrehen – anscheinend eine moderne Software. Simon schaute hoch konzentriert auf das Bild.

»Mittlerweile habe ich die entscheidenden Informationen bekommen.« Thorn tippte sich mit dem USB-Stick an die Stirn. »War nicht einfach, aber ich weiß nun, *wo* Ihr Sohn und Ihre Nichte gefangen gehalten werden.«

»Und zwar?« Simon spürte, wie eine unglaubliche Hitze in ihm hochstieg. Er schluckte hart. »Und woher haben Sie diese Information?«

»Sowohl das eine, als auch das andere, mein Lieber, kann ich Ihnen leider nicht verraten.« Thorn lächelte entschuldigend.

»Können Sie wenigstens die Richtigkeit Ihrer Angaben beweisen?«, fragte Simon misstrauisch. Im Lauf der Zeit hatte er gelernt, ebenfalls vorsichtig zu sein und nichts mehr als selbstverständlich zu erachten, ohne es vorher hinterfragt zu haben.

»Da müssen Sie mir schon vertrauen, Dr. West.« Thorn richtete sich auf. Sofort justierte sich die Kamera, sodass er immer mitten im Bild blieb. »Haben Sie – wie versprochen – die Formel Ihrer Schwester für mich?«

»Die Formel selbst nicht, aber das hier …« Simon griff in seine Schublade und holte das Horn hervor, das er neben sich auf den Tisch legte. »… Jerichos Splitter. Und das hier.« Er packte eine Klarsichttüte dazu, in der sich eine Stopfnadel befand, deren Spitze dunkelrot glänzte. »Die Blutprobe einer Person, die Amandas Serum in sich trägt.« Sicherheitshalber verschwieg er, um wen es sich handelte. Der Earl of Huntington ging Thorn nichts an.

»Wie kann ich sichergehen, dass diese Informationen stimmen und Sie mir nicht bloß ein altes Stück Elfenbein und ein paar Spritzer Schweineblut anbieten?«

Simon atmete tief durch. »Jetzt müssen *Sie* mir vertrauen.«

»Wie ich sehe, haben wir es mit einer Pattsituation zu tun«, seufzte Thorn. »Ich muss Ihnen also glauben, dass Sie mir die Unterlagen überreichen werden, wenn ich Ihnen helfe, die Kinder zu befreien.«

»So ist es.« Simon nickte. »Wo sind die beiden?«

Thorn presste die Lippen zusammen, doch schließlich gab er sich einen Ruck. »Sie werden gefangen gehalten, und zwar auf einer leer stehenden Bohrinsel im Schwarzen Meer, die angeblich schon viele Jahre außer Betrieb ist, aber von Biosyde als Stützpunkt für den Orient benutzt wird.«

Im Schwarzen Meer?

Simon blickte kurz zu Johann, der, ungesehen von der Kameralinse, im Türrahmen stand und gewartet hatte. Johann nickte kurz und verschwand. Er wusste jetzt Bescheid und würde sofort mit voller Fahrt Kurs aufs Schwarze Meer nehmen.

Simon richtete seinen Blick wieder in die Kamera. »Geht es Ethan und Terry gut?«

»So viel ich erfahren habe …«, Thorn wiegte den Kopf, »… den Umständen entsprechend. Wir sollten uns jedenfalls mit einer Rettungsaktion beeilen.«

»Können wir nicht die Polizei einschalten?«, fragte Simon. »Immerhin handelt es sich um Kidnapping!«

»Das erachte ich für keine gute Idee.« Thorn breitete die Arme aus. »Sehen Sie, Terry wird wegen Einbruchs und Körperverletzung gesucht und Sie wegen Mordes.«

»Das war ich nicht! Es …«

»Das weiß ich doch«, unterbrach Thorn ihn, »aber die Polizei weiß es nicht, und Valerie De Boes wird es mit ihren Kontakten so drehen, dass Sie in irgendeiner engen Zelle eines heruntergekommenen Knasts lebenslänglich hocken und langsam verrotten.«

Simon stöhnte auf. »Wenn wir die Polizei nicht einschalten können …«

»… müssen wir Ihre Kinder auf eigene Faust befreien. Das ist mir klar. Hier sind die Koordinaten der Bohrinsel.« Thorn hielt ein Tablet mit einer digitalen Anzeige hoch.

Rasch notierte Simon die Längen- und Breitengrade, Minuten und Sekunden, dann runzelte er die Stirn. »Das liegt doch … vor der Küste Bulgariens, oder?«

»Richtig geraten, Dr. West.« Thorn lächelte.

»Eine Rettungsaktion in diesen Gewässern wird verdammt schwierig.«

»Ich weiß, die Bohrinsel liegt ziemlich weit weg von der Küste.« Thorn legte das Tablet zur Seite und lehnte sich wieder im Sessel zurück. »Aber Sie besitzen ein U-Boot und ich habe mir schon etwas dazu überlegt.«

Simon merkte, wie sich sein Körper wieder etwas

entspannte. Trotzdem hatte er ein ganz mieses Gefühl dabei, mit einem Mann wie Benedict Thorn zusammenarbeiten zu müssen. »Und zwar?«

»Sie haben mich vorhin gefragt, wie ich an diese Information gekommen bin. Nun, es ist so – und deshalb auch die verschlüsselte Übertragung – vor drei Jahren konnte ich eine Spionin in Biosyde einschleusen. Von ihr weiß ich, wo Ethan und Terry sich aufhalten.«

»Wer ist diese Spionin?«

»Den Namen kann ich Ihnen aus Sicherheitsgründen noch nicht verraten, aber da Sie mit dieser Frau Kontakt aufnehmen und zusammenarbeiten müssen, sollten Sie zumindest wissen, wie sie aussieht.« Thorn tippte auf sein Tablet und hielt es anschließend wieder hoch.

Simon starrte auf das Bild. Es zeigte das Foto einer attraktiven Frau mit entschlossenem Blick.

»Aha, das ist sie also.« Simon prägte sich ihr Gesicht ein.

5. KAPITEL

Wie waren wir verflixt noch mal hierhergekommen? Anscheinend befand sich auf dieser Bohrinsel ein Hubschrauberlandeplatz. Doch was nutzte mir der? Ich konnte ja nicht mal aus diesem Raum raus.

Ein weiteres Mal sah ich mich in den vier Wänden um und entdeckte ein zweites Bullauge, das sich genau hinter dem Stuhl befand, auf dem ich gefesselt gewesen war. Dieses Fenster zeigte nicht nach draußen, sondern in den nebenanliegenden Raum. Hinter der Scheibe war alles dunkel.

Ich presste mein Gesicht ans Glas und schirmte das Licht mit den Händen ab. Als sich meine Augen an die Dunkelheit gewöhnt hatten, erkannte ich eine Kammer, ähnlich groß wie meine, nur ohne Fenster nach draußen. Allerdings befand sich, genau wie bei mir, in der Mitte ein Stuhl, vermutlich ebenso auf dem Boden festgeschraubt. Und darauf saß eine zusammengekauerte Gestalt.

Ethan!

Sofort schlug mein Herz schneller. Ich klopfte gegen das Glas, doch Ethan reagierte nicht. Das Bullauge war zu dick.

Außerdem war Ethan bestimmt genauso wie ich an den Stuhl gefesselt und hätte sowieso nicht zum Fenster kommen können.

Mist!

Aber es gab eine andere Möglichkeit. Rasch fädelte ich den Gürtel aus meiner Hose und schlug mit der metallenen Schnalle gegen den Eisenrahmen des Fensters, der die Schwingung des Schalls übertrug. Dabei variierte ich die Abstände.

Lang – kurz – kurz-lang-kurz …

Ich morste, und zwar: *Terry an Ethan.*

Erst als ich den Code zweimal wiederholt hatte, sah Ethan endlich auf. Mit dem Gegenlicht aus meinem Raum konnte er mich bestimmt nicht erkennen, höchstens die Umrisse meines Kopfes – aber zumindest verstand er den Morsecode.

Nun klimperte er mit dem Metall seiner Handschelle gegen die Lehne des Stuhls und ich presste mein Ohr ans Metall. Ganz leise hörte ich seine Antwort.

Bist du okay?

Ja und du?, antwortete ich.

Kopfschmerzen.

Sind auf Ölplattform, morste ich knapp.

Habe ich befürchtet.

Ich war baff. Wie hatte er darauf kommen können? Er hatte doch bestimmt auch einen Jutesack aufgehabt. *Warum, Klugscheißer?*, fragte ich.

Ich sah, wie er den Kopf schüttelte, als wollte er ausdrücken, wie dämlich ich war. Schließlich antwortete er mit knappen Worten.

Sonnenstand, mitgerechnet, Meer, Stampfgeräusche.

Dieser Nerd hatte natürlich mehr Ahnung wie ich von

Mathematik, Technik und Geografie. Anscheinend hatte sein Superhirn während des Flugs ständig mitgezählt und klug kalkuliert.

Wo?, fragte ich.

Vermutlich Schwarzes Meer.

Die Antwort traf mich wie ein Donnerschlag. *Im Schwarzen Meer?* Ich drehte mich herum und sank mit dem Rücken an der Wand zu Boden, wo ich die Beine anzog und hocken blieb. *Zwischen Bulgarien, Rumänien, Ukraine, Russland und der Türkei!*

Fuck! Hier würde uns Simon nie vermuten. Und schon gar nicht finden. Mutlos ließ ich die Schultern hängen.

Ich hörte, wie Ethan weitermorste, und zwar immer wieder die gleiche Frage, die er wiederholte. *Alles okay?*

Schließlich antwortete ich, indem ich sitzen blieb und mit der Gürtelschnalle gegen die Wand hämmerte. *Nein!*

In diesem Moment öffnete sich die Tür. Finn trat ein. Doch anstatt aufzuspringen, mir den Stuhl, den er vorhin zur Seite getreten hatte, zu schnappen und ihn damit zu attackieren, blieb ich entmutigt sitzen. Was hätte mein Angriff für einen Sinn gehabt? Mitten auf einer Bohrinsel im Schwarzen Meer, umgeben von stürmischer See.

Zuerst starrte Finn auf den leeren Stuhl mit den Handschellen, dann betrachtete er mich erstaunt. »Wie konntest du dich befreien?«

»Warum sind wir im Schwarzen Meer?«, entgegnete ich statt einer Antwort.

Nun sah er mich noch überraschter an.

Ich wiederholte die Frage.

»Valerie De Boes besitzt Anteile an zahlreichen Firmen mit vielen Niederlassungen auf der ganzen Welt«, erklärte er.

»Das ist mir doch egal!«, fluchte ich. »Warum ausgerechnet *hier,* will ich wissen?« Frustriert warf ich die Arme in die Luft.

Er kam auf mich zu. »Hier findet euch niemand.«

Ich konnte nicht mehr. Tränen liefen mir über die Wangen. Verschwommen sah ich den Elektroschocker an seinem Gürtel baumeln.

»Eher verrecke ich oder sterbe an Herzversagen, bevor ich Ihnen auch nur ein Wort verrate, Sie elender Mistkerl«, zischte ich. »Schäbiger Kidnapper!« Kalte Wut packte mich. Ich sprang auf und ging mit erhobenen Fäusten auf ihn los.

Er versetzte mir eine Ohrfeige, sodass ich zu Boden fiel. Ich funkelte ihn an.

»Hör auf damit!« Er bog meinen Arm herum und fesselte mich wieder mit einer Handschelle an den Stuhl. Ohnmächtig vor Wut und heulend saß ich auf dem Boden. *Wenn Johann hier wäre, würde er dir sämtliche Knochen im Leib brechen.*

»Wenn du die Fessel noch einmal öffnest«, zischte mir Finn ins Ohr, »schlag ich Ethan alle Zähne aus, ist das klar?«

Ich schluckte, presste die Lippen zusammen und unterdrückte weitere Tränen.

»Ich sehe schon«, seufzte er, »es hat keinen Sinn, dich mit dem Schocker zu bearbeiten. Du würdest mich doch nur anlügen und vermutlich eher sterben, als zu reden.« Er sah mich an. »Aber ich weiß, was bei dir funktioniert.«

Ich wischte mir mit der freien Hand die Tränen aus dem Gesicht. »Nette Worte, eine Dusche, frische Kleidung und Ham & Eggs zum Frühstück?«

Er schüttelte den Kopf. »Der nette kleine Zaubertrank, mit dem dich die Goians bearbeitet haben.«

Schlagartig begann mein Augenlid zu zucken. Verdammt,

das Wahrheitsserum. Das wirkte wirklich. *Und wie!* Noch eine Stunde danach hatte ich drauflosgesprudelt und eine Wahrheit nach der anderen rausgepfeffert.

»Wusste ich es doch!« Finn grinste fies, dann wandte er sich um. »Lauf nicht weg – kleiner Scherz! Bin gleich wieder da. Ich hole nur rasch etwas.«

Er verließ den Raum. Hinter ihm fiel die Tür zu.

Ich sackte in mich zusammen und starrte an die Decke. Nun war alles aus. In wenigen Minuten würde Finn wissen, dass meine Mutter in zwei Tagen nach Wreck Island kommen würde, um sich dort mit mir zu treffen.

Da öffnete sich wieder die Tür.

»Das ging aber schnell«, sagte ich und blickte auf.

Doch es stand nicht Finn im Türrahmen, sondern eine schlanke Frau mit langen blonden Haaren, die ich noch nie zuvor gesehen hatte.

Sie legte den Finger auf die Lippen. »Sei leise!«, flüsterte sie.

Ich rappelte mich auf. »Wer sind Sie?«

Sie betrat den Raum. »Das kann ich dir nicht verraten.«

Das brauchte sie auch nicht. Ich erkannte ihre Stimme von dem vorherigen Funkspruch, den Finn erhalten hatte.

»Ihr Name ist Sidney, richtig?«

6. KAPITEL

Finn stand in seiner Kabine und schaute durch das Bullauge. Unter ihm tobte die See und der Himmel wurde zunehmend grauer. Aber das kümmerte ihn im Moment nicht die Bohne.

Auf seinem Schreibtisch lagen die Ampullen mit dem Wahrheitsserum. Es war nicht ungefährlich, das an einem Kind zu testen. Er blickte auf seinen Monitor, der soeben gepiept hatte. Wie versprochen hatte ihm sein IT-Spezialist alle Informationen über den abgefangenen und verschlüsselten Funkspruch geschickt.

Ethan und Terry West sind auf Mid South View!

Mehr nicht. Nur diese neun Wörter einer verzerrten weiblichen Stimme. Der Funkspruch war direkt an Benedict Thorn gegangen.

Finn knirschte mit den Zähnen. *Mist!* Nun wusste Thorn, dass sie damit Dr. Simon West in der Hand hatten. Aber da sich die Mid South View in internationalen Gewässern befand, würden ein Einschreiten der Behörden und eine Befreiung der Kinder verdammt schwierig und vor allem bürokratisch langwierig werden. Mit ein Grund, warum sie sich für diesen sicheren Stützpunkt am Tor zum Orient entschieden hatten. Diese Festung war uneinnehmbar. Und falls es doch passieren sollte, hatten sie längst, was sie wollten. Alle Spuren würden verwischt werden und sie wären bereits über alle Berge.

So einfach ist das!

Finn überprüfte die genaue Uhrzeit des Funkspruchs. Danach schaltete er sämtliche Überwachungskameras der Reihe nach auf den Monitor und sah sich die digitalen Aufzeichnungen zu diesem Zeitpunkt an. Von den Außenbereichen, den Docks, den Mannschaftsräumen, der Kombüse, dem Aufenthaltsraum, den Schlafräumen, der Vorratskammer, Küche, Krankenstation und den Technikräumen.

Nichts! Da war niemand, der einen Funkspruch absetzte!

Doch dann bemerkte er die Nische, die zu den Toiletten und Waschräumen führte. Die Tür zur WC-Anlage stand einen Spaltbreit offen. Er fror das Bild ein, zoomte es heran, stellte es schärfer und konnte durch den Spalt die Handwaschbecken sehen. Im Spiegel darüber erkannte er eine Frau von hinten, die gerade die Hand zum Ohr hob, als wollte sie telefonieren.

Finn zoomte das Bild noch näher heran.

Nun entdeckte er neben ihrem Kopf die Antenne eines Funkgeräts.

Das muss sie sein!

Er kannte diese Frau und diese Frisur.

»Du bist es also, du falsche Schlange!«, knurrte er. »Wusste ich es doch!«

7. KAPITEL

»Sie sind Sidney, stimmt's?«, hakte ich noch einmal nach. An ihrer Reaktion merkte ich, dass ich recht hatte.

Sie schob die Tür zu, aber nicht ganz, sondern lehnte sie nur an, damit der Riegel nicht einschnappte. Nun holte sie aus dem Hosenbund hinter ihrem Rücken einen kleinen handlichen Bolzenschneider hervor, mit dem sie auf mich zukam.

Erschrocken fuhr ich hoch und robbte so weit wie möglich von ihr weg, bis mir die Handschelle schmerzhaft Grenzen setzte.

»Ich will dir nichts tun. Ich …« Sie verstummte und starrte auf die drei offenen Handschellen, die am Stuhl hingen. »Du konntest dich befreien?«, stellte sie erstaunt fest.

»Ja, aber Finn hat mich wieder angekettet.«

»Okay.« Sie hatte die Situation rasch erfasst. »Hör gut zu. Finn ist mit einer Wahrheitsdroge auf dem Weg hierher. Ich habe keine Zeit, dir alles zu erklären. Nur so viel: Ich möchte dir zur Flucht verhelfen. Aber sobald ich deine Fessel aufgeschnitten habe, müssen *wir beide* von hier abhauen. Und zwar sofort. Ist das klar?«

»Wer sind Sie?«, fragte ich misstrauisch.

»Das spielt doch jetzt keine Rolle. Ich will dir helfen.«

»Wer sind Sie?«, wiederholte ich.

»Ja, ich bin Sidney«, flüsterte sie.

»Der Name sagt mir gar nichts. Wer sind Sie und was tun Sie hier?«

»Wir haben keine Zeit für so etwas, außerdem kann ich dir das nicht verraten.«

»Dann gehe ich nicht mit«, drohte ich. Keine Ahnung, ob ich dieser wildfremden Frau trauen konnte.

Stöhnend blickte Sidney auf ihre Armbanduhr. »Verdammt!«, fluchte sie. »Na schön«, seufzte sie und senkte die Stimme. »Ich arbeite für die Genetical Group. Mein Auftraggeber ist Benedict Thorn. Wenn ich dich befreie, fliegt meine Tarnung auf. Also werden sie mich genauso jagen wie dich. Sprich, wir müssen zusammenarbeiten.«

»Und warum riskieren Sie das?«

»Weil du wichtig bist.«

Überrascht starrte ich sie an. Zumindest klang das ehrlich. »Und wie wollen Sie von hier abhauen?«, fragte ich trotzdem immer noch ein wenig skeptisch. »Wir sind auf einer Plattform, und ich kann keinen Helikopter fliegen.«

»Ich auch nicht. Wir schnappen uns eines der Boote mit Außenbordmotor, die unten vertäut liegen.«

Klingt nicht nach einem besonders ausgereiften Plan. Ich zögerte. Falls ich mit ihr ging, dann womöglich wieder nur als Gefangene – mit dem einzigen Unterschied, dass mich ein anderer Konzern gefangen hielt.

»Wir müssen uns beeilen, ehe Finn mit der Droge kommt«, beschwor sie mich.

»Davor fürchte ich mich nicht«, log ich.

»Ich weiß, dass du bereits in Miami Bekanntschaft damit

gemacht hast«, redete Sidney hastig weiter. »Dieses Serum wurde zwar weiterentwickelt, aber es ist noch nicht ausgereift. Zu hoch dosiert kann es einen massiven Hirnschaden verursachen. Und Finn ist im Moment ziemlich ungeduldig, weil er dringend Erfolge vorweisen muss.«

Mir dämmerte, dass mir keine andere Wahl blieb. Besser, die Bekanntschaft Benedict Thorns zu machen, als hier auf dieser Plattform zu vergammeln.

»Aber nur unter einer Bedingung.«

»Was? Sag schon!«, drängte sie.

»Wir nehmen Ethan mit.«

»Das ist zu riskant.«

»Er ist doch nebenan.«

»Dafür ist keine Zeit.«

»Ohne ihn gehe ich nicht.«

Stöhnend warf sie einen kalkulierenden Blick auf ihre Armbanduhr. »Herrgott, das wird alles ziemlich knapp. Aber von mir aus. Los.«

Ich streckte Sidney die Hand hin und sie durchtrennte die Kette mit dem Bolzenschneider.

Während wir zur Tür liefen, fiel mein Blick durch das Bullauge nach draußen. Mittlerweile hatte uns das Gewitter erreicht. Am schwarzen Horizont zuckten Blitze und direkt vor der Plattform tobte ein heftiger Sturm.

Das würde ein lustiger Ritt im Motorboot werden.

8. KAPITEL

Wir erreichten die schwere Eisentür von Ethans Kammer. Während Sidney mit der Waffe im Anschlag im Gang stand und nach beiden Seiten Ausschau hielt, ob die Luft rein war, schob ich leise den Riegel auf.

Danach drückte ich die Tür nach innen auf und betrat die dunkle Kabine. Ethans Körper verspannte sich unwillkürlich. Wahrscheinlich konnte er mich nicht erkennen.

»Ich bin es«, flüsterte ich.

»Du?« Er verdrehte den Kopf, um mich zu sehen. »Zum Glück«, stöhnte er erleichtert auf. »Wie bist du rausgekommen?«

»Später.« Ich setzte den Bolzenschneider zuerst an die Kette der beiden Handschellen an, die seine Handgelenke an die Rückenlehne fesselten. Das Eisen war so massiv, dass ich es fast nicht geschafft hätte, die Kette zu durchtrennen.

Endlich waren Ethans Hände befreit. Er nahm mir das Werkzeug ab und kappte die Fesseln an seinen Füßen selbst. Dann umarmte er mich. »Ich bin so froh, danke.«

Ich bekam kaum noch Luft. »Schon gut, du erdrückst mich.«

Trotzdem drückte er mich noch einmal fester, dann grinste er mich an. »Sorry.«

Sidney steckte ihren Kopf in den Raum. »Könnt ihr das später klären? Wir sollten verschwinden.«

»Wer ist das?«, fragte Ethan.

»Komm!« Ich lief zur Tür. »Sie hilft uns, von hier abzuhauen.«

Ethan blickte Sidney genauso misstrauisch an, wie ich es zuvor getan hatte. Aber im Moment war keine Zeit für weitere Erklärungen, das würde ich später nachholen.

Nachdem ich die Tür wieder mit dem Riegel verschlossen hatte, liefen wir zum Ende des Gangs. Dort entdeckte ich das Fluchtsymbol auf einer Stahltür. Daneben hing eine Karte mit der schematischen Darstellung der Fluchtwege. Wir befanden uns auf Etage 11 in der Zone D, der Evakuierungszone. Von hier führte ein Treppenhaus hinunter.

»Hier entlang!«, flüsterte Sidney.

Wir folgten ihr ins Treppenhaus und rannten über Stahltreppen die Etagen hinunter. Je tiefer wir kamen, umso kälter wurde es.

»Unten liegt ein Motorboot«, erklärte ich Ethan keuchend.

Der Fluchtweg endete in Etage 5. Von hier aus ging es geradeaus weiter an der Kombüse vorbei, der Krankenstation, der Bettenabteilung und der Vorratskammer. Die Gänge waren menschenleer. Entweder war die Bohrinsel außer Betrieb oder die Arbeiter hatten Feierabend.

Schließlich erreichten wir eine massive Stahltür mit Gefahrensymbol.

»Das ist die letzte begehbare Etage«, erklärte Sidney. »Darunter befinden sich nur noch die Betonpfeiler, auf der die Plattform steht.« Sie zog die Tür auf.

Augenblicklich peitschte der Sturm Regen und Kälte herein. Wir traten durch die Tür und standen im Freien. Das Tosen der Wellen war jetzt deutlich zu hören. *Regenjacken wären super gewesen!* Mich fröstelte.

Ich sah, dass die Nottreppe aus Stahl direkt nach unten zum Wasser führte. Unten kochte das Meer, das sich an den Betonpfeilern brach und das Wasser meterhoch zu uns heraufpeitschte. Wir würden klatschnass werden – aber alles war besser, als mit Elektroschocker und Wahrheitsserum traktiert zu werden.

»Folgt mir!«, rief Sidney gegen das Heulen des Windes an. Sie lief weiter, erstarrte jedoch in der Bewegung.

»Nicht so schnell!« Vor ihr stand jemand in Gummistiefeln und einem grauen Ölmantel, eine Waffe in der Hand, deren Lauf auf uns gerichtet war. Mit der anderen Hand zog er sich die Kapuze vom Kopf.

Bei dem Anblick blieb mir das Herz stehen. Es war Xavier, der Kerl vom Empfang des New Yorker Wolkenkratzers, in dem Simon und ich Ethans Mutter zuletzt gesehen hatten. Seit ihrer Ermordung wusste ich, dass dieser Kerl für Biosyde arbeitete. Er hatte den gelben Füllfederhalter mit Simons Fingerabdrücken darauf geklaut. Vermutlich war es auch er, der Tante Katherine damit erstochen hatte.

Und nun bedrohte er uns mit einer Waffe. »Hier endet eure Flucht!«, rief er. »Ich dachte mir schon, dass du der Spion bist, Sidney. Es wird mir eine Freude sein, dabei zuzusehen, was Finn mit dir anstellen wi…«

Ein Schuss krachte. Sidney hatte ihre Waffe hochgerissen und abgedrückt. Der Knall ihrer Pistole wurde vom Tosen des Sturms geschluckt.

Ethan und ich standen wie versteinert da und blickten auf Xavier. Der starrte ungläubig auf seine Brust, wo sich ein großer dunkler Fleck ausbreitete. Mit zitternden Fingern griff er zur Wunde. Blut lief zwischen seinen Fingern durch.

»Du Miststück …«, keuchte er. Dann fiel er nach hinten um und knallte auf den Eisenrost. Lag da mit weit aufgerissenen Augen, die zum Himmel starrten.

»Sie haben ihn … erschossen!«, entfuhr es Ethan, der als Erster wieder die Fassung fand.

Sidney ignorierte ihn. Sie kniete sich neben Xavier hin und fühlte mit zwei Fingern seinen Puls an der Halsschlagader.

»Ist er tot?«, fragte Ethan.

»Glaub mir, um den ist es nicht schade«, sagte Sidney. »Er hat in New York deine Mutter ermordet.«

»Was?« Ethans Augen wurden weit. Er sah mich geschockt an.

Auch ich war vor Schreck wie gelähmt und nickte nur. »Das ist … *war* der Kerl vom Empfang.«

»Wir haben keine Zeit für lange Trauerreden«, drängte Sidney. »Wenn wir überleben wollen, müssen wir weiter.«

Ethan blickte auf den Toten hinunter. »Lassen wir ihn einfach so hier liegen? Wenn ihn jemand findet?«

»Wir könnten ihn über das Geländer ins Wasser werfen«, schlug ich vor und war von meiner eigenen Kaltschnäuzigkeit überrascht.

Sidney schüttelte den Kopf. »Keine gute Idee. Unten, in der Andockzone der Boote, sind Kameras. Hier oben nicht. Kommt jetzt!« Sie lief zur Außentreppe und rannte die Stufen hinunter.

Ethan und ich folgten ihr. Nieselregen und die heraufspritzende Gischt durchnässten uns bis auf die Haut. Ich konnte das Salzwasser auf den Lippen schmecken.

Auf der untersten Etage ragte ein Metallsteg hinaus zur

Anlegestelle, die mit alten Autoreifen verkleidet war. Hier gab es tatsächlich Überwachungskameras. Und dort lag, neben zwei großen Booten, auch ein kleines rotes Motorboot, das auf den aufgepeitschten Wellen wie wild auf und abtanzte. Weit und breit erstreckte sich um uns herum nichts als Wasser. Nicht der kleinste Küstenstreifen am Horizont.

»Wo sind wir hier genau?«, wollte Ethan wissen.

»Auf dem Schwarzen Meer vor der bulgarischen Küste, etwa fünfzehn Kilometer von Varna entfernt«, sagte Sidney.

»Mit diesem Boot schaffen wir die Strecke nie«, rief Ethan. »Die Wellen werden es zerschmettern.«

»Benedict Thorns Yacht liegt in der Nähe. Mit etwas Glück erreichen wir sie. Von dort werde ich Terry und dich zu deinem Vater bringen.« Sidney sprang in das Boot.

»Benedict Thorn?«, wiederholte Ethan. Er zögerte, an Bord zu gehen. Unsicher sah er mich an. Anscheinend hielt er das für keine so gute Idee.

Wir hatten beide schon von Thorn gehört. Er war zwar der Chef des größten Pharmakonzerns weltweit, aber er setzte sich auch dafür ein, dass in der medizinischen Forschung keine Tierversuche mehr stattfanden. So übel konnte er also nicht sein.

Während Sidney versuchte, den Motor zu starten, sah ich nervös zu den Kameras, die hier überall montiert waren. Ein ungutes Gefühl beschlich mich. Im gleichen Moment heulte auch schon eine Sirene mit einem lang gezogenen Ton auf, der mir durch Mark und Bein ging. Dieses Geheul wurde nun vom Anspringen des Außenbordmotos übertönt. Eine Wolke aus Diesel hüllte mich ein, die jedoch sofort im Wind zerstob.

Ich starrte zu den zwei anderen, viel größeren Motorbooten. Gegen sie würden wir in unserer Nussschale keine

Chance haben. Aber im Moment fehlte uns die Zeit, die anderen Boote zu sabotieren.

Sidney streckte Ethan die Hand hin. »Komm jetzt, oder muss ich dir erst erklären, was Finn mit dir anstellt, wenn er dich schnappt?«

»Können Sie so ein Ding überhaupt steuern?«, rief Ethan.

Eine gigantische Welle donnerte gegen die meterdicken Betonpfeiler, mit denen die Bohrinsel auf dem Meeresgrund verankert war. Die Gischt spritzte hoch und spülte uns fast vom Steg, hätten wir uns nicht ans Geländer geklammert.

»Im Sicherheitstraining habe ich gelernt, wie sich diese Boote bei Sturm fahren lassen. Kommt an Bord und legt die Schwimmwesten an!«

Das Motorboot tanzte wie wild im kabbeligen Wasser. Ich fasste mir ein Herz und sprang an Deck. Im selben Moment hörte ich über uns die metallene Stimme durch ein elektronisch verstärktes Megafon.

»Stehen bleiben! Keine Bewegung!«

Ich sah hinauf, konnte jedoch durch die vielen Stahlstufen nicht viel erkennen. Anscheinend stürmte soeben eine Sicherheitsmannschaft zu uns herunter. Ein Schuss krachte.

In diesem Moment sprang auch Ethan ins Boot. Ich warf die Leine los, während Sidney den Gashebel nach vorne drückte. Der Motor heulte auf. Sie kurbelte am Lenkrad und steuerte das Boot zwischen den Pfeilern hindurch aufs offene Meer.

Die Wellen waren meterhoch und bei jeder Abwärtsfahrt in ein Wellental hob es mir den Magen hoch. Während Ethan und ich uns mit einer Hand an der Reling festklammerten, lösten wir die Schwimmwesten aus der Verankerung und schlüpften umständlich hinein. Gegenseitig halfen wir uns, die Westen anzulegen und vorne zu verschließen.

Nach einigen Minuten Höllenfahrt durch die stürmische See in Richtung Küste drehte ich mich um und sah zur Bohrinsel zurück. Ein Stahlkoloss mitten im Meer. Oben brannte eine Gasfackel, die wie ein Licht am Ende der Welt wirkte.

Besorgt kniff ich die Augen zusammen. Zwischen den Pfeilern der Bohrinsel tauchte eins der zwei großen Boote auf und folgte uns.

9. KAPITEL

Schon bald hatte Sidney die Steuerung des Bootes unter Kontrolle gebracht und manövrierte zügig zwischen den Wellenkämmen hindurch, ohne dass es uns jedes Mal aus dem Sitz hob.

Uns war die Flucht gelungen. Zum Glück hatte sich mein anfängliches Misstrauen gegen Sidney als unbegründet herausgestellt. Ich hangelte mich an der Reling entlang zum Steuerstand nach vorne, wo wir durch die Windschutzscheibe ein wenig vor der Gischt geschützt waren.

Sidney zwinkerte mir aufmunternd zu. »Bald sind wir in Sicherheit.« Für einen Moment wirkte sie, als hätte sie selbst nicht geglaubt, dass uns die Aktion glücken würde.

»Ja, alles prima.« Ich blickte zurück. Das große Boot kam immer näher. Ein Scheinwerfer blitzte auf. »Haben Sie ein Handy?«

»Klar. Aber der Empfang hier draußen ist nicht besonders.« Sie griff in die Hosentasche, kramte ein Telefon heraus und drückte es mir in die Hand. »Wen willst du anrufen?«

»Meinen Onkel. Ich muss ihn warnen.«

Sidney blickte konzentriert nach vorne, um einen passablen Weg zwischen den Wellen zu erspähen. »Was wollten die von dir wissen?«

»Wo meine Mutter ist.«

Sie nickte. »So etwas Ähnliches habe ich befürchtet.« Sie sah kurz zu mir und drückte meine Schulter. »Jetzt wird alles gut. Ich bringe dich erst mal zu Thorns Schiff.«

»Beeilen wir uns. Ich muss dringend mit meinem Onkel sprechen.«

Sie sah mich fragend an.

»Um ihm zu sagen, wo wir meine Mutter morgen treffen«, erklärte ich ihr.

In diesem Moment erreichte uns Ethan, der sich neben mir an die Reling klammerte.

»Ist sie weit weg?«, fragte Sidney.

»Leider ja«, seufzte ich, »an der Küste von Wreck Is…«

Ethan stieß mich mit dem Ellenbogen in die Seite, aber da war der Satz schon ausgesprochen.

Im gleichen Augenblick dämmerte mir, dass an der ganzen Situation etwas merkwürdig war. Ethan sah mich vorwurfsvoll und mit weit aufgerissenen Augen an.

Oh nein! Seine Warnung war zu spät gekommen. Ich hätte besser den Mund halten sollen.

Sidney drehte den Zündschlüssel im Schloss. Der Motor erstarb und das Boot trieb wie eine Nussschale auf den Wellen.

Ich war so perplex, dass ich gar nicht mitbekam, wie Sidney mir das Telefon aus der Hand riss. Ethan wollte ihr zuvorkommen, doch da hielt Sidney bereits die Waffe in der anderen Hand und zielte auf uns.

»Super gemacht«, knurrte Ethan.

Sidney stemmte ein Bein gegen den Steuerstand und

drückte sich gegen die Reling, um das Gleichgewicht auf dem schwankenden Boot zu halten. »Danke«, sagte sie mit kühler Stimme, betätigte eine Taste am Telefon und führte es zum Ohr. Während sie uns mit der Waffe in Schach hielt und jede unserer Bewegungen mit Argusaugen beobachtete, wartete sie. »Ich habe die Information«, sagte sie schließlich. »Ihr könnt kommen.«

Ich drehte mich um. Das große Boot kam nun rasch näher. Anscheinend hatte es uns absichtlich einen Vorsprung gelassen und auf Sidneys Anruf gewartet.

In meiner Verzweiflung umklammerte ich die Reling und spannte die Muskeln an. Am liebsten wäre ich über Bord gesprungen.

»Oh-oh!«, rief Sidney und richtete die Waffe auf meinen Kopf. »Schön artig bleiben!«

Mutlos sanken meine Schultern. Ethans Augen funkelten. Enttäuschung und Wut standen in sein Gesicht geschrieben.

Das Schnellboot erreichte uns. Es war bestimmt dreimal so groß wie unseres. Fünf Männer waren an Bord, alle in wasserdichtes Ölzeug gehüllt. Unter den Kerlen erkannte ich auch Xavier. Trotz seiner tödlichen Schusswunde schien er quicklebendig.

Sidney bemerkte meinen bestürzten Blick. »Eine schusssichere Weste und ein Beutel Blutkonserve aus der Krankenstation«, erklärte sie trocken.

Alles war ein verdammtes abgekartetes Spiel gewesen. *Eine miese Falle!* Sidney war gar keine Spionin, und die Beihilfe zur Flucht war bloß ein gut inszenierter Fake gewesen, um mir die Informationen aus der Nase zu ziehen. Und ich hatte mich noch gewundert, warum uns auf der letzten Etage niemand begegnet war. *Verdammt clever gemacht,* wie ich leider zugeben musste. Ethan hatte den Trick wohl schon länger durchschaut, seinem Blick nach zu urteilen.

Als Sidney die Leine fing, die ihr vom Schnellboot zugeworfen wurde, loderte in Ethans Augen kurz etwas auf. Ich sah ihn fragend an, und während Sidney die Leine festmachte, deutete er mit dem Kopf unauffällig aufs Meer hinaus. Ich folgte seinem Blick und dann kapierte ich, worauf er mich aufmerksam machen wollte.

Etwa einen Kilometer von uns entfernt stießen Möwen auf das Wasser herunter. Es war immer wieder dieselbe Stelle. Aber so weit von der Küste entfernt?

Ich wischte mir das Wasser aus dem Gesicht und kniff die Augen zusammen, um besser sehen zu können. Allerdings konnte ich weder eine Boje noch etwas anderes erkennen. Dann bemerkte ich einen hellen Schimmer, eine Reflexion im trüben Licht. Das konnte beispielsweise ein ausgefahrenes Sehrohr sein, das neugierige Fische anzog, die wiederum die Möwen anlockten.

Das Periskop eines U-Boots.

Wenn ich recht behielt, verrieten die Vögel die Position der Kopernikus, die etwa einen Kilometer weit entfernt war. Irgendwie hatte Simon herausgefunden, wo wir waren. Im ersten Moment wollte ich schon vor Freude aufjubeln, doch dann kam auch schon die Ernüchterung. Der Gedanke war zwar tröstlich, Simon in der Nähe zu wissen, aber das U-Boot war viel zu weit weg.

In diesem Moment sprangen zwei Männer zu uns an Bord und packten mich hart an den Armen.

10. KAPITEL

Während ich auf das große Schnellboot gezerrt wurde, hörte ich, wie Sidney telefonierte und nach Valerie De Boes verlangte. Sie wartete kurz, dann sagte sie schließlich: »Wir haben die Information. Dr. Amanda West kommt morgen zur Küste von Wreck Island.«

Ich presste die Lippen zusammen. *Verdammt.* Mein Widerstand, meine Hartnäckigkeit – alles war umsonst gewesen. Meine Mutter würde direkt in eine Falle laufen. *Und das alles, weil du nicht deine Klappe halten konntest!*

Ich brach in Tränen aus.

»Hör auf zu heulen!«, rief Xavier. »Denkst du tatsächlich, wir hätten dich einfach so ziehen lassen?«

Darum geht es doch gar nicht, du Idiot! Ich schniefte. Meine Mutter würde denken, dass ich sie verraten hätte, und sie würde mich dafür hassen. Ich konnte mich gut in sie hineinversetzen. Nach zehn Jahren erfolgreicher Flucht hatte sie endlich Kontakt mit mir aufgenommen, weil sie dachte, sie könnte mir vertrauen, und prompt lief sie in eine Falle. *Super gemacht, Terry!*

Mir wurde plötzlich so unglaublich schlecht, dass sich

mein Magen zusammenkrampfte. Und wenn sie meine Mama töteten, sobald sie ihr die Formel entrissen hatten?

»Und jetzt du!« Sidney bedeutete Ethan mit der Waffe, auf das Schnellboot zu wechseln.

Ethan zögerte, er sah mich an. Ich sah ihn an. *Du bist jetzt unsere einzige Chance!*, sagte mein verzweifelter Blick. Er nickte mir zu.

In diesem Moment fuhr ich blitzschnell mit dem Kopf herum und biss dem Mann, der mich hielt, so fest ich konnte in den Handrücken. Ich hörte, wie seine Knochen und Knorpel knirschten. Er schrie auf. Gleichzeitig trat ich dem anderen Mann, der mich hielt, mit aller Kraft gegen das Schienbein.

»Haltet die Göre!«, brüllte Sidney.

Ich war für eine Sekunde frei, und bevor sie mich wieder packten, machte ich einen Satz nach vorne zum Steuer.

»Was soll das?«, rief Sidney. »Du kannst nicht abhauen …«

Das will ich auch nicht, dumme Kuh!

Bevor mich irgendjemand daran hindern konnte, zog ich den Zündschlüssel aus dem Schloss und warf ihn in hohem Bogen ins Wasser, wo er sofort zwischen den Wellen verschwand.

»Nein!«, brüllte ein Mann, holte aus und schlug mir mit dem Handrücken kräftig ins Gesicht.

Ich fiel hart auf den Boden. Durch meine Tränen, die mir in die Augen schossen, sah ich Sidneys entsetzte Reaktion. Sie stand immer noch auf dem kleinen Motorboot und versuchte herauszufinden, wozu das gut gewesen war.

In diesem Moment rempelte Ethan sie hart mit der Schulter an, sodass sie kreischend über die Reling ins Wasser fiel.

Die Männer um mich herum rissen sofort die Waffen hoch, doch Ethan hatte bereits den Motor gestartet und den

Gashebel nach vorne gedrückt. Das Wasser spritzte so auf, dass man kaum noch etwas von dem Boot sah und die Männer nicht richtig zielen konnten.

Die Leine, mit der die beiden Boote miteinander vertäut waren, spannte sich und Ethans kleines Boot bäumte sich auf. Dann riss die Klampe, an der die Leine befestigt war, aus ihrer Verankerung in der Bordwand. Durch unseren Kahn ging ein Ruck, woraufhin die Männer über Deck stolperten und an der Reling Halt suchten. Im nächsten Augenblick zischte Ethan bereits mit dem Motorboot davon, in Richtung der Stelle, wo sich die Möwen immer noch ins Wasser stürzten.

Während zwei Männer der pitschnassen, schnaufenden und Wasser spuckenden Sidney halfen, an Bord zu klettern, gaben die anderen Schüsse auf Ethan ab. Aber zum Glück war der Wellengang so stark, dass sie vermutlich nicht einmal das Boot trafen. Hoffte ich zumindest. Jedenfalls hielt sich Ethan tapfer hinter dem Lenkrad und brauste mitten durch den Sturm, fort von dem Schnellboot.

Dass Ethan tatsächlich einmal so heldenhaft die Flucht ergreifen würde, rührte mich erneut zu Tränen – diesmal vor Begeisterung und Stolz –, auch wenn sich meine eigene Situation dadurch kein bisschen verbessert hatte.

Nein, stimmt nicht, korrigierte ich mich. Etwas *hatte* sich verbessert. Ethan war frei. Mit etwas Glück würde er Simon, Johann und Pierre erreichen und ihnen von meiner Gefangenschaft berichten. Dadurch erhöhten sich meine Chancen, doch noch irgendwie gerettet zu werden.

Ich wischte mir die Tränen aus dem Gesicht. Mittlerweile war Ethan zu weit entfernt, als dass die immer noch übers Wasser zischenden Projektile ihn oder das Boot treffen könnten. Und ohne Zündschlüssel konnten wir ihn nicht verfolgen.

So ein Pech!

Einer der Männer hatte bereits die Blende unter dem Lenkrad weggerissen und versuchte nun, den Motor kurzzuschließen, was ihm aber nicht gelang.

»Keinen Ersatzschlüssel an Bord?«, fragte ich ätzend, was mir jedoch eine zweite Ohrfeige einbrachte. Diesmal von Sidney, die breitbeinig vor mir stand und mich hasserfüllt anstarrte. Ihre Haare klebten ihr im Gesicht. Ich hatte doch einige Schläge in den letzten Tagen einstecken müssen. Trotzdem konnte ich kaum meine Schadenfreude verbergen.

Sidney fuhr zornig herum. »Stellt endlich das Feuer ein! Funkt lieber die Bohrinsel an. Die sollen ein Boot schicken und uns abschleppen.«

Die Männer nahmen die Pistolen herunter.

»Aber …«, murmelte einer.

»Der Junge kann uns egal sein«, knurrte Sidney. »Wir wissen, wo Amanda West morgen sein wird. Selbst wenn es der Bengel schafft, die Kopernikus zu verständigen. Bis morgen schaffen sie es niemals rechtzeitig dorthin.« Sie ging in die Knie und sah mich direkt an. »Stattdessen werden *wir* deine Mutter dort gebührend in Empfang nehmen … und ich freue mich schon auf ihr Gesicht.«

11. KAPITEL

Ich wurde wieder auf den Ölbohrturm in meine Zelle gebracht, durfte einmal aufs Klo gehen, bekam ein Glas Wasser, zwei Brötchen und wurde für den Rest des Abends und in der folgenden Nacht in Ruhe gelassen. Sie hatten mich zwar gründlich durchsucht und wieder mit Handschellen an den Stuhl gekettet, aber niemand kümmerte sich weiter um mich.

Schließlich hatten sie erfahren, was sie wollten. Warum sie mich dennoch am Leben ließen, lag vermutlich daran, dass sie nicht nur hinter der Formel meiner Mutter her waren, sondern auch Simons U-Boot mit dem Kavitationsantrieb in die Finger bekommen wollten. Warum nur ein Geheimnis erfahren, wenn man von denselben Leuten zwei bekommen konnte? Und dafür war ich offenbar nach wie vor ein gutes Druckmittel.

Und so verlief auch mein nächster Tag ereignislos. Bloß einmal brachte mich Sidney zur Toilette, und da konnte ich ein kurzes Gespräch belauschen, als sie vor der Tür stand und angerufen wurde. Dabei hörte ich, wie sie erfuhr, dass das dritte Paket in Gibraltar eingetroffen sei.

Das dritte Paket?

Was sollte das nur heißen?

Von Finn hörte und sah ich nichts mehr – der war vermutlich längst unterwegs nach Wreck Island.

Die Zeit verging schleppend langsam und irgendwann sah ich durch das Bullauge, wie sich auch dieser Tag dem Ende neigte. Es war der Abend, an dem ich mich mit meiner Mutter auf Wreck Island hatte treffen wollen. Wo ich sie endlich in die Arme nehmen wollte, mich von ihr drücken lassen und mit ihr eng umschlungen zu den Delfinbecken schlendern wollte, in denen ich als Kind geschwommen war. Unwillkürlich dachte ich an die Delfine, mit denen meine Mutter geforscht hatte – an Alpha, Beta, Gamma und die anderen … und natürlich an den kleinen Pi.

Ich war so verzweifelt, dass mir wieder die Tränen kamen. Mittlerweile war meine Mutter sicher schon auf der Insel angekommen und befand sich schon in den Fängen von Valerie De Boes. Mein Brustkorb wurde eng, als ich an die diversen Foltermethoden dachte, die Finn auf Lager hatte. Den Elektroschocker, das Wahrheitsserum und was weiß der Teufel noch alles.

Wie lange würde meine Mutter dem standhalten können? Wie lange dagegen ankämpfen? Würde sie eher sterben, als ein Wort zu verraten? Vielleicht.

Draußen wurde es rasch dunkel. Der Himmel verfinsterte sich zunehmend und schon bald würde wieder schwärzeste Nacht herrschen. Ich war tief in Gedanken versunken, als mich ein zischendes Geräusch aufschrecken ließ.

Unwillkürlich dachte ich an den Elektroschocker. Mein Körper versteifte sich, Schweiß trat mir auf die Stirn. Aber das Geräusch stammte von keinem Taser.

Es knisterte, ich roch den Gestank von verbranntem

Metall, der plötzlich den Raum erfullte und in meinem Hals kratzte. Ich versuchte, den Kopf zu drehen und konnte aus dem Augenwinkel erkennen, wie in der Dunkelheit grelle Blitze unter dem Bullauge aufspritzten.

Jemand musste sich an der Außenseite des Bohrturms befinden und mit einem Schneidbrenner oder einem anderen Werkzeug durch die Metallhülle schneiden.

Ich sah die gelblich glühende Linie, die um das Bullauge herumführte und schließlich einen Kreis bildete.

Danach erloschen die Funken. Es wurde still, nur der ätzende Gestank nach Brand hing in der Luft. Dann schlug von außen etwas gegen das Metall. Es knirschte und nach einem weiteren kräftigen Schlag flog der kreisrunde Teil der Wand mit dem Fenster in der Mitte in den Raum. Das Stück krachte scheppernd herunter und schlitterte über den Boden. Mein Herzschlag setzte einen Moment lang aus.

Schließlich schob jemand den Kopf in den Raum, tastete die Innenwand ab und kletterte ganz hinein.

Ich wagte nicht, mich zu bewegen. Schließlich fasste ich doch all meinen Mut zusammen und sagte zögerlich: »Hallo?«

Die Person richtete sich vor mir auf. Hinter ihr flammte jenseits des Lochs ein Licht auf und ich konnte die Umrisse des Eindringlings erkennen. Er stopfte den Schneidbrenner in den Rucksack und schob sich die Schutzbrille über seine wilde Mähne mit den Rastalocken.

»Pierre?«, flüsterte ich ungläubig.

»Kleiner Kolibri«, sagte er mit französischem Akzent. »Dachtest du, wir lassen dich hier verrecken?«

12. KAPITEL

Zur selben Zeit war es auf Wreck Island Nachmittag, knapp drei Uhr. Kein Wölkchen war am Horizont zu sehen und die Sonne der Karibik brannte unbarmherzig auf die Insel herunter.

Amanda West stand am Strand und blickte aufs weite hellblaue Meer. Sie trug eine Jeansjacke über dem Poloshirt. Eine salzige Bö brachte ihr Haar durcheinander und ließ ihre Jacke hochflattern. Darunter trug sie ihr Schulterholster, in dem eine kleine Pistole mit Perlmuttgriff steckte, die sie immer bei sich trug – sicherheitshalber – egal, wohin sie ging. Aber auf diesem Fleckchen Erde, das komplett einsam und verlassen dalag, würde sie die Waffe nicht brauchen.

Nicht heute – nicht bei diesem Treffen.

Eine Stunde zuvor war sie mit einer einmotorigen Propellermaschine auf der Rückseite der Insel gelandet, hatte die Maschine am Steg bei den alten Delfinbecken gewassert und dort versteckt. Dann war sie quer über die Insel gelaufen und hatte dabei wehmütig in alten Erinnerungen geschwelgt. Zuletzt war sie vor zehn Jahren hier gewesen, als sie ihre Forschungsergebnisse schweren Herzens vernichtet hatte.

Jetzt lief sie über den Küstenstreifen zur Anhöhe hinauf, wo die beiden Blockhütten von Pierre lagen.

Wo sie gelegen hatten, korrigierte sie sich in Gedanken. Geschockt sah sie sich um, als sie die Stelle erreichte. *Hier sieht es aus, als hätte ein Hurrikan gewütet.*

Fast alle Palmen waren umgeknickt und die braun gewordenen Wedel verdorrten in der Sonne. Der Sturm musste mit gewaltiger Zerstörungskraft über die Insel gefegt haben. Doch sie wusste, dass ein Sturm nicht die einzige Ursache für diese schreckliche Verwüstung gewesen war.

Von den Hütten, in denen sie einst mit Pierre gelebt und geforscht hatte, war nichts mehr übrig geblieben. Wo früher die Außenwände gewesen waren, ragten nur noch schwarze, verkohlte Stümpfe aus dem Boden. Überall lagen verbrannte Splitter herum, Plastik, Holz, Glas, Blech und Keramik. Nur mit viel Fantasie ließ sich erkennen, wo einmal Schlafzimmer, Küche und Bad gewesen waren. Mitten auf dem Weg, viele Meter vom ehemaligen Haus entfernt, lag das verzogene Bettgestell aus Eisen. Daneben eine aufgerissene Matratze. Die Hälfte einer Satellitenschüssel hing in den Bäumen, eine Taucherflosse lag herum, ebenso eine eingedrückte Pressluftflasche sowie Pfannen, Besteck, eine Campingliege und die Fetzen einer bunten Sonnenschirmbespannung, die der Wind über den Boden wehte.

Terry hatte ihr erzählt, dass Finn die Hütte in die Luft gejagt hatte. Amanda ging durch die Ruine, scharrte mit dem Turnschuh in der Asche, kniete sich hin und hob ein verkohltes Notizbuch auf. Darin hatte Pierre seine Tauchgänge mit den Touristen eingetragen. Seine komplette Existenzgrundlage war zerstört worden.

Nur wegen mir!

Sie wischte sich eine Träne weg. Dann richtete sie sich auf, ging zur Klippe und sah zum Steg hinunter. Auch dort hatte der Hurrikan gewütet. Und wie sie von oben erkennen konnte, lag dort einige Meter unter der Wasseroberfläche das Wrack von Pierres Wasserflugzeug. Auch das war von Finn versenkt worden. Es rostete auf dem Grund vor sich hin und diente nur noch als Behausung für Fische und Meeresschildkröten.

Amanda blickte auf die Uhr. *Halb vier.* Sie hatte zwar keine Uhrzeit mit Terry ausgemacht, war jedoch davon ausgegangen, dass Terry so bald wie möglich hier auftauchen würde. Bei dem Videogespräch hatte sie doch so euphorisch gewirkt. Das war auch der Grund gewesen, warum Amanda sich so schnell wie möglich hierherbegeben hatte. Auch sie konnte es kaum erwarten, ihre Tochter nach all den Jahren endlich in die Arme zu schließen, ebenso Ethan, Johann, Pierre und ihren Bruder. Mit Simons Kavitationsantrieb war die Strecke von den Cinque Terre über den Atlantik in die Karibik schließlich ein Katzensprung. Dank Simons genialer Erfindung erzeugten die Generatoren eine Wasserdampfblase, die das U-Boot umhüllte, sodass es ohne Widerstand schneller vorwärtskam.

Oder ist da etwas schiefgelaufen?

Amanda reckte den Hals und hielt angestrengt Ausschau nach dem Sehrohr eines U-Boots, das sich aus Richtung Osten näherte. Doch die See war spiegelglatt. Kein U-Boot weit und breit.

»Sie kommen nicht mehr.«

Amanda fuhr herum. Vor Schreck wäre sie beinahe rückwärts den Abhang hinuntergestolpert, fand die Balance aber wieder, indem sie mit den Armen ruderte.

Vor ihr stand Finn. Wie immer tadellos gekleidet, Anzughose, weißes Hemd, polierte Lackschuhe. Sie hatte ihn gar nicht kommen hören. Der Wind musste jedes Geräusch von ihr weggetragen haben.

»Hallo Amanda.« Seine Stimme klang ruhig und gelassen. Er breitete die Arme aus und lächelte sie an. Amanda konnte keine Waffe an ihm entdecken. »Du bist noch genauso hübsch wie vor zehn Jahren«, stellte er fest.

Sie betrachtete Finns vernarbte Hand, an der zwei Finger fehlten. »Was ich von dir nicht behaupten kann.«

Rasch griff sie unter die Jacke und zog die Pistole hervor. Mit einer geübten Bewegung lud sie die Waffe durch. Nun war die erste Patrone in der Kammer. Der Lauf zielte auf Finns Brust.

Doch der blieb unbeeindruckt. Er hob nur kurz den linken Arm und betrachtete das Narbengewebe am Handrücken. »Ein lebenslanges Andenken an dich. Ich habe mich an den Anblick gewöhnt.«

»Was willst du hier, du Bastard?«

»Als du noch verliebt in mich warst, warst du mir lieber.«

»Einer meiner größten Fehler.« Ihre Waffe zeigte weiter auf Finn. *Lass dich ja nicht von ihm einlullen! Er war, ist und wird immer ein Mistkerl bleiben.* Sie sah sich um, konnte jedoch außer Finn niemanden entdecken.

»Die Waffe brauchst du nicht, Darling.«

»Nenn mich nicht so!«

Er kam einen Schritt näher und musterte sie neugierig. »Du bist immer noch so attraktiv wie damals, als wir uns das erste Mal auf dem Kongress in Stockholm über den Weg gelaufen sind.«

»Kopenhagen!«

»Ah!« Er lächelte, die Augenbrauen gingen hoch. »Du

erinnerst dich also noch daran. Du bist keinen Tag älter geworden.« Er machte eine Pause. »Hast du dein Serum selbst genommen?«

»Nein.«

»Unsere Tochter ist übrigens genauso hübsch wie du.«

»Terry ist *meine* Tochter! Wenn du ihr etwas antust, bringe ich dich um!«

»Gerade du – eine Rabenmutter, die ihr Kind im Stich gelassen hat – sollte weder Forderungen noch Besitzansprüche stellen und schon gar keine Drohungen aussprechen.«

»Du weißt genau, warum ich sie im Stich gelassen habe. Lassen *musste*. Um sie vor dir zu schützen! Und *das* kann ich dir und Valerie niemals verzeihen!«

»Lass Valerie aus dem Spiel!«

Ja, diese Frau ist schon immer dein schwacher Punkt gewesen. »Du bist ihr bedingungslos hörig, Finn, siehst du das denn nicht? Sie hat dich zu dem gemacht, was du bist: ein gewissenloser Handlanger, der vor nichts haltmacht. Findest du wirklich alles richtig, was du tust?« Täuschte sie sich oder wich ihm gerade die Farbe aus dem Gesicht?

»Lass das mal meine Sorge sein, wie ich damit umgehe«, antwortete er, und doch glaubte sie, einen Hauch von Unsicherheit in seiner Stimme zu hören, vielleicht sogar Gewissensbisse in seinem Blick zu erkennen. Entstanden etwa gerade die ersten Risse in seiner Loyalität gegenüber Valerie – jetzt wo er mit eigenen Augen gesehen hatte, dass sie noch lebte?

»Wo ist Terry?«, fragte sie.

»Bei mir. Sie hat mir verraten, wo ihr euch treffen wolltet.«

Amanda biss die Zähne zusammen. Ihr Kiefer mahlte.

Das bedeutet, Simon und die Kopernikus kommen tatsächlich nicht mehr.

Sie überlegte. Tausende Gedanken wirbelten ihr durch den Kopf. *Du könntest jetzt abdrücken, dich endgültig von Finn verabschieden, dann gäbe es auf dieser Welt ein Übel weniger.* Sie umklammerte den Griff, ihr Arm zitterte, ihr Finger zuckte am Abzug. *Oh verflucht noch mal, ich kann es nicht! So ein verdammter Mist! Ich bin keine kaltblütige Mörderin!*

»Amanda, gib auf«, sagte Finn mit sanfter Stimme.

Tu es!, schrie eine Stimme tief in ihr drinnen. *Werde den Mistkerl endlich los! Hol dir deine Tochter zurück!*

Ihr Entschluss stand fest. *Du tust es für Terry.* Sie presste die Augen zusammen und wollte bereits abdrücken. *Ja, ich tue es, verflucht!* Doch kurz zuvor sah sie noch, wie Finn leicht den Arm hob und einen Finger ausstreckte, als wollte er ein Zeichen geben.

Da hörte sie ein Zischen. Im nächsten Moment traf sie etwas am Hals, und sie zuckte zusammen. Es pikste wie der Stich einer Wespe. Sie fuhr mit der freien Hand zu der Stelle und wollte das Ding wegschlagen, spürte jedoch im gleichen Moment, wie ihre Muskeln erschlafften. Sie hielt einen kleinen Pfeil zwischen den Fingern. Warmes Blut lief ihr über den Hals.

»Schlangengift, hoch konzentriert«, erklärte Finn.

Im nächsten Moment sank ihr Arm herunter, die Waffe fiel zu Boden. *Nun hast du dich doch von ihm einlullen lassen, du dumme Kuh!*

Ihre Knie wurden weich, die Beine knickten ein und sie taumelte nach hinten. Ihre Schuhe rutschten über den Abhang, Geröll prasselte über die Klippen nach unten, dort, wo Pierres Flugzeug im Wasser lag. Sie merkte, wie sie das

Gleichgewicht verlor und nach hinten wegkippte. Doch plötzlich stand Finn direkt vor ihr. Bevor sie hinunterstürzen konnte, packte er ihr Handgelenk und zog sie vom Abhang weg.

Seine Stimme drang an ihr Ohr. »Keine Sorge, ich lasse dich nicht so schnell sterben, *Darling*!«

Nenn mich nicht so!, wollte sie hervorpressen, brachte aber keinen Ton heraus.

Dieses verdammte Gift.

»Kämpf nicht dagegen an.« Finn kickte ihre Pistole mit der Schuhspitze über die Klippen ins Meer hinunter. Sekunden später klatschte sie ins Wasser.

Das war die Waffe meines Adoptivvaters, Admiral Nathan West, du Arschloch!

Finn packte sie am Arm und an den Beinen, ging in die Hocke und lud sie sich auf die Schultern. Dann stemmte er sie hoch. »In einer halben Stunde kommen deine Sinne wieder langsam zurück«, keuchte er. »Mann, du hast zugenommen.«

Mistkerl!

Mit langsamen Schritten entfernte er sich von dem Abhang und ging auf das Plateau zu, das sich hinter den ehemaligen Hütten befand. Dort war der Asphalt aufgesprungen und von Pflanzen halb zugewuchert.

Amanda versuchte, den Kopf zu heben. Wie in Zeitlupe sah sie, wie sich die Palmwedel zur Seite bogen.

Komisch, dabei herrscht gar kein Wind!

Dort, wo vor Kurzem noch Bäume gestanden hatten, rutschen jetzt einige Palmwedel weg und fielen auf den Boden, als würde ein Vorhang fallen. Dann sah sie plötzlich Männer, die Büsche und Blätter wegtrugen. Dahinter kam ein großes schwarzes Ding zum Vorschein.

Eine Chinook!

Sie kannte diesen Helikoptertyp. Es war ein großer zweimotoriger Transporthubschrauber, der vorne und hinten Rotorblätter hatte. Gut getarnt hatte er die ganze Zeit über hinter den Ruinen der Hütten gestanden. Nun wurde die Tarnung entfernt.

Zwei Männer kamen Finn entgegen, die ihm beim Tragen halfen. Einer von ihnen hatte ein Präzisionsgewehr über der Schulter hängen. Dieser Mistkerl musste den Giftpfeil abgeschossen haben. *Dein Gesicht merke ich mir!*

Der Motor der Maschine sprang an, die Rotorblätter begannen sich zu drehen, und Amanda wurde ins Innere des Helikopters auf einen Schalensitz geworfen. Jemand legte ihr den Gurt an.

»Passt gut auf sie auf«, sagte Finn und tippte ihr mit dem Finger an die Stirn. »In diesem hübschen Köpfchen befindet sich eine Formel, die viele Billiarden Dollar wert ist.«

Ich werde nicht reden.

»Und wenn du nicht redest«, flüsterte Finn und kam ganz nahe an sie heran, »werden wir sie dir aus deinem Hirn schneiden.«

13. KAPITEL

Ich konnte mein Glück kaum fassen, als ich Pierre sah. »Du bist hier?«, rief ich freudig. Dann war es also doch die Kopernikus, die in der Nähe des Bohrturms im Wasser gelegen hatte!

Er lief zu mir, kniete sich neben meinen Stuhl, aktivierte eine Lampe an seinem Gürtel und untersuchte meine Fesseln.

»Vier Handschellen – an den Fuß- und Handgelenken«, erklärte ich ihm.

»Merci.« Er griff zu seinem breiten Werkzeuggürtel, an dem Kneifzange, Metallsäge und anderes Equipment hingen. Er war bestens ausgerüstet; anscheinend musste ihm jemand gesagt haben, was er brauchte. Ethan etwa?

»Es ist ein einfaches Schloss«, erklärte ich ihm, »aber ich habe keinen Draht mehr.«

»Pas de problème!« Er löste einen Dietrich vom Gürtel, dessen beiden Enden er zurechtbog. Flink führte er sie in das Schloss meiner Handfessel und befreite mich davon.

»Du bist mit dem U-Boot hergekommen, richtig?«, fragte ich ihn, während er meine zweite Handschelle öffnete.

Er nickte. »In Bodennähe konnte uns kein Radar erfassen. Wir ankern direkt unter der Plattform. Ich bin am Eisengerüst hochgeklettert und habe eine Strickleiter heruntergelassen.«

»Aber unten sind Kameras!«, entfuhr es mir. Unwillkürlich blickte ich zur Tür.

»Ich weiß«, beruhigte er mich. »Ethan hat uns erklärt, wo sie angebracht sind.«

»Also ist Ethan in Sicherheit?«

Pierre löste die Fesseln um meine Fußgelenke. »Ja, an Bord der Kopernikus.«

Ich sprang auf und schüttelte meine Arme und Beine aus, die nach dem langen Sitzen schon ziemlich taub waren. »Aber wie habt ihr überhaupt hergefunden? Woher wusstet ihr, wo wir …?«

In diesem Moment steckte eine Frau von draußen den Kopf durch das runde Loch in der Wand. »Beeilt euch!«

Ich konnte die Frau nicht genau erkennen, allerdings kannte ich die Stimme. *Das ist doch Dina Goian!* Jene Frau, die ich im Haus meiner Mutter in Miami kennengelernt hatte. Sie hatte sich als neue Besitzerin ausgegeben, tatsächlich aber für Valerie De Boes spioniert.

»Was ist?«, drängte Pierre.

Ich stand stocksteif da. »Das ist eine Falle! Diese Frau arbeitet für Biosyde.«

»Jetzt ist keine Zeit für lange Erklärungen. Komm schon!«, drängte Pierre.

»Nein«, sagte ich fest.

Pierre starrte mich entsetzt an. »Komm!«

Ich spürte Panik in mir aufsteigen. Nachdem ich Sidney auf den Leim gegangen war, wollte ich kein weiteres Mal verschaukelt werden.

»Dina arbeitet als Spionin für Benedict Thorn«, erklärte er mir.

»Dieselbe Geschichte habe ich gestern schon einmal gehört.«

Nun zog Dina den Kopf ein, kletterte durch das Loch herein und kam auf mich zu. Bei unserer letzten Begegnung hatte sie noch einen eleganten Rock und eine schicke Bluse angehabt, jetzt trug sie Lederhandschuhe, feste Turnschuhe sowie einen eng anliegenden schwarzen Trainingsanzug mit Kapuze, unter der ihr schwarzes Haar hervorfiel. Sie sah aus wie eine Einbrecherin auf Diebestour. An ihrem Gürtel hingen eine Pistole und ein Nachtsichtgerät. Instinktiv wich ich einen Schritt zurück.

»Ich weiß, das tut mir leid«, sagte sie. »Das war ein mieser Trick, mit dem Sidney und Finn Informationen aus dir herausholen wollten. Aber es gibt tatsächlich eine Spionin. *Nämlich mich!* Ich habe Benedict Thorn eine verschlüsselte Nachricht zukommen lassen, dass du auf dieser Bohrinsel gefangen gehalten wirst. Leider hat ein IT-Spezialist von Biosyde die Nachricht abgefangen und meine Tarnung ist aufgeflogen. Zum Glück konnte ich rechtzeitig fliehen. Danach habe ich beschlossen, noch etwas Gutes zu tun, nämlich deinem Onkel zu helfen, dich zu befreien.«

»Warum sind Sie überhaupt mit Pierre mitgekommen?«, fragte ich sie.

Sie verdrehte die Augen. »Weil ich mich auf der Bohrinsel ganz gut auskenne, und ein Insider nicht schlecht ist, falls bei deiner Befreiung etwas schiefgeht. Außerdem weiß ich, wo sich die toten Winkel der Kameras befinden.«

Die ganze Geschichte klang einigermaßen plausibel – aber ich hatte im Lauf der letzten Wochen schon so viele scheinbar plausible Geschichten gehört. Und auf alle war ich der Reihe nach hereingefallen.

Dina reichte mir die Hand. »Kommst du jetzt bitte?«

Ich zögerte. Eine Frage war noch offen. »Wie konnten Sie überhaupt Kontakt mit der Kopernikus aufnehmen?«

»Du bist genauso vorsichtig und misstrauisch wie dein Onkel.« Dina lächelte verzweifelt. »Er hat ...«

In diesem Moment hörte ich aufgeregte Stimmen im Gang. Womöglich hatte jemand die Kopernikus entdeckt oder das Leuchten von Pierres Schneidewerkzeug bemerkt. Trotzdem blieb ich stehen.

»Dein Onkel hat Kontakt mit Benedict Thorn aufgenommen«, erklärte sie hastig. »Und zwar, nachdem du in den Cinque Terre gekidnappt worden warst.«

In diesem Moment hörte ich, wie der Riegel der Tür aufgeschoben wurde. Geistesgegenwärtig rannte Pierre hin und warf sich dagegen, sodass sie nicht geöffnet werden konnte.

»Dein Onkel hat Mr. Thorn um Hilfe gebeten, dich zu befreien«, sagte sie. »Terry! Bitte!«

Keuchend stemmte sich Pierre gegen die Tür. Mittlerweile war draußen aufgeregtes Gebrüll zu hören.

»Okay, hauen wir ab!« Ich lief zum Loch in der Wand und schob mich ins Freie. Sogleich pfiff mir der Wind um die Ohren. Es war finstere Nacht, aber die Gasfackel brannte oben am Bohrturm und der orangefarbene Schein erhellte ein wenig die Umgebung. Ich befand mich in schwindelerregender Höhe und sah eine Strickleiter unter mir, die sich spannte und hin und her gerissen wurde.

»Runter!«, befahl Dina.

Ich drehte mich um, packte die Strickleiter, suchte mit den Beinen die erste Sprosse und kletterte abwärts. Der Wind zerrte an mir.

»Halt dich gut fest!«, rief Dina mir hinterher, die sich nach mir ins Freie schob.

Im Schein der Gasfackel sah ich, dass sich die Strickleiter über das Wasser spannte und am Turm der Kopernikus befestigt war. Wenn das Boot auch nur ein bisschen zu viel schwankte, würde sie abreißen. Also beeilte ich mich. Je tiefer ich kletterte, umso mehr schälten sich die Umrisse des U-Boots aus der Dunkelheit. Dort unten lag mein Zuhause. Zum Greifen nahe. Ein Glücksgefühl durchströmte mich bei dem Anblick. Die Frage war nur, ob wir alle rechtzeitig und unbeschadet das Boot erreichen würden.

Dina folgte mir behände. Wütende Böen rissen uns auf der Strickleiter herum wie Marionetten. Aber auch das auf den Wellen auf- und abtanzende U-Boot zerrte an uns. Simon und Johann hatten bestimmt alle Hände voll zu tun, es in den tosenden Wellen so ruhig wie möglich zu halten.

Ich klammerte mich an das nasse Seil und kletterte wie eine Spinne weiter hinunter. Nur einmal blickte ich hoch und sah, dass sich nun auch Pierre auf der Strickleiter befand. Aus dem Loch in der Wand drangen die Lichtkegel mehrerer Scheinwerfer, die nach uns suchten und schließlich das U-Boot erfassten.

Gar nicht gut!

Bestimmt wurde bereits ein Team hinunter zur Andockstelle geschickt, um das Boot zu kapern. Meine Gefangenschaft hatte die heiß begehrte Kopernikus direkt in die Höhle des Löwen geführt. Wenn sie das Boot jetzt schnappten, besaßen sie alles, wonach sie gesucht hatten.

Merkwürdigerweise schoss niemand auf uns. Und dann erkannte ich den Grund. Im Schein der Lampe sah ich, wie oben jemand versuchte, die Strickleiter zu lösen.

»Rasch weiter!«, drängte Dina.

Sie stoppte, setzte sich mit einer Hand das Nachtsichtgerät auf und nahm die Pistole vom Gürtel. Dann zielte sie und schoss. Ich blickte nicht länger nach oben, sondern kletterte weiter und hörte, wie die Querschläger ihrer Kugeln über das Metall kreischten. Die Männer brüllten auf.

Mir fehlten nur noch wenige Meter. Endlich erreichte ich den Turm. Im Ausguck stand Simon. Er griff nach mir und zog mich sofort an Bord.

»Oh, Terry«, seufzte er vor Freude und Erleichterung. Allerdings war keine Zeit für eine heftige Umarmung. Ich machte sofort Platz, sodass Simon auch Dina an Bord helfen konnte.

In diesem Moment löste sich oben die Strickleiter. Die Spannung ließ nach und die Leiter klatschte ins Wasser. Im selben Moment hörte ich Pierres Schrei. Aus einer Höhe von über zehn Metern fiel er ins Wasser. Der Aufprall war bestimmt sehr schmerzhaft, aber zum Glück verringerten die Wellen der rauen See den Widerstand des Wassers.

Ohne lange zu überlegen, griff ich die Strickleiter und zog sie mit aller Kraft an Bord. Falls Pierre sie bei seinem Sturz nicht losgelassen hatte, konnten wir ihn retten. »Helft mir!«

Simon und Dina zerrten nun ebenfalls an der Leiter. Meter für Meter holten wir sie ein.

In der Zwischenzeit stürmte ein gutes Dutzend Männer durch den Notausgang ins Freie und lief die Außentreppe des Bohrturms zu den Anlegestellen hinunter. Die Männer sprangen in die Boote und starteten die Motoren.

Indessen zerrten wir drei wie besessen an der Leiter. Schließlich sah ich im orangefarbenen Schein der Fackel, wie Pierre, mit einer Hand an die Leiter geklammert, näher kam. Durch Schwimmbewegungen mit der anderen Hand und Beinstöße versuchte er uns zu helfen, was angesichts des Wellengangs jedoch fast aussichtslos war.

Schließlich warf ihn eine Welle hart gegen den Rumpf der Kopernikus. Mit einem Stöhnen bekam er die Außenleiter zu fassen. Jetzt flammten die Scheinwerfer der Boote auf. Die ersten setzten sich bereits in unsere Richtung in Bewegung.

»Klar machen zum Tauchen!«, brüllte Simon in den Turm hinunter.

Augenblicklich ging das tiefblaue Nachtlicht im Inneren des Bootes an, das man von der Wasseroberfläche aus nicht sehen konnte. Die Motoren heulten auf.

»Fluten!«, drang Johanns Stimme durch den Steuerraum. Anscheinend befand sich Ethan im Maschinenraum.

»Gehen Sie runter!«, befahl Simon Dina.

Ich streckte die Arme aus und erreichte Pierres Finger. Seine Hand griff nach mir. In diesem Moment erfasste uns der Strahler einer Lampe. Wir lagen im gleißenden Licht wie auf dem Präsentierteller.

»Keine Bewegung!«, tönte es blechern aus einem Megafon zu uns herüber.

Für einen Augenblick dachte ich, dass Dina jetzt gleich eine Waffe ziehen, Simon den Lauf an die Schläfe halten und kalt lächelnd sagen würde: »Das Spiel ist aus, Dr. West. Es hat keinen Sinn. Ergeben Sie sich!«

Dann wäre alles verloren gewesen. Die Vorstellung ließ für eine Sekunde meinen Herzschlag aussetzen. Instinktiv spannte ich den Körper an, um Dina die Waffe aus der Hand zu schlagen, aber zum Glück passierte das nicht. Dina verschwand im Inneren des U-Boots und Simon und ich halfen Pierre an Bord.

Pierre hatte es noch nicht auf den Rumpf der Kopernikus

geschafft, als der erste Schuss krachte. Das Projektil prallte quietschend als Querschläger ab. Beinahe hätte ich Pierre vor Schreck losgelassen.

»Runter!«, befahl Simon. »Das sind Hohlmantelgeschosse.«

Aber ich hielt Pierres Hand fest umklammert. Gemeinsam mit Simon zog ich ihn an Bord. Wieder fiel ein Schuss und wieder ertönte das schrille Geräusch vom Kontakt mit dem Metall. Trotzdem ließ ich Pierre nicht los. Er gehörte zur Familie. Ihn zurückzulassen war keine Option.

Dann war er endlich an Bord und stürzte kopfüber in den Turm hinunter. Ich folgte ihm, Simon drückte mich mit der Hand auf meiner Schulter hinunter. Während Dutzende Kugeln einschlugen, rutschte ich die Leiter hinab und landete auf dem harten Boden neben Pierre, der sich keuchend zur Seite rollte. Er war tropfnass.

Weitere Schüsse krachten. Ich hörte die Projektile unter Wasser gegen den Rumpf der Kopernikus knallen. Manche sogar ziemlich tief und gefährlich nahe an der Ruderanlage. Plötzlich brüllte Simon schmerzerfüllt auf.

»Simon!«, rief ich entsetzt.

Im nächsten Augenblick schloss sich die hydraulisch betriebene Luke, während immer noch unablässig Kugeln dumpf gegen den Schiffsrumpf prallten.

»Tauchen!«, schrie ich. »Volle Kraft voraus!«

Der Antrieb heulte auf, die restlichen Tanks wurden geflutet und der Bug der Kopernikus senkte sich nach unten. In einem steilen Winkel versank das Boot im Meer und nahm ruckelnd Fahrt auf.

Wir sanken so rasch und steil, dass sich eine Holzpalette mit Obst löste und an mir vorbeirutschte. Mangos und Bananen kullerten über den Boden.

Schließlich tauchte Simon neben mir auf. Im blauen Licht sah ich, wie er aus einer Wunde am Oberarm blutete. »Nur ein Streifschuss«, knurrte er mit zusammengebissenen Zähnen.

Ich warf mich ihm an den Hals und drückte ihn, so fest ich konnte.

»Vorsicht, Terry! Du quetscht mir die Lunge ab«, stöhnte er auf.

Dabei war es gar nicht die Freude, dass ich gerettet worden war, sondern die Erleichterung, dass er und der Rest der Crew noch am Leben waren.

In nächsten Moment sprang mich ein rotbraunes Fellbündel von der Seite an und grub quiekend seine Schnauze unter meinen Arm. *Charlie!* Oh, wie sehr ich den kleinen Kerl vermisst hatte. Das Frettchen drückte sich laut schnurrend an mich und ich kraulte es im Nacken.

Nun kamen auch Johann und Ethan zu uns. Ethan sah etwas mitgenommen aus. »Schön, dich wieder an Bord zu sehen, Terry.« Er klang bedrückt. »Tut mir leid, dass ich gestern …«

»Was?« Ich stand auf. »Dass du einfach abgehauen bist?« Ich fuhr ihm mit der Hand durchs Haar und zerstrubbelte seine Frisur. »Das war das Mutigste, was du jemals gemacht hast.«

»Echt?«

Ich umarmte ihn und merkte, wie überglücklich und erleichtert er war. »Du bist einzigartig«, sagte ich und fügte rasch in ernstem Ton hinzu: »Hoffe ich jedenfalls.«

Ethan boxte mich grinsend in die Seite. Nun trat auch Johann näher, wie immer ganz in Schwarz. Seine Faust öffnete und schloss sich und ich sah, wie die Muskeln an seinem tätowierten Unterarm auf und ab hüpften. »Es freut mich, dass alle wieder munter und halbwegs gesund an Bord sind.« Er sah mich kurz an, seine Augen glänzten. Offensichtlich drohte er gerade von seinen Emotionen überwältigt zu werden und versuchte, sich nichts anmerken zu lassen.

»Johann!«, rief ich und umarmte auch ihn. Sein langer kräftiger Arm legte sich um meine Schulter, und ich spürte, wie sein Herz aufgeregt schlug.

Nachdem ich ihn losgelassen hatte, drehte er sich zu Simon. »Käpt'n, die Kopernikus ist fast unbeschädigt geblieben und macht volle Fahrt in Richtung bulgarische Küste, Ziel Varna«, sagte er wieder gefasst.

»Was heißt *fast?*«, fragte Simon.

»Das Seitenruder hat etwas abgekriegt, ebenso das Periskop, und die hydraulische Pumpe des linken vorderen Tanks arbeitet nur noch zu siebzig Prozent.«

»Gehen wir sicherheitshalber noch zehn Meter tiefer«, sagte Simon.

»Aye, Sir.«

»Wenn Sie erlauben, würde ich mir gern die Verletzung auf Ihrem Oberarm ansehen«, sagte Dina besorgt.

»Später«, wehrte Simon ab. »Vorher möchte ich eine vollständige Schadensmeldung aller Stationen. Danach kümmern wir uns um Terry.«

Zum Glück war alles wie immer. Simon war der alte harte und unnachgiebige Kapitän geblieben.

Und nun waren wir alle wieder vereint. Ja, wir hatten sogar eine weitere Verbündete an Bord. Damit hatten sich unsere Chancen im Wettstreit gegen Biosyde geringfügig verbessert.

14. KAPITEL

Nachdem alle Schäden festgestellt waren, machten sich Johann und Pierre sofort an die Reparaturarbeiten. Unterdessen pflügten wir in siebzig Metern Tiefe durchs Schwarze Meer.

Pierre hatte sich bei seinem schwindelerregenden Sturz ins Wasser das Steißbein geprellt und die Schulter gezerrt. Doch abgesehen davon war er wohlauf.

»Ein draufgängerischer Abenteurer wie ich hat schon schlimmere Situationen überlebt«, sagte er wie immer lächelnd und mit einem leichten Hang zur Prahlerei. »Ich muss mich nur vorsichtig hinsetzen.«

Ich musste schmunzeln. »Danke für die Rettungsaktion.«

»Pas de problème!« Er kniff mir in die Wange und verschwand mit einem Werkzeugkasten leicht hinkend in Richtung Steuerraum.

Nachdem ich mich geduscht und frische Kleidung angezogen hatte, saß ich mit Charlie auf dem Schoß beim Küchentisch, trank eine Tasse heißen Pfefferminztee mit Milch und aß hintereinander gierig zwei Wurstbrote. Durch das Bullauge fiel nur die Schwärze der Tiefsee. Inzwischen waren wir aus der Gefahrenzone und hatten wieder das normale Licht eingeschaltet.

Simon kam in die Kombüse. Er trug ein frisches T-Shirt. Sein Oberarm war mit einer weißen Mullbinde bandagiert. Zum Glück war es tatsächlich nur ein Streifschuss gewesen. Die Wunde musste nicht genäht, sondern nur desinfiziert werden. Dina hatte sich darum gekümmert.

Simon setzte sich zu mir an den Tisch. »Ich dachte schon, ich sehe dich nie wieder …«, sagte er nach einer Weile.

Ich schluckte. »Mir ging es genauso.« Ich drückte Charlie eng an mich. Er schnurrte ganz laut. Dann räusperte ich mich. »Stimmt es, dass du Benedict Thorn um Hilfe gebeten hast?«

Simon sah mich betrübt an. »Ich habe ihm als Gegenleistung das Horn und die Blutprobe des Earls angeboten.«

»Aber …« Beinahe blieb mir ein Stück Banane im Hals stecken.

»Bevor du dich weiter aufregst«, unterbrach er mich sanft, »lass mich ausreden.« Dann erzählte er mir von seinem Gespräch mit Thorn.

Ich hörte aufmerksam zu und unterbrach ihn kein einziges Mal.

»Valerie De Boes ist uns bis jetzt über den halben Erdball hinterhergejagt – und Benedict Thorn ist ihr Konkurrent. Also habe ich eine Allianz mit ihm geschlossen«, beendete Simon seine Erzählung. »Ganz nach dem Motto: Gegen einen Feind gibt es kein besseres Gegenmittel als einen zweiten Feind.«

»Stammt der Spruch aus einem Glückskeks?«

»Nein, von Nietzsche.«

»Kenn ich nicht.«

»Hätte mich auch gewundert.«

Ich verzog das Gesicht. »Und wie ging es danach weiter?«

»Na ja …« Simon versuchte, den Arm zu drehen, biss aber die Zähne schmerzvoll zusammen. »… nachdem Dina uns verraten hatte, wo Ethan und du steckt, ist ihre Tarnung aufgeflogen. Sie musste mit einem Boot von der Bohrinsel fliehen. Zum Glück waren wir mit der Kopernikus bereits in der Nähe und haben sie an Bord genommen. Diese Flucht brachte Finn vermutlich erst auf die Idee, dir Sidneys inszenierte Flucht vorzugaukeln.«

»Und das hat ja auch prima geklappt.« Traurig dachte ich an das geplatzte Treffen mit meiner Mutter auf Wreck Island und dass ausgerechnet ich es verraten hatte. Mit rauer Stimme erzählte ich ihm nun von dem Videogespräch, das ich mit meiner Mutter im Leuchtturm in den Cinque Terre geführt hatte. Simon hatte ja bisher noch nichts von diesem Gespräch gewusst. Von Ethan hatte er jedoch bereits den vereinbarten Treffpunkt erfahren.

»Und warum seid ihr nicht nach Wreck Island gefahren, um sie zu holen?«, fragte ich.

»Das hatte ich wirklich überlegt«, sagte er. »Aber es erschien mir wichtiger, *dich* zu retten.«

»Aber warum?« Meine Stimme war laut geworden. Laut und verzweifelt.

»Warum?«, wiederholte er nun ebenso laut. »Weil ich der Käpt'n dieses U-Boots bin. Wer hätte dich dann gerettet, du Dreikäsehoch? Ich musste eine Entscheidung treffen und abwägen, was zu tun ist. Die Chancen, deine Mutter rechtzeitig zu finden, standen mehr als schlecht.«

»Jetzt ist es zu spät, um noch nach Wreck Island zu fahren. Sie ist Finn bestimmt schon in die Hände gefallen.«

Simon biss wieder die Zähne zusammen, diesmal vermutlich nicht nur vor Schmerz. »Es sei denn, sie hatte so viel Glück wie wir damals.«

Ich schwieg und dachte daran, wie es uns gelungen war, mit Pierre rechtzeitig von der Insel zu verduften. »Das hoffe ich, aber ich fürchte, Finn macht denselben Fehler kein zweites Mal.«

»Gibt es keine Möglichkeit, deine Mutter zu erreichen?«

»Ich wüsste nicht, wie.« Ich spürte, wie wieder die Tränen in mir hochstiegen. Rasch sah ich Simon an und räusperte mich. »Danke, dass du mit Benedict Thorn alles riskiert und aufs Spiel gesetzt hast, um Ethan und mich zu retten«, sagte ich kleinlaut.

»Die Umstände haben mir keine andere Wahl gelassen«, antwortete er bitter, »und trotzdem … ich würde es wieder tun und sogar alles aufgeben, nur um euch in Sicherheit zu wissen.«

»Alles?«, fragte ich. »Sogar das Boot?«

Er nickte. »Sogar das Boot.«

Nun steckte mir erst recht ein Kloß im Hals. Zum Glück schob Dina in diesem Moment den Kopf zur Tür herein. »Störe ich?«

Simon wedelte mit der Hand. »Kommen Sie herein. Kaffee und Kuchen?«

»Eine Tasse Kaffee, bitte.«

»Frisch gebrüht, kommt sofort.« Während Simon sich erhob und zur Kaffeemaschine ging, setzte sich Dina zu mir an den Tisch. Sie trug immer noch ihren eng anliegenden schwarzen Tarnanzug. Anscheinend merkte sie, wie mies es mir ging, denn sie legte mir behutsam die Hand auf den Arm. Charlie fauchte sie zwar an, doch ich strich ihm beruhigend über den Kopf. »Hör auf! Sie ist jetzt eine von den Guten.« Anscheinend konnte er sich noch gut an die Szene im geheimen Labor meiner Mutter in ihrem Haus in Miami erinnern.

»Ich wollte dir nie etwas antun«, sagte Dina.

»Und warum haben Sie mir dann nicht schon in Miami geholfen?«, warf ich ihr vor.

»Das konnte ich damals nicht. Zu viel hing davon ab, meine Tarnung aufrechtzuerhalten. Ion Goian war der Chef dieses Biosyde-Stützpunktes, er hatte überall seine Augen und Ohren. Und Lavinia, die unsere Tochter spielte, war seine Assistentin.«

»Dann ist Ion gar nicht Ihr Mann?«

Sie schüttelte den Kopf. »Alles nur Fassade. In Wahrheit heiße ich Dina Ramirez.« Lächelnd streckte sie mir die Hand entgegen. »Starten wir beide neu?«

Zögernd griff ich danach. »Okay.« Im Hintergrund gluckerte die Kaffeemaschine und kurz darauf setzte sich Simon mit zwei Tassen zu uns an den Tisch.

»Biosyde ist gefährlich«, warnte Dina uns.

»Das haben wir mittlerweile schon selbst herausgefunden«, sagte Simon.

»Das kann ich mir denken, aber Sie haben keine Vorstellung, wozu die noch imstande sind. Biosyde ist wie ein gigantischer Krake, der in jedem Land seine langen Arme und Niederlassungen hat. Mein Chef, Benedict Thorn, ist zwar auch ein harter Geschäftsmann, aber im Gegensatz zu Valerie De Boes bleibt er zumindest fair und geht nicht über Leichen.« Sie machte eine Pause. »Wenn ich mir Ihre Situation so ansehe, dann ist er der Einzige, der Ihnen jetzt noch helfen kann, aus dem Schlamassel herauszukommen.«

Ich sah auf. »Und wie?«

»Das soll dir Benedict Thorn am besten selbst sagen. Er möchte dich persönlich kennenlernen.«

»Mich?«

Dina schaute auf ihre Armbanduhr. »Er ist gerade unterwegs nach Istanbul. Er hasst Fliegen, darum fährt er alle Strecken mit Schiff, Auto oder Zug. Er erwartet dich in seinem Zugabteil im Orient-Express, der morgen früh in der Hafenstadt Varna ankommt.«

2. TEIL

ORIENT-EXPRESS

15. KAPITEL

Ich saß in einem der Erste-Klasse-Waggons des Orient-Express in einem Nostalgie-Abteil. Der Zug war pünktlich in Varna abgefahren und befand sich nun auf einer Strecke durch das raue Gebirge Bulgariens. Eine einsame Gegend, in der man nur selten an Bahnhöfen vorbeikam.

Das Abteil war holzvertäfelt, im alten klassischen Stil. In der Mitte stand ein kleines Tischchen und über der Tür hing eine antike elektrische Lampe, die so aussah, als wäre sie aus dem vorletzten Jahrhundert. Jedes Mal, wenn wir in einen Tunnel einfuhren, flackerte sie.

Auf dem Sitz neben mir lag Charlie zusammengerollt und ließ sich von dem monotonen Rütteln und Rattern der Waggons über die Bahnschwellen in den Schlaf wiegen. Ich hatte ihn heimlich in meinem Rucksack in das Abteil geschmuggelt. Der Schaffner hatte bereits Ethans und meine Fahrkarten kontrolliert und uns seither in Ruhe gelassen. Charlie konnte weiterhin beruhigt ein Nickerchen machen.

Ethan saß mir gegenüber. Er tippte ganz vertieft auf seinem Notebook herum. Normalerweise hätte er unsere Drohne Darwin auf dem Dach des Zugs geparkt und sich unsere Fahrt über die Kamera auf seinem Computer angesehen. Aber wir besaßen Darwin nicht mehr. Ethan hatte ihn vor mehreren Tagen mit dem Medaillon meiner Mutter, in dem ein funkender Sender versteckt war, von den Cinque Terre aus quer über das westliche Mittelmeer geschickt. Als Ablenkungsmanöver, was jedoch – nachträglich betrachtet – nichts genützt hatte. Mr. Finn hatte uns trotzdem geschnappt … oder sollte ich besser sagen: *mein Vater*. Der Gedanke, dass ausgerechnet er mein Erzeuger war, war so surreal und gruselig, dass ich mich vermutlich nie daran gewöhnen würde.

Ethan und ich waren die Einzigen in diesem Abteil für sechs Personen. Ich lehnte am Fenster, hatte eine Hand auf Charlies Rücken und starrte hinaus. Die Gegend war völlig naturbelassen mit hohen Bergen, Felsschluchten und Wasserfällen. Die Bahnstrecke durch das Gebirge führte durch zahlreiche Tunnel und auf gigantischen Brücken über die Täler. Schon bald würden wir Griechenland erreicht haben und danach die Türkei. Dieser transeuropäische Kontinentalzug war vor einigen Tagen in Paris losgefahren und würde erst in Istanbul wieder haltmachen, wo die Reise schließlich endete.

Hin und wieder schrillte die Pfeife der Lok oder das Bimmeln einer Schranke ertönte an einem Bahnhof, wenn wir passierten – ansonsten blieb die Fahrt, bis auf die Landschaft, unspektakulär.

Einige Zeit später spürte ich am Ruckeln, wie sich der Zug in eine Kurve legte und langsamer wurde. Wir fuhren im Bahnhof eines Städtchens ein, dessen Namen ich nicht aussprechen konnte, und blieben ein paar Minuten lang stehen. Einige Leute stiegen aus, einige ein.

Ich drückte mein Gesicht mit platter Nase ans Fenster

und schaute mich um. Zwischen einem offensichtlichen Großwildjäger mitsamt seiner Ausrüstung und einer älteren Dame mit Federhut, die wie eine Gräfin aussah, und ihren vielen fast mannsgroßen Koffern glaubte ich einen hochgewachsenen Jungen zu erkennen.

Schlagartig fuhr ich auf. Mein Herz schlug schneller. *Den kenne ich doch!* Ich presste mein Gesicht fester ans Glas. Die Scheibe beschlug. Da war er wieder! Die dunkle Hautfarbe, die hagere Figur, die Rastalocken.

Ich werd' verrückt, das ist Jake!

Er war einer meiner Brieffreunde. Ich hatte ihn zuletzt vor einem halben Jahr – lange bevor unsere Flucht vor Biosyde begonnen hatte – bei unserem Stopp in Tahiti getroffen. Wir waren damals durch den Regenwald gelaufen und hatten Hunderte Zwergpapageien aus einem Tierjäger-Camp befreit.

»Ist was?« Ethan blickte kurz auf. Anscheinend hatte er meine Aufregung bemerkt.

»Nein, alles in Ordnung.« Ich stand auf und versuchte einen besseren Blick auf den Jungen zu erhaschen, konnte ihn aber nicht mehr finden. Er war irgendwo in der Menge untergetaucht. Jake hatte bei unserem letzten Treffen zwar behauptet, dass er von Tahiti unbedingt weg wollte, und zwar in den Orient, aber dass er dann ausgerechnet *hier* landen würde – im Orient-Express – war wohl ein mehr als großer Zufall. Andererseits … warum nicht? »Kannst du mal kurz auf Charlie aufpassen, damit er nicht abhaut und was anstellt?«

»Was?« Ethan blickte genervt zu dem Frettchen. »Ich bin doch nicht dein Kindermädchen. Außerdem habe ich zu tun.« Und schon war er wieder in sein Notebook vertieft. »Muss mehr über Benedict Thorn, seinen Konzern und seine Forschung herausfinden.«

Ist das zu fassen? Ich explodierte. »Das glaube ich jetzt nicht! Wer hat dich auf der Bohrinsel aus deiner Zelle befreit? Wer hat sein Leben riskiert, damit du mit dem Motorboot abhauen kannst? Die Blumenfee? Ich denke, du schuldest mir zumindest diesen kleinen Gefallen!«

»Und ich denke«, sagte er, indem er meine Stimme nachäffte, »dass ich dich auch schon mal befreit habe.«

Ich stemmte die Hände in die Hüften. »Ach ja, und wo bitte schön soll das gewesen sein?«

»In Tahiti, als du …?« Plötzlich verstummte er.

»Ha! Du Lügner!«, rief ich und zeigte mit dem Finger auf ihn. »In Tahiti warst du die ganze Zeit an Bord, während ich …« Ich verstummte, dachte plötzlich nach und kniff dann die Augenbrauen zusammen. »Woher weißt du überhaupt, dass ich auf Tahiti in Gefangenschaft war?«

»Ich … äh …«, stammelte Ethan herum.

In diesem Moment ruckelte der Zug, die Trillerpfeife des Schaffners ertönte und die Waggons setzten sich in Bewegung.

»Was weißt du darüber?«, fragte ich streng.

»Nichts.«

»Lüg mich nicht an!«

»Ja, schon gut, du warst … äh, mit Jake in einem Container gefangen«, druckste Ethan herum.

Fassungslos fiel ich auf meinen Sitz zurück. »Und woher weißt du das?«

»Ich … nun ja, war dort. Bin dir gefolgt.«

»Du hast mir *nachspioniert*?«

»Nein! Ich hatte zufällig über Darwins Kameraauge bemerkt, wie dir eine Frau gefolgt war und dich fotografiert hat. Ich dachte, du wärst in Schwierigkeiten. Und dann wurden Jake und du von den Papageien-Typen gefangen genommen, und ich habe mich im Morgengrauen zu dem Container geschlichen und den Riegel geöffnet.«

»Du warst das also«, stellte ich mit einem Krächzen fest. Und ich hatte gedacht, dass Jake und ich den Riegel selbst geöffnet hatten. »Die Frau, die mir gefolgt ist, war übrigens meine Mutter. Ich habe die Fotos, die sie von mir gemacht hat, in ihrem Leuchtturm gesehen.« Ich dachte nach.

Ethan sah mich merkwürdig an. »Du bist mir nicht böse, weil ich dir gefolgt bin?«

»Ach was.« Ich schüttelte den Kopf.

»Und du verarschst mich gar nicht, weil ich mir um dich Sorgen gemacht habe?«

»Was? Nein!« Ich sah ihn an. »Danke, vergiss es und Schwamm drüber.« Ich rückte näher zu ihm. »Du glaubst nie, wen ich gerade draußen gesehen habe …«, flüsterte ich.

Ethan sah mich verwirrt an. »Deine Mutter?«

»Quatsch! Du hast noch zwei Versuche.«

Ethan sah zur Glastür des Zugabteils. »Jake?«

Ich riss die Augen auf. »Woher weißt du das?«

»Weil er … gerade hinter dir steht.«

Ich fuhr herum. *Tatsächlich!* Jake stand im Gang vor unserem Abteil und blickte mich mit weit aufgerissenen Augen durch die Scheibe an. Offenbar konnte er es genauso wenig fassen wie ich, dass wir uns hier über den Weg liefen.

Er riss die Tür auf und trat ein. »Terry?«

»Jake!«

Dann sah er zu Ethan. »Ist das dein Cousin?«

»Ja, Mann, glotz nicht so!«, fuhr Ethan ihn an. »Mach die Tür zu und setz dich hin.«

Jake folgte den Anweisungen und setzte sich neben Ethan auf den freien Sitz. Erst jetzt fiel mir auf, dass Jake die schwarz-weiß gestreifte Uniform des Speisewagen-

Personals trug und eine große Thermoskanne in der Hand hielt.

»Arbeitest du in diesem Zug?«, fragte Ethan. »Ich könnte nämlich eine Tasse Kaffee vertragen. Mit Milchschaum und Zucker! Und einen Keks. Karamell wäre super.«

»Könnte ich dir organisieren, kein Problem«, sagte Jake und starrte mich immer noch ungläubig an. »Aber eigentlich …«

»Du arbeitest gar nicht hier, richtig?«, fragte ich, da ich Jake in diesem Moment durchschaut hatte. »Du fährst ohne Ticket als blinder Passagier auf dieser Strecke auf und ab und beklaust die Gäste, nicht wahr?« Jake hatte auf Tahiti einer Jugendbande angehört, die die reichen Touristen mit Taschenspielertricks beklaut hatte. Für jemanden mit Jakes Fähigkeiten war diese Bahnstrecke eine wahre Goldgrube.

»Wenn man es so ausdrücken will … ja … aber man könnte auch sagen, ich sorge dafür, dass das Vermögen gerecht umverteilt wird.«

»Mit *gerecht* umverteilt«, Ethan hob kurz den Blick, »meinst du wohl, in *deine* Tasche.«

Jake verzog das Gesicht. Schließlich griff er in seine Brusttasche und holte eine Visitenkarte heraus, die er mir reichte.

»Aha … *Dienstleistungen aller Art*«, las ich vor, womit er wohl eher kleine Gaunueraufträge meinte. »Und diese Handynummer? Sag bloß, du besitzt jetzt ein eigenes Telefon? Oder hast du das auch geklaut?«

»Sagen wir so … dieses *Dienst*handy ist eine Leihgabe auf Lebenszeit von einem großzügigen Manager, der kürzlich auf dieser Strecke gereist ist.«

Na klar – so konnte man das natürlich auch bezeichnen.

Ich steckte die Visitenkarte ein. Charlie sah auf, blickte zu Jake, gab ein wohlwollendes *Gig-gik-gik-gik* von sich, als könnte er sich an ihn erinnern, was vermutlich sogar stimmte, und schlief wieder ein. »Und wo schaffst du deine Beute hin, wenn ich fragen darf?«, wollte ich wissen.

Jake hob die Thermoskanne und schwenkte sie. »Man hört nichts, richtig? In Wahrheit ist der untere Teil nämlich ausgepolstert und hohl – und schon fast voll.«

»Aha.« Ich vermutete, dass es sich bei dem Inhalt um Uhren, Ringe und Armbänder handelte – und das, obwohl er gerade erst zugestiegen war. »Fleißig, fleißig«, stellte ich fest.

»Von uns kannst du nichts klauen, wir haben nichts«, meinte Ethan trocken.

»Freunde beklaut man nicht«, sagte Jake und blickte einen Moment lang zu dem silbernen Metallkoffer, der zwischen Ethans Beinen stand.

»Vergiss es«, knurrte Ethan. Er schob den Koffer mit dem Fuß unter die Bank. »Da ist nichts drin, was dich interessieren könnte.«

Ein paar neu zugestiegene Passagiere drückten sich an unserem Abteil vorbei. Einige wollten bereits die Tür öffnen, um einzutreten, doch als sie Charlie sahen, überlegten sie es sich und gingen rasch weiter. Konnte Ethan und mir nur recht sein. Wir warteten auf Benedict Thorn. Falls alles nach Plan lief, würde er innerhalb der nächsten Viertelstunde in unser Abteil kommen, um den Inhalt des Metallkoffers in Empfang zu nehmen.

Der Koffer hatte zwei sechsstellige Zahlenschlösser. Im Inneren befanden sich die Unterlagen meiner Mutter, die wir seit unserem Halt in Miami zusammengesammelt hatten. Bisher hatte Simon darin die Festplatten mit den Sicherheitskopien seiner Forschungsergebnisse aufbewahrt. Nun benutzten wir ihn für die Übergabe.

Der Koffer war zwar nicht unzerstörbar, aber man würde schon eine Weile brauchen, um das Metall aufzubrechen oder die richtige Nummernkombination herauszukriegen. Außerdem waren Ethan und ich nicht allein im Zug. Johann befand sich ebenfalls im Orient-Express. Allerdings hielt er sich dezent und gut versteckt in einem der anderen Waggons im Hintergrund. Thorn brauchte nicht zu wissen, dass wir ihm nicht hundertprozentig vertrauten.

Und zu unserer weiteren Sicherheit befand sich Dina Ramirez immer noch an Bord der Kopernikus, wo Simon und Pierre sie im Auge behielten – als Pfand sozusagen –, falls hier im Zug etwas schiefgehen sollte.

»Wo fahrt ihr eigentlich hin?«, wollte Jake wissen.

»Nach Istanbul … dort wartet mein Onkel mit der Kopernikus auf uns«, erklärte ich Jake. Mehr sagte ich nicht. Je weniger er wusste, umso besser. Simon würde uns am Bosporus, in der Meerenge, die das Mittelmeer mit dem Schwarzen Meer verband, wieder an Bord nehmen.

»Und was macht ihr dort?«, fragte Jake.

»Urlaub!«, knurrte Ethan.

Zum Glück knackte in diesem Augenblick das Funkgerät an meinem Gürtel. Ich meldete mich.

»Alles in Ordnung bei euch?«, drang Johanns Stimme aus dem Lautsprecher. »Over!«

»Alles okay«, funkte ich knapp zurück. »Over and out!«

Mittlerweile war der Zug in eine Schlechtwetterzone eingefahren. Die Reise führte durch kleine Bahnstationen, die vom Nebel eingeschlossen waren. Ein wenig fröstelte mich. Ich drehte die Heizung unter dem Fenster höher. Weiter ging es durch eine Gebirgsschlucht, über eine nicht gerade vertrauenswürdig aussehende Brücke und an einem Felsabhang entlang talwärts. Wie es schien, befanden wir uns fernab der üblichen Touristenrouten.

In diesem Moment öffnete sich die Tür zu unserem Abteil.

»Hier ist …« *Besetzt*, wollte ich sagen, verstummte jedoch. Instinktiv legte ich meine Hand auf das Funkgerät.

Ein gut aussehender Mann, der etwa in Simons Alter war, betrat in Designerjeans und weißem Poloshirt das Abteil. Er war braun gebrannt, der Pullover hing lässig über seinen Schultern, die Ärmel waren vor seiner Brust verknotet. Er sah aus wie ein Golfer, der gerade Urlaub in einer Sechs-Sterne-Hotelanlage machte.

Ich kannte sein Gesicht von der Webseite der Genetical Group. In echt sah Benedict Thorn noch viel besser aus.

Er trug eine schwere goldene Armbanduhr am Handgelenk und setzte ein freundliches Lächeln auf. »Hallo Terry, hallo Ethan.« Dann warf er einen Blick auf Jake und runzelte die Stirn. »Verschwinde, Junge, wir haben Geschäftliches zu besprechen.«

Jake schnappte sich seine Thermoskanne und stand auf. »Sehr wohl, Sir«, sagte er artig und drückte sich an Thorn vorbei in den Gang.

Nachdem Jake die Tür wieder geschlossen hatte, zog Thorn den Vorhang vor die Glastür und das Fenster zum Gang und lächelte wieder. »Es freut mich, dich kennenzulernen, Terry.« Er nahm Platz, rieb sich die Hände und setzte eine bedauernde Miene auf. »Leider habe ich keine guten Nachrichten für dich.«

16. KAPITEL

»Was für Nachrichten?«, fragte ich prompt.

»Es geht um deine Mutter«, antwortete Thorn.

»Wo ist sie?«

»Eines nach dem anderen. Bis nach Istanbul haben wir noch ein paar Stunden Zeit.« Er lehnte sich zurück und schlug ein Bein über das andere.

Der Mann hat Nerven! Ich habe keine Zeit! Ich wollte wissen, wo meine Mutter war.

Ethan klappte das Notebook zu. »Kannten Sie Amanda West?«

Thorn sah kurz zu Ethan. »Oh ja. Wer kannte Terrys Mutter nicht? Zumindest von denjenigen Leuten, die sich mit Genforschung und der Verlängerung des Lebens beschäftigten. *Unsterblichkeit!* Ein Menschheitstraum, so alt wie die Menschheit selbst. Wie viele sind schon daran gescheitert?«

»Und woher kannten Sie meine Mutter *genau*?«, fragte ich.

»Etwa ein Jahr vor deiner Geburt gab es einen Biologen-Kongress in Kopenhagen. Dort habe ich Dr. Amanda West kennengelernt. Mit ihrer Forschung hätte sie die Wissenschaft revolutionieren und Undenkbares leisten können. Jeder Konzern wollte etwas vom Kuchen ihrer Idee abhaben, doch deine Mutter wollte bloß staatliche Forschungsgelder annehmen, um weiterhin allein und unabhängig weiterarbeiten zu können. Die hat sie jedoch nicht erhalten. Also musste sie auf eigene Faust Geld für ihr Projekt auftreiben.«

»Meine Mutter hätte nie für die Pharmaindustrie gearbeitet«, stellte ich fest.

»Richtig. Und ich kann es ihr auch nicht verübeln. Die Pharmabranche ist ein knallhartes Geschäft, erbarmungslos und rücksichtlos.«

»Das aus Ihrem Mund?«, fragte Ethan mit gespielter Überraschung.

Thorn schmunzelte. »Viele in dieser Branche arbeiten unethisch. Mein Konzern nicht.«

»Ja, das behaupten sie alle.«

Thorn beugte sich zu Ethan herüber und senkte die Stimme. »Im Alter von vier Jahren habe ich im Garten einige Regenwürmer eingesammelt und diese mit zu mir ins Bett genommen. Das bekam natürlich meine Mutter mit und sagte mir, dass die Würmer sterben, wenn ich sie hierbehalten würde, da sie feuchte Erde bräuchten. Ich sollte sie wieder in den Garten tragen. Stattdessen habe ich aber feuchte Erde geholt und in meinem Bett verteilt.«

»Oh je!« Ich lachte auf.

»Ich liebe Tiere. Und zwar alle. Sie sind genauso Geschöpfe auf diesem Planeten wie wir.« Thorn beugte sich zu mir nach vorn und streichelte Charlie. Das Frettchen ließ sich das gefallen, drehte sich sogar auf den Rücken und streckte Thorn den Bauch entgegen, um sich auch dort von ihm kraulen zu lassen.

Ethan und ich warfen uns einen erstaunten Blick zu.

Charlie war ein gutes Barometer, wenn es darum ging, den Charakter eines Menschen zu beurteilen. Falls Benedict Thorn also kein raffinierter Schwindler war – was ich hoffte –, hatte er vermutlich sogar eine Menge guter Charaktereigenschaften.

»Ich habe gehört, dass Sie sich in Ihrer Jugend gegen Tierversuche eingesetzt haben«, sagte ich.

Thorn nickte. »Und an dieser Einstellung hat sich bis heute nichts geändert, selbst wenn ich mittlerweile ein Firmenimperium besitze, das jährlich mehrere Milliarden Dollar Umsatz macht.«

Ich hasste Tierversuche wie die Pest. Offenbar erkannte Thorn das an meinem Gesichtsausdruck, denn er erzählte weiter, während er Charlie streichelte. »Einige meiner Geschäftsführer haben sich einmal dafür eingesetzt, dass wir Medikamente an Schimpansen testen sollten.« Er verzog das Gesicht. »Nun, diese Geschäftsführer sortieren heute den Posteingang am Empfang einer kleinen Zweigniederlassung, und ich habe dafür gesorgt, dass sie nie mehr wieder einen anderen Job bekommen.«

Ich musste lächeln.

»Schimpansen haben Gefühle, hast du das gewusst?«, fragte Thorn. »Sie streiten sich, sind eifersüchtig, können aber auch sehr zärtlich und liebevoll sein. Sie trauern und schließen Freundschaften. Jeder Schimpanse hat eine eigene Persönlichkeit und einen einzigartigen Charakter. Aber in manchen Ländern werden sie gejagt, in enge Käfige gesperrt und jahrelang in kahlen Kellern von Forschungslabors unter dem Licht greller Leuchtstoffröhren gequält. Viele landen auf Operationstischen und werden meistens aus Kostengründen nicht einmal narkotisiert.«

Ich schluckte. Unwillkürlich musste ich daran denken,

wie Jake und ich die Papageien auf Tahiti befreit hatten. Gäbe es doch nur mehr Menschen auf der Welt wie Benedict Thorn.

»Nette Geschichte«, bemerkte Ethan trocken. Er stand Thorn offenbar immer noch kritisch gegenüber.

Thorn tat so, als hätte er es nicht gehört. »Aber reden wir wieder über deine Mutter.« Er warf einen Blick auf seine goldene Armbanduhr. »Auf dem Kongress hat sie nicht nur mich, sondern auch Finn kennengelernt. Wie du weißt, arbeitet er für Biosyde.«

»Ist uns bekannt«, sagte Ethan harsch.

Thorn ignorierte auch diesmal seinen Ton. »Als deine Mutter bemerkte, dass Finn sie nur benutzen wollte, um an ihre Forschungsergebnisse heranzukommen, hat sie mit ihm Schluss gemacht. Die Trennung war ziemlich böse.«

»Das kann ich mir denken«, ich lachte, »meine Mutter hat ihm zwei Finger abgetrennt.«

»Oh ja, davon habe ich erfahren. *Uuuh!*« Thorn verzog schmerzvoll das Gesicht. »Finn wollte deine Mutter zwingen, den geheimen Ort preiszugeben, an dem sie forschte. Du warst damals schon viereinhalb Jahre alt. Deine Mutter war sehr temperamentvoll. Als sie die Frachtluke ihres Flugzeugs zuschlug, hatte Finn noch die Hand am Türrahmen. Anschließend ist deine Mutter geflohen. Ich weiß nicht wohin.«

Ich wusste es. *Nach Wreck Island.*

»Beim nächsten Flug von Miami zu ihrem geheimen Stützpunkt geriet sie allerdings in ein Unwetter und stürzte ab.«

»Ich habe das Flugzeug gesehen«, sagte ich. »Es liegt am Meeresgrund.« Nur wenige Kilometer von Wreck Island entfernt am Rande einer unterseeischen Klippe, die steil in die Tiefe führte – aber das würde Benedict Thorn nicht von mir erfahren. »Ich bin dort gewesen«, sagte ich stattdessen nur. »Der Motor sah verbrannt aus, als hätte es eine Explosion an Bord gegeben.«

Thorn nickte. »Anscheinend wollte Finn sich rächen und hat die Elektronik an Bord manipuliert oder vielleicht sogar eine Bombe angebracht.«

»Er wollte Terrys Mutter tatsächlich *töten*?«, fragte Ethan.

»Ich denke schon«, antwortete Thorn. »*Besser sie stirbt, als ihre Forschung fällt jemand anderem in die Hände.* So dachte er anscheinend, und das, obwohl er Terrys …« Er verstummte jäh.

»Terrys *was*?«, fragte Ethan nach.

»Ach, nichts.«

Ich schluckte, da ich genau wusste, was Thorn hatte sagen wollen.

»Obwohl er ihr *was*?«, drängte Ethan. Verwirrt sah er von Thorn zu mir und wieder zu ihm.

Thorn starrte mich eindringlich an. Anscheinend sah er an meinem Blick, dass ich bereits die Wahrheit kannte. »Du weißt es, habe ich recht?«

»Was, verdammt?«, rief Ethan nervös.

»Finn ist mein Vater«, erklärte ich Ethan. Ich hatte es einfach ausgesprochen.

Ethans Mund klappte auf – er schnappte nach Luft. »Seit wann weißt du das schon?«

»Seit dem Gespräch mit meiner Mutter in den Cinque Terre«, gab ich zu.

»Ach du heilige …« Ethan sprach den Satz nicht zu Ende. »Und woher wussten *Sie* das?«

»Nun, Dina war meine Spionin bei Biosyde – und ja, es stimmt«, bestätigte Thorn. »Finn hat sich an deine Mutter nur rangemacht, um an ihre Forschungsergebnisse zu kommen, aber zum Glück hat sie ihn rechtzeitig durchschaut.«

»Aber wenn … wenn …«, stammelte Ethan. »… wenn er Terrys Vater ist – oh Gott, dann ist er ja auch mein Onkel – warum arbeitet er dann für diese schreckliche Valerie De Boes?«, platzt es aus ihm heraus. »Warum hat er nicht Terrys Mutter und uns geholfen?«

Ja, warum eigentlich? Gute Frage! Ich richtete mich auf und sah Thorn neugierig an.

»Oh, das wisst ihr anscheinend beide noch nicht …«, murmelte Thorn. Er ließ die Fingerknöchel knacken. »Finn ist nämlich nicht nur dein Vater, Terry.«

17. KAPITEL

Das *Biosyde Hills Asylum*, ein Privatsanatorium für Nervenkranke, thronte unerschütterlich auf der Spitze des Felsens von Gibraltar an der Südspitze Spaniens.

Das *dritte Paket*, wie Valerie De Boes es genannt hatte, war soeben von ihren Sicherheitsleuten in die Labore im Untergeschoß gebracht worden. Das *Paket* waren hoch dekorierte Wissenschaftler, hauptsächlich Nobelpreisträger der Medizin und Genforschung, die von Valeries Männern entführt worden waren und von nun an für Biosyde mit Hochdruck an der Entschlüsselung von Dr. Amanda Wests Formel arbeiten sollten. Als Gegenleistung blieben sie am Leben – zumindest, so lange sie Ergebnisse vorweisen konnten.

Valerie saß auf der Gästeterrasse des Sanatoriums, ließ sich die Mittagssonne ins Gesicht scheinen und aß Vollkorntoasts mit Avocadoaufstrich und Cashewcreme sowie frisches Obst und Gemüse mit veganem Sojadip. Neben ihr unter dem Sonnenschirm saß Sidney Stone, nippte an einem Karottensaft und tippte Valeries Anweisungen in ihr Notebook. Gemeinsam waren sie vor einer Stunde von

Mid South View nach Gibraltar geflogen. Die Mission im Schwarzen Meer war erfolgreich gewesen – Terry West hatte endlich ausgepackt. Und damit war es egal, dass das kleine Häschen und ihr Cousin letztendlich von der Bohrinsel entkommen waren. Finn hatte Amanda West gefasst – nach zehn Jahren intensiver Suche – und diese Aktion war der Jackpot!

Gerade lief Finn geschmeidig die Marmortreppe vom Parkplatz zur Terrasse hoch. Wie immer im Anzug mit strahlend weißem Hemd. Er war soeben von Wreck Island mit der Chinook angekommen. Allerdings machte er einen etwas gehetzten Eindruck.

»Finn, mein Lieber«, sagte Valerie gut gelaunt, »du machst ein Gesicht, als hättest du heute Morgen nur …«

»Keinen dieser Scherze!«, unterbrach er sie schroff. »Nicht heute!«

Valerie entging nicht, dass Sidney neben ihr unwillkürlich zusammenzuckte. Ihre Sekretärin wusste, dass niemand außer Finn es wagen durfte, in diesem Ton mit ihr zu sprechen.

»Finn, mein Junge, beruhige dich«, sagte Valerie.

»Beruhigen? Ich reiße mir den Arsch auf, entlarve Dina Ramirez als Spionin, fliege nach Wreck Island, schnappe mir Amanda – und was muss ich erfahren, als ich wieder zurückkomme? Ihr habt Terry entkommen lassen!«

»Anscheinend hat Simon West Hilfe von Benedict Thorn in Anspruch genommen. Womöglich arbeiten die beiden jetzt zusammen – die Allianz der Verlierer«, sagte Valerie vollkommen gelassen. Normalerweise war das nicht ihre Art, da sie oft schon wegen Kleinigkeiten in die Luft ging – doch heute war sie tatsächlich gut gelaunt. *Amanda West ist endlich in meiner Gewalt.* Und deshalb wollte sie sich diese Stimmung nicht vermiesen lassen.

»Und das beunruhigt dich gar nicht?«, fragte Finn.

»Warum sollte es das?«

»Wir haben nicht den geringsten Hinweis, wo Terry jetzt ist«, rief Finn. »Außerdem können wir sie nicht mehr aufspüren, weil sie das Medaillon nicht mehr hat!«

»Und was ändert das?«, murrte Valerie, jetzt doch ein wenig missmutig. »Stattdessen haben wir Amanda West. Und die ist für uns viel wertvoller als ihre Unterlagen oder Jerichos Splitter!«

»Und wenn sie nicht redet?«

»Sie wird reden«, antwortete Valerie bestimmt. »Unser Wahrheitsserum hat noch jeden zum Reden gebracht, und wenn sie glaubt, sie kann die Droge mit ihrer Psyche blockieren, dann verwenden wir eben die doppelte Dosis.«

»Das würde sie umbringen«, entfuhr es Finn.

Irritiert stellte sie fest, dass seine Stimme tatsächlich eine Spur entsetzt klang. »Tja, das ist das Risiko, das wir eingehen müssen, mein Schatz, nicht wahr?«

»Nenn mich nicht so!«, fauchte Finn.

Valerie ging nicht darauf ein. »Unsere Forscher sind schon ziemlich weit vorangekommen. Amanda wird uns die letzten Informationen geben, die wir noch benötigen, und dann werden wir Code Genesis patentieren lassen und auf den Markt bringen. Benedict Thorn wird in die Röhre schauen. Mit viel Glück – wenn ich großzügig und gut gelaunt bin – kann er einer unserer Kunden werden.«

Finn sah sie skeptisch an. Nervös zupfte er an seinem Hemdkragen, wo sich die Stickerei *fdb* befand, sein individuelles Emblem, das nur er trug – Finns persönliche Note.

Nun blickte Valerie ihn misstrauisch an. »Wirst du auch nicht zögern, Amanda West ihr Geheimnis zu entlocken? Mit aller Härte, die nötig ist?«

Finn knirschte mit den Zähnen.

»In dieser Phase des Projekts dürfen wir nicht gefühlsduselig werden und klein beigeben. Wir müssen konsequent vorgehen. Hast du verstanden?«

Finn nestelte an seinen Manschettenknöpfen. Auch dort waren die drei Buchstaben *fdb* eingraviert. Er räusperte sich. »Keine Sorge, Mutter.«

18. KAPITEL

»Finn ist Valerie De Boes' Sohn«, vollendete Benedict Thorn den Satz.

Mir fiel die Kinnlade runter. »Was?«, rief ich laut aus. »Dieser Kotzbrocken, dieser elende, verlogene Bastard von einem Widerling ist De Boes' *Sohn*? Das bedeutet ja ...« Mir stockt der Atem, da mir schwindelig wurde.

Ethan sah mich entsetzt an. Anscheinend wurden auch ihm soeben die Konsequenzen bewusst.

»Tut mir leid.« Benedict Thorn verzog das Gesicht und hob die Arme. »Ihr seid verwandt.«

Auch das noch! Ich fiel zurück in den Sitz und starrte zur Decke. Rasch versuchte ich, diesen schrecklichen Gedanken wieder zu verdrängen, aber das ging nicht. *Valerie De Boes – meine Oma! Das ist ja wieder einmal super! Die ist sicher keine von der Sorte, die ihrer Enkelin heiße Schokolade kochen und abends Geschichten vorlesen würde.*

»Halleluja«, murmelte Ethan. Im Moment versuchte er vermutlich genauso wie ich, seine Gedanken zu ordnen.

Thorn beugte sich nach vorne. »Ich weiß, das ist hart für dich, aber das ist leider noch nicht alles.«

Ich schielte zu ihm. »Was noch?«

»Jetzt kommt der eigentliche Grund, weshalb ich mich mit dir treffen wollte.« Er machte eine kurze Pause. »Ich habe den begründeten Verdacht, dass Valerie De Boes innerhalb des letzten Monats die wichtigsten Medizin-Nobelpreisträger in Mikrobiologie, Stammzellenforschung und genetischer Forschung entführen ließ, um das Serum, das deine Mutter entdeckt hat, zu rekonstruieren. Die Polizei hat keinerlei Spur und tappt im Dunkeln. Aber von meiner Spionin, Dina Ramirez, weiß ich, dass diese Männer und Frauen in einem Privatsanatorium am Felsen von Gibraltar gefangen gehalten werden.«

Ich ließ diese Information sacken. So etwas Ähnliches hatte ich selbst schon vermutet, als in den letzten Wochen immer wieder über das Verschwinden von Forschern berichtet worden war. Aber nun wurde der Verdacht konkret.

»Ich habe gehört, wie Sidney bei einem Telefonat ein *drittes Paket* erwähnt hat. Dabei könnte es sich um die Gefangenen handeln.«

»Die Polizei muss eingreifen und diese Leute befreien!«, platzte es aus Ethan hervor. Anscheinend war sein anfängliches Misstrauen gegenüber Thorn mittlerweile verschwunden.

Thorn seufzte. »Bedauerlicherweise geht das nicht so einfach, denn ich habe leider eine weitere schlechte Nachricht für dich. Biosyde hat deine Mutter geschnappt.«

»Und woher wissen Sie das?«, fragte ich skeptisch. »Immerhin haben Sie ja jetzt keine Spionin mehr bei Biosyde.«

»Satellitenaufklärung«, antwortete Thorn gelassen. »Und so wie ich Valerie De Boes kenne, befindet sich deine Mutter auch unter den Gefangenen.«

Dann hat Finn sie auf Wreck Island also tatsächlich

erwischt. Ich biss mir auf die Lippen. »Umso mehr muss die Polizei jetzt eingreifen!« Ich war ganz auf Ethans Seite. Der nickte, als wäre das die einzige Möglichkeit.

»Aber kapiert ihr denn nicht?«, fragte Thorn. »Wenn deine Mutter den Behörden in die Hände fällt, wird sie tagelang verhört, warum sie ihren Tod vorgetäuscht hat – und dann werden die britische Regierung, das Militär und das Verteidigungsministerium garantiert versuchen, ihr das Geheimnis für ein langes Leben zu entreißen.«

Nun verstand ich. *Eine vertrackte Situation!*

»Dann müssen *wir* sie auf eigene Faust befreien«, sagte ich und blickte zu Ethan. Es gab keine Alternative.

»Ist das nicht ein bisschen gefährlich für euch Kinder? An eurer Stelle würde ich das ein paar erwachsenen Profis überlassen.«

»Lassen Sie das unsere Sorge sein«, entgegnete ich und sah ihn an. »Können *Sie* uns dabei helfen?«

»Bedaure.« Er schüttelte er den Kopf. »Gibraltar ist eine britische Kolonie, dorthin habe ich leider keinerlei Kontakte. Ich habe euch bereits genug geholfen und euch wertvolle Informationen zukommen lassen, die ich teuer mit der Flucht meiner Spionin bezahlt habe. Mehr kann ich nicht tun – darf ich jetzt um meine Unterlagen bitten?« Er streckte die Hand aus.

Ich zögerte. In diesem Moment öffnete sich die Tür, der Vorhang wurde beiseitegeschoben und drei Männer betraten hintereinander das Abteil. Sie sahen finster drein und ihre ausgebeulten Sakkos deuteten auf Schusswaffen im Schulterholster hin. Außerdem waren sie ziemlich breitschultrig, wodurch es in dem Abteil plötzlich sehr eng wurde.

Thorn reagierte kein bisschen überrascht. Das konnte nur bedeuten, dass es sich um seine Männer handelte. Offenbar hatten sie draußen unser ganzes Gespräch über ein Mikrofon mitgehört und nur auf Thorns Zeichen gewartet, um einzuschreiten.

Ethan sah mich beunruhigt an. Unauffällig schob er den Koffer mit dem Fuß ein bisschen weiter unter den Sitz. Sein Blick sagte, dass es Zeit wurde, dass Johann auftauchte. Aber diese Option wollte ich mir für später aufheben.

»Was ist?«, fragte Thorn immer noch mit ausgestrecktem Arm. »Her mit den Unterlagen!«

Ich nahm all meinen Mut zusammen, um meine Stimme fest klingen zulassen. »Nein, noch nicht! Ich schlage Ihnen einen Deal vor.«

19. KAPITEL

»Was ist? Her mit den Unterlagen!«

»Nein, noch nicht! Ich schlage Ihnen einen Deal vor.«

Die Stimmen von Terry und Benedict Thorn drangen knisternd durch das Funkgerät, überlagert durch das Holpern des Waggons über die Bahnschwellen.

Johann presste sich das Funkgerät ans Ohr, um besser hören zu können. Er hatte alles belauscht, seitdem Thorn das Abteil betreten und Terry das Gerät auf Senden gestellt hatte.

»Einen Deal?«, wiederholte Thorn. *»Da bin ich aber neugierig.«*

»Gehen wir woanders hin, hier drin riecht mir die Luft zu bleihaltig«, schlug Terry vor.

Johann musste schmunzeln. *Ganz schön frech, die Kleine!* Hoffentlich übertrieb sie es nicht und bewahrte einen kühlen Kopf, so wie Simon und er es ihr geraten hatten.

Johann, dezent mit schwarzer Weste und schwarzer Hose mit ebenso schwarz glänzender Schnalle bekleidet, befand sich im Gepäckwagen. In diesen Bereich zwischen der 1. und der 2. Klasse hatten Passagiere keinen Zutritt, deshalb hatte Johann das Schloss gewaltsam öffnen müssen. Hier war es kühl, und das Rumpeln der Räder war lauter zu hören als in den Abteilen. Allerdings konnte er hier das Gespräch über das Funkgerät mithören, ohne die Aufmerksamkeit der anderen Gäste auf sich zu ziehen.

Neben ihm stapelten sich Koffer und zahlreiche Holzkisten, die Gepäcknetze über ihm waren vollgestopft mit Schachteln und Taschen. An der Decke hing eine nackte Glühbirne, die bei jeder Kurve, in die sich der Zug legte, herumschwang und flackerte.

Sicherheitshalber stand Johann in der Nähe der Tür, um bei Bedarf – sollte die Situation kippen und es für Terry und Ethan eng werden – so rasch wie möglich raus und durch den Gang in Richtung des Abteils zu stürmen. In seiner Tasche befand sich ein gusseiserner Schlagring, den er schon seit vielen Jahren nicht mehr benutzt hatte. Eigentlich hatte er nicht vor, ihn zu gebrauchen, aber falls es sein musste, würde er damit gnadenlos zuschlagen.

Da hörte er hinter sich vom anderen Ende des Waggons das Öffnen der Tür. Sofort fuhr er herum. Durch die Tür, die zur 2. Klasse führte, trat ein Mann herein. Er war ziemlich groß und kräftig. Sofort spannten sich Johanns Muskeln an. Trotz seines Alters hatte er die drahtige Figur eines hochgewachsenen Mittelgewichtsboxers. Ob das den Fremden beeindrucken würde?

Der Mann trug ähnlich wie er selbst schwarze Kleidung, einen Gürtel mit breiter Schnalle und schwere Schuhe. Also war er weder Schaffner noch Zugführer oder jemand vom Speisewagen. Und für einen Passagier sah er zu finster drein.

Gar nicht gut!

Der Mann kam langsam auf ihn zu. Sein Blick war stechend. Johann wusste sofort, dass das kein normaler

Schläger war, den er problemlos auf die Matte schicken konnte. Er schaltete das Funkgerät aus und schob es zwischen zwei Koffer in einen Spalt, damit er beide Hände frei hatte.

»He, was suchst du hier, du Penner?«, fragte der Mann nun mit tiefer, plumper Stimme.

»Einen Geschenkeladen«, entgegnete Johann. »Ich wollte Ihnen gerade ein Lexikon mit Benimmregeln kaufen.«

»Ha, sehr witzig. Die beiden Kinder hätten allein herkommen sollen. Ich frage mich, was *du* hier machst. Babysitten? Oder wolltest du uns in eine Falle locken?«

Das war also einer von Benedict Thorns Leuten. Hinter sich hörte Johann, wie sich die andere Tür zur 1. Klasse öffnete. *Na klar, sie kommen zu zweit. Einer von vorne, einer von hinten.* Er musste sich nicht umdrehen, um zu wissen, dass der Kerl hinter ihm ebenso kräftig und groß gewachsen war.

»Durchsuch seine Taschen!«, sagte der erste Mann. »Ich will sehen, ob er eine Waffe bei sich hat.«

»Du hast es gehört, Opa. Hände hoch!«, befahl der Kerl hinter ihm.

»Sicher nicht«, antwortete Johann. »Und nenn mich nicht Opa.«

»Wie schade.« Der Mann vor ihm lächelte hinterhältig, als hätte er insgeheim auf diese Antwort gehofft, damit er ein paar Prügel verteilen konnte.

Johann tastete in seiner Hosentasche nach dem Schlagring, als der Zug in einen Tunnel einfuhr. Johann spürte, wie sich der Druck auf seine Ohren legte. Nur die schwankende, trübe Glühbirne warf ein Spiel aus Licht und Schatten an die Wände des Waggons. Die Lok stieß einen Pfiff aus – dann begann die Schlägerei.

Die Männer kamen gleichzeitig von vorne und hinten auf Johann zu. Einen Tritt mit dem Fuß konnte Johann abwehren. Gleichzeitig stieß er mit dem Ellenbogen nach hinten, um den anderen Mann zu treffen, doch der wich geschickt aus.

Johann wurde von einem Fausthieb in die Nieren getroffen, steckte den Schlag aber mit einem Grunzen weg. Als ihn ein weiterer Tritt seitlich traf, konnte er das Bein des Angreifers mit dem Arm einklemmen und drosch sofort mit dem Schlagring auf die Kniescheibe. Der Mann brüllte auf.

Indessen kassierte Johann von dem anderen Mann weitere Schläge in die Nieren. Diesmal drückte es ihm vor Schmerzen die Luft aus der Lunge.

Das hältst du nicht lange durch!

Dann ging plötzlich das Licht aus, und Johann hörte, wie ein dritter Mann in den Gepäckwagen stürmte. Aber nicht, um ihm zu helfen! Einen Schlag konnte er noch anbringen – es musste ein verdammt guter gewesen sein, denn der Kerl brüllte verzweifelt auf, als Johann ein knirschendes Geräusch wie das Brechen von Knochen und Knorpeln hörte. Doch dann traf ihn etwas Hartes zwischen den Schulterblättern, sodass er mit dem Gesicht voraus hart zu Boden ging. Vermutlich hatte er soeben Bekanntschaft mit einer Eisenstange oder einem Schlagstock gemacht. Einem *Meinungsverstärker*, wie man das zu seiner Zeit im Knast genannt hatte.

Bevor er sich wieder aufrappeln konnte, saß bereits jemand auf ihm und fesselte ihm die Arme mit einem Kabelbinder hinter dem Rücken.

Dann ging das Licht wieder an.

Johann hob den Kopf. Vor ihm standen zwei Männer. Einer humpelte auf einem Bein, der andere hielt sich das blutende Gesicht.

Der dritte, der soeben noch auf Johann gesessen hatte, baute sich mit verschränkten Armen vor ihm auf. Er war gute zwei Meter groß, rothaarig mit vielen Sommerspossen und trug ein Nachtsichtgerät, das er sich jetzt auf die Stirn geschoben hatte.

Kunststück, ihn damit in der Dunkelheit gezielt zu treffen! An seinem Gürtel hing tatsächlich eine kurze Eisenstange.

»Nicht schlecht für einen alten Knacker wie dich«, sagte der rothaarige Hüne.

»Für den *alten Knacker* breche ich dir die Nase, sobald ich wieder frei bin«, schnaufte Johann. »Und danach …«

»Ja, ich weiß, danach tapezierst du mit meinem Gesicht die Wände des Gepäckwagens – und jetzt ist Schluss mit den harten Sprüchen. Steh auf und komm mit!«

20. KAPITEL

»Einen Deal?«, wiederholte Thorn mit gerunzelter Stirn. »Da bin ich aber neugierig.«

»Gehen wir woandershin, hier drin riecht mir die Luft zu bleihaltig.« Ich deutete auf die Männer mit den ausgebeulten Sakkos. Den Satz hatte ich in einem Western gehört, den Johann einmal auf Simons Notebook gesehen hatte. »Gehen wir in den Speisewagen«, schlug ich vor. »Dort sind mehr Menschen.« *Und dort würde ich mich sicherer fühlen.*

»Von mir aus.« Thorn erhob sich.

Ich wunderte mich, warum Thorn so rasch klein beigab, aber da wurde auch schon die Tür geöffnet. Die drei Kerle und Thorn traten in den Gang. Ethan und ich folgten ihnen. Ethan trug den Metallkoffer und sein Notebook an einem Riemen um die Schulter, ich hatte mir meinen Rucksack umgehängt; Charlie lag darauf, mit den Pfoten über meiner Schulter und gähnte mir ins Ohr.

»Jugend vor Schönheit«, sagte Thorn und deutete grinsend in Richtung Speisewagen.

Na ja, so schön bist du nun auch wieder nicht!

Schweigend gingen Ethan und ich voraus, gefolgt von

Thorn und seinen Männern. Plötzlich hörte ich, wie das Funkgerät an meinem Gürtel ein leises Knacken von sich gab. Johann musste seines ausgeschaltet haben. *Warum nur?* Er sollte doch mithören. Oder war er bereits auf dem Weg zu uns?

Wir gingen an insgesamt fünf Abteilen vorbei und erreichten über ein Verbindungsstück, das schwankend und knirschend hin und her glitt, den Speisewagen. Unter uns schlugen die Kupplungen aneinander.

Ich öffnete die Tür. Kaffeeduft und der Geruch von Schokotorten und süßem Gebäck strömten mir entgegen. Leise Geigenmusik lag in der Luft. Charlie hob den Kopf und stieß ein erfreutes *Gik-gik-gik-gik* aus.

Der Waggon sah aus wie ein Wiener Kaffeehaus um 1900. Unter der holzvertäfelten Decke hingen kunstvoll verzierte Lampen, die den Raum in gedämpftes Licht tauchten. Zwischen den Fenstern befanden sich Vorhänge mit Quasten, daneben an Haken mehrere großformatige Zeitungen in Haltern aus Holz.

Die Bänke waren bequem gepolstert und an den Tischen standen Lampen mit Schirmen aus Stoff. Von den insgesamt zehn Tischen war nur noch einer frei. Ich sah die Gräfin mit dem Federhut, den Großwildjäger, einen Mann mit Schnauzbart im Anzug, jemanden, der so aussah, wie ich mir einen steinreichen südamerikanischen Kaffeebohnenhändler vorstellte, sowie einige weitere Gäste, die sich angeregt unterhielten. Niemand schenkte uns Beachtung. In Gegenwart dieser Personen würde es Thorn nicht wagen, uns etwas anzutun.

Der Kellner kam zu uns und hielt dabei wie ein Butler einen Arm hinter dem Rücken.

»Einen Tisch für drei Personen«, sagte Thorn.

Während seine Leibwächter sich so unauffällig wie möglich neben der Tür postierten, nahmen wir Platz. Eine gebirgige Landschaft flog am Fenster vorbei. Mittlerweile waren wir schon in der Türkei. Es würde nicht mehr lange dauern, bis der neue Schaffner durch den Waggon kommen würde, um unsere Tickets und Reisepässe zu kontrollieren. Dann konnten Ethan und ich nur hoffen, dass ihm unsere Namen nichts sagten.

Ich bestellte eine Tasse heißen Kakao, Ethan Tee, Thorn ein Kännchen Kaffee für sich und Kuchen für uns alle.

Der Kellner beäugte Charlie misstrauisch, der es sich zwischen Ethan und mir auf der Bank gemütlich gemacht hatte. »Tiere sind im Orient-Express nicht …«

»Danke, dass Sie uns darauf aufmerksam gemacht haben«, unterbrach Thorn den Kellner und steckte ihm einen Zehndollarschein zu. »Eine Schale Wasser für das Frettchen.«

Der Kellner verzog missmutig das Gesicht und verschwand.

Während er unsere Bestellung zubereitete, beugte sich Thorn über den Tisch zu uns herüber und senkte die Stimme. »Fühlst du dich jetzt sicherer?«

»Ja«, antwortete ich.

»Gut. Also, welcher Deal?«

»So, wie sich die Sache für mich darstellt«, begann ich, »können Sie bei dieser Sache nichts verlieren – egal, was passiert, egal, wie es ausgeht – Sie können nur gewinnen.«

»Aha«, Thorn runzelte die Stirn, »und wieso?«

Das Rattern des Zuges, das Stampfen der Lok und das Murmeln und Geklimper der anderen Gäste bildeten einen Geräuschteppich, vor dem wir relativ ungestört miteinander reden konnten. Niemand nahm Notiz von unserem Gespräch.

»Falls wir bei der Befreiungsaktion erfolgreich sind, würden wir dadurch Biosyde schaden«, fuhr ich fort. »Würde unsere Befreiungsaktion jedoch fehlschlagen und würden wir der Polizei in die Hände fallen, könnte uns Biosyde nicht mehr schnappen.«

»Und?«, fragte Thorn.

»Sie machen es sich einfach«, stellte ich fest. »Sie tragen keinerlei Risiko und profitieren in jedem Fall – egal wie die Sache ausgeht.«

»Okay, und was schlägst du vor?«

»Wie gesagt, einen neuen Deal. Sie versorgen uns mit allen nötigen Unterlagen und der passenden Ausrüstung, die wir für die Befreiung meiner Mutter brauchen, und im Gegenzug bekommen Sie Ihr Material.«

»Netter Versuch, aber was sollte mich daran hindern, euch den Koffer jetzt einfach abzunehmen?«, fragte er.

»Wir würden laut um Hilfe schreien«, sagte Ethan trocken.

Thorn zog eine Augenbraue hoch und dachte nach. Schließlich legte sich ein Lächeln auf seine Lippen. »Ihr seid hart im Verhandeln. Einverstanden.« Er hob den Kopf und nickte einem seiner Männer mit einer knappen Geste zu. Der kam rasch näher und senkte den Kopf. »Bring mir die Mappe über Biosyde aus dem Safe in meinem Abteil«, befahl Thorn.

Der Mann verschwand. Bestimmt trabte er jetzt im Laufschritt durch den Zug. In der Zwischenzeit wurde unsere Bestellung gebracht. Die heiße Schokolade schmeckte ausgezeichnet, Charlie bekam seine Wasserschale und Ethan hob überrascht die Augenbrauen, als er den Kuchen probierte. »Verdammt guten Kuchen haben die hier«, sagte er mit vollem Mund.

Keine Minute später kam Thorns Mann wieder und legte ihm eine dünne Mappe auf den Tisch, auf der neben einer Äskulapnatter als Logo das Wort *Biosyde* in futuristisch blauer Schrift stand.

Thorn schlug die Mappe auf, blätterte durch die Seiten und zog schließlich ein zusammengefaltetes Blatt hervor, das er Ethan und mir über den Tisch schob. Sein Bodyguard blieb neben ihm stehen und schirmte ihn vor den Blicken der anderen ab. Aber niemand kümmerte sich um uns.

Ich nahm das Blatt und faltete es auseinander. Es war ein großer Plan.

»Sieht aus wie Kopien aus einem Geologiebuch«, bemerkte Ethan. Die Skizzen zeigten den Felsen von Gibraltar von oben und seitlich im Querschnitt.

»Das sind Satellitenaufnahmen sowie Pläne eines Büros für Vermessungstechnik und Aufnahmen von Ultraschalluntersuchungen.« Thorn legte den Zeigefinger aufs Papier. »An dieser Stelle führt ein unterseeischer Tunnel vom Meer aus direkt unter den Felsen.«

»In eine unterirdische Höhle?«, fragte ich.

Thorn nickte. »Ein Kinderspiel für ein U-Boot wie die Kopernikus. Darüber befindet sich ein altes stillgelegtes Bergwerk aus dem sechzehnten Jahrhundert. Im Ersten Weltkrieg hat es dann als Munitionslager gedient und später haben Schmuggler diese Höhle als Versteck und Umschlagplatz für ihre Beute benutzt. Von dort gelangt man durch diesen Schacht …«, erklärte er, während er mit dem Finger entlang einer senkrechten geraden Linie den Felsen hinauffuhr, »… innerhalb des Felsens unbemerkt nach oben – beziehungsweise kann man vom Felsen nach unten verschwinden.«

»Und wie kommen wir da hoch?«, fragte Ethan.

»Im Schacht befinden sich teilweise in den Stein gehauene Stufen und weiter oben, wo es schmäler wird, in den Fels geschlagene Eisenleitern. Der Weg ist gefährlich, denn das Kalkgestein ist an vielen Stellen brüchig.«

Und der Weg stammt noch dazu aus dem sechzehnten Jahrhundert, fügte ich in Gedanken hinzu. Laut Maßstab der Karte musste der Felsen über vierhundert Meter hoch sein. Auf der höchsten Spitze sah man die Umrisse eines Gebäudes. »Biosyde Hills Asylum«, las ich laut vor. Das musste das Sanatorium sein.

»Weiß Valerie De Boes von diesem Schacht?«, fragte Ethan.

»Ich vermute nicht. Sie hat das Gebäude vor zwanzig Jahren gekauft, sämtliche unterirdische Lagerräume renoviert und angeblich in ein Sanatorium umgewandelt. Wer's glaubt. In der untersten Etage müsste es jedenfalls irgendwo im Fels einen Durchgang zum Schacht geben, aber ich vermute, den hat Valerie nie entdeckt.«

»Und woher wissen *Sie* davon?«, fragte ich.

»Ich habe mich schon immer gefragt, warum Valerie ausgerechnet hier, auf diesem Felsen, ein altes Gebäude kauft, um ein Sanatorium daraus zu machen. Also habe ich ein wenig in den Geschichtsbüchern recherchiert und bin auf diese Informationen gestoßen.«

»Einfach so?«, fragte ich.

Er räusperte sich. »Meine Wissenschaftler haben mit Röntgen- und Wärmebilduntersuchungen herausgefunden, dass der Felsen innen zum Teil hohl ist und Valerie De Boes' Privatklinik mehrere Stockwerke tief hinunterreicht.«

»Ihre *Wissenschaftler*?«, fragte ich weiter.

»Jede größere Firma betreibt eine eigene Abteilung für Betriebsspionage«, erklärte Thorn.

»Aber wenn Sie das alles wissen und sogar diese Unterlagen besitzen – warum haben Sie die Befreiungsaktion dann nicht schon längst selbst unternommen?«, fragte Ethan frei heraus.

»Ich kann es mir beruflich nicht leisten. Falls bei der Aktion etwas schiefgeht und herauskommen sollte, dass ich dahinterstecke, wäre meine berufliche Laufbahn am Ende. Bei euch hingegen …«

… ist es egal, da wir ohnehin nichts zu verlieren haben, dachte ich den Satz zu Ende. Thorn hatte recht. Außerdem wollten wir ja *meine* Mutter retten und nicht seine.

Mir fiel wieder der Spruch ein, den Simon zitiert hatte. *Gegen einen Feind gibt es kein besseres Gegenmittel als einen zweiten Feind.* Das stimmte. Man konnte das aus Thorns Sicht sehen, aber auch genauso gut aus unserer Sicht. Wir profitierten beide davon, wenn wir uns gegen Valerie De Boes verbündeten. Nur mit dem *kleinen* Unterschied, dass wir dabei das gesamte Risiko trugen.

»Und welche Ausrüstung können Sie uns zur Verfügung stellen?«, fragte Ethan. »Unsere Strickleiter ist uns nämlich kürzlich abhandengekommen, und wir können nicht einfach unbemerkt in einen Survival-Shop spazieren, um dort einen Großeinkauf zu tätigen.«

Thorn überlegte nicht lange. »Das dürfte kein Problem sein. Ich denke, Taschenlampen, Kletterseil, Sicherungsgurte, Steigeisen, Helm und Strickleitern lassen sich auftreiben.«

Ich sah Ethan an, er blickte mich an – damit hatten wir bereits genügend Erfahrung , schließlich nickten wir beide. »Einverstanden«, sagte ich.

»Fein.« Thorn rieb sich die Hände. »Dann hätten wir ja alles besprochen. Sobald deine Mutter in Sicherheit ist, erhält die Polizei einen anonymen Tipp von mir, wo sich die verschwundenen Nobelpreisträger befinden. Das Sanatorium wird gestürmt, alle Gefangenen befreit und Valerie De Boes wandert ins Kittchen.«

Das klang nach einem Plan. *Mutter würde an Bord der Kopernikus sein und Biosyde wäre am Ende.*

Allerdings wunderte ich mich, dass Thorn all die Informationen in seiner Mappe so rasch für uns zur Verfügung gehabt hatte – als hätte er sowieso von vornherein vorgehabt, sie uns zu geben. Warum also nicht gleich? Warum dieses Spielchen? Aber vielleicht wollte er sich auch einfach nur so weit wie möglich heraushalten, damit keine Spur zu ihm führte – vorsichtig genug war er ja.

Letztendlich hatten wir jedoch alles, was wir brauchten – und das war mehr, als ich mir anfangs erhofft hatte. »Danke«, sagte ich.

»Gern geschehen.« Thorn lächelte. »Und jetzt die Unterlagen, wenn ich bitten darf.«

Ich schluckte.

»Mach den Koffer auf, Junge!«, knurrte der Leibwächter, der immer noch neben Thorn stand.

Ethan sah mich an. Dann hob er den Metallkoffer in Zeitlupe auf den Tisch und öffnete langsam beide Zahlenschlösser. Allerdings kam er gar nicht dazu, den Deckel zu heben, da Thorn ihm den Koffer bereits aus der Hand genommen hatte.

Thorn riss ihn auf, starrte hinein und sah uns dann überrascht an. »Was soll das? Wo sind die Unterlagen?«, zischte er. »Wo ist Jerichos Splitter? Wo die Blutprobe mit dem Serum?«

In dem Koffer befanden sich nur schwere Bücher aus Simons Bibliothek.

»Sie haben doch nicht wirklich geglaubt, dass wir so unvorsichtig sind und uns ohne Rückversicherung mit Ihnen treffen?«, fragte Ethan. Er nahm all seinen Mut zusammen, aber ich merkte, wie seine Unterlippe bebte.

Erstaunt hob Thorn eine Augenbraue. »Wollt ihr mich …?«, zischte er.

»Einen Moment Geduld!«, unterbrach ich ihn, zog das Funkgerät vom Gürtel und funkte Johann an. »Gleich haben Sie Ihre Unterlagen.« Ich wartete, versuchte es erneut, aber Johann meldete sich nicht.

»Johann, bitte melden!«, flüsterte ich eindringlich in das Funkgerät. »Over!« Ich wartete.

Doch das Gerät blieb stumm.

Thorn blickte uns finster an. »Johann kann euch nicht mehr helfen.«

Verdammt! Wir saßen in der Klemme!

21. KAPITEL

Thorn schnippte mit den Fingern. »Bringt ihn herein!«, befahl er.

Sein Leibwächter gab den anderen bei der Tür ein Zeichen und nicht einmal eine Minute später wurde Johann in Begleitung dreier weiterer Männer in den Speisewagen gebracht.

Ich wollte aufspringen, aber Thorn beugte sich über den Tisch und legte mir die Hand auf die Schulter, sodass ich mich wieder auf die Bank sinken ließ.

Johanns Kleidung sah ramponiert aus, auf seiner Glatze war eine blutige Schramme, und er sah aus als hätte er Schmerzen beim Gehen. Außerdem waren seine Arme hinter dem Rücken gefesselt. Vermutete ich zumindest, denn über seinen Schultern hing ein Sakko, das nicht ihm gehörte. Allerdings sahen zwei seiner drei Begleiter auch nicht gerade frisch aus. Einer hatte eine gebrochene, platte Nase, die blau schillerte, der andere humpelte ziemlich stark. *Sehr unauffällig, so mitten im Speisewagen.*

Thorns Leibwächter drückte Johann zu uns auf die Bank. Wir rückten zusammen. Jetzt wurde es ziemlich eng an unserem Tisch.

Einige der anderen Gäste warfen Blicke zu uns herüber und tuschelten, aber niemand unternahm etwas. Offenbar waren die Passagiere solche oder ähnliche Szenen im Orient-Express gewöhnt. Und wer würde sich schon gern in fremde Angelegenheiten mischen, wenn er ganz allein in einem Zug durch türkisches Staatsgebiet fuhr?

»Alles in Ordnung mit euch beiden?«, fragte Johann besorgt.

»Uns geht es gut, aber was haben sie mit dir gemacht?«, entfuhr es mir.

»Bin okay«, sagte er zerknirscht.

»So, Schluss mit dem Familiengeplänkel«, unterbrach Thorn uns. »Wo sind meine Unterlagen?«

»Wir haben alles erfahren, was wir wollten«, sagte ich zu Johann. »Gib ihm das Etui.«

Thorn sah Johann erwartungsvoll an.

Johann nickte an sich hinunter. »In der linken Seitentasche meiner Weste.«

Der rothaarige Hüne durchsuchte ihn, dann sah er auf. »Da ist nichts.«

»Mann, das *andere* Links!«, stöhnte Johann auf.

»Oh ...« Der Mann wechselte die Seite. »Aber da ist auch nichts.«

»Was?«

Der Hüne hob die Schultern. »Beide Seiten sind leer.«

Johann verzog unglücklich das Gesicht. »Dann habe ich es nicht mehr.«

Ethan runzelte die Stirn. »Johann, jetzt ist nicht der Zeitpunkt, um zu bluffen, wir haben, was wir wollten. Das ist der Deal. Gib Mr. Thorn das Etui.«

»Ich habe es nicht mehr!«, zischte Johann. »Ich muss es bei der Schlägerei verloren haben.«

Der Hüne schüttelte den Kopf. »Wir haben den kompletten Gepäckwagen durchsucht.«

»Dann muss man mich zuvor bestohlen haben«, knurrte Johann. »Das ist die verdammte Wahrheit.«

Thorn beugte sich über den Tisch. Ungeduldig trommelte er mit den Fingern auf die Tischplatte. »Bis jetzt war ich freundlich und kooperativ. Ich habe in diesen Deal eingewilligt. Sollte sich jedoch herausstellen, dass ihr drei versucht habt, mich reinzulegen, um Informationen aus mir herauszuholen, wird keiner von euch diesen Zug lebend verlassen. Nicht einmal dieses Frettchen. Ist das klar?«

Ich schluckte. Johann, Ethan und ich nickten.

»Also«, sagte Thorn, »wo sind die Unterlagen?«

»Ich wurde bestohlen«, wiederholte Johann übel gelaunt.

»Wer hat Sie bestohlen?«

»Woher soll ich das wissen?«, knurrte Johann.

»*Wann* wurden Sie bestohlen?«

»Ich weiß es nicht!«

Aber ich wusste es.

Verdammter Mist! Das hatte uns gerade noch gefehlt. Ich räusperte mich. »Ich weiß, wer das Etui hat.«

Thorn sah mich überrascht an. »Du?«

»Ein Junge, etwa so groß wie Ethan. Er trägt eine Kellneruniform und hat eine Thermoskanne bei sich.«

»Der Junge aus eurem Abteil?«

Ich nickte.

Seufzend warf Thorn einen Blick auf seine Armbanduhr. »Noch zehn Minuten bis zum nächsten Halt.« Er schnippte mit den Fingern. »Durchsucht den ganzen Zug und bringt mir diesen Jungen.«

Ethan wollte sich bereits erheben.

»Nicht ihr!«, rief Thorn, und Ethan plumpste wieder auf die Bank.

Thorns Männer und sein Leibwächter schwärmten aus, während er bei uns am Tisch sitzen blieb.

Nach nicht einmal einer Minute kam Thorns Leibwächter durch die hintere Tür in den Speisewagen, hielt Jake brutal am Ohrläppchen und schob ihn vor sich her. Dieser zappelte herum, versuchte, den Mann zu treten und schrie auf, als der sein Ohr noch mehr umdrehte.

»Tun Sie ihm nicht weh«, bat ich.

Thorn nickte seinem Leibwächter zu. Der schubste Jake zu uns an den Tisch.

Nun sahen doch einige der anderen Gäste besorgt zu uns herüber, doch niemand unternahm etwas. Nur der Kellner kam an unseren Tisch. »Gentlemen«, sagte er, »ich möchte Sie doch sehr bitten ...«

»Verzieh dich!«, knurrte der Leibwächter, »und hol schon mal den Erste-Hilfe-Kasten, falls es jetzt gleich blutig wird.«

Der Kellner öffnete den Mund, um etwas zu sagen, doch Thorn riet ihm mit einem stummen Kopfschütteln, zu schweigen. Daraufhin klappte der Kellner den Mund zu und verschwand hinter den Tresen, wo er weiter Gläser putzte. Thorns Leibwächter drückte Jake zu uns auf die Bank. Jetzt hockten wir vier dicht gedrängt Thorn gegenüber.

»Gib mir die Thermoskanne, Junge!«, verlangte Thorn.

Jake beäugte mich zornig. »Hast *du* mich verraten?«

»Mir blieb nichts anderes übrig!«, flüsterte ich genauso wütend. »Du hast Johann bestohlen. Das Etui gehört uns.«

»Das muss auf dem Weg zum Gepäckraum passiert sein«, überlegte Johann laut, »als sich der Zug in eine Kurve gelegt hat und du dich umständlich an mir vorbeigedrückt hast.«

Jake nickte, aber innerlich kochte er, dass er gefasst worden war. Wenn es ihm gelungen war, ausgerechnet Johann unbemerkt zu beklauen, der früher selbst als Dieb und Einbrecher seinen Lebensunterhalt bestritten und später im Knast noch jede Menge weitere Tricks dazu gelernt hatte, dann musste Jake wirklich gut sein.

»Also!«, drängte Thorn.

Jake stellte seine Thermoskanne auf den Tisch. »Kaffee?«, fragte er höflich, öffnete den Schraubverschluss und goss frischen, dampfenden Kaffee in Thorns Tasse.

Wir sahen ihn überrascht an.

Thorn kniff die Augenbrauen zusammen. Er schien das gar nicht witzig zu finden. »Du wirst gleich bei voller Fahrt hochkant aus dem Zug fliegen, Kleiner!«

Jake sah an mir vorbei zum Fenster. Wir überquerten gerade eine Schlucht. Ein Adler kreiste unter den tief hängenden Wolken. Schließlich schloss Jake die Kanne wieder, drehte sie um und schraubte den Bodendeckel ab. Anscheinend war die Kanne zweigeteilt. Der Warmhaltebereich für Flüssigkeiten befand sich nur im oberen Viertel, darunter war ein großer, gepolsterter Hohlraum. Jake leerte den Inhalt vor uns auf den Tisch.

Wir starrten auf Ringe, Uhren, Broschen, Krawattennadeln, Kreditkarten und ein goldenes Zippo-Feuerzeug. Einige der Besitzer saßen vielleicht sogar gerade in unmittelbarer Nähe in diesem Speisewagen und hatten von dem Diebstahl bis jetzt noch gar nichts bemerkt.

Johann nickte zu dem Feuerzeug. »Das ist meines.«

Ich sah ihn verwundert an. »Du rauchst?«

»Manchmal, wenn ich nachts an Deck bin.« Er wandte sich an Thorn. »Auf der Unterseite befindet sich die Gravur *von Clausewitz*.« Johann war immerhin von adeliger Abstammung.

Thorn betrachtete das Zippo, dann schob er es Johann über den Tisch hin. Der konnte es jedoch nicht an sich nehmen, weil seine Hände immer noch gefesselt waren.

»Ich verwahre es inzwischen für dich«, sagte ich und steckte es ein.

Dann schob Thorn das restliche Diebesgut auseinander und griff sich ein schwarzes Lederetui. »Ist es das?« Ohne eine Antwort abzuwarten, öffnete er es.

Heraus fielen zwei kleine Klarsichtfolien. In einer befand sich ein winziger gräulich weißer Splitter, nicht größer als ein Fingernagel, in der anderen die abgebrochene blutige Spitze einer Stopfnadel.

»Das ist alles?«, murmelte Thorn.

»Ein Teil von Jerichos Splitter und die Blutprobe«, antwortete ich. »Mehr ist nicht nötig, um die Formel meiner Mutter zu rekonstruieren.«

»Euer Glück, dass der Junge noch im Zug war.« Thorn reichte beide Folien seinem Leibwächter, der sie sofort einsteckte.

»Und der Rest der Beute?«, fragte Jake und wollte bereits danach greifen, doch Thorns Leibwächter packte seine Hand.

»Der Rest gehört ebenfalls mir, Kleiner.« Thorn streifte die Wertgegenstände ein.

»Was?« Jake bekam große Augen. »Sie können diese Sachen doch nicht einfach stehlen.«

»Das sagst ausgerechnet du.« Thorn lächelte. »Aber zu deiner Information – ich stehle sie nicht, sie gehören tatsächlich mir.« Er erhob sich. »Leute!«, rief er laut. »Wir haben, was wir wollten.«

In diesem Moment erhoben sich alle Gäste wie auf Kommando. Die Gräfin, der Großwildjäger, der Mann mit dem Schnauzbart, der Kaffeebohnenhändler und all die anderen.

Sie alle, der rothaarige Hüne sowie Thorns Männer, sein Leibwächter und der Kellner verließen der Reihe nach den Speisewagen. Plötzlich war der Raum leer. Es wurde merkwürdig still. Sogar die Musik war verstummt. Nur Thorn stand uns gegenüber und sah auf uns herab. »Es war mir eine Ehre, mit dir Geschäfte zu machen, Terry. Ich halte mein Versprechen. Ich lasse euch die versprochene Ausrüstung zukommen. Dina Ramirez wird sich darum kümmern.«

Ich sah mich verdattert um. Ethan, Jake und Johann waren genauso verwirrt wie ich. Dieses ganze Szenario im Speisewagen war ein einziger Fake gewesen. Ein ausschließlich für uns inszeniertes Schauspiel.

»Der Nostalgie-Waggon gehört mir«, erklärte Thorn mit einer bescheidenen Handbewegung. »Ebenso der Speisewagen. Es sind meine Abteile und meine Mitarbeiter. Mit einem Wort …« Er breitete die Arme aus. »… das ist mein Arbeitsplatz, wenn ich in dieser Gegend auf Reisen bin.«

Richtig, er hasst Fliegen, wie Dina uns erklärt hatte.

Schlagartig wurde mir klar, dass ich hier unter all den Menschen nie wirklich in Sicherheit gewesen wäre. Nicht eine Sekunde. Dieser Schutz war nur ein Trugbild gewesen. Thorn hatte mich in diesem Glauben gelassen. Er hatte die ganze Zeit mit uns gespielt.

»Warum das alles?«, krächzte ich.

Er lächelte. »Sicherheitshalber musste ich dich testen. Der wahre Charakter eines Menschen zeigt sich, wenn er sich überlegen fühlt und glaubt, Macht zu besitzen. Du bist in Ordnung, Terry.« Dann blickte er zu Johann. »Es tut mir leid, Johann, dass Sie Prügel einstecken mussten – aber Sie hätten sich meinen Männern nicht widersetzen sollen.«

»Wie geht es nun weiter?«, fragte Johann.

»Ihr könnt in diesem Waggon bleiben und bis Istanbul durchfahren. Hier seid ihr in Sicherheit – es wird keine Kontrollen geben. Nachdem ich das Abteil verlassen habe, könnt ihr Johann die Fesseln abnehmen.«

Ich atmete erleichtert auf. »Und was passiert mit Jake?«

Thorn betrachtete den Jungen. »Du bist clever, geschickt und anscheinend auch skrupellos genug. Jemanden wie dich könnte ich gut gebrauchen. Hast du Lust auf eine Ausbildung in einem der größten Unternehmen weltweit? Als gut bezahlter Spion?«

»Nein, danke, Sir«, antwortete Jake mit fester Stimme. »Ich bin mein eigener Unternehmer und habe größere Pläne.«

»Größere Pläne?« Thorn lachte auf. »Du gefällst mir. Dieses Mal lass ich dich ungeschoren davonkommen, aber in Zukunft hältst du dich von diesem Zug fern, ist das klar?«

»Jawohl, Sir.« Jake stand auf und gab ihm die Hand. »Und danke, Sir.«

Im nächsten Augenblick war Thorn zur Tür hinaus und wir saßen allein im Speisewagen.

Johann atmete geräuschvoll aus und schüttelte sich das Sakko von den Schultern. Dann nahm er die Arme hinter dem Rücken hervor und legte sie auf den Tisch. An seinen geröteten Handgelenken befanden sich die Reste von Kabelbindern, die er bereits durchgescheuert hatte. Vermutlich während er auf der Bank gesessen hatte. In der Faust hielt er ein Messer. Bestimmt hatte er es im Vorbeigehen von einem der anderen Tische geklaut.

»Das ist ja gerade noch mal gut gegangen«, seufzte er.

22. KAPITEL

Viele Stunden später erreichten wir den Bosporus. Johann hatte sein Funkgerät vom Gepäckraum geholt und wir funkten Simon an. Er würde mit der Kopernikus am vereinbarten Treffpunkt auf uns warten. Und zwar am Goldenen Horn, so hieß jener westliche Teil Istanbuls mit den zahlreichen Häfen, wo die Meerenge des Schwarzen Meeres in das Mittelmeer überging. Unter den vielen Segelbooten, Containerschiffen, Jachten und Kreuzfahrtschiffen würde der Turm der Kopernikus mit dem Periskop kaum auffallen. Außerdem war das Wasser dort knapp fünfzig Meter tief, sodass Simon genug Platz hatte, um im Gefahrenfall unauffällig wenden und abtauchen zu können. Wir mussten diese Stelle jetzt nur noch unbeschadet erreichen.

Nachdem der Orient-Express in den Hauptbahnhof Istanbuls eingefahren war, packten wir unsere Sachen aus unserem Abteil und dem Speisewagen zusammen – die Karte von Gibraltar steckte in meinem Rucksack – und verließen den Zug. Erst jetzt fiel mir auf, dass die Nostalgie-Waggons und der Speisewagen eine andere Farbe und ein anderes Design als der Rest des Zuges hatten. Über den Türen prangte ein Emblem mit zwei in sich verschlungenen Buchstaben. *BT.* Und das hieß nicht etwa *Bosporus-Train*, wie ich ursprünglich angenommen hatte, sondern *Benedict Thorn.* Wie er gesagt hatte: Das waren seine Waggons.

Kurz darauf standen Ethan, Johann, Jake und ich auf dem Bahnsteig in der Nähe der Bahnhofshalle und atmeten das Flair Istanbuls ein. Es war schwül. Alles war laut und geschäftig. Obst- und Gemüsehändler liefen an uns vorbei und priesen ihre Waren an. Es roch nach Honig, Zucker, Tee und Gewürzen. Und über allem tönten die Rufe der Muezzins, die die Gläubigen zum Gebet aufriefen.

So sieht der Orient also aus.

Ich verabschiedete mich von Jake.

»Pass auf dich auf.« Er strich Charlie über den Kopf. Das Frettchen gickerte.

»Du auch. Vielleicht sehen wir uns eines Tages wieder.«

»Das hoffe ich.« Er lächelte, dann umarmte er mich und drückte mich so fest, dass Charlie, der auf meinem Rucksack saß, laut quiekte.

»Dein Piercing steht dir übrigens immer noch gut«, sagte Jake, nachdem er mich losgelassen hatte.

»Danke.« Die Verabschiedung erinnerte mich an unseren Abschied auf Tahiti. Hoffentlich würde es nicht der letzte sein. Dann fiel mein Blick auf Jakes gestreifte Kellnerjacke. Etwas Goldenes glänzte in seiner Tasche. Ich wurde stutzig. »Was ist das?«

»Oh, nur eine Armbanduhr.« Rasch stopfte er sie tiefer in die Tasche rein.

Thorns goldene Armbanduhr!

Jake grinste, dann machte er kehrt und war weg. *Dieser Bandit!* Von dem Geld, das ihm diese Uhr einbrachte, würde er sich ein paar Monate lang über Wasser halten können. Thorn würde den Verlust verschmerzen. Hatte er doch jetzt, wonach er immer gesucht hatte. Das Material zu einer Formel für nahezu ewiges Leben.

»Wir sollten rasch zur Kopernikus gehen«, schlug Johann vor. Ethan und ich folgten ihm durch das Gewirr der Leute in Richtung Ausgang.

Nachdem wir das Bahnhofsgelände verlassen hatten, marschierten wir zur Altstadt in Richtung Küste, wo Simon und Pierre auf uns warteten. Es war ein heißer Abend. Die Palmenblätter bogen sich im Wind, der uns ein wenig Abkühlung verschaffte und den Staub durch die Gassen fegte. Schon bald erreichten wir die Stadtmauer, schlüpften durch ein schmuckloses Tor und betraten den ältesten Teil der Stadt. Hier mussten wir durch.

Die Gassen wurden enger, die Häuser verwinkelter. Vor den Eingängen hingen dicke Teppiche. Der Geruch von Wasserpfeifen hing in der Luft und es roch stark nach Ziegen, Tee und scharfen Gewürzen. Die Klänge orientalischer Musik begleiteten uns. An manchen Stellen wurde es wirklich düster, da Palmenblätter den schmalen Ausblick auf den Himmel verdeckten und die Säulen und Torbögen wie in einem Labyrinth immer enger zusammenrückten. Zudem ließ mich das Gefühl nicht los, dass uns jemand verfolgte.

Doch schon bald konnte ich zwischen den Gebäuden das Funkeln des Meeres sehen. Außerdem wehte der Geruch von Salzwasser herüber. Nach der langen Zugfahrt weckte das Heimatgefühle in mir.

Die Sonne hing mittlerweile als glutroter Ball am Horizont und tauchte die Hafengegend in orangefarbenes Licht. Jetzt, wo es kühler wurde, bauten die Einheimischen unter den Baldachinen ihre Marktstände am alten Hafen auf. Wir kamen an einer Karawane schreiender Esel vorbei, die an uns vorübertrottete und Jutesäcke und Vogelkäfige transportierte.

Johann reckte den Hals, als wollte er nach dem Periskop der Kopernikus Ausschau halten, als uns ein halbes Dutzend Jugendliche den Weg versperrte. Vermutlich waren das die Kerle, die uns schon dic ganze Zeit gefolgt waren.

Es war eine Straßengang, ähnlich der Jugendbande, zu der Jake auf Tahiti gehört hatte, nur dass diese Kerle mindestens neunzehn oder zwanzig Jahre alt waren, Messer an ihren Gürteln trugen und ziemlich finster dreinsahen.

»Johann?«, knirschte ich leise zwischen den Zähnen hervor.

»Nur die Ruhe«, murmelte er und sah sich um.

Nun gesellten sich hinter uns weitere Jugendliche zu der Truppe hinzu. Mittlerweile war klar, dass sie etwas von uns wollten, da sie uns einkreisten.

Ein dunkelhaariger Kerl mit kurz geschorenen Haaren auf einer Seite und Tätowierungen an den Armen, der anscheinend der Anführer der Gang war, deutete auf Charlie. »Du musst Terry West sein, korrekt?«, stellte er in gebrochenem Englisch mit hartem türkischem Akzent fest.

»Mein Name ist Miss Marple«, log ich rasch, da ich kürzlich einen Krimi gelesen hatte und mir nichts Besseres einfiel.

»Netter Versuch«, sagte der Typ, »aber wir haben dich und dein Frettchen erkannt. Dein Gesicht ist in jeder Zeitung. Du und dein Onkel werdet wegen Mordes gesucht. Ihr habt berühmte New Yorker Anwältin ermordet.«

»Das war meine Mutter, von der du da sprichst!«, fauchte Ethan wütend.

»Von mir aus Königin von England«, sagte der Jugendliche. »Jedenfalls wirst du international gesucht, und es gibt Belohnung für Hinweise zu deiner Ergreifung.«

Der Ring aus jungen Männern zog sich enger um uns. Einige hatten die Hände am Griff ihrer Messer. *Na prima! Gibt es in dieser Ecke der Stadt keine Polizei?* In diesem Moment knackte Johanns Funkgerät. Langsam nahm er es vom Gürtel. Der Anführer zog sein Messer und deutete auf Johanns Kehle. »Kein falsches Wort!«

»Natürlich«, sagte Johann und sprach ins Walkie-Talkie. »Ja?«

»Wo steckt ihr?«, drang Simons Stimme aus dem Lautsprecher.

»Wir wurden aufgehalten. Over and out!« Johann klemmte das Gerät wieder an den Gürtel. »Was wollt ihr von uns?«

»Mein Name ist Hamid. Übersetzt in deine Sprache heißt das *Gott sei Dank*. Kannst du also von Glück sagen, dass *wir* dich gefunden haben, und nicht Polizei.«

»Was wollt ihr?«, wiederholte Johann mit einer unglaublichen Ruhe.

»Zehntausend Dollar!« Hamid grinste stolz und selbstgefällig und warf sich in die Brust.

Ich schielte zu Johann. Wir hatten zehntausend Dollar an Bord der Kopernikus. Sogar noch viel mehr, aber ich bezweifelte, dass Johann diesen Kerlen auch nur einen Cent geben wollte. Denn wer sagte, dass sie danach nicht noch mehr verlangten?

»Ihr könnt meine Brieftasche haben«, bot Johann an. »Darin befinden sich hundertfünfzig Dollar – und danach werden wir keinen Stress machen und einfach gehen. Einverstanden?«

Für Johanns Verhältnisse war das sogar ein ziemlich großzügiges Angebot. »Ich würde das an deiner Stelle annehmen«, sagte ich.

»Du hast nicht verstanden, alter Mann! *Wir* machen Stress. Zehntausend Dollar oder Polizei kommt!«

Johanns Augenlid zuckte nervös. Er mochte es nicht besonders, wenn ihn jemand *alter Mann* nannte. Er zog die Brieftasche aus der Hose und hielt sie dem Jungen auffordernd hin. »Letztes Angebot!«

»Zehntausend Dollar!«, sagte Hamid stur.

»Scheiße«, zischte Ethan.

»Ganz deiner Meinung«, flüsterte ich. Dieses eine Mal wurden wir nicht verfolgt, man schoss weder auf uns noch mussten wir zittern, ob wir es um Haaresbreite aufs Boot schaffen würden. Nichts von alldem! *Und dann passiert so was!* »Das ist Erpressung«, sagte ich laut.

Hamid hob entschuldigend die Arme. »Hamid ist kein Erpresser. Hamid macht Geschäfte. Ihr zahlt den Preis, dann dürft ihr passieren. So einfach ist das.«

»Das ist aber ein verdammt hoher Preis«, sagte ich. »Und sollen wir das Geld einfach so aus der Tasche zaubern?«

»Das ist euer Problem. So sind die Spielregeln.«

»Spielregeln?«, wiederholte ich. »Dann ist das für dich also nur ein Spiel?«

»Wie du willst, nenn es von mir aus Spiel.«

»Dann lass uns wirklich spielen«, schlug ich vor.

»Terry, was tust du da?«, zischte Johann.

»Lass mich«, sagte ich. Ich war so wütend und hatte es satt, dass wir ständig herumgeschubst wurden und jeder seinen Vorteil aus uns herausschlagen wollte. *Bei einem Spiel rauche ich diesen Typ in der Pfeife.*

»Okay.« Hamid grinste. »Was für ein Spiel?«

»Schach, Mühle, Dame, Poker … such es dir aus.«

Hamid schüttelte grinsend den Kopf. »Nein, wir spielen anderes Spiel, okay? Einsatz ist zehntausend Dollar. Wenn du gewinnst, dürft ihr passieren. Wenn du verlierst, bekommen wir zehntausend Dollar. Das ist keine Erpressung und du hast eine faire Chance.«

Faire Chance, pah! Darauf würde ich keinen Cent wetten. »Gut«, sagte ich trotzdem. »Und welches Spiel?«

Hamid setzte ein hinterhältiges Grinsen auf. »Da der Einsatz sehr hoch ist – nämlich eure Freiheit – muss auch dein Risiko entsprechend hoch sein.« Er winkte mit zwei Fingern. »Bring mir Tüte mit den Datteln.«

Datteln?

Ich hasste Datteln, Simon mochte sie, fand sie sogar überaus gesund, doch mich ekelte davor.

Jemand brachte Hamid eine graue Papiertüte. Er hielt sie hoch, damit alle sie sehen konnten, dann schüttelte er sie. »Darin befinden sich zwanzig saftige dunkle Datteln. Aber eine ist darunter, die ist weiß. Wenn du ohne hinzusehen hineingreifst und die weiße Dattel herausholst, dürft ihr gehen.«

Ich starrte ihn an. Offenbar meinte er das ernst. »Meine Chancen stehen also neunzehn zu eins?«, fragte ich. In Wahrheit standen meine Chancen *scheiße*!

Hamid dachte kurz nach, runzelte die Stirn, dann nickte er. »Ja … vermutlich schon … denke ich.« Er zuckte mit den Achseln.

Was Kopfrechnen betraf, war Hamid nicht gerade die hellste Kerze auf der Torte.

»Du willst dich doch nicht auf diese dämliche Wette einlassen?«, flüsterte Ethan.

Ich antwortete nicht. Was blieb uns anderes übrig?

Nun trat auch Johann an meine Seite und zischte mir ins Ohr. »Terry, das ist ein mieser Trick. Es gibt keine weißen Datteln.«

»Das weiß ich«, sagte ich ein wenig nervös. Darum standen meine Chancen ja auch so mies. Zumindest konnten wir durch dieses Spiel Zeit gewinnen. Doch plötzlich hatte ich die rettende Idee. Ich unterdrückte mein Grinsen und versuchte weiterhin angespannt dreinzusehen. »Und da ist wirklich eine *weiße* Dattel drin, sagst du?«

»Zweifelst du an meinen Worten?«, rief Hamid. »Nennst du mich etwa Lügner?«

»Bist du ein Lügner?«, hakte ich vorsichtig nach.

»Gott soll mich sofort mit einem Blitz hier auf der Stelle erschlagen, wenn ich nicht die Wahrheit sage. Hamid lügt nie. In dieser Tüte ist weiße Dattel, so wahr mein Name Hamid Mustafa Ibrahim Mohammed Karahan ist.«

»Ja, ist ja schon gut. Dann los!«, sagte ich.

»Ihr habt es alle gehört!«, rief Hamid. »Wenn Terry weiße Dattel rauszieht, sind sie frei. Aber wenn sie es nicht schafft, schuldet sie uns zehntausend Dollar – und wenn sie die nicht zahlen kann, wandern sie alle ins Kittchen.«

Alle johlten vor Freude.

Ich schluckte. Hoffentlich würde mein Plan aufgehen.

23. KAPITEL

Hamid hielt mir die Tüte hin. Ich griff hinein, umschloss die erste Dattel, die ich erwischte, mit der ganzen Hand, zog sie rasch heraus und stopfte sie mir in den Mund. »Ups!«, rief ich mit vollem Mund.

»Aber …!«, protestierte Hamid.

Ich schloss die Augen, überwand mich, zerkaute das Fleisch der Dattel, schluckte es und spuckte den Kern aus. *Bah, schmeckt die eklig!*

»Was soll das?«, rief Hamid.

Ich kämpfte gegen die Übelkeit an. »Entschuldige, ich konnte nicht anders, ich war so hungrig.«

»Und jetzt?«, rief Hamid völlig perplex.

»Ganz einfach. Wir schauen in die Tüte rein«, schlug ich vor. »Wenn wir sehen, welche Farbe die restlichen neunzehn Datteln da drin haben, dann wissen wir automatisch, welche Farbe die hatte, die ich herausgezogen habe.«

Während Hamid mich verwirrt anstarrte, nahm ich ihm die Tüte aus der Hand, riss sie auseinander und breitete den Inhalt auf dem Boden aus.

Die Jungs seiner Bande umringten uns alle und schauten uns neugierig über die Schulter. Vor mir lagen tatsächlich neunzehn Datteln, wie ich rasch gezählt hatte. Natürlich waren alle dunkel.

»Aha«, rief ich. »Demnach muss meine vorhin also die weiße gewesen sein.«

Ausgetrickst, du Mistkerl!

Hamid starrte entsetzt zu Boden. »Aber wir wissen nicht, ob die, die du rausgezogen hast, tatsächlich weiß war …«, murmelte er.

»Das hast du vorhin aber behauptet, dass eine weiße drin ist. Du willst dich doch jetzt nicht selbst als Lügner bezeichnen, Hamid Mustafa Ibrahim Mohammed Karahan, oder?«, fragte ich mit strengem Blick.

Er sah mich mit funkelnden Augen an.

»Die weiße Dattel ist weg«, rief einer der Jungs.

»Wirklich! Wo ist sie?«, rief ein anderer.

»Sie muss sie gegessen haben.«

Alle drängten sich um uns, um einen Blick auf die Tüte zu erhaschen. Meine Güte, wenn Blödheit bremsen würde, könnten sich einige dieser Jungs nicht mehr von der Stelle bewegen. Andererseits war das gut für uns.

»Also gut, danke für das Spiel«, sagte ich rasch. »Tschüss!«

Ich drehte mich um und ging. Ethan und Johann schlossen sich mir an. Einige der Jungs traten zur Seite, machten den Weg frei und ließen uns passieren.

»Haltet sie auf!«, brüllte Hamid.

»Aber du hast doch gesehen, dass die weiße Dattel …«

»Es gibt keine weiße Dattel, ihr Idioten!«, rief Hamid.

»Was? Aber du hast doch gesagt …«

Während die Typen weiterdiskutierten, bewegten wir uns unauffällig in Richtung Hafen.

»Holt die Polizei!«, rief Hamid plötzlich. »Dort vorne laufen Mörder.«

»Mörder! Mörder!«, riefen einige andere.

Zu diesem Zeitpunkt rannten wir bereits, was das Zeug hielt.

24. KAPITEL

Während wir zwischen den Gemüseständen im Zickzack zur Kaimauer liefen, hielten Johann und ich gleichzeitig unsere Walkie-Talkies hoch und funkten die Kopernikus an.

Durch den plötzlichen Trubel war Charlie von meinem Rucksack gesprungen und lief neben uns her. So waren wir beide viel schneller. Das Frettchen zischte zwischen den Wagenrädern und Beinen der Leute hindurch.

»Wir kommen zur Kaimauer!«, rief Johann. »Pier zwölf! *Jetzt!*«

»Wir fahren sofort hin und erwarten euch dort«, hörte ich Simons blecherne Antwort aus Johanns Funkgerät.

»Rasch! Wir sind auf der Flucht!«, rief ich.

»Wieder einmal!«, stöhnte Pierre aus meinem Walkie-Talkie auf.

Anscheinend hingen sie beide an Bord der Kopernikus an der Funkanlage.

Charlie lief voraus. Er hatte Augen wie ein Luchs, einen unglaublichen Orientierungssinn und einen treffsicheren Instinkt, mit dem er sogar aus großer Entfernung seine

Futtervorräte aufspüren konnte. Meistens schlug er die richtige Richtung ein, also vertraute ich ihm und wir folgten ihm.

Hinter uns johlte die Bande. Wir hatten höchstens hundert Meter Vorsprung und diese Typen würden uns bald eingeholt haben. Wir erreichten die Kaimauer. Auf der linken Seite lagen unzählige Segelboote, rechts Unmengen von Fischerbooten. Dazwischen gab es mehrere Anlegestellen und Stege, die aufs Meer hinausführten.

Welcher davon ist der richtige? Und wo verdammt wird die Kopernikus auftauchen?

Wie hätte auch jemand von uns ahnen können, dass es wieder einmal so verflixt knapp werden würde?

»Wo seid ihr?«, rief ich in das Funkgerät, sprang auf die Kaimauer und winkte mit einem Arm.

»Einen Moment noch …«, antwortete Pierre, »… ich sehe dich durchs Periskop. Lauft zu den Fischkuttern. Nehmt den längsten Steg in der Mitte.«

»Mir nach!«, keuchte ich, sprang von der Mauer und rannte los.

Charlie jagte neben mir her und überholte mich. Ethan und Johann folgten mir. Wir liefen über den größten Steg, der am weitesten aufs Meer hinausführte. Die Holzbohlen waren schon so brüchig und alt, dass glitschige Algen sie überzogen. Zu beiden Seiten des Stegs lagen Fischkutter. Verrostete Wracks, die gerade noch einigermaßen auf dem Wasser schwammen, ohne unterzugehen. Es roch nach Muscheln, Algen und Tran. Fässer mit Fischöl standen herum und ich sprang über einige Körbe mit Fischködern.

Dann endlich sah ich das Periskop der Kopernikus. Es ragte wie der Kopf einer kleinen Seeschlange aus den Wellen und funkelte in der Abendsonne. Aber das Boot war noch viel zu weit weg. Wir würden zu lange am Ende des Holzstegs warten müssen, und bis dahin hätten uns Hamid und seine Jungs längst erreicht.

Mist! Das Spiel ist aus.

Plötzlich blieb Ethan keuchend stehen und stemmte die Hände auf den Knien ab.

»Was ist?«, rief ich und blieb auch stehen. Charlie lief inzwischen allein weiter.

Nun stoppte auch Johann. »Weiter!«, drängte er und wollte Ethan bereits am Arm packen, doch der wehrte ab.

»Wir schaffen es nicht rechtzeitig«, keuchte Ethan.

»Du willst doch nicht aufgeben?«, fuhr ich ihn an.

»Die Familie West gibt nie auf!«, prustete er total außer Atem.

Zu viel Schokolade genascht und zu wenig Sport getrieben in letzter Zeit?

Nun reckte er den Hals und sah zurück. Nur noch fünfzig Meter trennten uns von Hamids Bande. In wenigen Sekunden würden sie da sein. Und gegen zwei Dutzend aufgebrachte Jugendliche hatten wir zu dritt keine Chance.

»Was hast du vor?«, fragte ich.

Ethan ging zu einem der Metallfässer, in dem randvoll eine schwarze, zähe Fischölbrühe schwappte. Der Tran stank bestialisch. Vermutlich stammte er aus dem Fettgewebe von Pottwalen oder Thunfischen, die die Fischer gejagt hatten.

Ethan stemmte sich gegen das Fass. »Hilf mir!«, presste er hervor.

Dann wurde mir sein Plan klar. Ich stellte mich neben ihn und drückte mich ebenfalls gegen das Fass. Auch Johann half mit. Gemeinsam brachten wir es zum Kippen. Der zähe, stinkende Tran schwappte über den Rand und ergoss sich auf die Holzbohlen. Boah, war das ekelig!

Nachdem wir das Fass umgeworfen hatten, verteilte sich die Flüssigkeit viele Meter weit über den Steg. Einige Fischer, die sich auf den Booten befanden, hatten uns bemerkt, schimpften nun lauthals und hoben drohend die Arme. Nun war der Steg hinter uns zwar glitschig, aber das würde die Jungs vermutlich nicht lange aufhalten. Einige würden es über die Ölpfütze schaffen und bis zu uns kommen. Doch da hatte ich eine Idee.

Das Feuerzeug!

Ich griff in die Hosentasche, wo ich Johanns Zippo zuvor hineingesteckt hatte, und holte es heraus. Dann riss ich die Flamme an. »Geht ein paar Schritte zurück!«, warnte ich die anderen und ging in die Hocke.

Johann und Ethan stellten sich hinter mir auf.

»Guter Plan, aber sei vorsichtig!«, warnte Johann mich.

Die Fischer schimpften immer noch. Einige brüllten auf. Anscheinend ahnten sie, was ich vorhatte. Nun tobten sie. Aber mir blieb keine andere Wahl. Walfang hatte ich sowieso noch nie gutgeheißen.

Ich wartete, bis Hamid und die ersten Jungs nahe genug waren, dann hielt ich die Flamme an das mit Fischöl getränkte Holz. Die Flamme züngelte kurz, doch dann schoss sie vor mir wie eine Wand hoch. *Wow!* Ich fiel zurück auf meinen Hintern, aber Johann hob mich wieder auf die Beine und zerrte mich weg.

Vor mir prasselte das Feuer. Das Holz knackte. Durch die Feuerwand sah ich, wie die Flammen über den Steg rasten. Dahinter hörte ich Hamid und die anderen lautstark fluchen.

»Nichts wie weg!«, rief Johann. Wir liefen weiter bis zum Ende des Stegs.

Als wir dort keuchend ankamen, war die Kopernikus nur noch wenige Meter von uns entfernt. Sie hielt mit einem

Affenzahn auf den Steg zu. Das Periskop tauchte wie ein Seeungeheuer aus dem Meer auf, wurde länger, dann brach der Turm durch die Wellen und stieg majestätisch aus dem Wasser.

In einem waghalsigen Manöver rammte das U-Boot den Steg und schrammte hart an den Pfeilern entlang. Das Holz quietschte und der ganze Steg wackelte.

Im nächsten Moment flog die Luke des Turms auf. Pierres Haarschopf kam hervor. »Rein mit euch, schnell, der Steg brennt!«

»Ach, was du nicht sagst«, rief ich und schnappte mir Charlie, der quiekend vor dem Boot auf- und ablief.

Wir sprangen auf den Rumpf aus Eisen, liefen knöcheltief durchs Wasser zum Turm und kletterten die Leiter hoch. Schön langsam wurde es zur Gewohnheit, dass wir immer auf den letzten Drücker abhauen mussten. Wenn das so weiterging, würde es auf diesem Planeten bald kein sicheres Plätzchen mehr für uns geben.

Eine Minute später standen Johann, Ethan und ich im Turm und sahen zum brennenden Steg. Ethan schob sein Notebook, das er an einem Riemen über die Schulter trug, nach hinten. »Ich hasse diese beschissenen Abenteuer«, fluchte er.

»Mal was anderes, als ständig in der Kajüte zu hocken und zu programmieren.«

Ethan war ziemlich angespannt. Er drängte an mir vorbei nach unten. Dabei rempelte er mich an. »Kannst du nicht aufpassen, wo ich hingehe?«

Anscheinend hatte ihn die ganze Sache im Orient-Express oder unsere Flucht mehr mitgenommen, als er zugeben wollte – oder Hamids Aussage hatte ihn wieder an seine Mutter denken lassen. Darum hielt ich zur Abwechslung mal die Klappe und ließ ihn in Ruhe.

Ich blieb noch kurz am Turm stehen und beobachte, wie unser Antrieb das Wasser am Heck der Kopernikus aufwühlte. Simon hatte den Rückwärtsgang eingelegt. Die Ruderanlage quietschte erbärmlich auf, dann nahm das Boot Fahrt auf und entfernte sich zügig vom Steg.

Aus sicherer Entfernung konnte ich sehen, wie Hamid und die Jungs durch die Flammen sprangen und nacheinander am Ende des Stegs ankamen, von wo sie uns lautstark Flüche hinterherbrüllten.

Das nächste Mal müsst ihr euch ein anderes Spiel ausdenken!

Ich kletterte in den Turm und schloss die Luke. Im nächsten Moment ging die Kopernikus auf Tauchfahrt.

Eine Stunde später standen Simon und ich auf der Kommandobrücke. Ich hatte ihm alle Einzelheiten von unserem Treffen mit Benedict Thorn erzählt, und er hatte sich alles mit stoischer Ruhe angehört. Auch die Sache, dass Finn mein Vater war und Valerie De Boes meine Großmutter. Es klang in meinen Ohren immer noch völlig irreal, wenn ich es laut aussprach.

Simons Miene wurde ziemlich nachdenklich. Doch tiefer ließ er sich nicht in die Karten schauen. Klar war nur, dass ihm die ganze Sache nicht gefiel. Weder meine Verwandtschaftsverhältnisse noch die Vermutung, dass meine Mutter auf Gibraltar gefangen gehalten wurde.

»Jetzt werden wir auch noch Einbrecher und Kidnapper«, sagte er betrübt.

»Wir kidnappen meine Mutter nicht, wir *befreien* sie«, korrigierte ich ihn.

Und zwar aus den Fängen meiner Großmutter! Wie schrecklich das klang.

»Das läuft auf dasselbe hinaus«, seufzte er und packte die Seekarte weg, da er die Route nach Gibraltar bereits auf dem Kartentisch ausgerechnet hatte. »1570 Seemeilen«, murmelte er.

Das entsprach neunzehn Stunden Fahrt, wenn wir mit voller Leistung unterwegs waren. Demnach würden wir am Nachmittag des nächsten Tages in Gibraltar ankommen.

»Wir *müssen* sie einfach befreien«, sagte ich nachdrücklich, »sonst bekommt Valerie De Boes die Formel.«

»Wenn schon.« Simon presste die Lippen aufeinander. »Benedict Thorn hat sie im Prinzip schon – es ist alles aussichtslos geworden. Unsere ganzen Bemühungen waren umsonst.«

»Aber …«, wollte ich erneut protestieren, doch mir gingen die Argumente aus. Ich dachte nach. Simon hatte ja recht. Eigentlich war es egal, ob Biosyde oder die Genetical Group die Formel besaß. Das Serum würde so oder so auf den Markt kommen – wir konnten es nicht mehr verhindern. Und dann würde genau das passieren, was meine Mutter hatte vermeiden wollen, indem sie alle Hinweise auf ihre Forschung vernichtet und jegliche Spuren sorgfältig verwischt hatte. Sogar ihren eigenen Tod hatte sie dafür vorgetäuscht und jahrelang auf der Flucht gelebt. Und ausgerechnet wir hatten ihre Erkenntnisse wieder ans Tageslicht gezerrt.

»Vielleicht fällt uns eine Lösung ein, wenn wir deine Mutter erst einmal befreit haben«, sagte Simon schließlich und boxte mir aufmunternd gegen die Schulter. »Sie weiß bestimmt einen Rat.«

Ich lächelte. Das war mein Onkel Simon, an den ich glauben wollte. »Bestimmt.« Ich umarmte ihn.

Nun lächelte auch er. »Die Hauptsache ist doch, dass wir endlich wieder vereint sind.«

»Genau.«

In diesem Moment hörte ich ein Räuspern. Dina war zu uns auf die Brücke gekommen. Ich ließ Simon los.

»Käpt'n, Sie können die Antenne wieder einfahren«, sagte sie. »Benedict Thorn hat mich soeben angerufen. Ihre Ausrüstung wird gerade zusammengestellt. Morgen Nachmittag ist es so weit. Kurz vor Gibraltar sollen Sie auftauchen – die genauen Koordinaten gebe ich Ihnen noch –, dort können Sie dann das Equipment an Bord nehmen.«

Simon lächelte sie an. »Danke, Dina.«

Bis jetzt hatte alles einigermaßen geklappt. Jetzt mussten wir nur noch meine Mutter finden.

3. TEIL

FELSEN VON GIBRALTAR

25. KAPITEL

Wir waren nicht einmal drei Stunden unterwegs, als im Maschinenraum das reinste Chaos ausbrach. Rauchwolken, beißender Gestank, Funkenregen umgaben uns. Wir hatten dem Filter der Umwälzpumpe zu viel zugemutet. Die beiden Heckturbinen liefen heiß, und wir mussten alle entbehrlichen Geräte abschalten, um die Geschwindigkeit einigermaßen halten zu können.

Außerdem fielen die Pressluftmodule aus und eines führte zum anderen. Das waren die Nachwehen des Feuergefechts vor der Bohrinsel, das die Kopernikus mehr mitgenommen hatte, als uns bewusst gewesen war. Außerdem hatte sich durch das Rammen des Stegs ein Teil der Ruderanlage verbogen, wie wir jetzt erkannten.

Das Ausmaß des Schadens war ziemlich groß. Wir mussten eine ganze Turbine tauschen, die komplett abgeschmiert war. Zum Glück hatten wir an unserem geheimen Stützpunkt bei den Niagarafällen alles an Werkzeugen und Ersatzteilen an Bord genommen, was wir in unserer Hütte gelagert hatten. Simon flickte mit Pierres und Johanns Hilfe die Einzelteile provisorisch zusammen, aber auch Ethan und ich und sogar Dina halfen mit. Wir schufteten wie die Galeerensträflinge. Unser Glück war, dass der Reaktor für die Kalte Fusion nichts abbekommen hatte. Da hätten wir dumm aus der Wäsche geschaut.

Nach insgesamt zwölf Stunden Arbeit hatten wir die Kopernikus wieder auf eine Gesamtleistung von knapp neunzig Prozent gebracht. Todmüde fielen wir danach in unsere Kojen.

Den Rest der Fahrt schlief ich wie ein Stein.

Charlies Quieken weckte mich, als er auf meinem Gesicht herumtanzte und mich sanft in die Nase biss. Ich schob ihn müde beiseite und erkannte durch das Bullauge in meiner Kabine, dass wir nicht mehr unter Wasser waren.

Wir schipperten die Küste entlang. Die Abendsonne tauchte die Felsen in ein glühendes Orange. Simons Befehl hallte durch das Boot, gefolgt von Johanns »Aye-aye, Sir«.

Die Kopernikus legte soeben in einer schmalen Felsbucht an. Ich hörte, wie die Ankerkette aus dem Boot rasselte. An dieser Stelle war es nicht besonders tief. Die schroffe Küste lag nicht einmal einen Steinwurf von uns entfernt.

Hastig sprang ich aus meiner Koje. Ich hatte noch die Kleidung vom Vortag an, verzichtete aber auf frische Wäsche. Stattdessen rannte ich rasch zur Kommandobrücke, Charlie folgte mir, und hintereinander sausten wir im Turm hoch.

Die Luke stand offen, und die frische, würzige Brise des westlichen Mittelmeeres empfing uns. *Spanien!* Charlie schnupperte neugierig.

»Wir sind jetzt Spanier, *Amigo*!«, erklärte ich ihm. Er quiekte aufgeregt, seine Barthaare vibrierten.

Das Meer färbte sich im Abendlicht blutrot. Die Wellen funkelten. Einige Kilometer weit entfernt, die Küste hinunter, sah ich die majestätische Erhebung des Felsens von Gibraltar.

In der Bucht, in der wir ankerten, setzten nun einige kleine Elektroboote zu uns über. Das mussten Benedict Thorns Leute sein. Offenbar hatten sie zur Tarnung Ruder mitgenommen. Ihre mit Kisten schwer beladenen Kähne lagen tief im Wasser. Vorne am Bug der Kopernikus standen Simon und Dina. Sie winkte den Männern auf den Booten zu, während mein Onkel ein Funkgerät in der Hand hielt. Irgendwie passten die beiden gut zusammen, dachte ich, wie ich sie so nebeneinander in der Abendsonne stehen sah. *Eine Spionin und ein Wissenschaftler – beide verwegene Abenteurer.*

»Johann, Pressluft anblasen!«, rief Simon ins Walkie-Talkie.

Das Wasser um uns herum geriet in Bewegung, Luftblasen sprudelten wie in einem gewaltigen Whirlpool an die Oberfläche. Unser U-Boot hob sich noch einen Meter aus dem Wasser heraus. Kurz darauf öffnete sich die längliche Frachtluke und klatschte ins Wasser.

Ich sprang aus dem Turm und half Simon und Dina dabei, die Kisten in Empfang zu nehmen und im Frachtraum zu verstauen. Drinnen im Boot standen Johann und Pierre, die die Kisten durch eine weitere Luke auf die Kommandobrücke zerrten.

Das ganze Manöver ging reibungslos über die Bühne, jeder Handgriff saß und alle arbeiteten schweigend vor sich hin. Nachdem wir fertig waren, unterhielt sich Dina noch mit einem der Männer auf Spanisch. Vermutlich waren es Einheimische, die Thorn angeheuert hatte. Dann kam sie zu uns und drückte mir ein kleines weißes Walkie-Talkie-ähnliches Ding in die Hand.

»Hier ist ein Satellitentelefon mit Funkverstärker«, erklärte sie mir und zog eine stabile Teleskop-Antenne über einen Meter weit aus dem Gerät. »Darauf ist nur eine einzige Nummer gespeichert, die von Benedict Thorn. Der Kanal ist verschlüsselt und kann nicht geknackt werden. Ruf ihn an, sobald du deine Mutter befreit hast. Er wird dann alles Nötige veranlassen. Viel Glück.« Sie drückte mir die Hand. »Lass Ethan von mir grüßen.«

»Der schläft sicher noch.«

Sie lächelte. »War ja auch ein harter Tag.«

Nachdem sie Johann, Pierre und Simon zum Abschied einen Blick zugeworfen hatte – wobei ihre Augen etwas länger und intensiver auf Simon geruht hatten – ging sie von Bord.

Die Männer und Dina fuhren mit den Booten wieder zur Küste. Simon sah ihr mit einem wehmütigen Blick nach, als wünschte er, sie wäre noch länger auf der Kopernikus geblieben. Sie war ja auch eine attraktive Frau – und seitdem ich wusste, dass sie gar nicht für Biosyde arbeitete, sondern für Benedict Thorn, und uns geholfen hatte, war sie mir sogar sympathisch geworden.

Ich stieß Simon mit dem Ellenbogen in die Rippen. »Vielleicht siehst du sie ja eines Tages wieder.«

Ich dachte schon, er würde so etwas wie *Ach, Blödsinn!* von sich geben, oder *Was du dir wieder einbildest*. Aber er sagte eine Weile lang tatsächlich nichts, blieb einfach nur stumm da stehen und schaute dem immer kleiner werdenden Boot nach. Schließlich öffnete er doch den Mund. »Das hoffe ich.«

Ich zog eine Augenbraue hoch. Anscheinend hatte es ihn wirklich voll erwischt. »Machen wir, dass wir von hier verschwinden.«

»Du hast recht.«

Wir gingen unter Deck, schlossen die Frachtluke und begaben uns auf Schleichfahrt in Richtung Felsmassiv von Gibraltar.

Nachdem wir die Kisten geöffnet hatten, durchsuchten wir alles ganz genau – nur für den Fall, dass Benedict Thorn uns einen Sender untergejubelt hatte, mit dem er jederzeit unsere Position aufspüren konnte. Simon zerlegte sogar das Satellitentelefon, doch auch dort fanden wir nichts. Anscheinend spielte Benedict Thorn fair. Trotzdem war es besser, einmal zu viel als einmal zu wenig vorsichtig gewesen zu sein.

Wie versprochen befanden sich Rucksäcke, Halogenlampen, Kletterseile, Sicherungsgurte, Steigeisen, Strickleitern, Helme mit Stirnlampen und Brust- und Sitzgurte in den Kisten, sowie moderne Neoprenanzüge, die warm hielten. Außerdem fanden wir noch Steigklemmen, Abseilgeräte, Karabiner, Seilrollen und Hämmer. Aber auch stabile Schuhe mit hohem Schaft und rutschfester Sohle sowie Knieschoner, mit denen wir schmerzlos auf allen vieren durch die Tunnel kriechen konnten. So eine tolle Ausrüstung hatten wir noch nie besessen.

Aber wer sollte das alles tragen?

Ich sah mich um. »Haben wir auch Waffen erhalten?«

Simon schüttelte den Kopf. »Keine Waffen.«

»Schade eigentlich.«

»Stimmt …« Plötzlich weiteten sich seine Augen, als hätte er eine Idee. »Wir haben doch noch die zwei Gewehre und den Revolver des Earls of Huntington an Bord.«

»Richtig.« Wir hatten die Waffen bei unserer Flucht aus seinem Schloss in Schottland mitgenommen.

»Die Gewehre sind zu sperrig, die lassen wir hier«, beschloss Simon, »aber den Revolver nehme ich mit.«

Plötzlich spürte ich einen Druck auf der Brust, als ich an meine Mutter dachte. Wenn sie wirklich hier war, nur wenige Kilometer entfernt, dann würde ich ihr so nahe kommen, wie noch nie zuvor in den letzten zehn Jahren. Hoffentlich klappte die Befreiungsaktion. Ich konnte es kaum erwarten, mich von ihr in die Arme nehmen zu lassen. »Wer wird dich begleiten?«

»Johann …«, sagte Simon mit bestimmter Stimme, dann legte er mir den Arm um die Schulter. »… und natürlich du.«

»Ich?« Mein Herz machte einen Satz. »Einfach so? Ohne lange Diskussion?«

»Du hättest ohnehin so lange gebettelt, bis ich nachgegeben hätte.«

Lächelnd legte ich meinen Kopf an seine Seite. Zu meinen Füßen saß Charlie, der mit sich und der Welt zufrieden eine Schüssel Trockenfutter knabberte. Diesmal würde ich ihn an Bord lassen. Während ich den Berg Ausrüstung betrachtete, ahnte ich, dass unser Ausflug verdammt gefährlich werden könnte.

Ich würde das erste Mal ohne mein Frettchen unterwegs sein. Hoffentlich war das die richtige Entscheidung.

26. KAPITEL

Wir erreichten die Küste von Gibraltar in einer Tiefe von zwanzig Metern. Simon hatte mit seinen Peilgeräten mithilfe von Thorns Plan tatsächlich den geheimen unterseeischen Tunnel entdeckt, der in das Bergmassiv führte.

Wie wir auf dem Schirm unseres Sonars sahen, war dieser Tunnel, der zwölf Meter unter der Meeresoberfläche direkt in den schroffen Felsen hineinführte, nicht von Menschenhand geschaffen worden, sondern natürlich entstanden. Wir tauchten in den röhrenförmigen Tunnel hinein und folgten ihm etwa einen halben Kilometer, dann stieg er leicht an und endete in einer Tropfsteinhöhle.

Die Kopernikus tauchte auf. Die Höhle war so klein, dass Simon das Boot nicht würde wenden können, aber das machte nichts. Mithilfe des Sonars würden wir im Rückwärtsgang wieder raustauchen können.

Wir hatten bereits unsere Rucksäcke gepackt. Der Anker wurde runtergelassen und Simon öffnete die Luke. In der Höhle herrschte absolute Dunkelheit. Von der Felsdecke tropfte Wasser, das durch das Gestein gesickert war. Das leise Platschen hallte in dem Gewölbe unheimlich wider.

»Käpt'n, ich übernehme«, sagte Pierre. »Ethan schläft noch, ich höre ihn durch die Wand seiner Kabine schnarchen.«

Simon lächelte. »Der verpasst die ganze Action.«

»So viel wie in den letzten Tagen hat er vermutlich noch nie gearbeitet«, sagte Johann lachend. »Mit etwas Glück sind wir mit Amanda wieder zurück, noch bevor er aufwacht.«

Pierre drückte uns allen die Hand. »Mast- und Schotbruch«, wünschte er uns.

Ich setzte den Helm auf, schulterte den schweren Rucksack und zog die Gurte stramm. Dann fuhr ich Charlie, der auf Pierres Arm saß, durchs Fell. »Mach's gut, Kleiner.« Er rieb sein Köpfchen an meiner Hand.

Ich war schon gespannt, wie Charlie drauf reagieren würde, wenn er meine Mutter nach so langer Zeit wiedersah. *Tief durchatmen! In ein paar Stunden weißt du es.*

Simon kletterte als Erster raus, gefolgt von Johann und mir. Hintereinander schalteten wir unsere Helmlampen und die Halogentaschenlampen ein. Die Lichtkegel hoben die Umrisse der Höhle aus der Dunkelheit. Von jedem Geräusch, das wir machten, hallte ein Echo von den Wänden wider. Es klang, als befänden wir uns unter einer großen dumpfen Glocke.

Simon fand einen Pfad, der in den Fels gehauen war und steil nach oben führte. »Schau mal.« Er deutete auf in den Fels gravierte Wörter und Jahreszahlen. »Offenbar haben spanische Widerstandskämpfer dieses Versteck im Zweiten Weltkrieg benutzt.«

Simon kletterte voraus, wir folgten ihm, doch der Pfad endete jäh an einer Wand. Allerdings befand sich in der Decke über uns zwischen zwei langen, spitzen Stalaktiten ein

Loch. Es war ungefähr einen Meter breit. Wir leuchteten hinein. Ein senkrechter Schacht verlief kerzengerade hinauf. Soviel wir erkennen konnten, mindestens zehn Meter hoch. An der Seite hing eine brüchige Strickleiter. Simon streckte den Arm aus und zog daran. Staub und einzelne Fäden rieselten herunter.

»Terry, du zuerst. Du bist am leichtesten.«

Simon machte mir die Räuberleiter. Ich streckte mich, angelte mir die morsche Strickleiter und kletterte an ihr empor in das Loch. Kaum hatte ich mein volles Gewicht auf sie gebracht, sackte sie sofort tiefer und knirschte gefährlich.

»Ich fang dich auf, falls sie reißt«, flüsterte Simon unter mir.

Wie tröstlich! Mit schweißnassen Händen klammerte ich mich fest und kletterte Sprosse für Sprosse nach oben. Dann entdeckte ich auch schon die in die Felswand gehauenen Metallstreben.

Eine Steigleiter aus Eisen.

Hoffentlich blieb ich weiter oben nicht stecken. Ich stemmte mich mit Rücken und Beinen im Schacht ab und griff über die Schulter nach einer neuen stabilen Strickleiter, die an meinem Rucksack hing. Danach nahm ich die alte, brüchige Leiter ab, ließ sie nach einem Warnruf runterfallen und tauschte sie gegen unsere neue. Diese hakte ich in die Metallstreben ein und ließ sie ebenfalls hinunterfallen.

Während sich Simon und Johann über die Strickleiter nach oben hangelten, kletterte ich über ihnen im Schacht die Eisenstreben hinauf. Die Luft war stickig, alt und verbraucht, und das Licht der Helmlampe fiel über poröses Gestein. Der Schweiß lief mir über die Schläfen. Einige der Metallstreben waren ziemlich locker, der Kalk rieselte heraus, wenn man sie zu sehr belastete.

Zum Glück war der Schacht nach etwa zehn Metern zu Ende. Ich schlüpfte durch das Loch und stand in einer weiteren Höhle. Vorsichtig, um nirgendwo in eine Spalte zu stürzen, nahm ich den Rucksack ab und kramte meine Halogenlampe hervor. Die Höhle war nicht besonders groß. Anscheinend waren große Teile des Felsmassivs hohl, wie Blasen in einem Schweizer Käse, die über Kriechwege im Fels miteinander verbunden waren. Das würde ein mühsamer Aufstieg werden.

Ich ließ den Strahl der Taschenlampe einmal im Kreis wandern, um zu sehen, wo und wie es weiterging und entdeckte einen weiteren Schacht, der senkrecht nach oben führte. Allerdings war dieser größer und in der Mitte hing eine Kabine aus grobmaschigem Eisengitter eine Handbreit über dem Boden. Das Dach dieser Gondel war an einer massiven Kette befestigt, an der sie vermutlich hochgezogen wurde. Das alles wirkte ziemlich altmodisch.

Nun waren auch Johann und Simon bei mir angekommen und betrachteten die Konstruktion. Im Schein der Lampen sahen wir, dass sich sowohl in der Mitte der Gondel als auch daneben an der Felswand jeweils eine große Kurbel befand, mit der man anscheinend – egal, wo man drehte – die Kettenglieder in Bewegung setzen konnte.

»Sieht aus wie ein Fahrstuhl«, sagte ich.

Simon inspizierte das Gebilde. »Anscheinend funktioniert es mit Seilwinden … nur mit dem Unterschied, dass die Kabine an einer Kette hängt.«

Das hatte Benedict Thorn gar nicht erwähnt. Vermutlich war diese Konstruktion doch noch gar nicht so alt. »Von wann stammt das Ding?«, fragte ich.

»Vermutlich haben das dieselben Widerstandskämpfer im Krieg eingebaut, um schneller rauf- und runterzukommen.«

Wie Thorn angenommen hatte, wusste Valerie De Boes offenbar tatsächlich nichts von der Höhle und diesem Aufzug, sonst hätte sie ihn vermutlich längst entfernt oder zumindest modernisiert und mit Überwachungskameras gespickt. *Kann uns nur recht sein!* Das ersparte uns einiges an Anstrengung.

Neugierig schob ich das Sicherheitsgitter beiseite und öffnete die Tür. Der Käfig bot ungefähr sechs Personen Platz. An der Rückwand der Gondel stand eine Eisentruhe. Ein altes und verrostetes Schloss hing dran. Ich öffnete den Deckel und sah im Licht meiner Helmlampe eine dicke Wolldecke, eine Petroleumlampe ohne Petroleum und verdorrtes Zeug, das womöglich mal Proviant gewesen war.

Die Kurbel in der Kabine ließ zwei Richtungen zu: Auf einem Pfeil stand *hacia arriba*, auf dem anderen *hacia abajo*. Hinauf oder hinunter.

Johann und Simon betraten die Gondel ebenfalls. Wir entschlossen uns für »Hinauf« und begannen zu kurbeln.

Tatsächlich ging ein Ruck durch die Kabine. Das Metall ächzte, die Kettenglieder strafften sich, und weit über uns setzten sich Rollen quietschend in Bewegung. Langsam begann die Gondel nach oben zu wandern.

Obwohl Kurbel und Zahnräder in den letzten Jahrzehnten wohl etwas eingerostet waren, waren sie nicht allzu schwer zu bedienen – es musste wohl eine Art Flaschenzugsystem sein, wodurch man Kraft sparte –, allerdings war die Tätigkeit monoton. Deshalb wechselten wir uns alle paar Minuten mit dem Kurbeln ab. Der Felsen war ja nur knapp vierhundert Meter hoch.

Und Sekunde für Sekunde gelangten wir weiter nach oben.

27. KAPITEL

Valerie betrat den großen Empfangssaal des Biosyde Hills Asylum. An den Ausgängen und vor den Fenstern stand jeweils schwer bewaffnete Security, und in der Mitte saßen insgesamt dreizehn Wissenschaftler, die im Lauf der letzten Wochen von ihren Trupps entführt worden waren.

Das letzte verglühende Abendrot dieses Tages fiel durch die Fenster und tauchte den Raum in ein unheilvolles Licht. An den Wänden flammten knisternd die gelben Leuchtstoffröhren auf. Die Kronleuchter an der Decke dienten nur der Dekoration.

Während Valerie in Richtung Bühne schritt, kam ihr Dr. Voss entgegen, der wissenschaftliche Leiter des Projekts Code Genesis. Voss war ein kleiner Mann, der eine ovale schwarze Augenklappe trug. Das Auge hatte er bei einem Experiment als Jugendlicher verloren, als er Frösche mit einer Stange Dynamit zum Weitsprung animieren wollte – *Knallfrösche*, wie er sie scherzhaft genannt hatte. Dieser kleine Unfall hatte ihn nicht davon abgehalten, später weitere, noch schrecklichere Experimente an Menschen durchzuführen. Er war ein Forscher mit zwielichtiger Vergangenheit – und genau deshalb in Valeries Augen der Richtige, um das Projekt zur Entwicklung eines Langlebigkeitsserums zum Erfolg zu führen.

Nun deutete Dr. Voss eine leichte Verbeugung an und rieb sich die Hände. »Es freut mich, dass wir endlich komplett und Sie wieder da sind, Madam. Es ist eine große Ehre, Sie …«

»Keine Festreden und Schluss mit dem Personenkult! Wir haben zu tun.«

»Jawohl.« Hastig folgte er Valerie auf die Bühne.

Sie stellte sich hinter das Rednerpult und klopfte einmal auf das Mikrofon. Es war an, ein schrilles Quietschen ging durch den Saal. Voss stand neben ihr, die Arme hinter dem Rücken verschränkt, und beobachtete – mit seinem gesunden Auge – die Forscher, die vor ihnen saßen und ebenso ängstlich wie erwartungsvoll zur Bühne hinaufstarrten.

»Seit gestern ist unser wissenschaftliches Team vollständig«, begann Valerie. »Ich begrüße auch die neu hinzugekommenen Koryphäen auf dem Gebiet der Genforschung, DNA-Rekombination und Stammzellenforschung. Meine Damen und Herren, die Zeit drängt, wir müssen Ergebnisse liefern und die Formel von Dr. Amanda West endlich finden. Wir stehen kurz vor dem Ziel.« Sie machte eine Pause und blickte lauernd in die Runde.

»Ich will mir den Glauben nicht nehmen lassen, dass es intelligente Menschen gibt, die mir ebenbürtig sind. Deshalb sind Sie hier, dem Vernehmen nach die Besten auf Ihrem Gebiet.« Sie räusperte sich, dann wurde ihr Ton schärfer. »Um es ein für alle Mal klipp und klar auszusprechen: Sie müssen diese Aufgabe lösen, sonst löst die Aufgabe *Sie*!« Um zu verdeutlichen, was sie damit meinte, nickte sie zu den finster dreinblickenden Männern vom Wachpersonal, die bei dem hohen Gehalt, das Valerie ihnen bezahlte, alles tun würden, was sie ihnen befahl. Genau aus diesem Grund hatte sie die skrupellosesten Söldner engagiert, die sie in Spanien finden konnte.

»Wir werden gefangen gehalten!«, rief einer der Wissenschaftler. Es war Patrick Hendry, ein junger, schlanker und blitzgescheiter Mediziner mit langen, gewellten Haaren, der am Londoner Francis Crick Institute geforscht hatte, wo nur die brillantesten Köpfe arbeiteten. »Das können Sie nicht tun. Wir sind hoch dotierte Nobelpreisträger. Wir haben Termine für Vorträge und …«

»Ja, ja, ich weiß, Sie sind alle fürchterlich geniale Forscher«, Valerie stieß ein ironisches Lachen aus, »aber Sie glauben doch nicht wirklich, dass Sie alle nur deshalb den Nobelpreis erhalten haben, weil Sie so brillant sind? Da gehört schon etwas mehr dazu, richtig?«

»Was?«, rief Patrick Hendry. »Ich habe …«

»Unterbrechen Sie mich nicht! Das war eine rhetorische Frage!«, fuhr Valerie ihn an. »Anscheinend wissen Sie es nicht, darum erkläre ich es Ihnen gern«, fuhr sie mit zuckersüßer Stimme fort. »Biosyde manipuliert bereits seit über einem Jahrzehnt die Nominierungen und Vergaben des Nobelpreises in Medizin, damit jene Zweige der Heilkunst gefördert werden, die für uns wichtig sind, und bestimmte Wissenschaftler, so wie Sie, weiterforschen können. Was Sie für Zufall oder Ihre brillante Arbeit hielten, wurde über die Jahre gezielt von uns gesteuert.«

Ein entsetztes Raunen ging durch den Saal. *Ja, das wusstet ihr nicht, ihr arroganten Schnösel! Das hat mich auch eine hübsche Stange Geld gekostet.*

»Sie sehen also«, erklärte Valerie, »Sie stehen – ohne dass Sie es bisher wussten – tief in meiner Schuld. Noch dazu befinden Sie sich in meiner Gewalt, und ich darf Ihnen eines versichern: Ich weiß alles über Sie. Ich kenne Ihre Familienmitglieder, Ihre Gewohnheiten, Ihre Vergangenheit und Ihre intimsten Geheimnisse. Wir haben Sie lange Zeit ausspioniert, bevor Sie für dieses Projekt ausgewählt wurden.«

»Sie können mir nicht drohen!«, rief Hendry. »Ich weigere mich, Ihnen zu helfen!«

Typisch für einen der Neuen. *Ist noch etwas feucht hinter den Ohren.* Die anderen, die bereits einige Wochen hier waren, stöhnten kurz auf und zogen den Kopf ein.

Valerie lächelte gekünstelt und betrachtete den jungen rebellischen Forscher. »Mr. Hendry, für diese Nacht und den morgigen Tag wird die Stärke der Stromstöße Ihrer Handfessel verdoppelt.« Dann sah sie in die Runde. »Sonst noch irgendwelche konstruktiven Anregungen, Kommentare, Wünsche oder Beschwerden?«

Niemand sagte ein Wort. Auch Hendry schwieg. Sie sah förmlich, wie er vor Zorn kochte. Anscheinend brütete er bereits über einem Fluchtplan. Sollte er. Hier gab es keine Chance zu entkommen. Wer nicht spurte, würde von ihr korrigiert werden und Schmerzen spüren – so lange, bis er reibungslos funktionierte.

Valerie lächelte. *Fein!* Sie warf Voss einen auffordernden Blick zu. Dieser verschwand hinter die Bühne und kam mit einem schwer beladenen Aktenwägelchen wieder, auf dem sich dreizehn ziemlich dicke Papierstapel befanden, von denen keiner mehr in einen Ordner gepasst hätte.

»Das sind die Ergebnisse der bisherigen Auswertungen all unserer Abteilungen«, erklärte Valerie und zog beim Anblick der hohen Stapel erstaunt eine Augenbraue hoch. »Der aktuelle Stand unserer wissenschaftlichen Forschung mit allen funktionierenden DNA-Ketten des geheimnisvollen vierundzwanzigsten Chromosomenpaares, das wir suchen.«

Entschuldigend schielte Dr. Voss zu ihr. »Ich weiß, diese Papiermenge ist ein ganzer Baum, aber wir mussten so viel ausdrucken.«

»Wald finde ich sowieso scheiße«, sagte Valerie, dann wandte sie sich an ihr Auditorium. »Arbeiten Sie mit Hochdruck weiter. Finden Sie die Formel des Serums, die momentan leider nur noch in Amanda Wests Kopf existiert. Die gute Nachricht ist, wir fischen nicht mehr länger im Trüben. Amanda West befindet sich in unserer Gewalt.«

Ein Raunen ging durch die Menge.

»Ja, ich weiß, das ist eine Überraschung für Sie, aber Sie haben richtig gehört: Dr. Amanda West lebt. Schon bald wird sie reden und uns die letzten wichtigen Hinweise liefern.«

Erneut ebbte ein Raunen durch den Saal.

Valerie klatschte in die Hände. »Und nun an die Arbeit! Jeder nimmt sich einen Stapel. Ackern Sie ihn durch. Wir müssen Ergebnisse liefern, bevor Benedict Thorn die Formel entschlüsselt hat. Der Wettlauf um das bedeutendste Patent der Menschheitsgeschichte hat begonnen!«

28. KAPITEL

Nachdem der Lift das obere Ende des Schachts erreicht hatte, blieb er einfach stehen. Wir mussten die Kabine nirgends einhaken oder verankern, damit sie nicht abstürzte, da sie auf Grund der Kettenzüge automatisch hängen blieb.

Bevor wir den Käfig verließen, löschten wir die Taschenlampen und dämpften das Licht unserer Helmlampen, um nicht unnötig aufzufallen. Sicherheitshalber zog Simon den Revolver aus dem Hosenbund. Dann öffnete ich die Tür und wir stiegen aus. Der Strahl unserer Helmlampen zeigte einen Gang, der durch den Fels führte, aber nach wenigen Metern in einer Sackgasse endete.

Wieder mal! Prima.

Johann, der neben mir stand, kramte ein Barometer aus der Tasche und leuchtete auf das Display. Es zeigte aufgrund des Luftdrucks, dass wir uns 375 Meter über dem Meeresspiegel befanden. Stumm zeigte er Simon das Ergebnis.

»Der Felsen ist 426 Meter hoch«, flüsterte Simon. »Auf dem höchsten Punkt befindet sich das Sanatorium.«

Ich wusste, was er damit sagen wollte. Wir befanden uns

noch tief im Felsen drin, gut fünfzig Meter unter der Oberfläche.

»Hier geht es nicht weiter …«, murmelte Johann, »… Moment mal!« Das Licht seiner Stirnlampe war auf ein schmales Stück Felswand gefallen, an dem links und rechts zwei Fugen kerzengerade von oben nach unten verliefen.

Sieht aus wie eine Tür. Allerdings ohne Klinke. Ich leuchtete auf den Boden. Er war felsig und grobkörnig, aber unmittelbar vor der Felswand befand sich unter dem Staub ein völlig glatt geschliffener Halbkreis. »Anscheinend kann man die Felswand irgendwie aufschieben.«

Sofort untersuchte Simon die Wand und tastete sie konzentriert Zentimeter für Zentimeter mit den Fingern ab. »Hier muss etwas verborgen sein …«, murmelte er verbissen.

Falls nicht, war unser Aufstieg völlig umsonst gewesen.

Nach einigen Minuten drehte er sich zu uns um. »Kein Öffnungs- oder Schließmechanismus«, sagte er enttäuscht und trat zornig gegen die Wand. Feiner Sand rieselte aus den Fugen.

»Mach das noch mal«, sagte ich. »Aber diesmal fester.«

Simon trat noch einmal gegen die Wand, und wie ich an den Reaktionen der anderen merkte, sahen sie es jetzt auch. Der Fels hatte sich bewegt. Zwar nur minimal, aber er *hatte* sich bewegt.

Sogleich drückten wir gemeinsam mit der Schulter fest gegen die Wand. Plötzlich hörte ich dahinter ein Geräusch. Etwas brach, knirschte und rieselte zu Boden.

»Fester!«, keuchte Simon.

Wir stemmten uns stärker dagegen und bekamen die Felsplatte ein Stück weit auf. Nun fiel von jenseits der Wand ein gelber Schein durch den Spalt herein. *Künstliches elektrisches Licht.*

Frisch motiviert strengten wir uns noch mal so richtig an und drückten weiter dagegen, was das Zeug hielt. Nun sahen wir, dass die Felswand in der Mitte fixiert war und wie eine Drehtür funktionierte. Während wir eine Seite in den dahinterliegenden Raum drückten, schwang die andere Seite zu uns herein.

Schließlich war der Spalt groß genug, dass wir durchschlüpfen konnten. Auf dem Boden verstreut lagen Zementstücke und frisch herausgebrochene Teile eines gelben Wandverputzes. Offenbar war die andere Seite dieser Felswand verputzt und mit Farbe bemalt worden – und einen Teil davon hatten wir soeben aufgebrochen. Wir befanden uns mitten in einem Gang. An der Decke strahlte eine Leuchtstoffröhre, an der Wand hing ein Feuerlöscher und zu beiden Seiten führte ein Korridor mit weißem Kunststoffboden bis zur nächsten Ecke. Wie in einem Krankenhaus … oder einem Sanatorium.

»Das Biosyde Hills Asylum …«, flüsterte Simon.

Nun wurde mir endgültig klar, dass Valerie De Boes weder etwas von diesem geheimen Tunnel noch von dem Schacht, dem Fahrstuhl, der Tropfsteinhöhle oder dem Unterwasserzugang wissen konnte. Anscheinend hatten ihre Bauarbeiter hier nichts weiter als eine bloße Felswand vermutet und diese verputzt.

Ich wollte bereits vorausgehen, als Johann mich am Arm packte und zurückhielt. Er legte den Finger über die Lippen und deutete zur Decke. Dort hing eine Kamera, deren Objektiv zwar von uns abgewandt war, die aber die andere Seite des Gangs filmte.

Verdammter Mist!

Noch waren wir unentdeckt geblieben, aber den Gang konnten wir unmöglich passieren, ohne ins Sichtfeld der

Kamera zu geraten. Ich schielte zu Simons Revolver, doch Simon schüttelte nur den Kopf. *Den Schuss würden alle hören*, formte er tonlos mit den Lippen.

Und jetzt?

Mit einer Geste bedeutete ich ihm, dass ich eine andere Idee hatte. Ich nahm den Rucksack herunter und kramte das Satellitentelefon heraus, das Dina mir gegeben hatte. Dann presste ich mich an die Wand und rückte so nah wie möglich an die Kamera heran, ohne in deren Sichtfeld zu gelangen.

»Sei vorsichtig!«, wisperte Simon.

Ich ignorierte seine Warnung und zog stattdessen die Teleskop-Antenne des Telefons ganz heraus. Sie war über einen Meter lang. Mit ausgestrecktem Arm schob ich sie an der Wand entlang. Sie reichte bis zur Kamera. *Zum Glück.*

Schweiß lief mir über die Schläfen, während ich nun vorsichtig von unten gegen die Kamera drückte und das Objektiv nach oben drehte. Nun filmte die Kamera die Decke. Das war zwar nicht die genialste Täuschung, aber so würde man zumindest nicht auf den ersten Blick sehen, wie wir durch den Gang liefen.

Ich schob die Antenne wieder zusammen, verstaute das Telefon im Rucksack und deutete den anderen, mir zu folgen.

Hintereinander liefen wir durch den Gang dieses angeblichen Privatsanatoriums für Nervenkranke. Nach einer Abzweigung kamen wir zu einer Blechtür, die mit *Technikraum* beschriftet war und hinter der ein Generator surrte. Daneben hing eine Infotafel an der Wand. Ein Plan, der dieses gewaltige Gebäude im Querschnitt mit vielen eingezeichneten Fluchtwegen zeigte. Die Stelle *Sie befinden sich hier!* war mit einem roten Punkt markiert. Tatsächlich waren wir fünfzig Meter unter dem Sanatorium im sogenannten wissenschaftlichen Bereich. *Wozu braucht ein Heilsanatorium eine solche Abteilung?*

Im Flur vor uns befanden sich links und rechts eine Reihe schwerer weißer Metalltüren, die allesamt mit rot leuchtenden Zahlen nummeriert waren. *46* stand auf der Tür, die mir am nächsten war und ein fußballgroßes Bullauge aufwies.

Ich hielt den Atem an und warf einen vorsichtigen Blick hinein.

Wir waren in keinem Sanatorium.

Das sind geheime Forschungslabors!

29. KAPITEL

»Falls meine Rede nicht *genug* gewirkt hat, müssen *Sie* die Leute zur Höchstleistung antreiben, ist das klar?« Valerie De Boes saß auf ihrem multifunktionalen Luxus-Heimtrainer und strampelte im siebenten Gang eine Steigung von zehn Prozent hinauf.

Das Tablet auf ihrer Lenkstange verwendete sie, um während des Workouts die Post zu beantworten, Berichte zu lesen und Videogespräche zu führen. Im Becherhalter daneben hing ein halb voller Multivitamin-Shake.

Dr. Voss stand vor ihr, mit einer Mappe unter dem Arm, und wusste nicht recht, wohin er mit seinem einen Auge sehen sollte. »Dr. Patrick Hendry macht mir die größten Sorgen. Er ist rebellisch und könnte die anderen aufwiegeln.« Voss starrte zu Boden. »Aber wir können auf seine Mitarbeit nicht verzichten.«

»Dann brechen Sie ihn! Und schauen Sie mich an, wenn Sie mit mir reden!«

»Äh … ja.« Voss starrte sie peinlich berührt an.

»Diese verdammten Mediziner müssen sich beeilen!«

»Wir sind mit unseren Ergebnissen schon sehr weit.

Denken Sie wirklich, dass Benedict Thorn uns jetzt noch einholen könnte und ...?«

»Wenn ich wollte, dass Sie wissen, was ich denke, hätte ich es Ihnen gesagt«, unterbrach Valerie ihn. »Thorn ist nicht unser einziges Problem. Leider sind Schönheit und Gesundheit vergänglich. Ich möchte den Alterungsprozess nicht nur aufhalten, um als Erste ein Patent auf den Markt zu bringen, sondern vor allem um *meine* Jugend zu erhalten, solange ich noch nicht verschrumpelt, faltig und komplett senil geworden bin.«

Dr. Voss schaute betroffen zu Boden, doch dann schien er sich wieder an ihren Befehl zu erinnern und sah sie an. Eine Zeit lang blieb sein Blick auf ihren muskulösen, durchtrainierten Beinen in den eng anliegenden Shorts hängen.

»Ich möchte endlich darauf verzichten können, täglich mehrere Stunden während der Arbeit zu trainieren, nur damit mein Körper die Form behält, die er jetzt hat. Ich möchte keine Vitaminshakes mehr trinken, Karotten essen, fettarme Milch schlürfen, Nahrungsergänzungsmittel schlucken, Haut und Gelenke mit Cremes einreiben und mich nicht mehr massieren und laserbehandeln lassen. Täglich entdecke ich mehr Falten, Altersflecken und graue Haare. Es ist ein Wettlauf gegen die Zeit. Wie ich es hasse, diesen Verfall mitansehen zu müssen. *Ich hasse es!* Haben Sie das begriffen?« Sie hatte sich in Rage geredet.

»Ja, natürlich.« Voss nickte eifrig.

Nun wischte sie sich mit einem Handtuch den Schweiß von der Stirn. »Wir brauchen dieses Serum«, sagte sie betont ruhig. »Ich habe noch so vieles vor im Leben. Am liebsten möchte ich unsterblich werden – und das *jetzt* und nicht erst mit neunzig.«

»Natürlich, wer würde nicht wollen, dass ...?«

»Unterbrechen Sie mich nie wieder, wenn ich Selbstgespräche führe!«

Voss schluckte und verstummte.

Und wenn das Serum an mir wirkt, überlegte Valerie, *dann könnte ich damit in Serienproduktion gehen und es an die Elite der Höchstbietenden verkaufen – an hochrangige Ärzte, Militärs, Politiker, Präsidenten, Schauspieler und Personen der High Society, die genug Geld haben, um meinen Preis zu bezahlen.*

Denn was nutzte ewige Jugend, wenn man nicht das nötige Kleingeld besaß, um das Leben zu genießen? Und ihre Entdeckung würde massenhaft Geld bringen, daran bestand gar kein Zweifel.

Sie hob den Blick und fixierte Voss. »Gehen Sie an die Arbeit!«

»Jawohl.« Er nickte und verschwand durch die Tür.

Valerie sah ihm nicht nach. Ihr Blick fiel durch das Fenster mit der wunderbaren Aussicht auf das nächtlich beleuchtete Gibraltar, diese kleine felsige Halbinsel, die von den Schaumkronen des Meers umspült wurde. Der aufgehende Mond spiegelte sich in den Wellen.

Dr. Simon West war ihr mit der Kopernikus im Schwarzen Meer entwischt. *Wo er sich wohl gerade herumtreibt?*

Plötzlich leuchtete ein rotes Licht auf ihrem Tablet auf. Der Alarm war ausgelöst worden. Eine Nachricht ploppte auf dem Display auf.

Unbefugter Eintritt!

Unterste Etage.

30. KAPITEL

Ethan hatte bis jetzt geschlafen. Nun stand er laut gähnend auf der Kommandobrücke und starrte auf die wenigen restlichen Ausrüstungsteile, die Johann, Terry und sein Vater nicht mitgenommen hatten.

»Sind die schon weg?«, rief er in den Maschinenraum, wo Pierre am Pressluftmodul arbeitete.

»Vor zwei Stunden«, kam die dumpfe Antwort aus der Kammer.

Plötzlich schmiegte sich etwas an sein Bein.

Charlie, du bist hier? Das Frettchen rieb seinen Kopf an Ethans Bein. *Du hast bestimmt Hunger.*

»Ist Terry gar nicht da?«, rief er wieder in den Maschinenraum.

»*Non*, die ist mitgegangen.«

Klar war sie das. Immerhin versuchten sie gerade, ihre Mutter zu befreien. *An ihrer Stelle wäre ich auch mitgegangen.* »Und warum hat Terry dich nicht mitgenommen?«, murmelte er und hob Charlie hoch.

Das Frettchen zappelte in seinem Griff und versuchte mit den Hinterbeinen seine Schulter zu erreichen.

»Diese Amöbe hat mich einfach vergessen«, sagte Ethan mit verstellter hoher Stimme, indem er das Quieken des Frettchens imitierte.

»Ja, manchmal ist sie doof und denkt einfach nicht mit«, antwortete er.

»Das ist das erste Mal, dass die Schafnase allein unterwegs ist. Sie braucht mich.«

»Ich weiß, ohne uns beide kriegt sie nichts auf die Reihe.«

»Terry ist total hilflos allein und furchtbar tollpatschig.«

»Hat keine Orientierung und läuft ständig in die falsche Richtung.«

»Und die Cleverste ist sie auch nicht gerade.«

»Ja, da hast du wohl recht.« Ethan lachte laut auf. »Letztens habe ich den Begriff *Hilflosigkeit* in Wikipedia nachgelesen, und da war tatsächlich ein Foto von ihr drin.«

»Ich weiß, das habe ich reingestellt.«

»Du warst das?«

»Klar, nur weil ich ein Frettchen bin, heißt das noch lange nicht, dass ich nicht mit dem PC umgehen kann.«

»Mann, du bist genauso schlau wie ich.«

»Ich weiß, Ethan. Du bist mein großes Vorbild. Terry ist da ganz anders. Du weißt, wie die Sache ausgegangen ist, als sie Terry und dich auf der Bohrinsel gefangen gehalten haben. Ich war nicht dabei und ihr musstest mühsam gerettet werden.«

»Ja, ich weiß«, sagte er nachdenklich.

»Wir sollten uns etwas überlegen.«

»Meinst du? Aber ich hasse Abenteuer!«, knurrte er. »Ach, verdammt!« Er setzte das Frettchen auf den Boden, zog sich die Kletterschuhe an und schnappte sich Rucksack, Helm und Taschenlampe. Das sollte für einen kurzen Ausflug reichen.

»Sprichst du da mit jemandem?«, rief Pierre aus dem Maschinenraum.

»Nein, alles okay«, antwortete Ethan. »Ich werfe mal einen Blick raus.«

»Klar, aber sei vorsichtig und nimm das Funkgerät mit … *ah, merde! Mon Dieu, damné*, so ein Dreck«, fluchte er.

Ethan hörte, wie ein Schraubenschlüssel zu Boden fiel. Er klemmte sich das Funkgerät an den Gürtel, stieg auf die Leiter im Turm und schnalzte mit der Zunge. »Na, komm schon!«

Sofort kletterte Charlie an ihm hoch und über den Rücken auf den Rucksack.

»Aua! Pass doch mit deinen Krallen auf!«

»Sorry, Ethan, kommt nicht wieder vor.«

»Das will ich hoffen, und merk dir den Weg.« Er stieß die Luke auf, spähte in die Dunkelheit und schaltete die Helmlampe ein.

31. KAPITEL

Das Untergeschoss dieses Gebäudes beherbergte Dutzende geheime Labors. Soviel ich erkennen konnte, waren die weißen Metalltüren mit den Bullaugen von 1 bis 46 durchnummeriert.

Während Simon, Johann und ich hintereinander durch den Korridor schlichen, flammten an der Decke automatisch nacheinander gelbe Leuchtstoffröhren auf und offenbarten weitere Gänge, die sich in dieser Etage verzweigten. Zum Glück stießen wir auf nur eine weitere Kamera, deren Sucher wir wieder mit der Antenne des Satellitentelefons verdrehen konnten – diesmal übernahm das Johann mit seinen langen Armen.

Ich blieb vor der Tür Nr. 37 stehen und warf einen genaueren Blick durch das Guckloch. Das Labor reichte weit nach hinten. Ich sah mehrere runde Tische, Computeranlagen, Regale mit medizinischem Gerät, Reagenzgläsern, Mikroskopen und Glasbehältern, in denen bunte Flüssigkeiten blubberten. Dazwischen saßen Wissenschaftler, die konzentriert arbeiteten. Ich entdeckte auch Videokameras, die den Raum überwachten, und außerdem fiel mir auf, dass die

Forscher allesamt ein stabiles Armband mit einer blinkenden roten Lampe um das Handgelenk trugen. Sah aus wie ein Gerät, das einen Fluchtversuch verhindern sollte. Abgesehen davon war das Ding mit einer Kette am Schreibtisch befestigt, die ihnen keine große Bewegungsfreiheit ermöglichte. Diese Menschen waren Gefangene.

Hinter einem anderen Bullauge griffen Roboterarme Ampullen mit Flüssigkeiten aus einem Reagenzglasständer, schwenkten sie und stellten sie auf ein Förderband, während über zahlreiche große Monitore unendliche, kompliziert aussehende Zahlenreihen liefen. In all diesen Laboren herrschte die Emsigkeit eines Bienenstocks.

Plötzlich hörten wir schwere Schritte, die sich aus einem der seitlichen Korridore näherten. Simon hob den Revolver und presste sich vor der Abzweigung an die Wand. Ein kleiner Mann im weißen Kittel mit einer Augenklappe und einer Mappe unter dem Arm bog raschen Schrittes um die Ecke. Als er uns sah, zuckte er jäh zusammen.

Kaum hatte sich seine Schockstarre gelöst, wollte er losschreien, doch Simon hielt ihm die Waffe an den Kopf.

»Guten Abend.« Simon spannte den Hahn des Revolvers.

Bei dem Klicken zuckte der Mann zusammen. »Wer sind Sie?«, presste er hervor.

»Jemand, der nichts zu verlieren hat«, antwortete Simon, packte den Kerl am Kragen, drückte ihn an die Wand und rammte ihm den Lauf unter das Kinn.

Mir entging nicht, wie Simons Hand zitterte. Offenbar war er noch nervöser als dieser Mann. Und mit Waffen hatte ich meinen Onkel auch noch nie hantieren sehen. Vermutlich war er genauso überrascht wie ich, was die Situation und unser Schicksal aus ihm gemacht hatten. Aber blieb uns eine andere Wahl?

»Und wer sind Sie?«, presste Simon hervor.

»Dr. Voss«, krächzte der Mann.

»Und was sind Sie hier?«

»Nur ein kleiner Angestellter, ich weiß von nichts«, stotterte er.

Simon deutete auf das Namensschild an seinem Kittel. »Hier steht *Wissenschaftlicher Leiter Code Genesis.*«

»Äh …«, stammelte Voss.

»Noch eine Lüge und Sie sind Geschichte.« Simons Stimme zitterte, aber vermutlich war Dr. Voss selbst so nervös, dass er das gar nicht merkte. »Wo ist Amanda West?«

»Dr. West ist tot«, keuchte Voss, »sie ist vor zehn Jahren bei einem Unfall gestorben.«

Simon presste ihm den Lauf so fest unter das Kinn, dass der Hinterkopf des Doktors gegen die Wand knallte. »Wo. Ist. Amanda. West?«, wiederholte er gefährlich leise.

»Ja, ja, ich rede …«, keuchte Voss, »aber nehmen Sie das Ding weg.«

Simon lockerte die Waffe keinen Millimeter. »Reden Sie!«

»Amanda West ist am Leben. Biosyde hat sie geschnappt.«

»Wo ist sie?« Ich konnte mich kaum mehr beherrschen.

»Ich weiß es nicht. Jedenfalls nicht hier auf Gibraltar.«

»Sie lügen!«, rief Simon.

»Nein«, kreischte Voss, »ich schwöre bei meinem Leben, sie ist nicht hier. Davon wüsste ich.«

»Wird sie noch hergebracht?«

»Nein, soviel ich weiß, ist das nicht vorgesehen. Sie wird woanders gefangen gehalten, an einem noch sichereren Ort, aber ich weiß nicht, wo. Das ist die Wahrheit!«

Simon atmete tief durch, dann nahm er die Waffe herunter. Er sah zuerst mich, dann Johann an.

»Das klingt plausibel«, murmelte Johann.

Simon nickte. »Trotzdem werden wir hier alles durchsuchen. Ich verschwinde nicht, bevor ich nicht zumindest einen Hinweis auf Amanda gefunden habe.« Er reichte mir die Waffe. »Halt du den Kerl in Schach – Johann und ich durchsuchen diese Etage.«

Ich nahm die Waffe und merkte jetzt erst recht, wie meine Hand ebenfalls zitterte. Ich atmete tief durch, packte den Revolver fest mit beiden Händen und zielte auf Dr. Voss.

»Alles okay?«, fragte mich Johann besorgt.

»Sicher«, sagte ich mit tiefer Stimme, »wenn sich das Greenhorn bewegt, puste ich ihm das Hirn weg.« Auch so ein Spruch aus dem Western, den ich mit Johann einmal gesehen hatte.

Johann drehte sich schnell weg, ich sah, wie er grinste. Dann waren er und Simon verschwunden. Ihre Schritte verhallten in den Gängen.

»Willst du mir nicht die Waffe geben, Kleine?«, fragte Voss freundlich.

»Nennen Sie mich noch einmal Kleine, dann löst sich ein Schuss – *versehentlich*!« Ich zielte auf seine Kniescheibe, danach richtete ich den Lauf wieder auf seine Brust.

Hoffentlich löst sich nicht wirklich ein Schuss!

»Okay, okay, schon gut, beruhige dich wieder.«

»Wie viele Leute werden hier gefangen gehalten?«, wollte ich wissen.

»Gefangen gehalten?«, wiederholte er. »Diese Menschen arbeiten freiwillig hier.«

»Von wegen *freiwillig*!«, fuhr ich ihn an. »Sie halten mich wohl für blöd? Das sind die entführten Nobelpreisträger. Wie viele sind es?«

Dr. Voss schluckte, sagte aber nichts.

»Ich habe einen nervösen Finger. Außerdem bin ich noch ein halbes Kind und kann die Konsequenzen meines Tuns nicht abschätzen. Also?«

»Insgesamt sind es dreizehn Personen.«

Meine Fresse! Valerie De Boes kannte wirklich keine Grenzen. Dieses Monstrum musste gestoppt werden.

Während ich die Waffe unbeirrt auf Dr. Voss gerichtet hielt, dachte ich nach. Anscheinend konnte dieser Hochsicherheitstrankt nur von oben betreten werden. Darum gab es hier auch kein Wachpersonal. Offenbar hatte auch niemand damit gerechnet, dass jemand direkt von unten durch den Fels eindringen könnte.

Nach einer Viertelstunde kamen Simon und Johann endlich zurück, aus verschiedenen Richtungen. Beide waren völlig außer Puste.

»Amanda ist nicht in diesem Trakt«, presste Simon hervor.

»Ich habe sie auch nicht gefunden«, sagte Johann.

»Das habe ich doch gesagt«, schrie Dr. Voss.

»Schnauze!«, rief ich.

Thorn hat sich geirrt. Alles ist umsonst gewesen. Ich war so wütend, dass ich Voss am liebsten mit dem Knauf der Waffe ins Gesicht geschlagen hätte, doch der konnte am allerwenigsten etwas dafür. »Was machen wir jetzt mit ihm?«

Simon stellte seinen Rucksack ab und kramte ein Seil hervor. »Wir fesseln und knebeln ihn. Und dann nehmen wir ihn mit in die Gondel, damit er uns nicht verraten kann.« Er nickte mir zu. »Jetzt kommt dein Part, Terry.«

Ich begriff, was zu tun war. Während Johann dem Arzt die Arme auf den Rücken fesselte, reichte ich Simon den Revolver. Im gleichen Moment merkte ich, wie die Anspannung von meinen Schultern abfiel. Bei Simon war die Waffe in besseren Händen als bei mir.

Ich holte das Satellitentelefon hervor, schaltete es ein und zog die Antenne raus. Das blaue Display des Dings erwachte zum Leben. Trotz der meterdicken Betondecken und Etagen über uns stellte es eine Verbindung zum Satelliten her. Zwar nur 12% Leistungsfähigkeit, doch ein grünes Lämpchen signalisierte mir, dass das ausreichte.

Ich sprach in das Gerät. »Hallo? Hier spricht Terry West. Bitte kommen!« Während ich wartete, schielte ich zu Dr. Voss, der bei der Erwähnung meines Namens kein bisschen überrascht reagierte. Anscheinend hatte er sich längst zusammengereimt, wer wir waren.

Endlich knackte es im Lautsprecher. »Ich höre. Wie ist der Status?«, fragte Thorn.

»Amanda West ist nicht hier. Die Rettungsaktion ist gescheitert. Wir verschwinden. Dreizehn Geiseln werden hier gefangen gehalten. Ich wiederhole: dreizehn! Die Polizei kann zugreifen.«

»Die nötigen Maßnahmen werden eingeleitet.«

»Danke. Over and out.« Ich unterbrach die Verbindung, schob die Antenne zusammen und steckte das Telefon weg. Jetzt sah ich, wie Dr. Voss schmunzelte. »Was gibt es da zu lachen?«, fragte ich scharf.

»Nichts, nichts.« Er grinste amüsiert.

»He, du miese Ratte, hast du nicht gehört, was Terry dich gefragt hat?«, fuhr Simon ihn an und drohte ihm mit der Waffe. »Was gibt es da zu lachen?«

Voss musste sich das Lachen offensichtlich wirklich verkneifen, sonst hätte er vermutlich lauthals losgebrüllt.

Simon packte und schüttelte ihn. »Was ist daran so lustig?«

»Mit wem haben Sie gerade telefoniert?«, fragte Voss.

»Das geht dich nichts an!«, rief Simon.

Voss zuckte mit den Achseln. »Es ist auch völlig egal, wer das war. Fakt ist: Wer immer jetzt kommt und das Gebäude stürmt – sei es die Polizei, die Staatsanwaltschaft oder das Militär – es wird nichts passieren.«

»Was meinen Sie mit *nichts*?«, fragte Johann, der sichtlich ungeduldig wurde.

Voss grinste. »Was denken Sie, ist der Grund, warum wir gerade *hier* forschen? Am Mittelmeer? In Gibraltar?«, fragte er. »Der britische Polizeipräsident und Valerie De Boes stecken unter einer Decke. Die obersten Ebenen sämtlicher Behörden werden von ihr geschmiert. Diese Männer und Frauen stehen auf ihrer Gehaltsliste. Gegen Madame De Boes wird garantiert nichts unternommen werden! *Nicht hier!* Ihr Telefonat war völlig nutzlos. Wer immer jetzt kommt – das sind kleine Lichter, die keine Ahnung haben, was hier vorgeht.«

Du kommst dir wohl ziemlich schlau vor!

»Das werden wir ja sehen.« Johann stopfte Voss einen Handschuh in den Mund und knebelte ihn mit einem Seil. Dann schubste er ihn voraus. »Zur Gondel!«

In diesem Moment wurde in unmittelbarer Nähe eine Tür aufgestoßen, gefolgt vom schnellen Laufschritt einer Handvoll Männer.

»Dort entlang!«, rief jemand.

Funkgeräte knackten.

Im nächsten Moment ging eine Sirene los. Das Licht der Leuchtstoffröhren wurde von einem roten Blinken überlagert.

Verdammt!

»Zur Gondel!«, rief Simon.

Wir schnappten unsere Rucksäcke, packten Voss und liefen in den Gang, der uns zu der aufgebrochenen Stelle in der Wand führte. Das Stiefelgetrampel hinter uns kam näher. Wir rannten wie besessen, erreichten den Durchbruch im Fels und schlüpften hindurch.

Jetzt war keine Zeit, den Felsspalt zuzudrücken. Außerdem hätten ihn die Männer noch schneller als wir wieder aufgedrückt. Jede Sekunde zählte. Also hasteten wir im Licht der Helmlampen weiter durch den Tunnel bis zur Stelle mit der Gondel.

Am Knirschen der Tritte hörte ich, dass die Männer schon im Felstunnel angelangt und uns dicht auf den Fersen waren.

Plötzlich stoppten wir, prallten aufeinander und starrten entsetzt in den Abgrund.

Die Gondel war weg!

32. KAPITEL

»Oh Mann!«, stöhnte Ethan auf. »Wenn ich gewusst hätte, wie mühsam das ist, hätte ich es bleiben lassen und wäre an Bord geblieben.«

Charlie saß auf seiner Schulter und beobachtete aufmerksam, wie Ethan an der Kurbel drehte. Sein Kopf folgte der kreisenden Bewegung der Kurbel, als wollte er mithelfen.

»Zuerst die Gondel runterholen, dann wieder rauffahren«, seufzte Ethan. Davor hatte er das Funkgerät benutzt und mehrmals von der Höhle aus in den Schacht hochgerufen, doch keine Antwort erhalten. Schließlich hatte er damit begonnen, neugierig an der Kurbel in der Felswand zu drehen.

Jetzt rasselte die Kette im Schacht über ihnen, die Glieder klickten in den Zahnrädern. Im Schneckentempo wanderte die Gondel nach oben.

»Sind ja nur höchstens vierhundert Meter«, ächzte Ethan. Langsam tat ihm der Arm von der monotonen Bewegung weh. »Wie lange meinst du, dauert das noch?«

»Keine Ahnung«, antwortete er sich selbst mit verstellter Stimme. *»Soll ich dich ablösen?«*

»Das würdest du wirklich tun?«

»Klar doch, Ethan, du bist mein Freund.«

»Ach, lass nur, Kumpel, ich kurble schon weiter.« Er wechselte die Hand und arbeitete weiter.

Wenn das in diesem Tempo weiterging, würde es wohl noch eine gute Stunde dauern, bis sie oben waren.

33. KAPITEL

Mit wachsender Panik blickte ich in den gähnenden Abgrund des Fahrstuhlschachts. Nach einigen Metern verlor sich das Licht meiner Helmlampe in der Dunkelheit.

Die Gondel war weg, aber ich sah, dass sich die Zahnräder und Kettenglieder bewegten. Allerdings hatten wir keine Möglichkeit, die Kabine zu uns heraufzuholen. Und an dem Gestänge runterzuklettern war auch keine Option. Zumindest keine schlaue. Falls wir abstürzten, würden wir mehrere Hundert Meter ungebremst in die Tiefe fallen.

Wir drehten uns um und richteten die Strahlen unserer Lampen in die Richtung, aus der wir gekommen waren.

»Licht aus!«, flüsterte Simon.

Wir löschten die Lampen. Schlagartig wurde es stockdunkel.

»Keinen Mucks!«, warnte Simon den Wissenschaftler. Ich hörte, wie er ihm den Lauf des Revolvers zwischen die Schulterblätter drückte. Der Mann stöhnte leise auf.

Wir sahen das Licht mehrerer Taschenlampen auf uns zukommen. Im nächsten Moment standen wir auch schon im gleißenden Licht.

»Hände hoch und keine Bewegung!«, rief ein Mann.

Ich hörte das Knacken und Durchladen mehrerer Waffen. Mir stockte der Atem. »So tu doch was!«, flüsterte ich Simon zu.

Der presste aber nur die Lippen aufeinander. »Das Spiel ist aus.«

»Was?«, wisperte ich panisch. »Du hast doch auch eine Waffe!«

Er schüttelte den Kopf, warf den Revolver vor unsere Füße auf den Boden und hob die Hände.

»Was tust du?«, kreischte ich.

Johann tat es ihm gleich. Die Männer umringten uns.

»Terry, es ist aus«, sagte Simon mit gefasster Stimme. »Der Revolver war nicht geladen, und ich werde nicht bluffen und dabei unser Leben riskieren.«

»Nicht geladen?«, wiederholte ich fassungslos.

»Natürlich nicht. Oder hast du etwa gedacht, ich drücke einer Vierzehnjährigen eine geladene Waffe in die Hand?«

»Vierzehneinhalb!«

»Von mir aus«, knurrte er.

»Und, ja, natürlich habe ich das gedacht …«, stammelte ich.

»Terry!«, sagte Simon streng. »Ich habe die Waffe nur mitgenommen, um zu bluffen. Ich bin kein Revolverheld, sondern Wissenschaftler, ich würde nie auf jemanden schießen.«

Natürlich würde er das nicht – und er hatte ja recht. Ich ließ die Schultern sinken. Besser, gefangen genommen als erschossen oder in den Schacht gestoßen zu werden. Immerhin waren wir am Leben.

»Ist der kleine Schwatz nun endlich beendet?«, fragte einer der Männer ungeduldig.

Im nächsten Moment rissen uns die Kerle vom Sicherheitspersonal herum, drückten uns mit erhobenen Händen und gespreizten Beinen an die Felswand und durchsuchten uns nach weiteren Waffen, natürlich erfolglos. Dann nahmen sie uns die Rucksäcke, Funkgeräte und das Satellitentelefon ab und stießen uns durch den Tunnel, zurück zu dem Durchbruch ins »Sanatorium«.

Mir wurde schlagartig klar, dass wir nun Gefangene waren – wie meine Mutter. Ich würde Charlie, Ethan und Pierre nie wieder sehen.

Hinter mir hörte ich, wie Voss der Knebel abgenommen wurde. Sogleich sprudelte er drauflos. »Valerie De Boes wird sich freuen, zu hören, wen wir geschnappt haben. Das sind niemand Geringerer als Dr. Simon West, sein Assistent Johann und seine Nichte Terry.« Dann hob er die Stimme, damit auch wir ihn ja gut hören konnten. »Wie kann man nur so dämlich sein, ausgerechnet hierherzukommen? Nur mit einem Rucksack, einem Funkgerät und einem leeren Revolver?«

Wir wurden durch die Felsspalte gestoßen und durch das Sanatorium geführt.

»Sperrt sie so lange in eines der Labore«, befahl Voss. »Später werden wir uns um sie kümmern.«

Jemand öffnete den Eingang mit der Nr. 37 und wir wurden hineingestoßen. Hinter uns krachte die Tür zu. In dem hell erleuchteten Labor befanden sich fünf Wissenschaftler, drei Männer und zwei Frauen, die augenblicklich ihre Arbeit stoppten, auf ihren Drehstühlen herumschwangen und uns fragend anstarrten.

Schließlich erhob sich einer von ihnen. Er war schlank, hatte langes, gewelltes, schulterlanges Haar und wache, aber misstrauische Augen. »Mein Name ist Patrick Hendry.«

Simon machte einen Schritt nach vorn. »Dr. Patrick Hendry? Der Londoner Stammzellenforscher und Nobelpreisträger?«

Hendry nickte. Soweit die Kette seiner elektronischen Handfessel es zuließ, machte er ein paar Schritte auf Simon zu.

»Es freut mich, Sie kennenzulernen, Sir«, sagte Simon und gab ihm die Hand.

Hendry machte eine umfassende Geste. »Wir alle sind Nobelpreisträger der Medizin. Wir wurden entführt und werden hier gefangen gehalten.« Er neigte den Kopf. »Sie sind doch Dr. Simon West, der Meeresbiologe, richtig? Amanda Wests Bruder?«

Simon nickte. Er stellte Johann und mich vor, danach sah er Johann an. »Meinst du, wir können ihnen trauen?«

Johann blickte in die Runde und betrachtete die armen Teufel, die an ihre Schreibtische gekettet waren. »Ich fürchte, wir haben keine andere Wahl.«

Dann sah Simon mich an. Ich hob die Schultern. »Der Feind meines Feindes ist mein Freund.«

Simon nickte. »Wir müssen uns verbünden.«

»Ja, das müssen wir.« Hendry blickte zu seinen vier Kollegen und senkte die Stimme. »Allerdings sollten wir sicherheitshalber so tun, als würden wir weiterarbeiten.«

Während sie sich alle wieder fleißig ihren Computern widmeten, lauschten sie Simon, der in knappen Worten unsere Geschichte erzählte.

Eine gefühlte Stunde später hatten wir Hendry und den anderen berichtet, was sich in den letzten Wochen ereignet hatte.

»Meine Fresse!«, sagte Hendry schließlich, nachdem

Simon fertig war. »Da haben Sie ja einige Gefahren und aufregende Abenteuer hinter sich.«

»Abenteuer, auf die ich gern verzichtet hätte«, seufzte Simon. »Und wozu das alles? Eigentlich wollten wir meine Schwester befreien. Und nun sitzen wir selbst hier fest.«

Hendry senkte die Stimme, sodass sie kaum noch zu hören war, und nickte zu einer Kamera, die am Ende des Raums in der Ecke hing. »Wir haben einen Weg gefunden, wie wir mit den Gefangenen in den anderen Laboren kommunizieren können.« Er klickte mit der Fessel ein paarmal gegen das Stuhlbein. »Morsealphabet. Und die Gerüchteküche hier drinnen funktioniert ganz gut.«

Ich hob die Augenbrauen. Auf diese Weise hatten auch Ethan und ich uns während unserer Gefangenschaft auf der Bohrinsel unterhalten.

»Jemand hat von einem der Wärter erfahren«, flüsterte Hendry weiter, »dass Dr. Amanda West anscheinend in Valerie De Boes' Privatvilla gefangen gehalten wird.«

»Wo ist die?«, flüsterte Simon.

»In Frankreich. Auf einer Insel in der Bucht vom Golfe du Lion, direkt vor Marseille. Dort wird sie angeblich mit einem Wahrheitsserum behandelt, um ihr das Geheimnis der Formel zu entreißen. Leider wissen wir nicht mehr.«

»Das ist schon mehr, als ich gehofft hatte, vielen Dank«, sagte Simon.

»Das Serum ist gefährlich«, bemerkte ich.

Hendry nickte. »Ich habe keine Ahnung, wie lange deine Mutter durchhalten wird. Und vor allem ...«, er machte eine Pause, »... was mit ihr geschieht, nachdem sie geredet hat.«

Eine Träne lief mir über die Wange und Simon legte seinen Arm tröstend um meine Schultern. »Wir werden von hier ausbrechen.«

Hendry sah zu den anderen gefangenen Wissenschaftlern. »Wir werden Ihnen helfen.«

Alle nickten sofort, ohne zu zögern.

»Käpt'n …«, räusperte sich Johann, »… ich habe schon eine Idee, wie wir das anstellen. Und außerdem schlage ich vor, dass wir so viele wie möglich von Ihnen befreien und mitnehmen werden.«

»Und wie?«, fragte ich.

In diesem Moment öffnete sich der Riegel am Eingang mit einem lauten Geräusch und die Tür flog auf.

Begleitet von vier mit Gewehren bewaffneten Männern betrat Valerie De Boes das Labor. Allerdings blieb sie beim Eingang stehen, während sich ihre Begleiter um sie herum aufstellten. Ich kannte sie bereits von meiner Gefangennahme in den Cinque Terre und dem darauffolgenden Flug mit dem Helikopter.

»Dr. Simon West«, begann sie, »was für eine Freude, dass Sie sich nach einer so langen, turbulenten und bisher höchst erfolgreichen Flucht freiwillig zu mir begeben.« Siegessicher verschränkte sie die Arme vor der Brust.

»Von *freiwillig* kann keine Rede sein!«, knurrte er.

»Risiken entstehen, wenn man nicht genau weiß, was man tut, mein Lieber.« Sie lächelte, dann wurde sie ernst. »Wo befindet sich Ihr U-Boot?«

Simon presste nur die Lippen aufeinander und schwieg.

»Ich bin geneigt, Sie, Ihren Assistenten und Ihre Nichte am Leben zu lassen, wenn Sie mir die Kopernikus mit dem Kavitationsantrieb und dem Kalten Fusionsreaktor überlassen.«

»Sie lügt, das ist eine miese Falle«, zischte Hendry.

»Nichts anderes habe ich von ihr erwartet«, knurrte Simon.

Valerie De Boes lächelte kalt, neigte schließlich den Kopf und musterte mich mit einem kühlen Blick.

Das ist also meine Großmutter! Am liebsten wäre ich aufgesprungen und hätte ihr mit ihren eigenen langen Fingernägeln das dreckige Grinsen aus dem Gesicht gekratzt.

»Nicht so böse schauen, mein Häschen«, sagte sie herablassend. »Das Leben ist nicht immer gerecht. Manchmal gewinnt man, manchmal verliert man. Eine Lektion, die man so früh wie möglich lernen sollte – und du bist gerade auf einem guten Weg, das zu tun.«

»Wenn Sie Terry auch nur ein Haar krümmen …«, drohte Simon.

»Was dann?«, unterbrach De Boes ihn scharf. »Nur zu Ihrer Information – der von Benedict Thorn inszenierte Polizeieinsatz in diesem Sanatorium wird in diesen Sekunden gestoppt. Ich erzähle Ihnen das nur, damit Sie sich keine falschen Hoffnungen machen. Die Polizei wird von mir bis in die höchsten Kreise … nun ja … *finanziell unterstützt.* Ich habe also nichts zu befürchten. Schließlich stehen hochrangige Beamte, wie der britische Polizeipräsident, der Kabinettschef oder der Innenminister, auf der Warteliste meines angekündigten Serums.«

»Und wenn Sie die Entwicklung nicht hinkriegen?«, rief ich.

»Oh«, sie lächelte, »da mach dir mal bitte keine Sorgen, mein Häschen, wir sind kurz vor dem Durchbruch. Ist nur noch eine Frage der Zeit. Aber nun zu Ihnen, Dr. West. Ich stelle Ihnen folgendes Ultimatum: Sie haben exakt eine Stunde Zeit, mir Ihr U-Boot völlig funktionstüchtig und mit sämtlichem Equipment auszuhändigen. Mitsamt den Unterlagen Ihrer Schwester und Jerichos Splitter!«

»Und falls nicht?«

»Draußen wartet die Polizei.« Sie blickte auf die Uhr. »In exakt neunundfünfzig Minuten werde ich Sie, Ihren Assistenten und Ihre Nichte den englischen Behörden ausliefern. Die warten bereits wie die Geier darauf, einen mutmaßlichen Mörder den amerikanischen Behörden übergeben zu können.«

»Für einen Mord, den *Sie* begangen haben!«, rief ich.

»Und wo sind deine Beweise?«, fragte De Boes kühl.

An Bord der Kopernikus auf Simons Computer, dachte ich. Eine kurze Videoaufzeichnung von der Überwachungskamera der Empfangshalle des Wolkenkratzers, in dem Ethans Mutter gearbeitet hatte. Zwar wusste De Boes davon nichts – aber was half uns das, wenn wir keine Möglichkeit hatten, an Bord des U-Boots zu gelangen.

»Noch achtundfünfzig Minuten, Dr. West«, erinnerte De Boes ihn. »Und denken Sie an meine Worte: Es gibt alte Forscher, und es gibt tollkühne Forscher, aber es gibt keine alten *und* tollkühnen Forscher. Also entscheiden Sie sich richtig!« Sie wandte sich um und verließ mit ihren Begleitern das Labor. Die Tür fiel zu, der Riegel verschloss sich.

Eine Zeit lang war es still, dann räusperte sich Simon. »Johann, welche Idee hattest du vorhin, um von hier zu entkommen?«

Johann hob an etwas zu sagen, doch Hendry stoppte ihn mit einer raschen Handbewegung. »Bevor Sie etwas sagen«, flüsterte er, »sollten wir die Kameras dort hinten ausschalten.«

34. KAPITEL

Johann stand auf, schnappte sich von einem der Drehstühle eine Weste, lief ans andere Ende des Raums und warf sie über die Linse der Kamera. Ein sauberer Wurf – die Weste blieb am Objektiv hängen.

Hendry nickte zur gegenüberliegenden Ecke. »Dort ist noch eine.«

»Nehmen Sie meinen Schal«, sagte eine Wissenschaftlerin.

Simon hatte sich bereits erhoben, kletterte auf einen Stuhl und verdunkelte die zweite Kamera mit einem Schal.

»Noch sind wir nicht fertig«, flüsterte Hendry. »Unter den Kameras gibt es Mikrofone, über die wir abgehört werden. Aber ich habe keine Idee, wie wir die ausschalten könnten.«

»Hat jemand einen Kaugummi?«, fragte ich.

Die Forscherin von vorhin meldete sich wieder zu Wort. »In meiner Handtasche ist eine Packung.«

»Darf ich?« Ich schnappte mir die Tasche, durchsuchte sie, fand die Schachtel und schob mir mehrere Kaugummis in den Mund. Danach machte mir Simon die Räuberleiter und ich klebte je einen Teil der Kaugummis über die

Mikrofone. »Wie lange haben wir Zeit, bis das Sicherheitspersonal merkt, dass wir die Kameras manipuliert haben?«

»Sicher nicht länger als fünf Minuten«, sagte ein Wissenschaftler in normaler Lautstärke, da wir jetzt nicht mehr zu flüstern brauchten. Er blickte zu Johann. »Was immer Sie vorhaben, wir sollten uns beeilen.«

Johann nickte mir zu. »Terry, hast du noch mein Feuerzeug?«

»Ach, ja, natürlich.« Ich griff in die Hosentasche und holte das goldene Zippo heraus. Dann blickte ich zur Decke. »Willst du einen Feueralarm auslösen?«

Johann schüttelte den Kopf. »Das würde nicht viel bringen.« Er bückte sich und zog seine Schuhe und die Socken aus.

»Was wird das?«, fragte ich. »Machst du es dir jetzt gemütlich?«

»Alter Gefängnistrick«, erklärte er. Aus jeder Socke schüttelte er jeweils drei silberne Patronen heraus, die er sich offenbar zwischen die Zehen gesteckt hatte.

Simon kniff die Augen zusammen. »Ist es das, wofür ich es halte?«

Johann nickte und schlüpfte wieder in Socken und Schuhe. »Die Patronen aus dem Revolver. Du hast die Trommel entleert, aber ich habe sie sicherheitshalber mitgenommen. Man weiß ja nie.« Durch seine kriminelle Vergangenheit war Johann wirklich mit allen Wassern gewaschen.

»Das war ja recht nett«, stöhnte Simon, »aber wie sollen wir sie ohne Revolver abfeuern?«

»Gar nicht.« Johann legte die erste Patrone auf ein Blatt Papier am Schreibtisch, nahm einen großen Locher und schlug mit der Metallkante das Zündhütchen ab. Vorsichtig leerte er das körnige schwarze Schießpulver auf das Blatt.

»Ich brauche einen Freiwilligen, allerdings weiß ich nicht, ob es klappen wird.«

Die Wissenschaftler schwiegen.

»Nehmen Sie mich«, entschied Hendry schließlich, legte seinen Arm auf den Schreibtisch, rollte den Hemdsärmel hoch und entblößte das Handgelenk.

Fein säuberlich streute Johann das Pulver auf den Schließmechanismus der Fessel. Dann zündete er das Blatt Papier mit dem Zippo an und hielt die Flamme zur Fessel. »In Deckung!«

Es krachte, eine grelle Stichflamme schoss in die Höhe und hinterließ eine Rauchwolke.

»Fuck!«, fluchte Hendry. Mit schmerzverzerrtem Gesicht rieb er sich die Stelle am Arm, wo es zu einer kleinen Brandwunde gekommen war. Aber das Schloss war abgesprengt und er konnte die Fessel auseinanderbiegen. »Keine Stromstöße mehr.« Hendry konnte sich jetzt außerdem frei bewegen, weil er nicht mehr an der Kette hing.

Sogleich half er Simon, Johann und mir, vier weitere Patronen auseinanderzunehmen und das Schießpulver aus den Hütchen zu lösen. Damit befreiten wir innerhalb der nächsten Minute die anderen vier Forscher.

Alle rieben sich das Handgelenk. Außer kleineren Brandwunden gab es zum Glück keine ernsthaften Verletzungen.

Nun war nur noch eine Patrone übrig, die Johann in der Hand wog.

»Und jetzt?«, fragte ich.

Johann nickte zur Tür. »Damit sprengen wir das Schloss auf. Sobald die Tür offen ist, müssen wir schnell sein.« Er zerlegte die letzte Patrone und kippte das schwarze Pulver aufs Papier. Anschließend rollte er das Blatt zu einer Röhre zusammen und ließ das Pulver ins Türschloss rieseln.

»Vorsicht!« Er presste sich mit dem Rücken an die Wand und hielt die Flamme des Zippos zum Schloss.

Bumm! Rauch stieg auf.

Ich lauschte. Noch ging kein Alarm los. Jetzt war der beste Zeitpunkt für eine Flucht, da die Polizei wahrscheinlich gerade einen Rundgang durchs Sanatorium machte und die Typen vor den Überwachungsmonitoren abgelenkt waren. Vielleicht wurden sie sogar verhört und hatten die Monitore sicherheitshalber ausgeschaltet, damit die Polizei erst gar nicht auf die Idee kam, dass hier unten was los sein könnte. Aber sobald das Personal erst einmal bemerkt hatte, dass sowohl die Bild- als auch Tonübertragung aus dem Labor Nr. 37 weg waren, würde es hier rund gehen.

»Folgt mir!« Johann griff zur Klinke, drückte sie runter und wollte die Tür aufziehen, stutzte jedoch.

»Was ist?«, drängte Simon.

»Verdammter Dreck, Mäusepisse und Hühnerkacke!«, fluchte Johann. Verzweifelt rüttelte er an der Tür. »Sie geht nicht auf.«

Vermutlich war die Sprengladung zu schwach gewesen. Aber wir besaßen keine Munition mehr.

Johann sah niedergeschlagen in die Runde. »Irgendwelche Vorschläge?«

Ich blickte in lauter ratlose Gesichter.

Nun riss auch Simon an der Tür. »Verdammt!« Er sah uns an. »Kommt, helft mir, versuchen wir es gemeinsam.«

Johann, Hendry und ein weiterer Wissenschaftler traten an seine Seite. Zuerst zerrten sie an der Klinke, danach warfen sie sich gleichzeitig gegen die Tür. Beides ohne den geringsten Erfolg.

Mutlos ließ Simon schließlich die Schultern sinken. »Dieses Mistding geht nicht auf.«

Unser Fluchtplan war gründlich schiefgegangen. Sobald Valerie De Boes das erst einmal bemerkt hatte, würde sie uns ebenfalls in Ketten legen – da war ich mir ziemlich sicher. Und danach war es aus mit den freundlichen Worten.

»Danke, dass Sie es zumindest versucht haben«, sagte Hendry zerknirscht.

Mit einem Mal bewegte sich die Türklinke. Etwas schnappte im Schloss. Wir traten alle einen Schritt zurück und starrten auf die Tür, die langsam vor uns aufging. Ich machte mich darauf gefasst, jeden Moment in die fuchsteufelswilden und blutunterlaufenen Augen von Valerie De Boes zu blicken. Doch sie stand nicht im Türrahmen.

Dort stand jemand völlig anderes.

»Ich fasse es nicht«, entfuhr es mir. »Du?«

»Das ist ja wieder einmal typisch.« Ethan glotzte überrascht in den Raum. Das Licht seiner Helmlampe brannte immer noch und blendete uns. »Während ich mich allein mit der Gondel abschufte, steht ihr hier gemütlich herum und plaudert miteinander.«

35. KAPITEL

»Ethan!« Ich machte einen Satz und umarmte ihn euphorisch.

»Ho-ho!«, rief er und hob abwehrend die Hände. »Wie es scheint, habe ich dich wieder einmal gerettet.«

Simon packte uns beide und zog uns ins Labor. »Was machst du hier?«, zischte er.

»Ich … äh«, stammelte Ethan perplex. »Ich dachte …«

Ich ließ Ethan los. Erst jetzt bemerkte ich, dass auch Charlie hier war. Er saß quiekend auf dem Boden und rieb sein Köpfchen an meinem Bein. Ich nahm ihn sofort hoch und drückte ihn.

»Wo ist Pierre?«, flüsterte Simon.

Ethan sah sich um und betrachtete neugierig die Wissenschaftler. »Im Boot, warum?«

»Du schaust ziemlich erledigt aus«, stellte ich fest.

Er reckte das Kinn. »Ich musste die Gondel zuerst hinunter und danach hinaufkurbeln – und zwar ganz allein!«

»*Du* hast die Gondel heruntergeholt.« Jetzt wurde mir alles klar. »Deshalb war sie weg!«

»Äh … ja.«

»Na prima.« Ich warf einen Arm in die Luft. »Ohne dich wären wir schon längst von hier weg, du Superhirn!«

»Na, entschuldige mal!«, brauste Ethan auf. »Vor einer Sekunde warst du noch hell erfreut, mich zu sehen, und jetzt auf einmal bin ich der allergrößte Idiot. Aber bitte, ich kann ja wieder gehen …«

»Schluss jetzt!«, zischte Simon. »Es war schon okay so. Ohne dich hätten wir keine Gelegenheit gehabt, die Gefangenen in diesem Labor zu befreien.«

Ethan reckte den Hals. »Wo ist übrigens Amanda?«

»Nicht hier«, murmelte ich niedergeschlagen.

»Wir sollten rasch abhauen«, warf Johann ein.

Natürlich sollten wir das.

Simon streckte den Kopf in den Gang hinaus und sah sich um. »Wenn wir uns zusammenquetschen, passen wir vielleicht alle in die Gondel rein.«

»Und was ist mit den anderen Gefangenen?«, fragte Hendry.

»Tut mir leid, aber das muss warten.«

»Wir können sie unmöglich zurücklassen.«

»Wir haben keine andere Wahl, uns bleibt keine Zeit, eine gemeinsame groß angelegte Flucht zu planen. Wir müssen froh sein, wenn *wir* es hier rausschaffen«, entgegnete Simon. »Die Luft ist rein. Mir nach!« Er schlich in den Gang.

Johann packte mich am Kragen und schob mich vor sich her. Der Reihe nach folgten wir Simon. Zum Glück waren die Korridore wie ausgestorben. Anscheinend war Valerie De Boes in den oberen Etagen mit der Polizei beschäftigt.

Zielstrebig liefen wir wieder einmal zu dem Durchbruch im Fels. Diesmal übernahm Charlie die Führung und lief voraus. Eilig folgten wir ihm. Nach einer Minute hatten wir den Spalt in der Mauer erreicht. Der Durchbruch stand immer noch offen.

Da schrillte erneut der Alarm. Ich fuhr zusammen. *Verdammt, schon wieder!* Das Licht färbte sich rot. Anscheinend hatte jemand von oben bemerkt, dass hier unten etwas nicht stimmte.

Wir drängten uns nacheinander durch den Spalt, bis der Letzte durch war. Danach stemmten sich die Wissenschaftler zu viert gegen die Felswand, bis die Geheimtür wieder einigermaßen fest saß.

Aber nun fiel uns auf, dass wir keine Lampen mehr hatten. Es war dunkel, nur Ethans Helmlicht brannte und erhellte den Tunnel ein wenig.

»Leuchte hierher!«, befahl Simon. Er bückte sich und wühlte im Schein der Lampe mit den Händen durch das Geröll auf dem Boden, bis er einen flachen, keilförmigen Stein fand. Den rammte er in die untere Felsspalte hinein.

Sogleich taten es ihm Johann und Hendry gleich, bis die Tür von vielen Keilen blockiert war.

Simon stand auf und wischte sich den Schweiß von der Stirn. »Das müsste für eine Weile halten – weiter!«

Wir rannten durch den Tunnel in Richtung Abgrund. Ich dachte an die Gondel. Hoffentlich erwartete mich dort kein unerfreuliches Déjà-vu.

Dumpf hörte ich hinter mir, wie jenseits der Wand an den Fels geklopft wurde. Unsere Verfolger waren bereits da, aber wir hatten einen kleinen Vorsprung. Zum Glück hatten Hendry und die anderen auf Simon gehört und nicht versucht, die restlichen Forscher zu befreien, sonst säßen wir jetzt alle tief in der Patsche.

Rasch rannten wir weiter, bis wir den Abgrund erreichten. Zum Glück stand die Gondel diesmal an ihrem Platz.

Das Gitter war offen. Johann und Simon zogen die Metallkiste aus der Kabine, damit wir mehr Platz hatten, und dann drängten wir uns alle hinein.

Schulter an Schulter, dicht nebeneinander, standen wir da und bekamen kaum Luft. Charlie saß quiekend auf dem Boden. Sehen konnte ich ihn zwar nicht, aber zumindest spüren, wie er seinen Körper an mein Bein drückte.

Ethan schloss das Gitter, dann reichte er seine Lampe über die Köpfe der anderen an Johann weiter. Der stand in der Mitte und leuchtete auf die Kurbel. »Leute, geht ein bisschen zur Seite!«

Simon packte die Kurbel und drehte wie verrückt daran. Ruckelnd setzte sich die Gondel in Bewegung. Ich hatte den Eindruck, dass es abwärts schneller ging als hinauf. Vielleicht lag das aber auch nur an unserem Übergewicht. Hoffentlich hielt die Kette der Belastung stand.

»Wohin führt dieser Schacht?«, fragte Hendry.

»In eine Höhle, die direkt unter dem Felsen liegt. Dort wartet mein U-Boot auf uns …«

Plötzlich machte die Gondel einen Ruck und wir sackten einige Meter im freien Fall hinunter. Alle schrien auf. Ich klammerte mich am Gitter fest. Das Gestänge ächzte. Dann hörte ich wieder das Klicken der Zahnräder, die ineinandergriffen. Das Schaukeln der Gondel beruhigte sich.

»Wir sind zu schwer«, rief eine der Wissenschaftlerinnen.

Aber da wir im Schacht von vier Felswänden umgeben waren, konnte niemand aussteigen. Wir waren gefangen – und es gab nur eine Richtung, in die wir wollten. Hinunter!

Wieder gab es einen Ruck und die Gondel sackte mehrere Meter tief hinab. Trotzdem drehte Simon wie wild weiter an der Kurbel.

»Nicht so schnell!«, warnte ihn einer der Forscher. »Sie stürzen uns noch alle in den Tod.«

»Wenn die Sicherheitsleute erst einmal oben den Durchbruch im Felsen geöffnet haben«, keuchte Simon, »werden sie die Kette kappen. Dann rasen wir schneller in den Tod, als uns lieb ist.«

Nun half derjenige, der Simon gewarnt hatte, plötzlich mit, die Kurbel zu drehen.

»Was machen wir in Ihrem Boot … falls wir das überleben?«, fragte Hendry.

Wieder ging es mehrere Meter rasant hinunter, sodass es mir den Magen hob. Einige schrien auf. Die Gondel schaukelte und krachte gegen die Felswand. Funken flogen.

»Ich bringe Sie mit dem U-Boot in Sicherheit«, erklärte Simon. »Es wird zwar eng an Bord werden, aber ich lasse niemanden von uns zurück.«

Das Gestänge quietschte, die Kette rasselte und mittlerweile hatte die Kurbel eine solche Geschwindigkeit drauf, dass Simon kaum noch hingreifen konnte, ohne zu riskieren, dass die Kurbel auf seine Hand schlug und ihm die Finger brach. Sie drehte sich von allein, immer weiter und immer schneller.

Die Gondel sauste hinunter.

»Wie bremst man das Ding?«, schrie ich.

»Ich fürchte, gar nicht«, rief Johann. »Festhalten!«

Wir rasten immer schneller in die Tiefe.

36. KAPITEL

Ich schickte ein Stoßgebet in den Himmel, presste die Augen zusammen und spannte die Muskeln an. Mit viel Glück waren wir gleich unten. Im nächsten Moment krachten wir auch schon mit einem ohrenbetäubenden Knall auf den Boden.

Der Aufprall war hart. Mir blieb die Luft weg, ich bekam einen Ellenbogen ins Gesicht. Alle kullerten übereinander. Jemand schrie auf. Charlie quiekte und kletterte über meine Schulter auf meinen Kopf.

Ich hörte ein Splittern, dann war es stockdunkel. Ethans Helmlampe war zu Bruch gegangen. Nun saßen wir in absoluter Schwärze. Ich hörte, wie irgendjemand das Gitter der Gondel öffnete. Das Gestell quietschte erbärmlich auf, es musste vollkommen verbogen sein.

»Jemand schwer verletzt?«, fragte Simon.

Ein Mann hatte sich den Knöchel verstaucht, eine Frau blutete im Gesicht, und anscheinend war bei jemandem eine Rippe gebrochen. Der Rest der Truppe stöhnte zwar auf, schien aber unversehrt zu sein. Mir ging es gut, bloß mein Kinn schmerzte. Mehr Sorgen machte ich mir aber wegen der Dunkelheit. Wir würden den Weg zum Loch im Felsboden, über die Eisenleiter durch den engen Schacht und danach die Strickleiter hinunter zur Höhle, in der die Kopernikus lag, nur schwer finden.

Ich sah ein paar Funken aufblitzen. Johann versuchte sein Zippo anzuzünden, aber es flammte immer nur kurz auf, dann erlosch das Feuer wieder.

»Mist!«, fluchte Johann. »Hat jemand ein Feuerzeug dabei?«

Niemand antwortete.

»Okay, dann müssen wir uns eben in der Dunkelheit vorsichtig vorantasten«, sagte Simon. »Helft den Verletzten. Einige Meter von uns entfernt müsste sich ein Loch mit einer in den Fels eingelassenen Eisenleiter befinden.«

»Aber in welche Richtung?«, fragte ich, da ich völlig die Orientierung verloren hatte.

»Am besten, wir kriechen auf allen vieren voran und tasten uns zu dem Loch«, schlug Johann vor. »Aber vorsichtig, dass niemand hineinfällt.«

Prima Plan!

Ich hörte, wie sich die Forscher der Reihe nach aus der verbogenen Gondel quetschten, dann packte auch mich ein Paar kräftige Hände und ich wurde herausgezogen.

Draußen ließ ich mich auf alle Viere nieder und begann zu kriechen. Vor mir quiekte es. »Charlie!«, flüsterte ich.

Blind tastete ich über den Boden, bis ich ein warmes, aber vor Schreck zitterndes Fellbündel zu fassen bekam. Ich fingerte seine Beinchen ab. Anscheinend war er unverletzt. »Zur Kopernikus«, flüsterte ich.

Charlie lief los.

Okay! »Nicht so schnell!«

Ich tastete vor mir herum, erwischte ihn jedoch nicht mehr. Einen Meter vor mir quiekte es wieder. *Also gut!* Ich kroch in diese Richtung, und so führte mich Charlie an den anderen vorbei, die in der Dunkelheit tastend versuchten, ihren Weg zu finden.

Irgendwann einmal stieß ich mit der Hand auf Charlie. Er hockte vor mir und ich spürte, wie sein Fell immer noch aufgeregt vibrierte. Dann bemerkte ich das Loch. Ein paar Zentimeter weiter und ich hätte mit den Händen ins Nichts gegriffen und wäre kopfüber in die Tiefe gestürzt.

»Hier ist es!«, rief ich laut.

Da meine Stimme an den Felswänden widerhallte, war es für die anderen gar nicht so einfach, den Ursprung auszumachen und in meine Richtung zu kriechen. Plötzlich blitzte tief unten im Schacht ein Licht auf. Geblendet schloss ich die Augen.

»Hallo?«, rief ich hinunter.

»Mon Dieu!«, kam die Antwort zu mir herauf. »Was war das für ein Krach? Ich dachte, der Fels stürzt ein.«

»Pierre!«, rief ich. »Was tust du da?«

»Ich habe das Pressluftmodul im Boot repariert und plötzlich waren Ethan und Charlie weg. Niemand war über Funk erreichbar, also habe ich mich auf die Suche gemacht und dann diesen Knall gehört.«

»Bleib unten!«, rief ich. »Wir kommen zu dir.«

Simon ließ sich neben mir auf den Boden fallen und spähte in den Schacht.

»Pierre! Lass deine Lampe unten liegen, damit sie uns leuchtet.«

»Aye, Käpt'n«, tönte es zu uns herauf.

»Und dann geh an Bord. Mach alles für den Tauchgang bereit«, rief Simon. »Und schaff Platz in der Kombüse. Wir nehmen fünf zusätzliche Passagiere an Bord. Und bereite den Erste-Hilfe-Kasten vor.«

Pierre zögerte einen Moment, dann rief er: »So schlimm?«

»Beeil dich!«

»Aye-aye, Käpt'n.«

Ich sah, wie Pierre von der Strickleiter sprang, seine Helmlampe auf den Boden legte und davonlief.

»Du zuerst«, sagte Simon und bugsierte mich an den Rand des Lochs.

Ich schwang die Beine hinein und stellte mich auf die erste Sprosse der Eisenleiter. Dann wartete ich, bis Charlie auf meiner Schulter saß und kletterte nach unten.

In diesem Moment hörte ich aus der Richtung der Gondel einen harten, dumpfen Aufprall. Etwas war von oben in die kaputte Kabine geflogen. Es zischte, Funken sprühten durch die Dunkelheit.

»Dynamit!«, rief jemand panisch.

Weitere Aufschläge waren von der Gondel zu hören, Gegenstände, die abprallten und in alle Richtungen kullerten.

»Sie werfen von oben Dynamitstangen in den Schacht!«, brüllte Hendry.

»Rasch!«, befahl Simon.

De Boes wollte mit allen Mitteln verhindern, dass wir entkamen. Lieber sah sie uns tot als in Freiheit.

Ich kletterte wie der Teufel über die Sprossen, flog förmlich über die Leiter nach unten. Über mir floh einer nach dem anderen in den Schacht. Panische Schreie folgten und der Schacht füllte sich mit unseren Mitflüchtenden.

Simon blieb am Rand des Lochs und trieb alle zur Eile an. Anscheinend wollte er erst als Letzter hineinsteigen. Hoffentlich waren die brennenden Lunten an den Dynamitstangen lang genug.

»Simon!«, rief ich, doch er hörte mich nicht.

Panisch vor Angst kletterte ich weiter. Endlich erreichte

ich die Strickleiter, hangelte mich an ihr hinunter und sprang. Als ich neben Pierres Helmlampe unten aufkam, explodierte die erste Dynamitladung.

Die Erschütterung warf mich zu Boden. Alles um mich herum wackelte. Der Knall war so ohrenbetäubend, dass ich nur noch ein Surren hörte. Eine dicke Staubwolke wurde aus dem Schacht gedrückt. Jemand purzelte durch das Loch in der Decke und knallte auf den Felsengrund. Während ich mich aufrappelte und zur Kopernikus lief, rieselte Sand von der Felsdecke.

Die Luke des U-Boots stand offen und ich sprang in den Turm, dicht hinter mir die beiden Wissenschaftlerinnen. Ich half ihnen, an Bord zu kommen.

Die nächste Explosion folgte, dann ging es Schlag auf Schlag. Drei heftige Detonationen hintereinander erschütterten die Seegrotte. Felsbrocken und Teile der Stalaktiten fielen von der Decke, klatschten ins Wasser oder knallten schrill gegen den Rumpf der Kopernikus.

Diese Verrückten! Hoffentlich brach der Wassertunnel nicht ein, sonst saßen wir hier in der Falle.

Ich hörte, wie die Turbinen ansprangen, die Propeller sich im Rückwärtsgang bewegten und das Wasser aufwühlten. Die Ankerkette wurde eingeholt. Pierre bereitete alles für einen Alarmstart vor.

Ich half zwei weiteren Nobelpreisträgern ins Boot, danach kam Ethan, dicht gefolgt von Hendry. Ihre Gesichter, Haare und Hände waren vom Staub ganz grau. Auch auf meinen Lippen spürte ich die feinen Körner.

Ich reckte den Hals und blickte zu Pierres Lampe, von der durch die dicke Luft nur noch ein diffuses Licht zu sehen war. Als Nächstes schälten sich Johanns Umrisse aus der Staubwolke.

Wo bleibt Simon?

Eine weitere Explosion ließ die Höhle erzittern. Dicke Felsbrocken stürzten ins Wasser. Hoffentlich trafen keine davon die Propeller des U-Boots – sonst gute Nacht!

»Johann!«, rief ich, doch er blickte nicht zu mir herüber.

Er stand hustend neben der Strickleiter, blickte nach oben und wartete. Dann endlich tauchten Simons Beine auf. Er hing in der Leiter, ließ sich fallen und landete in Johanns Armen. Johann stützte ihn. Gemeinsam humpelten sie hustend und prustend zur Kopernikus.

Mir fiel ein Stein vom Herzen.

»Charlie, runter!«, befahl ich.

Das Frettchen kletterte von meiner Schulter und wieselte ins Innere des U-Boots. Kurz darauf rutschte ich mit einem Affenzahn am Gestänge der Leiter hinunter und krachte auf den Boden.

»Pierre!«, rief ich. »Wir sind gleich alle an Bord. Fertig machen zum Tauchen!«

Ich hörte, wie die Wassertanks geflutet wurden. Im nächsten Moment kletterten Johann und Simon in den Turm. Die Luke schloss sich mit einem Quietschen. Unter Deck war es dunkel, nur das dunkelblaue Nachtlicht war an.

»Tauchen!«, rief ich.

Die Nase der Kopernikus senkte sich. Simon drängte sich an mir vorbei zur Kommandobrücke. Johann übernahm die Geräte im Steuerraum, Ethan die im Ruderraum.

Ich amtete erleichtert auf und ließ mich zu Boden sinken. Meine Knie zitterten wie verrückt. Jetzt mussten wir nur noch rechtzeitig durch den Tunnel aus der Höhle kommen, bevor sie einstürzte.

Was hatte Benedict Thorn gesagt? *Die Felsen bestehen aus brüchigem Kalkgestein.* Mein Magen zog sich zusammen, mir wurde übel. Überlagert vom Stimmengemurmel hörte ich das Piepen des Sonars.

»Backbordruder klemmt!«, rief Johann.

»Ausgleich im Wassertank«, antwortete Simon.

Ich sah, wie Ethan die Armaturen bediente.

»Langsame Fahrt, ein halbes Grad Steuerbord, ein Grad Neigung.« Simon schnappte sich die Lesebrille vom Kartentisch und blickte konzentriert auf die Anzeigen. »Pierre, bring die Leute in die Kombüse!«, befahl er, ohne aufzusehen.

Während Simon die Kopernikus im Rückwärtsgang durch den Tunnel zurück ins offene Meer manövrierte, scheuchte Pierre unsere neuen Gäste an mir vorbei in die Kombüse.

Dabei betrachtete Pierre jeden einzelnen der neuen Passagiere neugierig. Ich konnte ihm genau ansehen, wie er unter ihnen meine Mutter suchte, sie aber nirgends finden konnte. Enttäuscht ließ er die Schultern sinken und drängte die Leute weiter nach hinten.

Die Kombüsentür schloss sich. Es wurde leiser. Ich hockte da und beobachtete Simon, Johann und Ethan bei der Arbeit. Schweiß stand Simon auf der Stirn. Er war hoch konzentriert. Seine Wange blutete. Im blauen Licht sah die glänzende Wunde verdammt schmerzhaft aus. Offenbar hatte er von einer der Explosionen etwas abgekriegt.

Jenseits der Metallwände hörte ich dumpfes Krachen, Felsen kratzten quietschend an der Außenhülle, eine erdbebenartige Erschütterung brachte die Kopernikus zum Trudeln. Irgendwo über uns schlug ein Funke aus den Armaturen.

Oh, oh, kein gutes Zeichen!

Ich schnappte mir den Feuerlöscher und erstickte die Flammen. Die Geräusche, die das Boot machte, hörten sich beängstigend an, es war ein einziger schrecklicher

Albtraum. Kein einziges Mal, seit ich hier an Bord lebte, hatte ich die Angst verspürt, lebendig unter Wasser in diesem Sarg aus Eisen begraben zu sein … noch nie … bis auf diesen Moment. Mit jedem weiteren Geräusch ging mir der Arsch auf Grundeis.

Zum Glück brach kein weiteres Feuer aus. Ich hockte mich wieder hin. Charlie verkroch sich zwischen meine Beine, machte sich ganz klein und drückte seine Schnauze unter meine Hand. Ich streichelte ihn und versuchte ihn zu beruhigen.

Dann endlich verstummte das schrille Piepen des Sonars. Blaues Licht fiel durch die Bullaugen und das Glitzern der Wellen spiegelte sich an den Wänden. Das war der Schimmer des Mondlichts, das durchs Wasser fiel.

Wir waren draußen!

Im Mittelmeer!

Erleichtert atmete ich auf.

»Johann, wenden! Vorwärtsgang. Fünfzehn Meter Tiefe. Volle Kraft voraus. Kurs: Spanische Küste«, befahl Simon.

Die Turbinen heulten auf, irgendwo klemmte ein Getriebe. Die Kopernikus machte etwas mehr als halbe Fahrt. Ich erhob mich und wankte mit weichen Knien zu Simon. Von der anderen Seite kam Ethan auf ihn zu. Simon nahm die Hände von den Armaturen und drückte uns beide an sich. »Für einen Moment dachte ich wirklich, es wäre aus«, murmelte er.

Plötzlich schossen mir die Tränen in die Augen und mein Brustkorb bebte, weil ich unaufhörlich schluchzen musste und gar nicht mehr aufhören konnte. Ich war erleichtert, dass wir es geschafft hatten, und die Anspannung fiel von mir ab. Zudem kam jedoch die Enttäuschung, dass wir meine Mutter nicht gefunden hatten.

Die Tür der Kombüse öffnete sich. Pierre kam mit einem Erste-Hilfe-Kasten in der Hand auf uns zu. »Käpt'n, unsere Gäste sind versorgt und größtenteils wohlauf. Zum Glück keine schwereren Verletzungen. Bloß eine gebrochene Rippen, sonst nur ein paar Schrammen und Verstauchungen. Aber deine Wange sieht böse aus, die sollte ich mir ansehen.«

»Später, Pierre.« Simon löste sich von Ethan und mir. »Vorher nehmen wir Kontakt mit Benedict Thorn auf.«

»Aber wie?« Ich wischte mir die Tränen aus dem Gesicht. »Ich habe das Satellitentelefon nicht mehr.«

Simon lächelte. »Ich habe die Frequenz des Telefons getrackt, bevor wir von Bord gegangen sind …«, er hob die Schultern, »… nur zur Sicherheit.«

»Zur Sicherheit … *wofür?*«, fragte ich. »Falls ich das Telefon verliere?«

»Na ja …« Er strich mir über die Wange. »Sicher ist sicher.«

Ich wollte ihn empört ansehen, weil er mir so wenig zugetraut hatte, aber das gelang mir nicht. Stattdessen musste ich erleichtert auflachen.

37. KAPITEL

Nachdem die Wunden von Simon und unseren Passagieren verarztet worden waren, wuschen sich alle hintereinander im Bad den Staub aus dem Gesicht.

In der Zwischenzeit brühte ich eine Kanne Kaffee für alle und Ethan hielt über das Periskop Ausschau, während wir im beginnenden Morgengrauen die spanische Küste anliefen.

Simon hatte Benedict Thorn bereits über dessen Geheimnummer erreicht und ihm mitgeteilt, dass wir meine Mutter zwar nicht gefunden hatten, aber immerhin fünf der gefangenen Forscher befreien konnten. Daraufhin hatte Thorn uns zu demselben Treffpunkt hinbestellt, wo wir am Vortag unsere Ausrüstung an Bord genommen hatten.

Eine halbe Stunde später erreichten wir die Bucht, wo das Rendezvous stattfinden sollte und tauchten auf. Der Silberstreifen des nächsten Tages lag bereits am Horizont. Da wir uns nicht mehr auf britischem Hoheitsgebiet befanden, sondern in spanischen Gewässern, waren wir vorerst einigermaßen außer Gefahr – trotzdem ließ Simon sicherheitshalber die Motoren laufen. Nur für den Fall, dass wir wieder einmal rasch abhauen mussten.

Doch unsere Angst stellte sich als unbegründet heraus. Dina Ramirez erwartete uns bereits in einem Elektroboot. Die Kopernikus stoppte die Fahrt, und Dina fuhr zu uns, gefolgt von zwei weiteren Booten.

Als sie sah, wie Simon und ich unsere Köpfe durch den Ausguck steckten und aus dem Turm schauten, fiel ihr sichtlich ein Stein vom Herzen. Wobei sie sich vermutlich mehr über Simon freute als über mich. Was ja auch okay war.

»Sie sind verletzt!«, rief sie im nächsten Moment entsetzt, als sie näher kam und Simons verpflasterte Wange sah.

»Mir geht es gut«, wiegelte Simon ab. »Die Hauptsache ist doch, dass es den Leuten gut geht, die wir rausschaffen konnten. Acht weitere Menschen werden noch gefangen gehalten, aber Amanda ist nicht darunter.«

»Wissen Sie, wo sie ist?«, fragte Dina.

Ich hob an zu antworten, doch Simon unterbrach mich rasch. »Nein, leider nicht.«

Ich begriff. Obwohl Benedict Thorn uns unterstützt und bei dieser Aktion geholfen hatte, traute Simon ihm anscheinend doch noch nicht hundertprozentig über den Weg.

Simon sah mich warnend an, dann wandte er sich an Dina, deren Boot mittlerweile neben der Kopernikus angelegt hatte. »Die von Benedict Thorn initiierte Polizeiaktion ist leider schiefgegangen. Valerie De Boes hat die komplette Führungsebene des britischen Polizeiapparats in ihrer Tasche.«

»Fuck!«, schimpfte Dina. »Thorn und ich haben so etwas Ähnliches befürchtet. Aber keine Sorge …«, sie sah auf ihre Armbanduhr, »… sicherheitshalber haben wir auch Interpol eingeschaltet. Die haben in der Eile zwar keinen Durchsuchungsbeschluss für das Sanatorium bekommen – noch nicht – aber die Ermittler sind in wenigen Minuten hier. Und die hat De Boes garantiert nicht geschmiert.«

Von Interpol hatte ich bereits gehört. Das war die länderübergreifende internationale Kriminalpolizei. Und die fahndete bestimmt auch nach uns, da wir uns in einigen Ländern ziemlich unbeliebt gemacht hatten. In diesem Moment hörte ich auch schon das Knattern zweier Helikopter, die entlang der Küste auf uns zuhielten.

Dinas Handy läutete. Sie ging ran, führte ein kurzes Gespräch und steckte es wieder weg. »Das sind die Ermittler. Sie landen gleich ein paar Hundert Meter weit entfernt dort oben auf den Klippen. Sie werden die befreiten Geiseln übernehmen.«

Mittlerweile hatten auch die beiden anderen Boote längsseits der Kopernikus angelegt. Ich sah Simon misstrauisch an. Hoffentlich waren in den Hubschraubern auch wirklich Polizisten von Interpol und keine Leute von Benedict Thorn oder – noch schlimmer – von Valerie De Boes. Aber wir würden nicht mehr lange genug hierbleiben, um das herauszufinden. Simon rief bereits in den Turm hinunter. »Sie werden abgeholt. Alle Mann an Deck.«

»Und Frauen!«, zischte ich.

»Und natürlich Frauen«, fügte Simon hinzu.

Er würde es wohl nie lernen.

Simon und ich machten Platz und ließen unsere fünf Schützlinge herausklettern, die in die Boote überwechselten. Einer der beiden Frauen mussten wir helfen; sie trug einen Arm in der Schlinge.

Zuletzt kam Patrick Hendry zum Vorschein. Er reichte zuerst mir, dann Simon die Hand. »Terry, Sir, es war mir eine Ehre, Sie beide kennengelernt zu haben.«

Die Helikopter waren inzwischen so nahe, dass unsere Worte vom Knattern der Rotorblätter übertönt wurden. Dennoch hörte ich, was Simon zu Hendry sagte.

»Das ist Dina Ramirez. Sie arbeitet für Benedict Thorn und wird veranlassen, dass Sie und die anderen zu den Ermittlern von Interpol gebracht werden.« Dann beugte er sich nach vorn und flüsterte Hendry ins Ohr. »Behalten Sie bitte vorerst für sich, wo Amanda West gefangen gehalten wird.«

»Trauen Sie Interpol nicht?«, fragte Hendry.

»Doch, aber ich traue Thorn genauso wenig wie Valerie De Boes – eine reine Vorsichtsmaßnahme.«

»Ich verstehe«, sagte Hendry. »Ich sage es den anderen. Viel Glück bei der Suche nach Ihrer Schwester.«

»Danke.«

Sie gaben sich noch einmal die Hand, dann ging auch Hendry von Bord.

Die Helikopter drehten ab und nahmen Kurs auf das Felsplateau. Jetzt konnte ich erkennen, dass es tatsächlich zwei große Polizeihubschrauber waren, die das Logo von Interpol an der Seite hatten. Eine blau-weiße Weltkugel, umgeben von einem Lorbeerkranz.

»Wir verschwinden besser«, rief Simon zu Dina hinunter.

Sie verzog traurig das Gesicht. »Ja, ich fürchte, das wird wohl am besten sein. Gute Fahrt!«

»Danke.« Simon verschwand nach unten.

Ich schloss die Luke und folgte ihm. Nun waren wir wieder allein – Simon, Ethan, Johann, Charlie, Pierre und ich.

»Tauchen?«, fragte Johann. »Und welcher Kurs, Käpt'n?«

»Einen Moment noch.« Simon hob die Hand, dann ging er auf Pierre zu und wurde plötzlich ernst. »Pierre, ich … äh …« Er verstummte.

»Ja, *mon ami*?« Pierre legte den Kopf schief.

Ich beobachtete die beiden neugierig. Was würde jetzt kommen?

Plötzlich war es ungewohnt ruhig an Bord. Nur die Maschinen liefen leise vor sich hin. Johann, ich und Ethan, der neben mir stand, sahen Simon erwartungsvoll an.

»Wir liegen noch an der Küste. Interpol ist vor Ort«, sagte Simon. »Du könntest jetzt von Bord gehen, wenn du möchtest. Nach dir wird nicht gefahndet. Im Zweifelsfall bräuchtest du nur zu sagen, dass du als Geisel an Bord festgehalten wurdest und mit den Verbrechen, die uns angelastet werden, nichts zu tun hast.«

»Ist das dein Ernst?«, fragte Pierre. Beinahe wirkte er gekränkt.

Simon hob die Schultern. »Es wäre deine Chance, jetzt von Bord zu kommen. Du könntest endlich wieder ein normales Leben führen – nicht länger auf der Flucht sein. Und ich würde dir für deinen Neustart ein paar Dollar mitgeben.«

Wir hatten genug Kohle an Bord – das Vermögen von Admiral Nathan West –, und wie ich Simon kannte, hätte er Pierre bestimmt einen großzügigen Betrag davon abgegeben.

Doch Pierre presste nur die Lippen aufeinander. Plötzlich zogen sich seine Augenbrauen zusammen. Er bekam einen finsteren Blick, als konnte er nicht fassen, was er gerade zu hören bekommen hatte. »Nach allem, was wir gemeinsam durchgestanden haben – das Bermuda-Dreieck, Venedig, Santorin, Schottland, die Cinque Terre, das Schwarze Meer, Istanbul und jetzt auch noch Gibraltar – willst du mich einfach loswerden?« Er schüttelte den Kopf. »Keine Chance! Du bist und bleibst mein Käpt'n – und zwar so lange, bis wir Amanda befreit haben. Denn bei dem, was uns noch bevorsteht, wirst du den alten, verwegenen Abenteurer Pierre Derancourt in deiner Crew noch brauchen, *n'est-ce pas*?«

Simon sah ihm in die Augen, seine Unterlippe zuckte für einen Moment. Dann drückte er Pierre die Hand. »Ich musste dir diese Frage stellen, aber ehrlich gesagt, habe ich auf genau diese Antwort gehofft. Danke, mein Freund.«

»Du mieser Schuft!« Pierre boxte Simon gegen die Schulter. »Steht das Angebot mit dem Geld später auch noch?«

»Sicher.«

Beide lachten. Erleichtert stieß ich die Luft aus. Doch im nächsten Moment wurde Simon wieder ernst. »Johann, wir tauchen. Du hast vorhin nach dem Kurs gefragt.«

Johann nickte.

»Frankreich. Golfe du Lion, die Bucht von Marseille.«

Nun hörte ich an Johanns Stimme, dass auch er erleichtert aufatmete. »Aye-aye, Sir.«

4. TEIL

MARSEILLE

38. KAPITEL

Mehr als vierundzwanzig Stunden, nachdem wir Gibraltar verlassen hatten, kamen wir im Morgengrauen in die Nähe der französischen Mittelmeerküste – viel später als geplant, denn unser Boot war ziemlich angeschlagen.

Simon brütete in seiner Kajüte nachdenklich über den Schadensmeldungen. Die Kopernikus war zwar kein Totalschaden und wir hatten auch kein Leck, aber wichtige Teile waren defekt. Das Boot hätte dringend in eine Schiffswerft gemusst, wo man es in einer knappen Woche wieder voll funktionstüchtig gemacht hätte, doch in unserer Situation – auf der Flucht, ohne Heimathafen und Werft – waren diese Schäden erst einmal irreparabel und wurden zu einem massiven Problem.

Wir konnten nur mit gedrosselter Leistung fahren, während Johann und Pierre die gröbsten Schäden provisorisch reparierten.

Abgesehen davon war die Stimmung an Bord mittlerweile am absoluten Tiefpunkt angelangt. Über die Befreiung der fünf entführten Nobelpreisträger gab es keinerlei offizielle Verlautbarung. Kein einziger Sender verlor auch nur ein Sterbenswörtchen darüber, dass sie sich nun in der Obhut von Interpol befanden. Langsam bekam ich meine Zweifel, ob es wirklich klug gewesen war, Patrick Hendry und die anderen Forscher Benedict Thorn und seinen Leuten zu überlassen. Außerdem wurden wir immer noch von der Polizei wegen Mordes gesucht. Zu allem Überfluss kamen jetzt auch noch Einbruch, Sachbeschädigung und Betriebsspionage im Sanatorium hinzu, was Valerie De Boes zur Anzeige gebracht hatte. Meine Großmutter spielte wirklich alle Karten aus, um uns zu schaden. Als wäre das alles nicht schon genug, suchte man uns jetzt auch noch wegen Körperverletzung und versuchtem Kidnapping von Dr. Voss. *Diese miese Ratte! Schade, dass die Waffe leer gewesen war. Ich hätte ihm wirklich eine Kugel ins Bein jagen sollen.*

Alles hatte sich gegen uns verschworen. Selbst wenn es uns gelingen sollte, meine Mutter aus den Klauen von Biosyde zu befreien, hatten wir keine Perspektive. Meine Mutter war offiziell tot, sie konnte nicht plötzlich irgendwo wieder auftauchen und sagen: *Hallo, da bin ich!* Ihr Geheimnis, die Formel, deren Essenz in Charlies und Johanns Adern floss, war einfach zu brisant. Zudem forschten mittlerweile zwei konkurrierende Konzerne fieberhaft daran, diese Formel zu entschlüsseln. Wir befanden uns in einem schier aussichtslosen Wettlauf, und ich verfluchte den Moment, an dem ich mein Elternhaus in Miami betreten und hinter das Geheimnis von Mutters Labor gekommen war. Aber die Zeit ließ sich nicht zurückdrehen.

Mit diesen deprimierenden Gedanken stand ich oben am Turm, blickte auf das weite Meer hinaus und ließ mir Wind und Gischt ins Gesicht blasen. Während wir der aufgehenden Sonne entgegenfuhren, versuchte ich, an etwas anderes zu denken. Irgendwann bemerkte ich, dass es nicht mehr nur nach Salzwasser roch. *Es riecht nach Land!* Ich hob die Nase. Ganz fein nahm ich den Geruch von Erde und Rosmarin, Lavendel und Thymian wahr. Bald würden wir die Küste sehen. Meine trübsinnige Stimmung besserte sich ein wenig.

Minuten später entdeckte ich tatsächlich einen hellgrauen Streifen am Horizont. Die Küste Frankreichs. Der Golfe du Lion. Als Nächstes sah ich Möwen über dem Wasser und dann hörte ich auch schon ihr entferntes Kreischen. Vor uns schälten sich zwei Inseln aus dem Meer, die rasch größer wurden. Eine davon musste das Eiland sein, das Patrick Hendry uns genannt hatte.

Neben mir drehte sich das Periskop in Richtung der Inseln und im nächsten Moment kam auch schon Ethan die Eisenleiter hoch. Im Gegensatz zu mir wirkte er gut gelaunt und geradezu energiegeladen.

»Hast du gewusst, dass …?«, fragte er, unterbrach sich jedoch sogleich wieder. »Ach, was frag ich dich überhaupt? Du hast sicher keine Ahnung, darum erklär ich es dir.« Er deutete in Fahrtrichtung. »Vor uns liegt die felsige Gefängnisinsel Château d'If, auf der einst der legendäre Graf von Monte Christo eingekerkert gewesen war.«

»Ich kenne das Buch«, sagte ich wenig begeistert.

»Und die größere Insel daneben heißt Monique. Sie ist im Privatbesitz von Valerie De Boes. Darauf befindet sich ihre Privatvilla.« Er drückte mir ein Fernglas in die Hand. »Nur zu.«

Ich nahm es und peilte hindurch. »Wow!«, entfuhr es mir.

»Ich habe die Linsen verbessert.«

Die Insel wirkte so nah, dass sie durch das geringste Ruckeln aus meinem Blickfeld verschwand. Ich musste das

Fernglas auf den oberen Rand des Turms legen und es fest halten. Konzentriert betrachtete ich die Vergrößerung der Insel. Ich konnte so etwas Ähnliches wie einen Flugzeugtower erkennen. »Ist das … eine Landebahn?«

»Yepp.« Ethan nahm sein Notebook vom Schultergurt, stellte es auf den Rand und klappte es auf. Ich hörte, wie er tippte. »Soviel sich auf Google-Maps erkennen lässt, dürfte das ein kleiner privater Flugplatz sein.«

Jetzt konnte ich deutlich erkennen, wie von dort eine Straße mit vielen engen Serpentinen zum höchsten Punkt der Insel hinaufführte. Ganz oben, auf der Spitze der Felseninsel, thronte eine schlossähnliche Villa aus weißem Sandstein mit mehreren Etagen und einem massiven Turm. »Wie kommen wir dorthin?«

»Im Norden der Insel befindet sich ein weiter, flacher Sandstrand und die Südspitze besteht aus zerklüfteten Felsen«, erklärte Ethan.

»Shit.« Ich wusste nicht, was blöder war. Beides war mit einem U-Boot unerreichbar.

»Uns wird schon etwas einfallen«, sagte Ethan.

Ich schwenkte das Fernglas. Knapp zwei Kilometer hinter der Insel lag die französische Küste, wo zahlreiche weiße Häuser in der aufgehenden Sonne strahlten und funkelten. Das musste Marseille sein, eine riesige Hafenstadt. Dort hatten wir mal angelegt, als ich noch sehr klein gewesen war – dementsprechend verwaschen war meine Erinnerung daran. Irgendwie verband ich Marseille mit Fischen, Baguettes, Bussen, jeder Menge Touristen und sehr vielen Schiffen. »Kannst du dich noch daran erinnern, wie wir …?«

»Sei still!«, unterbrach Ethan mich. »Hörst du das?«

»Was?« Ich lauschte. Die Wellen brachen sich am Bug

der Kopernikus, die Möwen kreischten und aus dem Inneren des Boots drang das Stampfen der Maschinen. »Nein.«

»Dieses Piepen …«, murmelte Ethan und tippte hastig auf der Tastatur herum.

Ich nahm das Fernglas herunter und hing es mir um den Hals. »Meinst du deinen Vogel?«, scherzte ich. »Den hörst du erst jetzt?«

»Ha, witzig. Das Piepen kommt aus dem Notebook. Das ist Darwin …«

»Darwin?«, wiederholte ich ungläubig. Unsere Drohne, der von Simon entwickelte Prototyp, dem Ethan und ich ein Pflaster und ein Haifischgebiss aufgemalt hatten, hatte ich zuletzt in Italien, in den Cinque Terre, gesehen. Ich hatte mein Medaillon an der Drohne befestigt, woraufhin Ethan sie im Autopilot-Modus vom Leuchtturm aus quer übers Meer in südwestliche Richtung geschickt hatte. Seitdem war sie mit der Energie, die sie über ihre Solarzellen bezog, unterwegs.

»Eigentlich müsste Darwin schon viel weiter westlich sein …«, murmelte Ethan.

»Wovon redest du bitte?«

»Mein Programm empfängt sein Signal!«, rief er. »Er ist in der Nähe, anscheinend hat ihn der Wind hierhergetragen. Schau!« Er zeigte auf einen blinkenden Punkt auf dem Monitor. »Ist die ganze Zeit übers Meer geflogen und jetzt in unserer Reichweite, nur fünf Kilometer entfernt.« Er überlegte. »Ich müsste bloß seinen Kurs korrigieren …«, seine Finger flogen über die Tastatur, »… dann könnte er in einer halben Stunde hier sein. Allerdings sind einige Solarzellen defekt und die Batterie ist schon ziemlich schwach. Ich hoffe, dass er es schafft.«

Während Ethan noch an der Kurskorrektur programmierte,

hörte ich, wie jemand die Leiter im Turm zu uns hochkletterte.

Simon streckte den Kopf heraus und stellte sich zu uns. »Na, aufgeregt, so kurz vor dem Ziel unserer langen Reise?«, fragte er und nickte zu der Insel vor uns.

Mit *Reise* meinte er vermutlich nicht die Fahrt an sich, sondern generell die Odyssee, auf der wir uns seit so vielen Wochen befanden. Ethan sah nicht auf, sondern haute nur tief in Selbstgespräche versunken in die Tasten.

»Wir haben Darwins Funksignal aufgefangen«, erklärte ich Simon.

»Wir?«, wiederholte Ethan und sah kurz auf. »*Ich* habe es gefunden.«

»Ja, du Genie, *du* hast es gefunden«, gab ich zu. »In einer halben Stunde könnte Darwin hier sein.«

Simon hob überrascht die Augenbrauen. »Prima.« Er rieb sich die Hände. »Dann wären wir ja wieder komplett – so wie früher.«

Simon hatte recht – wir wären alle vereint. Obwohl Darwin eine Maschine war, gehörte er irgendwie zur Crew.

»Werden wir meine Mutter finden?«, ließ ich schließlich meiner ganzen Niedergeschlagenheit und Mutlosigkeit freien Lauf.

»Zweifelst du daran?«

Ich zog die Schultern hoch. »Schau uns doch an. Wir sind schon ziemlich erschöpft, unser Boot ist angeschlagen und den Überraschungseffekt haben wir auf Gibraltar verspielt. Valerie De Boes wartet garantiert nur darauf, dass wir auftauchen und ihr auf der Insel in die Arme laufen.« Ich sog die Luft tief ein. »Was sollen wir fünf schon gegen die ausrichten?«

Ethan ahmte Charlies Quieken nach. *»Mit mir sind es sechs.«*

»Ha, witzig.«

Simon legte mir den Arm um die Schulter. »Wir sind nicht allein, falls dir das Sorgen macht.«

»Meinst du Benedict Thorn?«

Simon schüttelte den Kopf. »Nein, dem traue ich nicht so wirklich über den Weg, auch wenn ich Dina sehr nett finde – aber ich meinte jemand anderen.«

Ethan hörte auf zu tippen, klappte das Notebook zu und spitzte die Ohren. Fragend sahen wir Simon an.

»Ich habe gestern mit Milo Pakalidis telefoniert«, erklärte er.

Den griechischen Paläontologen hatten wir auf Santorin kennengelernt. Er hatte seinerzeit Jerichos Splitter in einer Höhle entdeckt. »Und?«

»Er reist gerade nach Marseille und wird uns beistehen.«

Augenblicklich färbten sich Ethans Wangen rot. »Allein?«, fragte er wie nebenbei.

Simon stieß ihm den Ellenbogen in die Seite. »Nein, sein kleiner Terrier Orwell kommt auch mit …«, er machte eine Pause, »… und natürlich seine Tochter.«

Ethan war ganz verrückt nach dieser schwarzhaarigen griechischen Schönheit gewesen. »Zoe kommt auch her?«, rief er erfreut.

Simon nickte. »Natürlich. Die beiden haben schließlich – genauso wie wir – noch eine Rechnung mit Biosyde offen. Und gemeinsam werden wir ihnen kräftig die Suppe versalzen.«

In diesem Moment ertönte über uns das Dröhnen eines gewaltigen Flugzeugs. Mir fuhr der Schreck in die Knochen, unwillkürlich duckte ich mich. Vor ein paar Monaten hätte ich bei dem Geräusch noch neugierig den Hals gereckt – doch heute wusste ich, welche Gefahren sich dahinter verbergen konnten. Seit Wochen auf der Flucht zu sein hatte mich verändert.

»Dort.« Simon hatte ebenfalls den Kopf eingezogen und deutete in den Himmel. Ich nahm das Fernglas hoch und erkannte ein riesiges Flugzeug von der Form eines Jumbo-Jets, das die Insel umkreiste und schließlich auf der langen Piste zur Landung ansetzte.

Zum Glück waren wir im Moment noch weit genug entfernt, um nicht entdeckt zu werden.

39. KAPITEL

Im Morgengrauen war Finn in Begleitung von Dr. Voss mit der Biosyde One auf der Insel Monique gelandet. Er wollte sich selbst vom Fortschritt überzeugen, den Valeries Verhörspezialisten machten. Sie standen kurz davor, Amanda West das Geheimnis ihrer Formel zu entreißen.

Ohne sich lange beim Tower aufzuhalten, preschte er über die Serpentinen mit dem Jeep zur Villa hinauf und betrat die Etage, in der Amanda festgehalten wurde. Vor der Tür stand ein groß gebauter, bewaffneter Wachmann. »Hier Eagle7, Mr. Finn ist bereits oben angekommen, alles Roger«, sprach er in sein Funkgerät und hängte es anschließend wieder an den Gürtel.

Finn nickte dem Kerl kurz zu, dann trat er ein. Er befand sich im hellen Gästezimmer mit Ausblick auf das östliche Mittelmeer, wo sich gerade die Sonne über den Horizont schob. Die Vorhänge bauschten sich leicht im Wind und der Geruch einer frischen salzigen Brise lag in der Luft. Auf einer Seite stand ein Himmelbett mit großen blauen Kissen, auf der anderen Seite eine Spiegelkommode. Was so gar nicht in dieses Zimmer passte, war ein großer, schwenkbarer verchromter Zahnarztstuhl, der vor der Balkontür mit einer schweren Metallplatte auf den Boden genietet war. Darin lag Amanda. Ihre Arme und Beine waren mit Lederriemen an den Stuhl gefesselt. Das schweißnasse Haar klebte ihr in der Stirn. Ihre Augen waren gerötet, die Ringe darunter dunkel. Anscheinend hatte sie schon mehrere Tage hintereinander nicht geschlafen.

Finn trat vor den Stuhl.

»Du feiges, mieses Arschloch ...«, keuchte sie mit letzter Kraft.

Finn ignorierte die Beschimpfung. Er wischte ihr mit einem Tuch den Schweiß von der Stirn und gab ihr von einem Glas Wasser zu trinken. Dann nahm er das Tablet, das neben dem Stuhl auf einem Beistelltisch mit vielen Reglern und medizinischem Equipment lag, und tippte auf das Display. Sofort erschien auf dem Bildschirm eine Datei, anhand der er den bisherigen Verlauf des Verhörs nachlesen konnte. Trotz mehrerer Ampullen des Wahrheitsserums hatte Amanda bisher geschwiegen. *Erstaunlich!* Die Dosis war jetzt schon gefährlich hoch gewesen. Die gesundheitlichen Risiken waren nicht abschätzbar. Trotzdem hatte sie kein Wort verraten.

Stattdessen hatte sich Amanda immer wieder selbst in die Wange oder in die Zunge gebissen und mit Hilfe des Adrenalins, das durch den Schmerz produziert wurde, die Wirkung der Droge ausgehebelt. Sie verfügte über eine starke Psyche und enorme Willenskraft, aber das hatte er von Anfang an geahnt. Einer der Gründe, warum er diese Frau bewunderte.

»Amanda ...« Finns Stimme klang sanft und ruhig. »Wenn du die Zusammensetzung deines Serums nicht verrätst, bin ich gezwungen, die Dosis der Droge zu erhöhen.« Er nickte zu den Ampullen mit der grünen Flüssigkeit, die ziemlich giftig aussah. Das Emblem zeigte eine Äskulapnatter, die sich eng um einen Stab wand – das Logo von Biosyde. Daneben lagen Desinfektionsmittel und Spritzen, mit denen die Droge intravenös verabreicht wurde. »Begreifst du, was ich sage?«

»Tu, was du nicht lassen kannst …«, presste sie hervor.

Er hatte geahnt, dass sie das sagen würde. »Ich fürchte, du verstehst nicht.« Er kam einen Schritt näher. »Die Droge hat noch nicht alle medizinischen Tests durchlaufen. Die Nebenwirkungen sind nicht annähernd absehbar. Deine Gehirnzellen könnten irreparable Schäden davontragen.«

»Wenn ich dadurch hirntot werde …«, Amanda brachte jetzt sogar ein schwaches Lächeln zustande, »… kann ich dir das Geheimnis erst recht nicht verraten … dieses Risiko musst du wohl eingehen.«

Er presste die Lippen aufeinander. Trotz der tagelangen Folter und Isolation war sie immer noch so hübsch. Und so tapfer. Sie gab nicht auf, und er wusste, sie würde eher sterben, als die Formel zu verraten. »Denk an deine Tochter«, versuchte er es noch einmal. »Sie …«

»Was kümmert dich plötzlich Terry?«

»Willst du sie nicht wiedersehen, wenn das alles vorbei ist?«

»Als ob ich diese Chance je hätte«, presste sie hervor.

»Vermutlich glaubst du mir das nicht, aber ich würde dir diese Möglichkeit einräumen – wenn du kooperierst. Dazu musst du nur die Formel …«

»Niemals! Tu es und bringe es endlich hinter dich.«

Er atmete tief durch. *Herrgott, ist es das alles wirklich wert? Nur wegen dieser dämlichen Formel einen brillanten Geist zu zerstören und ein Menschenleben zu vernichten?*

Sie sah so elend aus, so erschöpft und bemitleidenswert,

wie sie in diesem Stuhl lag und nur noch darauf wartete, endlich erlöst zu werden.

Soeben wurde ihm ein Gedanke bewusst. *Du hast tatsächlich Mitleid mit ihr!*

Auch wenn er es niemals zugeben würde – und schon gar nicht gegenüber seiner Mutter – er hatte diese Frau einmal wirklich geliebt. *Und sie ist die Mutter deiner einzigen Tochter!* Nun wusste er auch, woher Terry ihren Mut hatte. Bestimmt nicht von ihm. Er war nur ein Handlanger, der brutal und skrupellos durchgriff, sobald man es ihm befahl. Dagegen nahmen Amanda und Terry es gemeinsam mit einem Riesenkonzern auf – ein aussichtsloses Unterfangen, was ihm jedoch tiefen Respekt abrang. Mittlerweile wurde die Sache aber immer persönlicher, und er fragte sich schon seit geraumer Zeit, wie lange er da noch mitspielen konnte.

Seufzend legte er das Tablet auf das Pult und verließ ohne ein weiteres Wort den Raum.

Valerie war zuvor mit ihm und Voss auf der Insel gelandet. Es gab so vieles zu regeln, was sie von Gibraltar aus nicht erledigen konnte. Valerie war sofort in ihr Büro gegangen, dem schönsten Raum der Villa mit Ausblick auf Marseille, um zu arbeiten. Wenn man seitlich aus dem Fenster blickte, konnte man sogar die schroffen Felsen von Château d'If sehen.

Als Finn den Raum betrat, beendete Valerie soeben eine Videokonferenz. Sie saß hinter ihrem Schreibtisch über eine Schüssel mit Walnüssen gebeugt, die sie mit einem Nussknacker zerdrückte. Dabei flogen die Schalen in alle Richtungen. Finn hatte nicht den Eindruck, dass sie Appetit auf Nüsse hatte, sondern sich einfach nur abreagieren musste. Normalerweise tat sie das auf dem Hometrainer, der aber offenbar für ihre emotionalen Anfälle nicht mehr ausreichte.

»Na, hast du heute nur fünfhundert Nüsse geschafft?«, ätzte er.

Sie sah in bissig an. »Halt deinen verdammten Mund«, fauchte sie ihn an. »Sieh lieber zu, dass du diese Schlampe zum Reden bringst.«

Schlampe? Sie ist alles andere als das. »Sie würde eher sterben, als uns ein Wort zu verraten.«

»Dann stirbt sie eben – offiziell ist sie ja schon tot. Wen kümmert das? Wer Forschung betreibt, muss Opfer bringen.« Valerie sah ihn mit funkelnden Augen an. »Hast du ein Problem damit?«

Ihre Gefühlsschwankungen nahmen mittlerweile ein bedrohliches Ausmaß an. Eben noch war sie gut gelaunt und euphorisch, im nächsten Moment hatte sie den Charme einer gereizten Klapperschlange. Je älter, umso unberechenbarer wurde sie.

Valerie drückte den Nussknacker mit einer derartigen Kraft zusammen, dass die Schalen bis vor Finns Schuhe spritzten. »Ich hätte nicht gedacht, dass Simon West den Mut und die Nerven aufbringt, in unser Sanatorium auf Gibraltar einzubrechen.« Sie knallte den Nussknacker auf den Schreibtisch. »Fünf Wissenschaftler fehlen uns jetzt, was die Forschung mehrere Wochen zurückwirft. Abgesehen von den Scherereien mit der Polizei, der Staatsanwaltschaft, den Behörden und Medien, die auf uns zukommen werden.«

»Wie ich dich kenne, biegst du das doch mit ein paar Euro wieder hin«, sagte Finn.

»Mein Spesenkonto für derartige Unannehmlichkeiten ist schon deutlich überzogen.«

Finn kniff die Augenbrauen zusammen. »Seit wann jammerst du über ein paar Millionen?«

»Es ist ja nicht nur das«, knurrte sie und schlug mit dem

Nussknacker auf eine Walnuss, woraufhin diese quer durch den Raum flog. »Scheißding!« Sie warf den Nussknacker hinterher, in Richtung Finn, der geschmeidig auswich. »Es wird nicht bei diesem einen Befreiungsversuch bleiben.«

Finn wurde hellhörig. »Du meinst, Simon West plant einen erneuten Schlag gegen uns?«

Sie fuhr vom Stuhl hoch. »Was denkst du denn? Dass er die Hände in den Schoß legt und im wahrsten Sinn des Wortes für ein paar Monate untertaucht? Der hat sicher schon längst herausgefunden, wo wir seine Schwester gefangen halten.«

»Und du denkst, er kommt hierher?«

»Was würdest du an seiner Stelle tun?«

Finn wiegte den Kopf. »Amanda befreien.«

»Siehst du. Und deshalb habe ich sämtliche verfügbaren Leute auf die Insel beordert, um Simon West ein für alle Mal den Garaus zu machen. Sobald er hier auftaucht, kapern wir sein verfluchtes U-Boot.«

»Und wenn dir das nicht gelingt?«

»Dann versenken wir es mit Mann und Maus.«

Puuuh! Rache, Wut und Zorn waren in einem aufgewühlten Zustand niemals gute Berater. Nun drohte die Lage etwas außer Kontrolle zu geraten. Finn legte den Kopf schief. »Wen hast du aller herbeordert?«, fragte er vorsichtig nach.

»Das Team aus New York. Irgendwelche Einwände?«

»Nein, warum?« Er dachte an den verrückt gefährlichen Xavier, der Simon Wests Ex-Frau in ihrem Büro im Wolkenkratzer brutal mit einem Füllfederhalter ermordet hatte. Wenn der mal Amanda oder Simon West in die Finger bekam, würde er kurzen Prozess mit ihnen machen.

»Und das Team aus Venedig«, fügte sie hinzu.

Oha, das auch noch! Finn fiel der bullige Massimo ein,

der die Kraft besaß, eine rohe Kartoffel mit bloßer Hand zu zerquetschen. Valerie fuhr nun sämtliche Geschütze auf. Ein wenig erinnerte ihn das mittlerweile an eine manische Besessenheit. »Wozu das alles?«, fragte er. »Du hast doch jetzt alles, was du wolltest. Amanda wird demnächst reden und dann besitzt du die Formel. Die Polizei wird Simon West eines Tages schnappen. Lass es gut sein.«

»Ich will aber auch dieses verdammte U-Boot haben, das mir so viel Kopfzerbrechen beschert hat, seinen Kavitationsantrieb und den Reaktor.«

Finn atmete tief durch.

»Schau mich nicht so an! Ich kenne diesen Blick«, warnte sie ihn. »Ich habe bereits einen Käufer für das U-Boot gefunden.«

»Du hast es *jetzt* schon verkauft, obwohl du es noch nicht mal besitzt?«, entfuhr es Finn.

»Ja, und zwar an die chinesische Marine. Die zahlt ein Vermögen für dieses Boot.«

Geld! Wieder einmal ging es nur ums Geld. *Oder etwa doch nicht?* Skeptisch betrachtete er Valerie. Dann ging ihm ein Licht auf. »Gib es zu, du willst einfach nur Rache.«

»Ja, von mir aus, nenne es, wie du willst.« Sie warf die Arme in die Luft. »Simon West ist wie ein Pickel im Gesicht, den keiner braucht. Er hat mir in den letzten Wochen das Leben zur Hölle gemacht.«

Du bist nicht nur besessen, sondern definitiv krank! Wohin soll das nur alles nur führen? Und wo soll es enden? Die Kluft, die sich vor einiger Zeit zwischen ihm und seiner Mutter aufgetan hatte, wurde immer tiefer. Das spürte Finn deutlich.

40. KAPITEL

Anscheinend waren Darwins Energiereserven schon so schwach, dass er nicht, wie ursprünglich gedacht, nur eine halbe Stunde, sondern weit mehr als über eine Stunde brauchte, bis er in unsere Nähe kam.

Simon entdeckte die Drohne als Erster. Wie eine altersschwache Hummel, die jeden Moment abzustürzen drohte, hielt sie sich knapp über den Wellen. Dabei erreichte sie nicht einmal eine Geschwindigkeit von fünf km/h. Die Propeller drehten sich nur noch langsam, weshalb die Drohne immer wieder absackte und beinahe ins Meer zu stürzen drohte.

»Komm schon! Nur noch ein kleines Stück.« Ethan hatte den Autopiloten längst ausgeschaltet und steuerte den Kurs per Fernsteuerung.

Um so wenig wie möglich aufzufallen, hatte Simon die Tanks der Kopernikus zuvor fluten lassen, sodass das U-Boot ziemlich tief im Wasser lag und der Turm nur knapp aus dem Wasser ragte. In sicherer Entfernung von drei Kilometern vor Valerie De Boes' Insel hatten wir die Fahrt gestoppt. Obwohl sie uns vermutlich erwartete, befanden sich seltsamerweise keine Patrouillenboote im Wasser, wie unser Sonar zeigte. Ich machte mir Sorgen. Wenn das nur keine Falle war.

Im nächsten Moment knallte Darwin gegen den Turm und Ethan und ich fingen ihn gerade noch rechtzeitig auf, bevor er abstürzte. Bei der Berührung erstarben die Propeller. Die Drohne hätte es keine zehn Meter mehr weit geschafft. Was für ein unfassbares Glück! Aber was mich noch mehr überraschte, war, dass mein Medaillon immer noch an der Kette am Haken unter Darwins Kameraauge hing, wo ich es einst befestigt hatte.

Während Ethan sich um die Drohne kümmerte, nahm ich mein Medaillon herunter. »Meinst du, dass der Sender im Stein immer noch aktiv ist?«

»Möglich – Omikronwellen brauchen nur wenig Energie«, antwortete Ethan.

Ich öffnete das Medaillon und brach den im Verschluss eingefassten Stein heraus. Es war schade darum, aber mir blieb keine andere Wahl. Ich wollte ihn bereits auf den Boden legen, um ihn zu zertreten, doch Ethan packte mich am Arm. »Halt!«

»Was denn? Wenn Valerie De Boes das Signal immer noch empfängt, dann weiß sie, wo wir sind.«

»Falsch!«, korrigierte Ethan mich. »Sie weiß nur, wo *die Drohne* ist.«

Simon, der uns wortlos zugehört hatte, räusperte sich nun. »Du hast doch eine Idee, richtig?«

Ethan grinste. »Zumindest eine bessere, als den Sender zu zerstören.« Er nahm mir den Stein aus der Hand und betrachtete ihn in der Vormittagssonne. Er leuchtete grün und blau. »Niemand von Biosyde weiß, dass wir die Drohne haben. Lasst uns diesen Vorteil nutzen.«

»Und wie?«, fragte ich.

»Sage ich euch gleich.« Er steckte den Stein wieder in das Medaillon und reichte es mir.

Ich hängte es mir um den Hals.

»Aber vorher braucht Darwin neue Solarzellen«, sagte Ethan, »und einen vollen Akku.«

41. KAPITEL

Am späten Nachmittag saß Valerie De Boes immer noch in ihrem Büro. Nachdem sie gemeinsam mit Sidney Stone das Eintreffen beider Teams koordiniert und die Wachen sowohl in der Villa als auch auf der Insel verdoppelt hatte, kümmerte sie sich um die Fragen der britischen Polizei. Anscheinend war nun auch Interpol involviert – und das, verdammter Mist, war gar nicht gut. Sie musste sich sofort darum kümmern, dass genügend Geld zu den richtigen Stellen floss, damit die lästigen Untersuchungen aufhörten.

Nachdem sie einige nervenstrapazierende Telefonate mit Lyon, Brüssel und Den Haag geführt hatte, war die Angelegenheit schon deutlich entspannter. Ein paar sechsstellige Überweisungen auf die richtigen Schwarzgeldkonten, dann war die Sache endlich vom Tisch. Sie gab die entsprechenden Befehle an ihre Buchhalterin weiter, danach wählte sie Sidneys Nummer.

»Ja, Madam?«, meldete die sich sofort.

»Sidney, ich brauche jetzt einen starken Kaffee.«

»Mit Haselnuss, Zimt, Vanille, Amaretto, Schokolade, Marzipan, Mandel oder Eierlikör?«

»Eierlikör, Amaretto und Vanille«, antwortete Valerie prompt.

»Äh …«, Sidney klang überrascht, »… in *eine* Tasse?«

»Natürlich in *drei* große Tassen, und zwar genau in dieser Reihenfolge.« Valerie legte auf. Manche Kerle, die sie kannte, waren so hartgesotten, dass sie, wenn sie starken schwarzen Kaffee brauchten, nur die Bohnen trocken kauten – aber das war selbst für sie zu hart.

Danach schaltete sie die Klimaanlage ein, warf sich auf ihre multifunktionale Hightech-Entspannungsliege, aktivierte den sanften Massagemodus und setzte sich die Schlafmaske auf. Ein Fünf-Minuten-Powernap würde genügen, um wieder fit zu werden, bis Sidney mit dem Kaffee auftauchte.

Doch kaum hatte sie die Maske über dem Gesicht, piepte neben der Liege ihr Laptop. Sie schob sich die Maske auf die Stirn und schielte zum Bildschirm. *Verdammt!* Ein Videoanruf von Gibraltar. *Was ist jetzt schon wieder los?* Genervt aktivierte sie die Verbindung.

Es war Bug, jener kleine Techniker mit der Brille, der sie immer an einen Käfer erinnerte. Er arbeitete in der Satellitenanlage und hatte damals, als sie Terry gejagt hatten, die Omikronwellen aufgespürt. »Was ist?«, knurrte Valerie.

»Es tut mir leid, dass ich Sie stören muss, aber …«

»Herrgott, Bug, ich habe Sie gefragt: *Was ist?* Ersparen Sie mir den Small Talk und fassen Sie sich kurz.«

»Äh … ja, das Signal in Terry Wests Medaillon, das wir seit mehreren Tagen verfolgen …«

»Bug, bitte!«, unterbrach sie ihn. »Dieses Signal ist nutzlos geworden, seitdem unser Häschen den Sender mit der Drohne quer übers Meer geschickt hat. Ein plumper Versuch, um uns abzulenken.«

»Ich weiß, aber das Signal hat den Kurs geändert.«

»Geändert?« Valerie schob die Beine von der Liege und richtete sich auf.

»Ja, die Drohne hat Kurs auf die Küste Marseilles genommen.«

»Hier? *Dieses* Marseille, wo ich mich gerade befinde?«

»Kennen Sie noch ein anderes Marseille?«, fragte Bug spitzfindig.

»Nein, und hören Sie auf, so dämlich zu grinsen, Sie Klugscheißer!«

»Ja, natürlich, sorry«, sagte Bug rasch. »Das Signal kommt mittlerweile aus der Innenstadt.«

»Wie rasch ist es unterwegs?«

»Ich würde sagen, mit drei bis vier km/h, dann steht es wieder still, im nächsten Moment ist es wieder mit zehn km/h unterwegs. Und es schlägt Haken.«

»Müsste da die Drohne nicht schon längst abgestürzt sein?«

»Das ist es ja, was mich wundert.«

Nun hatte dieser kleine Mistkäfer tatsächlich ihre Aufmerksamkeit geweckt. »Geben Sie mir das Signal auf den Schirm.«

»Einen Augenblick.« Bug klapperte auf der Tastatur.

Im nächsten Moment teilte sich der Bildschirm und Valerie sah den Stadtplan von Marseille und einen roten Punkt, der das Signal aus Terrys Medaillon darstellte. »In welcher Höhe befindet sich das Signal?«

»Das lässt sich nicht genau sagen, aber vermutlich sehr nah in Bodennähe, vielleicht einen Meter hoch«, antwortete Bug.

»Möglicherweise ist die Drohne in der Stadt abgestürzt und irgendein Straßenkind hat sich das Medaillon geschnappt.«

»Das dachte ich zuerst auch, aber sehen Sie sich an, wohin das Signal unterwegs ist.«

Valerie sah es. In diesem Moment öffnete sich die Tür und das köstliche Aroma der verschiedenen Kaffeesorten erfüllte den Raum.

Sidney kam herein. »Wo soll ich die Tassen …?«

»Irgendwo abstellen. Kommen Sie her!«, befahl Valerie.

Sidney platzierte das Tablett auf dem Schreibtisch, kam zu ihr, und gemeinsam betrachteten sie die Route, die das Signal nahm. »Ist es das, wofür ich es halte?«, fragte Sidney überrascht.

»Genau das.« Valerie vergrößerte die Ansicht und deutete auf ein Gebäude. »Das ist das kanadische Konsulat.«

Danach wanderte das Funksignal weiter quer durch die Stadt und machte einen kurzen Halt beim Polizeikommissariat und einen weiteren Stopp für ein paar Minuten bei der Pressestelle einer großen Tageszeitung.

Bug runzelte die Stirn. »Wenn Sie mich fragen, sieht das nicht nach einem Straßenjungen …«

»Ich frage Sie aber nicht«, knurrte Valerie. Wer immer dieses Medaillon bei sich trug, hatte offensichtlich große Pläne. Aber eigentlich war das alles gar nicht so sehr bedenklich, denn was konnten Konsulat, Polizei und Presse ihr schon viel anhaben? Allerdings schlug das Funksignal als Nächstes eine andere Richtung ein.

»Oh verdammt!«, entfuhr es Sidney.

»Was zur Hölle …?«, murmelte Valerie und vergrößerte die Ansicht.

Das Signal bewegte sich in Richtung der Fabrik, in der die französische Niederlassung von Biosyde ihre Medikamente herstellte.

Wer zum Teufel trägt dieses verdammte Medaillon? Und was hat diese Person vor?

42. KAPITEL

Ein kleiner struppiger Hund lief über den Parkplatz des Firmengeländes der *Groupe Biosyde de France* und raste von einem Wagen zum nächsten. Hier standen an die fünfhundert Fahrzeuge. Daneben befanden sich der Lieferanteneingang und die Verladerampen. Weiter hinten, nach einem zwei Meter hohen Zaun mit dreifachem Stacheldraht, lagen das Bürogebäude und die Produktionshallen.

Der Hund blieb stehen, schnüffelte an einem Citroën, dann hob er das Hinterbein und pinkelte auf das Vorderrad. Im nächsten Moment lief er auch schon wieder weiter. Um seinen Hals befand sich eine Kette, an der ein Medaillon baumelte, was ihn aber nicht weiter störte.

»Hierher!«, rief eine Frau.

Der Foxterrier sauste sofort zu ihr, warf sich vor ihr auf den warmen Asphalt, rollte sich auf den Rücken und wälzte sich herum.

»Braver Junge.« Die Frau kraulte den Bauch des Terriers, dann kitzelte sie ihn hinter dem Ohr. Aus seiner Kehle drang ein heiseres Husten.

»Willst du noch eine Runde um das Firmengelände gehen?«, fragte sie den Mann, der hinter ihr stand.

Milo Pakalidis schüttelte den Kopf. Er war groß und kräftig, hatte schwarze, von Silberfäden durchzogene Locken, einen Vollbart und steckte die Hände in die Taschen seiner Shorts. Bei diesem warmen Wetter trug er lediglich Sandalen und ein halb offenes Hemd, das seine breite, behaarte Brust zeigte. »Ich denke, das reicht. Falls sie das Signal immer noch empfangen, sind sie jetzt sicher mehr als verwirrt.«

Zoe stand auf, streckte den Rücken durch und band sich das lange schwarze Haar zu einem Zopf. Der Hund rieb seine Schnauze an ihrem Bein. »Orwell, jetzt ist es genug«, mahnte sie ihn, dann blickte sie in Richtung Meer. »Willst du zu Fuß zum Hafen laufen?«

Milo schüttelte den Kopf. »Ist zu weit. Nehmen wir uns lieber ein Taxi.«

»Von mir aus.« Zoe holte ihr Handy hervor. Dann würden sie sogar noch zu Abend essen gehen können, bevor sie ein Motorboot mieten würden.

Und ab da würde der Spaß dann erst so richtig beginnen.

43. KAPITEL

Mittlerweile hatte Simon die Kopernikus komplett unter Wasser gelegt. Nur die Antenne und das Periskop ragten noch aus den Wellen heraus. Das Sehrohr zeigte in Richtung Monique. Außerdem war der Heckanker heruntergelassen, der sich in einer Tiefe von siebzig Metern fest in den Meeresboden gegraben hatte.

Nachdem unsere frisch aufgeladene Drohne zum Festland geflogen war, wo Milo und Zoe ihr das Medaillon abgenommen hatten, hatte Ethan die Drohne wieder zurück zu uns gesteuert. Mit einem genügend großen Sicherheitsabstand, um nicht entdeckt zu werden, umkreiste sie seit einer geraumen Stunde mit einer Kamera die Insel und lieferte uns hoch aufgelöste und bessere Bilder von dem Areal als Google Earth. Mittlerweile hatten wir schon einen guten Überblick über Valerie De Boes' Reich bekommen, trotzdem war Ethan immer noch voll in seinem Element und spionierte die Insel weiter aus.

Gespannt verfolgten wir in Ethans Kabine auf dem Bildschirm, was uns Darwins Kameraauge noch alles zeigte. Sowohl auf dem felsigen als auch auf dem kilometerlangen sandigen Küstenabschnitt waren alle fünf- bis sechshundert Meter Wachleute postiert, die sich über Funk unterhielten. Ebenso beim Flugplatz, dem Tower, dem Hangar und einem Gebäude hinter dem Rollfeld, das wie ein Bürotrakt aussah, als auch auf der Serpentinenstraße sowie ganz oben direkt vor der Villa. Diese Insel war binnen Stunden zu einer Hochsicherheitszone geworden. Anscheinend erwartete man uns – oder sie bereiteten sich auf den dritten Weltkrieg vor.

Da wir mit der Kopernikus keine Chance hatten, die Insel zu erreichen – egal aus welcher Himmelsrichtung –, hatten wir uns einen anderen Plan ausgedacht. Langsam neigte sich die Abendsonne in Richtung Horizont. In etwas mehr als zwei Stunden würde sie im Meer untergehen.

In diesem Moment stieß Simon zu uns. »Es ist so weit.« Er rieb sich die Hände und nickte zur Kommandobrücke. »Einsatzbesprechung!«

Wir erhoben uns und folgten ihm. Ich konnte gut nachvollziehen, welch große Last in diesen Minuten auf ihm lag. Pierre und Johann warteten bereits auf uns. Sie hatten Flossen, Taucherbrillen, Schnorchel, gefüllte Pressluftflaschen und schwarze Neoprenanzüge vorbereitet.

Simon legte die Hand auf den Riegel der Taucherluke, die einen Meter breit war und hüfthoch aus dem Boden ragte. »Sobald wir Milos Zeichen empfangen, tauchen wir … es kann jede Minute so weit sein.«

Eine drückende Stille legte sich auf uns. Simon öffnete die schwere Eisenluke. Wasser schwappte darin, die schillernde Spiegelung wurde an die Decke geworfen. Wenn man hineinsprang, befand man sich unter der Kopernikus im offenen Meer. Allerdings drang das Wasser nicht ins Innere des Bootes. Es funktionierte genauso, wie wenn man eine leere

Schüssel umdrehte und mit der offenen Seite nach unten in eine mit Wasser gefüllte Badewanne drückte. Die Luft blieb drinnen.

Mein Blick wanderte von der Luke zu unserer Ausrüstung – dort lagen sowohl Dinge, die wir bereits an Bord gehabt hatten als auch Equipment, das wir von Benedict Thorn bekommen hatten. Wir konnten uns der Insel nur unbemerkt mit einem Tauchgang nähern. Und sobald wir die Küste erreicht hatten, hing alles davon ab, wie erfolgreich Milo und Zoe gewesen waren.

»Johann, Terry und ich tauchen rüber«, sagte Simon mit betont fester Stimme, dennoch spürte ich, welche Bürde auf ihm lag.

Ich schluckte. Simon wollte mich bei dieser gefährlichen Mission also dabeihaben. Sein Blick streifte mich. »Terry ist erfahren, was das Tauchen anbelangt«, fügte er erklärend hinzu.

»Und ich?«, rief Ethan. »Ich möchte auch mit.«

Simon sah ihn streng an. »Ethan …«

»Papa!«, unterbrach er ihn. »Ich bin zwar nicht der beste Schwimmer, und ja, ich hänge ständig in meiner Kabine herum, aber ich habe diesen Plan ausgetüftelt, ich habe die Insel ausgekundschaftet und ich *kann* tauchen. Ich möchte …«

»Ethan, ich …«

»Vater!«, unterbrach Ethan ihn erneut völlig aufgebracht. »Ich möchte euch dabei helfen … Amanda ist meine Tante, und ihr könnt jede Unterstützung brauchen.«

Simon legte ihm die Hände auf die Schultern. »Ethan, ich wollte dir gerade sagen, dass du natürlich auch mitkommen kannst, wenn du willst. Wir gehen alle gemeinsam.«

Nun sah Ethan betroffen zu Boden. Ich stieß ihm mit dem

Ellenbogen in die Seite. »Bleib unter Wasser dicht bei mir, Kumpel, dann passiert dir nichts.«

Ethan verzog das Gesicht und verdrehte die Augen.

»Und ich?«, fragte Pierre.

Simon wandte sich zu ihm. »Ich möchte, dass du an Bord bleibst.«

»Aber, *mon ami*«, begehrte nun auch Pierre auf. »Du willst auf mich verzichten? Ich bin ein guter Taucher und guter Kletterer. Du bist immerhin der Käpt'n. *Du* solltest im Boot bleiben.«

Simon schüttelte entschieden den Kopf. »Der Ausflug ist nicht ungefährlich. Ich kann nicht allein hier zurückbleiben und die Kinder nur Johanns Obhut überlassen. Wenn ihnen etwas zustößt, könnte ich mir das nie verzeihen. Nein, dafür muss ich selbst die Verantwortung tragen. Deshalb möchte ich dir die Leitung der Kopernikus übergeben.«

»Du vertraust mir dein Boot an?«

»Wie auf Gibraltar.«

»Aber das war etwas anderes, da lagen wir in einer Höhle.«

»Und jetzt liegen wir im freien Meer. Wo ist da der Unterschied?«, fragte Simon. »Solange wir weg sind, hast du das Kommando über die Kopernikus.«

»Das Kommando?« Pierres Augenlid zuckte. Damit hatte er wohl nicht gerechnet.

»Du wirst mit der Drohne das Areal sondieren und Funkkontakt zu uns halten. Falls uns etwas zustoßen sollte und wir nicht mehr an Bord zurückkommen können …« Simon schluckte, dann holte er tief Luft. »… dann musst du die Kopernikus zerstören und versenken, bevor sie jemandem in die Hände fällt. Versprichst du mir das?«

»*Mon Dieu*, ich soll das Boot zerstören?«

»Die Tür zu meinem Forschungslabor, ganz vorne im Bug, ist offen«, erklärte Simon.

Meine Kehle wurde eng, da ich ahnte, was jetzt gleich kommen würde. Solange ich mich erinnern konnte, war Simons Arbeitszimmer immer abgesperrt gewesen. Ganz selten, dass ich mal drin war oder einen Blick hinein erhaschen konnte. Und deshalb war ich bisher auch nie sicher gewesen, ob die Legende von dem roten Knopf stimmte oder nicht. Aber gleich würde ich es erfahren.

»Neben meinem Schreibtisch gibt es eine kleine Glaskuppel, die man aufschieben kann«, fuhr Simon fort. »Darin befindet sich ein roter Schalter. Ein Selbstzerstörungsmechanismus. Der Schlüssel steckt. Du kannst den Countdown auf zehn Minuten stellen. In dieser Zeit solltest du von Bord gehen und verschwinden. Einen wasserdichten Rucksack lassen wir hier. Wo das Geld ist, weißt du. Nimm alles mit, was du brauchen kannst … und jetzt wünsche uns Glück, dass es nicht so weit kommen muss.«

»Versprochen.« Pierre sah wohl ein, dass es keinen Sinn hatte, mit dem Käpt'n zu diskutierten. Er reichte ihm die Hand. »Mast- und Schotbruch.«

Mein Herz pochte wie wild. Ich hatte nicht mit so einer dramatischen Ansprache gerechnet. Aber nun wurde mir klar, dass wir tatsächlich das Ende unserer Mission erreicht hatten. Entweder waren wir diesmal erfolgreich oder wir versagten. Allzu viele Chancen würden wir danach nicht mehr bekommen. Und für eine groß angelegte Flucht befand sich die Kopernikus in einem viel zu desolaten Zustand.

Ich umarmte Pierre. »Pass gut auf Charlie auf«, presste ich hervor. Bei unserem Tauchgang konnte ich das Frettchen nicht mitnehmen.

Pierre drückte mich. »Das werde ich, aber ich bin sicher, ihr kommt alle heil zurück.«

Ich ließ Pierre los und drückte eine Träne weg. Dann luden wir unsere Funkgeräte mit neuen Batterien und packten die Rucksäcke.

44. KAPITEL

Valerie De Boes saß vor ihrem Monitor und betrachtete den roten Punkt, der den Standtort des Senders im Medaillon markierte. Ihre Tassen waren unberührt, der Kaffee längst erkaltet.

Sidney Stone stand neben ihr und starrte ebenso gebannt auf den Monitor wie sie. »Das Signal kommt jetzt vom Hafen übers Meer, anscheinend in einem Boot …«

»Und es nähert sich uns.« Valerie tippte auf ihrem Laptop herum und aktivierte ein Simulationsprogramm, das aufgrund der bisherigen Daten die weitere Route berechnete. Nachdem sie auf die Eingabetaste gedrückt hatte, entstand eine punktierte rote Linie, die sich in einem weiten Bogen tatsächlich der Insel näherte. »Wer immer das ist, hat tatsächlich vor, hier anzulegen.«

Bei der derzeitigen Geschwindigkeit, die das Boot hatte, berechnete das Programm, dass es in etwa vier Minuten da war. Valerie griff zum Funkgerät. »Commander Morris!« Sie wartete, bis es im Lautsprecher knackte.

»Ja, Sir … ich meine, Madam!«

»Wir bekommen Besuch. Ein Boot nähert sich uns aus

nördlicher Richtung, das in etwa vier Minuten den Sandstrand erreicht haben wird.«

»Haben Sie die genaue Position?«

»Kann ich hellsehen, Morris?«, bellte Valerie.

»Ich dachte …«

»Bin ich die Security oder Sie? Sehen Sie zu, dass Sie mit Ihren Männern rechtzeitig dort sind, und nehmen Sie die Besucher in Empfang.«

»Sollen wir notfalls Gewalt anwenden?«

»Mensch, Morris!« Valerie verdrehte die Augen. »Nein, Sie sollen die Besucher zu Kaffee und Kuchen einladen. *Natürlich sollen Sie das!* Notfalls liquidieren Sie die Eindringlinge. Natürlich müssen Sie es als Notwehr darstellen. Die Insel ist Privatbesitz. Jeder unbefugte Zutritt kommt Hausfriedensbruch gleich, ist das klar? Schützen Sie die Insel!«

»Verstanden, Sir … äh, Madam!«

»Ich möchte hier keine neugierigen Touristen herumspazieren sehen. Nehmen Sie genug Männer mit und veranlassen Sie alles Nötige.« Ohne die Antwort abzuwarten, beendete sie das Gespräch.

Sidney deutete auf den Bildschirm. »Das Signal beschleunigt.«

»Ich sehe es …«, knurrte Valerie. Noch drei Minuten bis zur Ankunft.

Draußen vor der Villa wurden mehrere Jeeps gestartet. Morris funkte die Männer am Strand an, dann heulten die Motoren auf, Reifen quietschten und eine Kolonne Fahrzeuge raste die Serpentinenstraße hinunter zum Strand. Wenn sie schnell waren, würden sie es rechtzeitig schaffen.

Valerie atmete tief durch, dann griff sie gedankenverloren zur ersten Kaffeetasse und nippte daran. Im nächsten

Moment verzog sie angewidert das Gesicht. »Sidney, der Kaffee ist so kalt wie der Hintern eines Eisbären!«

»Entschuldigen Sie bitte, ich hole sofort neuen.«

»Ach was, bleiben Sie hier!« Valerie tippte mit dem Fingernagel auf den Monitor. »Gleich ist es so weit. Das Boot landet. Die haben Nerven, hier aufzutauchen.« Sie griff zum Funkgerät. »Commander Morris, wo sind Sie? Warum höre ich nichts von Ihnen, verdammt?«

Es knackte im Lautsprecher. »Wir sind auf dem Weg, Madam. In einer Minute erreichen wir den Strand.«

»Geht das nicht schneller? Das Boot ist in der Palmenbucht gelandet. An der nördlichsten Spitze, wo der Holzsteg aufs Meer führt. Die Wachen, die am Strand patrouillieren, sollen gefälligst ihren verdammten Arsch in Bewegung setzen!«

»Habe ich schon längst angeordnet.«

»Beeilen Sie sich!«

»Wir sind gleich da.« Fahrtwind und Motorengeräusche drangen durch den Lautsprecher. »Männer, Waffen laden und entsichern«, erklang Morris' Befehl. »Ein Jeep fährt voraus, wir riegeln den gesamten Strand ab.« Dann war die Verbindung weg.

Valerie trommelte mit den Fingernägeln auf der Schreibtischplatte. *Herrgott, warum dauert das so lange?*

Indessen blickte Sidney auf ihre Armbanduhr und ging zum Fenster. Aus dem Augenwinkel nahm Valerie wahr, wie Sidney hinausstarrte, obwohl man den Strand von hier aus nicht einsehen konnte.

Endlich knarrte das Funkgerät. »Wir haben den Strand erreicht«, keuchte der Commander. »Hier ist nichts, nur ein verlassenes Motorboot. Hat eine Kennung von Marseille, dürfte gemietet sein. Der Motor ist noch warm, aber weit und breit niemand zu sehen … einen Moment … ich höre gerade, dass einer meiner Männer Fußspuren im Sand gefunden hat. Wir folgen ihnen. Wir …«

»Morris!«, unterbrach Valerie ihn, während sie auf ihren Bildschirm starrte. »Das Signal ist immer noch vor Ort. Es bewegt sich. Jemand *muss* da sein! Schauen Sie genau!«

»Wir haben die Quelle des Signals gefunden«, rief Morris.

Na endlich! Da hörte Valerie das Kläffen eines Hundes. »Was ist bei Ihnen los?«

»Ein Hund!«, rief Morris.

»Mann, pfeifen Sie auf den Hund!«, brüllte Valerie in das Funkgerät. *Ist das zu fassen?* »Auf der Insel gibt es Dutzende streunende Köter.«

»Aber der hier ist kein Streuner. Das ist ein kleiner gepflegter und zutraulicher Foxterrier. Und er trägt ein Medaillon um den Hals.«

45. KAPITEL

Wir tauchten mit der Strömung zur Insel. Dicht hintereinander, zuerst Simon, danach Ethan, gefolgt von mir und Johann, der das Schlusslicht bildete.

Als das Ufer flacher wurde und wir durch die Tauchermasken schon die felsige Küste erkennen konnten, gingen wir höher, nahmen die Mundstücke raus und stiegen auf den Schnorchel um. So erreichten wir die Küste.

Die See war rau, die Wellen hoch und wir drückten uns zwischen den Felsen in eine Spalte, wo wir uns alle vier verstecken konnten. Dort nahmen wir die Rucksäcke herunter und packten unsere Ausrüstung aus.

Während Johann und ich uns umsahen, ob wir die Insel unentdeckt erreicht hatten, kramte Ethan seine Brille aus der Seitentasche seines Anzugs, putzte sie und setze sie auf. Jetzt sah er wieder aus wie ein Uhu. Und kaum hatte Simon sein Funkgerät aktiviert, ertönte sogleich Milos Nachricht.

»... Insel erreicht ... haben uns zwischen den Palmen versteckt ...«, keuchte er, »... mehrere Sicherheitsleute haben versucht, Orwell am Strand zu fangen, aber zum Glück ist er ihnen entkommen. Wir versuchen, uns ins Landesinnere durchzuschlagen. Zoe hat eine Höhle entdeckt, wo wir uns verstecken können.«

»Wie geht es Zoe?«, wollte Ethan wissen, doch bevor Simon die Frage weitergeben konnte, meldete sich Milo noch einmal.

»Scheint so, als würden sie uns gleich entdecken … ich muss Schluss machen. Alles Gute. Over and out!« Die Verbindung war weg.

Simon klemmte das Funkgerät an seinen Gürtel. »Puuuh«, stieß er aus. »Das Ablenkungsmanöver hat funktioniert, jetzt gibt es kein Zurück mehr.« Er blickte die steile und zerklüftete Felswand hinauf, die vor uns in den Himmel ragte. Ganz oben thronte Valeries Villa und auf der gegenüberliegenden Seite des Bergs lagen die Serpentinenstraße, der Flugplatz und der Sandstrand.

Inzwischen hatten wir uns der Taucherausrüstung entledigt, die Flossen gegen feste Schuhe getauscht und die Kletterausrüstung aus den Rucksäcken geholt. Taucherflaschen, Flossen und Brillen ließen wir zwischen den Felsen liegen. Ohne viel Zeit zu verlieren, begannen wir mit dem Aufstieg.

Durch die schwarzen Neoprenanzüge waren wir zwischen den dunklen Felsen gut getarnt. Trotzdem machten wir alle paar Minuten einen Stopp und suchten die Gegend mit dem Fernglas ab.

Überlagert vom Tosen der Brandung konnte ich in weiter Ferne das Brummen der Drohne ausmachen. Sehen konnte ich Darwin zwar nicht, aber hin und wieder trug der Wind sein Geräusch herüber.

Nach weiteren fünf Minuten knackte Simons Funkgerät. Wir hatten auf eine nicht mehr gebräuchliche Frequenz umgeschaltet, die kaum noch jemand kannte, um nicht zufällig von den Sicherheitsleuten abgehört zu werden.

»Ich kann euch mit Darwins Kamera sehen«, drang Pierres Stimme aus dem Lautsprecher. »Wenn ihr direkt weiter raufgeht und euch ein Grad links haltet, erreicht ihr das Ziel.«

»Sicherheitsleute?«, fragte Simon.

»Nicht in diesem Abschnitt der Steilklippe. Das meiste Personal befindet sich im Moment beim Sandstrand. Falls ihr doch unerwartet Gesellschaft bekommen solltet, melde ich mich rechtzeitig. Over and out.«

Simon klemmte das Funkgerät wieder an den Gürtel und kletterte weiter. Wir folgten ihm. Johann bildete wieder das Schlusslicht.

Obwohl es vom Meeresniveau bis zur Spitze nur knapp dreihundert Meter waren, kamen wir ganz schön ins Schwitzen. Keuchend suchte ich mit den Füßen einen festen Halt, tastete mit den Fingern nach einer Felsspalte, die stabil genug war, und zog mich weiter hoch. Da ich so schwitzte, musste ich mir zwischendurch immer wieder die Finger mit Magnesiumpulver einreiben.

Einmal musste ich Ethan sogar am Arm packen und sichern, da er fast abgerutscht wäre. Dabei trat er einen kleinen Felsbrocken los, der in die Tiefe kullerte und weitere Steine mit sich riss. Daraufhin stob eine Schar Möwen auf, die kreischend über unsere Köpfe flog. Wir pressten uns an den Fels, zogen die Köpfe ein und warteten. Nichts passierte. Wenn wir entdeckt worden wären und Sicherheitsleute sich von der Villa genähert hätten, hätte Pierre uns garantiert angefunkt. Aber alles blieb ruhig.

»Weiter!«, keuchte Simon. »Und ab jetzt langsamer und vorsichtiger.«

Nach zwei weiteren kurzen Stopps und Fernglaskontrollen erreichten wir endlich die Kante des Felsplateaus. Etwa zehn Meter entfernt vor uns lag die Rückseite der Villa. Mit dem Erdgeschoss war sie dreistöckig, ein großer Kasten mit Balkonen, Nebengebäuden und sogar einem Turm. Seitlich war eine große, lang gezogene Terrasse zu erkennen, mit Sonnenschirmen, Tischen und Liegestühlen. Große Topfpalmen standen an der Balustrade. Dort patrouillierten zwei Wachmänner mit geschulterten Gewehren … nein, sogar drei.

Auf der Terrasse stand auch ein offener Jeep, aus dem gerade Finn stieg. Sofort presste ich mich auf den Boden, direkt neben Johann, Ethan und Simon. Sie hatten ihn auch gesehen und sich flach hingeworfen. Sicherheitshalber schaltete Simon das Funkgerät aus.

Vorsichtig holte ich das Fernglas hervor und beobachtete Finn zwischen den Felsen hindurch. Er sah schon wieder aus wie geleckt: schwarze Anzughose mit messerscharfen Bügelfalten, weißes Hemd, gestärkter Kragen. Seine Gesichtszüge wirkten angespannt. Aber da war noch etwas, das mir Sorgen bereitete.

Hunde!

Zwei große, verfilzte Hunde streunten über die Terrasse zu Finn. Er kramte etwas aus der Hosentasche und ging neben dem Geländewagen in die Hocke. So wie es aussah, fütterte er die Tiere. Anscheinend waren es Wildhunde, die auf der Insel lebten und sogar ziemlich zutraulich waren.

»Sieht nicht so aus, als würden sich diese Typen bald verziehen«, flüsterte Simon.

Ich nahm das Fernglas herunter und blickte in die andere Richtung. Einige Meter von uns entfernt fiel die Felswand steil ab. Dorthin konnten wir uns nicht bewegen, ohne zu riskieren, eine Geröllawine loszutreten oder abzustürzen. Die einzige Möglichkeit, die uns blieb, war, dass wir es von hier ungesehen zur Rückseite der Villa schafften. Doch dafür mussten Finn und die Wachleute abhauen oder zumindest eine halbe Minute lang nicht hersehen. Doch die sondierten die Gegend mit Argusaugen.

»Verflucht«, knirschte Simon. »Wir müssen warten.«

Reglos lagen wir zwischen den zerklüfteten Felsen. Wenigstens hatten wir durch Milos Ablenkungsmanöver erreicht, dass es hier oben nicht von Sicherheitsleuten wimmelte. Aber je länger wir hier wie auf dem Präsentierteller ausharrten, desto größer war die Gefahr, entdeckt zu werden.

Anscheinend hatte das auch Pierre über Darwins Kameraauge erkannt und unsere Situation richtig eingeschätzt, denn er steuerte die Drohne näher an die Insel heran. Sie kam aus östlicher Richtung und hielt direkt auf die Terrasse zu. Sogleich sahen die Wachleute auf.

Finn sprang auf. »Holt dieses Ding runter!«, rief er, woraufhin die Wachleute ihre Gewehre anlegten.

»Jetzt!«, flüsterte Simon.

Während die ersten Schüsse krachten, kletterten wir über die Felskante und rannten zur Rückseite der Villa.

46. KAPITEL

Wir drückten uns unter einem Balkon an die Hausmauer und schlichen bis zu einer Nische. Von der Terrasse ertönten immer noch Schüsse und aufgeregte Rufe.

»Ich kenne diese verdammte Drohne!«, rief Finn. »Schwärmt aus, die müssen hier irgendwo sein.«

»Schnell!«, flüsterte ich zu Johann.

Der kramte bereits in seinem Rucksack und hantierte anschließend mit einem selbst gebastelten Rahmenspanner und einem dünnen Metallblatt mit Haken am Fensterrahmen. Da bei diesen sommerlichen Temperaturen ständig einige Fenster gekippt waren, war die Alarmanlage hoffentlich nicht aktiviert. Anscheinend gab es zum Glück auch keine Bewegungsmelder, da die beim Flug der Möwen ständig einen falschen Alarm ausgelöst hätten. Offenbar verließ Valerie sich darauf, dass die Felsinsel so gut wie uneinnehmbar war.

Endlich hatte Johann das Fenster geöffnet. Simon machte ihm die Räuberleiter und Johann schlüpfte ins Innere. Kurz darauf schob er den Vorhang beiseite, schaute raus und reichte uns die Hand. Nacheinander kletterten Ethan,

Simon und ich ins Haus. Die Rucksäcke nahmen wir mit. Dann schlossen wir das Fenster. Gerade rechtzeitig, denn an der Rückseite lief ein Wachmann vorbei, der diesen Bereich anscheinend sichern wollte.

Erst jetzt hatte ich Gelegenheit, mich umzusehen. Wir befanden uns in einer modern ausgestatteten Großküche. Auf dem Herd stand ein riesiger blubbernder Kessel, in dem vermutlich mehrere Kilo Nudeln kochten. In der Backröhre lagen auf drei Etagen mehrere knusprige Brathähnchen in Keramikschüsseln. Hier wurde offenbar ein großes Mahl vorbereitet. So viele Wachleute mussten schließlich verköstigt werden.

Ein kleiner asiatisch aussehender Koch mit weißer Haube, der uns den Rücken zukehrte, rührte in den Kesseln und sang dabei lautstark zur Musik aus dem Radio.

I want to break free …

Da auch noch die Dunstabzugshaube lief, hatte er uns bisher nicht gehört. Stumm deutete Simon zu einer Seitentür, die offen stand. Wir schlichen ihm nach und verschwanden unbemerkt aus der Küche. Der Raum daneben war ein Esszimmer mit großem, länglichem Tisch, der für etwa zwanzig Personen gedeckt war. Darüber hing ein gewaltiger Kronleuchter. An den holzvertäfelten Wänden befanden sich großformatige Ölgemälde. Alles wirkte sehr mediterran. Wir mussten weiter ins Haus vordringen, denn irgendwo wurde meine Mutter gefangen gehalten. Womöglich im Keller? Wir mussten die Villa Zimmer für Zimmer durchsuchen und dabei hoffen, nicht erwischt zu werden.

In diesem Moment öffnete sich die Tür. Eine Person, die ich nur zu gut kannte, betrat den Raum. *Sidney Stone.*

Sie trug ihr langes blondes Haar offen und hatte einen schicken Hosenanzug mit Stöckelschuhen an. Zielstrebig steuerte sie durch das Esszimmer in Richtung Küche. »... Phoenix over and out«, sagte sie und nahm das Funkgerät vom Ohr. »Wang! Drei frische Tassen Kaffee für Madame De Boes«, rief sie über den Lärm der Dunstabzugshaube hinweg.

»Jawohl, Miss Stone«, drang es aus der Küche.

»Und für mich ...«

In diesem Moment entdeckte sie uns und erstarrte in der Bewegung. »Wie zum Teufel seid ihr dreckigen Kanalratten hier hereingekommen?« Sie wollte das Funkgerät hochreißen, doch da war Johann auch schon neben ihr und schlug ihr mit dem Handballen gegen die Schläfe. Sidney fiel wie ein Brett um und Johann fing sie auf, bevor sie auf den Boden krachte. Das Funkgerät fiel ihr aus der Hand, schlitterte über den Fliesenboden. Ethan schnappte es sich sofort.

»Wie bitte?«, rief der Koch aus der Küche.

»Danke, Wang, hat sich erledigt«, antwortete ich laut, indem ich Sidneys Stimme so gut wie möglich imitierte. Da der Dunstabzug immer noch lief, würde der Koch den Unterschied hoffentlich nicht bemerken.

»In Ordnung«, tönte es aus der Küche.

Erleichtert ließ ich die Schultern sinken. Johann und Simon hatten die Frau inzwischen quer über die Stühle gelegt und das Tischtuch so über sie ausgebreitet, dass man sie nicht gleich bemerken würde.

»Ich fürchte, sie wird nur ein paar Minuten bewusstlos bleiben«, flüsterte Johann.

Wir sahen uns ratlos an. *Was jetzt?*

Unterdessen hatte Ethan das Funkgerät inspiziert. »Die funken auf Kanal achtzehn«, erklärte er uns und reduzierte die Lautstärke. Wir hörten verschiedene Gespräche aus dem Lautsprecher. Draußen hatten die Schüsse aufgehört.

Der Reihe nach gaben die Leute des Wachpersonals sowohl ihre Position als auch die Meldung durch, dass es keine besonderen Vorkommnisse gab. Anhand der zahlreichen Nachrichten erkannten wir, wie verdammt viele Typen es in diesem Haus noch gab. Das machte die Sache nicht gerade einfacher. Aber zumindest kannten wir jetzt ihre Standorte.

Eine Aussage ließ uns jedoch aufhorchen.

»Alles Roger, Gästezimmer erster Stock!«

»Gästezimmer?«, flüsterte Ethan und sah auf.

»Klingt nach einem gut bewachten und hohen Besuch«, murmelte Simon.

Wir wussten alle, was das zu bedeuten hatte. Doch wie sollten wir unbemerkt in den ersten Stock gelangen?

»Ich versuche es und gehe rauf«, bot Johann an.

Simons Begeisterung für diese Idee hielt sich in Grenzen. Er sah Johann unglücklich an.

Plötzlich fiel mir etwas ein. Ich ging zu der Wandvertäfelung, die sich zwischen Küche und Esszimmer befand. An einer Stelle war ein Knopf. Ich öffnete eine Flügeltür aus Holz, die sich zwischen zwei Gemälden befand. Dahinter verbarg sich ein Hohlraum vom Ausmaß einer kleinen Kabine in der Wand.

»Ein Speiseaufzug«, sagte Johann. »Wird in alten Villen noch verwendet, um Essen in die oberen Privaträume zu transportieren.«

Privaträume war das Stichwort. Ich kletterte in die Kabine.

»Terry!«, entfuhr es Simon.

»Ich fahre rauf«, sagte ich entschieden. »Falls man mich erwischt, könnt ihr immer noch die Treppe nehmen.«

Ich wollte bereits die Tür schließen, als auch Ethan zu mir

hineinkletterte. »Mach Platz«, flüsterte er und zog die Beine hinein. Dicht gedrängt saßen wir nebeneinander.

»Ich habe kein gutes Gefühl dabei, wenn wir uns trennen«, warnte Simon.

»Mach schon zu«, drängte ich. Ethan drückte mich so an die Wand, dass ich die Tür nicht mehr selbst zuziehen konnte. »Wir dürfen keine Zeit verlieren.«

»Passt gut auf euch auf.« Simon schloss seufzend die Tür.

Schlagartig wurde es dunkel. Es roch nach frisch gebohnertem Holz. Dann betätigte Simon von außen den Knopf für das obere Stockwerk und der Fahrstuhl setzte sich in Bewegung. Der Motor summte gleichmäßig. Nach einigen Metern stoppte der Lift. Licht fiel durch den schmalen Spalt. Ethan und ich sahen uns in der Dunkelheit an.

»Und jetzt?«, flüsterte ich.

»Und jetzt?«, äffte Ethan mich nach. »Es war *deine* Idee!«

»Wir stürmen raus«, sagte ich.

»Gute Idee … bei drei.« Ethan zählte bis drei, dann drückte er die Tür auf und wir wurschtelten uns so schnell wir konnten aus der Kabine.

Nachdem wir uns aufgerappelt und sofort in Kampfposition gebracht hatten, falls wir angegriffen wurden, mussten wir feststellen, dass wir allein im Raum waren.

Es war ein Schlafzimmer mit Himmelbett, einem großen Frisiertisch, Schrank und Balkon. Wobei – wirklich *ganz allein* waren wir nicht. In der Mitte des Raums stand ein runder, reich mit Schnitzereien verzierter Holztisch, auf dem sich ein wuchtiger goldener Vogelkäfig befand. Darin saß ein Zwergpapagei mit grünem Kopf, rotem Flaum über dem Schnabel und grünem Federkleid, unter dem ein paar blaue

Federn hervorblitzten. Er tapste mit seinen großen Krallen neugierig über eine goldene Stange, um uns besser beäugen zu können. *Moment, deine Art kenne ich doch!*

»*Tahiti – Tahiti!*«, kreischte er los und flatterte mit den Flügeln.

Sofort war ich bei ihm und versuchte, ihn zu beruhigen. Es war einer jener Sorte, die Jake und ich vor einem halben Jahr in Tahiti aus den Containern befreit hatten. Anhand der Lieferscheine hatten wir herausgefunden, dass sie in die ganze Welt exportiert wurden – vermutlich an superreiche Leute, die mit diesen vom Aussterben bedrohten Tieren Eindruck schinden wollten. Auch Valerie De Boes besaß ein solches Exemplar zu ihrer Belustigung im eigenen Schlafzimmer. *Wie nett!*

Es zerriss mir das Herz, wenn ich den traurigen Blick des Papageis sah, wie er eingeengt hinter den Gitterstäben dahinvegetierte. Ich öffnete den Käfig.

»Was machst du da?«, zischte Ethan.

»Wonach sieht es denn aus?« Ich griff hinein und das Tier hopste auf meine Hand.

»Wir sind hier, um deine Mutter zu befreien und nicht diesen dämlichen Vogel!«

»Ja-ha!«, murrte ich und ging zur Balkontür. Ich öffnete sie einen Spalt, dann ließ ich den Vogel raus. Laut kreischend flog er in den Himmel. Zurück nach Tahiti würde er es wohl nicht schaffen, aber dafür war er in Freiheit.

Da stand auch schon Ethan neben mir, schloss die Balkontür und zog die Vorhänge wieder zu. »Können wir jetzt bitte weitermachen, Dian Fossey?«

Ich verdrehte die Augen. Der Vergleich mit der amerikanischen Tierschützerin ehrte mich zwar, trotzdem sah ich Ethan finster an. »Ja«, knurrte ich, dann griff ich zu meinem

Funkgerät. »Wir sind oben, kein Feindkontakt«, erklärte ich Simon.

»Okay, ich komme rauf«, antwortete Simon.

Hinter mir hörte ich, wie sich der Lastenaufzug in Bewegung setzte und hinunterfuhr. Indessen schlich ich zum Frisiertisch und durchsuchte die Schubladen nach hilfreichen Utensilien. Ethan ging zur Tür und legte die Hand auf die Klinke, doch ich hielt ihn mit einer knappen Geste zurück.

»Warte!«, zischte ich und winkte mit einem kleinen Spiegel, den ich auf dem Frisiertisch gefunden hatte.

Im nächsten Moment war ich bei Ethan. Während er die Klinke leise hinunterdrückte und die Tür aufzog, schob ich den Taschenspiegel durch den Spalt und drehte ihn so, dass ich einen Blick in den Gang werfen konnte. Beim Anblick des Wachmanns zuckte ich zusammen.

Neben dem Zimmer, in dem wir uns befanden, lag ein weiterer Raum. Und davor stand ein Wachmann. Möglicherweise war das der Kerl vor dem Gästezimmer, dessen Meldung wir zuvor gehört hatten. Ethan reckte den Hals, um ebenfalls in den Spiegel zu sehen.

Inzwischen erreichte uns der Speiseaufzug und Simon quetschte sich stöhnend aus der Kabine. »Die Kabine ist für Johann zu eng«, flüsterte er. »So wie es aussieht, muss er unten bleiben.«

»Das ist okay, denn draußen steht ein Sicherheitsmann«, sagte Ethan nachdenklich. »Aber ich hätte da eine Idee, wie wir in den Nebenraum kommen.«

47. KAPITEL

Amanda lief der Schweiß in Bächen von den Schläfen. *Diese verdammte Wahrheitsdroge macht dich noch komplett wahnsinnig!*

Sie biss sich wieder auf die Lippen, spürte den süßen Schmerz und schmeckte das Blut. Ihr Mund war bereits mit Wunden übersät. *Halte durch, so lange es geht!*

»Hören Sie damit auf, sich selbst zu verletztzten«, sagte der Arzt neben ihr mit ruhiger Stimme, während er ihre medizinischen Werte überprüfte. »Wie lautet die Formel?«

Soviel Amanda mitbekommen hatte, hieß der Mann Voss. Ein Genetiker und Stammzellenforscher. Er war klein, trug eine Augenklappe und war heute Vormittag mit dem Flugzeug aus Gibraltar eingetroffen, um sich ausschließlich um sie zu kümmern.

»Und wenn Sie mich das hundertmal fragen …«, stöhnte Amanda auf.

»Ich werde Sie das noch tausendmal fragen, wenn es sein muss«, entgegnete Voss. »Aber dazu wird es nicht kommen, denn ich werde die Dosis der Droge noch ein weiteres Mal erhöhen. Entweder setzt dann Ihr Herz aus und Sie sterben an multiplem Organversagen – oder, wenn Sie Glück haben, nimmt Ihr Hirn nur einen irreparablen Schaden. Also reden Sie und beenden Sie diese Qual.«

Amanda schloss die Augen und dachte erneut an Terry. Die letzten Tage und Stunden hatte sie nur mit dem Gedanken an ihre Tochter durchgehalten. Terry sollte nicht schlecht von ihr denken. Ihre Tochter sollte sie gut in Erinnerung behalten, als jemand, der sich bis zuletzt nicht unterkriegen ließ und lieber für seine Prinzipien starb, als sich von korrupten Konzernen missbrauchen zu lassen.

Du tust das für Terry!

»Wie lautet die Formel?«

»Lecken Sie mich …«, keuchte Amanda und öffnete schwach die Augen. Ihre Lider flatterten.

»Den Gefallen tue ich Ihnen nicht, auch wenn Sie das vielleicht gern hätten.« Voss zog eine Spritze mit der grünen Flüssigkeit aus einer der Ampullen auf und injizierte sie in Amandas Armbeuge, ohne die Stelle vorher zu desinfizieren. Anscheinend hielt er das nicht mehr für notwendig.

»Scheiße!« Amanda biss die Zähne zusammen. Ihr Körper verkrampfte sich. Der Schmerz fuhr ihr von den Zehenspitzen bis in die Haarwurzel. Sie bäumte sich auf und bemerkte panisch, wie ihr Herz zu rasen begann und sich nicht mehr beruhigte. Wie heiße Säure schoss die Droge durch ihre Blutbahn und erreichte das Gehirn, wo sie schlagartig zu wirken begann.

Amanda wollte sich erneut in die Wange beißen, brachte jedoch nicht mehr die Kraft auf.

Voss wartete einige Minuten, dann startete er die Befragung mit derselben gefährlichen Ruhe wie zuvor. »Wie ist Ihr Name?«

»Dr. Amanda West«, murmelte sie schwach. *Aber nein, das wolltest du doch nicht!*

»Wo verbrachten Sie die letzten zehn Jahre?«

Gegen ihren Willen und ohne dass sie etwas dagegen unternehmen konnte, zählte Amanda die einzelnen Stationen ihrer langen Flucht auf.

»Sehr schön, jetzt kommen wir der Sache schon einen Schritt näher«, sagte Voss. »Besitzen Sie noch eine Probe des Serums?«

»Nein.«

»Warum nicht?«

»Ich habe alle Ampullen schon vor zehn Jahren vernichtet«, antwortete sie wahrheitsgemäß.

»Wie schade. Können Sie sich noch an die genaue Formel erinnern?«

Sie wollte verneinen, schaffte es aber nicht. »Ja.«

»Sind Sie bereit, mir die genetischen Bausteine der Formel zu nennen?«

Er darf es nicht erfahren … habe aber keine Kraft mehr, länger dagegen anzukämpfen. »Ja«, kam ihr über die Lippen.

»Und auch die einzelnen Schritte des Erzeugungsprozesses?«

»Ja.«

»Ausgezeichnet.« Voss aktivierte ein kleines Aufnahmegerät, in dem sich eine Minikassette befand, deren Spulen sich drehten.

Amanda hatte den Kopf gedreht und starrte auf das Diktafon. »Dieses vorsintflutliche Gerät passt ausgezeichnet zu Ihnen.«

»Schluss mit den Scherzen!«, unterbrach Voss sie. »Wie lauten die Bausteine des vierundzwanzigsten Chromosomenpaares im Zellkern?«

Amanda wollte nicht daran denken, aber eine Stimme tief in ihr drinnen drängte nach Erlösung. *Sag es! Dann hast du es endlich hinter dir.* Die Erinnerung kam hoch und sprudelte ihr über die Lippen. Sie erzählte, wie die Proteine in den zwei Molekülen der DNA-Doppelhelix angeordnet waren.

»Aha …«, murmelte Voss verblüfft, nachdem sie verstummt war. »Würden Sie die ganze DNA-Sequenz bitte noch einmal wiederholen«, bat er sie. »Nur zur Sicherheit, dass sich kein Fehler in Ihrer Erinnerung eingeschlichen hat.«

Amanda wiederholte die Reihenfolge und hörte, wie Voss erleichtert aufatmete.

»So einfach ist es also«, murmelte er, »darauf hätte ich eigentlich selbst kommen können.« Dann hob er die Stimme. »Vielen Dank. Sie haben uns einen großen Schritt weitergebracht.«

Er schaltete das Aufnahmegerät aus. Amanda hörte, wie er zum Handy griff. »Wir haben die Formel, Madam«, sagte er. »Ja, ich bin sicher, dass sie stimmt. Die Kombination und Reihenfolge der Bausteine ist ebenso einfach wie elegant und brillant gelöst … nein, ich denke, Jerichos Splitter brauchen wir nicht mehr … ja, wir haben alles, was wir für die Reproduktion benötigen … vielen Dank.« Eine lange Pause folgte. »Eliminieren?«, fragte Voss verwirrt. Seine Stimme klang angespannt. »Würden Sie das bitte wiederholen … ja, gut … ich habe verstanden.« Er beendete das Gespräch.

»Was … wird … eliminiert?«, fragte Amanda schwach.

Zärtlich strich Voss ihr über die Wange. »Nicht *was*, sondern *wer*«, korrigierte er sie. »Tut mir leid für Sie, aber wir werden uns nicht mehr wiedersehen.« Er zog eine weitere Spritze auf. »Gibt es noch etwas, das wir über die Formel wissen sollten?«

Amandas Körper spannte sich erneut an. *Wehr dich dagegen!* Aber es gelang ihr nicht. »Die zweite und dritte Komponente …«

Voss hielt inne. »Wie bitte?«

»Neben der richtigen Anordnung der genetischen Bausteine, muss man in der Herstellung des Serums zwei wichtige Aspekte berücksichtigen, damit es zu keinen Anomalien kommt.« Sie versuchte, sich auf die Zunge zu beißen und zum Schweigen zu bringen. *Wenn du es schaffst, das zu verheimlichen, können sie bis zum Sankt Nimmerleinstag forschen, ohne ein positives Ergebnis zu erlangen.*

»Welche Aspekte?«, drängte Voss.

»Sie brauchen die richtigen Strahlenwerte und Temperaturen bei der Verschmelzung der Nukleinsäuren, damit die DNA stabil bleibt. Andernfalls kann sich die Zelle nicht teilen und fällt in sich zusammen.«

»Und welche Werte sind das?« Voss wollte das Aufnahmegerät wieder einschalten, aber in diesem Moment klopfte es dreimal an die Balkontür. Er hielt inne und blickte irritiert zum Balkon. Allerdings ging er nicht hin, sondern marschierte stattdessen mit der Spritze in der Hand zur Tür, die in den Gang führte. Er riss sie auf. Davor stand ein Wachmann, der ihn skeptisch beäugte. »Was ist?«, knurrte der Riese.

»Jemand hat von außen an die Balkontür geklopft«, erklärte Voss verwirrt. »Aber da draußen kann niemand sein.«

In diesem Moment knackte das Funkgerät des Sicherheitsmannes. Amanda konnte sich nur mit Mühe bei Bewusstsein halten. Sie schielte zum Eingang. Der Wachmann brachte Voss mit einer Geste zum Verstummen und hielt sich das Funkgerät ans Ohr. »Ja?«

»Wie ist die Lage beim Gästezimmer, Kumpel? Over and out«, drang eine dumpfe Stimme durch den Lautsprecher.

»Alles Roger«, sagte der Wachmann, dann sah er auf. »He, wer sind Sie? Stehen bleiben!« Er machte einen Schritt in den Gang.

In diesem Moment sah Amanda, wie sich jemand von hinten an den Wachmann heranschlich.

48. KAPITEL

Ich war ganz leise auf allen vieren auf den Balkon gekrochen, hatte durch das Geländer gegriffen und dreimal gegen die Tür des Nachbarbalkons geklopft. Zum Glück hatte mich niemand bemerkt. Unter mir lag die Terrasse, auf der Finn mit den Wachleuten neben dem Jeep stand und immer noch versuchte, die Drohne zu erwischen. Nun wusste ich auch, wie der Jeep auf die Terrasse gekommen war. Hinter der Veranda, dort wo die Serpentinenstraße endete, lag ein Parkplatz.

Währenddessen hatte Ethan mit seinem erbeuteten Funkgerät den nebenan stehenden Wachmann angefunkt. »Wie ist die Lage beim Gästezimmer, Kumpel? Over and out«, brummte er mit verstellter tiefer Stimme.

Das klang zwar alles andere als perfekt, aber dadurch war der Sicherheitsmann wenigstens für ein paar Sekunden abgelenkt. In dieser Zeit stürmte Johann von unten über die Treppe nach oben.

Ich war bereits wieder durchs Zimmer gelaufen und spähte neben Ethan in den Gang hinaus. Der Wachmann ging auf Johann zu. »He, wer sind Sie? Stehen bleiben!« Schon griff er nach der Waffe in seinem Holster.

In diesem Moment pirschte sich Simon an uns vorbei an den Wachmann heran. In einer Hand hielt er die goldene Stange aus dem Papageienkäfig. Er schlug dem Wachmann von hinten die Stange mit voller Wucht gegen den Schädel. Das war zwar nicht die feine englische Art, doch wie erhofft taumelte der Mann stöhnend zur Seite und knallte gegen die Wand. Allerdings wurde er nicht bewusstlos. Er hielt sich zwar den Kopf, rappelte sich aber rasch wieder auf und wollte sich auf Simon stürzen. Doch da war Johann bereits da und verpasste dem Kerl eine mit dem Schlagring aufs Kinn, woraufhin der endlich bewusstlos zu Boden sackte.

Mein Herz schlug bis zum Hals. Eigentlich hatte bisher alles ganz gut geklappt, doch bevor ich mich wieder beruhigen konnte, packte mich der nächste Schreck. Ich sah Dr. Voss, diesen einäugigen Bastard, aus dem Gästezimmer in den Gang stolpern und sich verdattert umsehen.

»Achtung, da!«, zischte ich.

Voss schnappte nach Luft, dann schrie er los. »Hilf…!«

Doch Simon stand bereits hinter ihm, presste ihm die Hand auf den Mund und zerrte ihn ins Gästezimmer, sodass Voss nur noch mit den Armen und seinen kurzen Stummelbeinen zappeln konnte.

Ethan und ich halfen Johann dabei, den bewusstlosen Wachmann an Armen und Beinen zu packen und ebenfalls ins Gästezimmer zu schleppen.

Johann warf die Tür zu und wischte sich den Schweiß von der Stirn. »Das war verdammt knapp.« Sogleich wandte er sich an Voss, der immer noch von Simon festgehalten wurde, und drückte ihm den Finger auf die Brust. »Keinen Laut mehr!«

Kaum hatte Simon die Hand vom Mund des Doktors genommen, brüllte der sofort wieder drauflos.

Diese miese Ratte!

Zum Glück bekam er nur den ersten Ton heraus, denn Johann schickte ihn mit einem gezielten Schlag ins Land der Träume. Wie ein Brett fiel er um und knallte neben dem Wachmann auf den Boden.

Ich hatte gute Lust, auf ihn hinzutreten, verkniff es mir aber. Voss hätte nichts Besseres verdient. Nachdem er gegenüber der Polizei behauptet hatte, wir hätten ihn schwer verletzt und versucht, ihn zu kidnappen, befand er sich jetzt tatsächlich in unserer Gewalt. *Tja, pass auf, was du sagst – es könnte in Erfüllung gehen.*

Ich wandte mich von Voss ab und kam endlich dazu, mich umzusehen. Dieser Raum war zwar deutlich kleiner als Valeries Schlafzimmer, aber dennoch ein wirklich komfortables Gästezimmer. Allerdings stand vor der Balkontür ein riesiger Zahnarztstuhl, und darauf lag eine gefesselte Frau.

Meine Mutter! O Gott, wie erbärmlich sie aussieht!

Ihre Lider flatterten, sie hob den Kopf und sah mich an. Mein Herz hämmerte wie wild gegen die Rippen, mir stockte der Atem. Rasch lief ich zu ihr, schob den Beistelltisch mit den Ampullen beiseite.

»Mama, du lebst! Wie geht es dir?« Mehr brachte ich nicht heraus, da mir bereits die Tränen in die Augen schossen. Ich konnte mein Glück kaum fassen, sie endlich leibhaftig vor mir zu sehen, und umarmte sie. Ich spürte ihre Wärme, hörte ihren Atem und roch ihren Schweiß. Ich musste sie ständig berühren, um mir selbst zu beweisen, dass sie wirklich real und nicht bloß eine meiner Fantasien war.

»Terry …«, sagte sie schwach. »… warum bist du so verrückt … und kommst hierher?«

Ich gab keine Antwort, sondern umarmte sie nur. Indessen trat Ethan an meine Seite und befreite meine Mutter von ihren Hand- und Fußfesseln.

»Es tut mir so leid, dass ich nicht rechtzeitig nach Wreck Island gekommen bin, um dich zu warnen«, heulte ich. »Das ist alles meine Schuld.«

»Nicht weinen …« Meine Mutter legte mir den Arm auf die Schulter, hatte aber nicht die Kraft, mich zu drücken. Ich spürte, wie schwer ihr das Reden fiel. Immer wieder fielen ihr die Augen zu. Am liebsten wollte ich meine Mutter nie mehr wieder loslassen und mich einfach nur fest und innig an sie drücken. Erst in diesem Moment merkte ich so richtig, wie sehr sie mir gefehlt hatte.

»Ethan …«, flüsterte sie, nachdem sie wieder die Augen geöffnet hatte.

»Hallo, Tante Amanda.« Er stand linkisch neben mir, als wüsste er nicht, wohin mit sich.

Dann trat Johann zu uns. Er presste die Lippen aufeinander. Jetzt endlich löste ich mich von meiner Mutter, worauf sie die Hand nach Johann ausstreckte. Er hatte meine Mutter großgezogen. In seiner Obhut waren sie und Simon in Admiral Nathan Wests Haus aufgewachsen. Diese Begegnung musste für sie, aber auch für Johann, etwas ganz Besonderes sein.

Johann drückte ihre Hand. »Es tut mir leid, dass ich dein Geheimnis verraten habe«, sagte er, »aber ich konnte nicht länger schweigen.« Ich sah, wie das schlechte Gewissen an ihm nagte.

Meine Mutter versuchte, sich aufzusetzen. »Schon gut.« Sie lächelte – sie war ihm nicht böse –, aber im nächsten Moment wurde sie wieder ernst. »Aber du … ihr alle hättet nicht herkommen dürfen.«

»Wir lassen dich doch nicht hier«, sagte ich rasch.

Nun wandte meine Mutter den Kopf. Ihr Blick wurde warm und herzlich. Hinter mir stand Simon. Ich hätte meine Hand dafür ins Feuer gelegt, jetzt eine weitere rührselige Wiedersehensszene zu sehen, doch die kam nicht. Simons Augen funkelten zornig, während er dastand und meine Mutter betrachtete.

Sie setzte sich auf, rieb sich zuerst die Handgelenke und massierte dann ihr Kinn, als wollte sie die Nebenwirkung der Droge abschütteln, die man ihr in den letzten Tagen verabreicht hatte. »Simon ...« Sie lächelte.

Nun trat er einen Schritt näher. »Kannst du gehen?«

»Ich werde es versuchen.« Ihre Knie zitterten.

Simons Blick wanderte über den Beistelltisch, gleichzeitig wühlte er durch die verschiedensten Präparate.

»Hier ist Adrenalin«, rief ich.

Simon schüttelte den Kopf. »Deine Mutter hat so Herzrasen, da wäre ein Aufputschmittel kontraproduktiv.« Er fand, wonach er suchte, riss die Folie von einer Spritze ab und zog sie mit der Flüssigkeit aus einer Flasche auf.

»Was ist das?«, fragte meine Mutter schwach.

»Ein kreislaufstabilisierendes Mittel«, antwortete er. »Anscheinend dafür gedacht, falls du zusammenklappst. Der Rest hier sind Medikamente gegen drohenden Herzstillstand.«

»... sei bitte nicht böse«, sagte meine Mutter.

»Ach?« Simons Gesichtsausdruck war immer noch todernst. Er klopfte gegen das Spritzenrohr und drückte den Kolben herunter, bis der erste Tropfen aus der Nadelspitze quoll. Seine Miene verfinsterte sich weiter. »Unsere Eltern haben uns als Kinder einfach weggegeben und wir beide haben so viel gemeinsam durchgemacht. Aber dann bist du einfach ohne ein Wort zu sagen abgehauen und hast deine Tochter im Stich gelassen.«

Sie seufzte. »Simon, ich …«

»Halt still!« Er stach ihr in die Armbeuge. »Denkst du, für mich war es einfach, die Kleine allein an Bord eines U-Boots aufzuziehen?«, fuhr er sie an. »Du hättest ruhig einmal Bescheid sagen können, dass du noch lebst, dann hätte ich wenigstens gewusst, dass du …«

»Das ging nicht«, sagte sie schwach. »Ich habe das getan, weil ich euch liebe und in Sicherheit wissen wollte.«

»Wer's glaubt, wird selig«, schnaubte Simon und zog die Nadel raus. Ein Tropfen Blut quoll aus dem Einstich.

Meine Mutter lächelte zynisch. »Bei der Dosis Wahrheitsserum im Blut könnte ich nicht einmal lügen, wenn ich wollte.«

Ich verfolgte das Gespräch mit gemischten Gefühlen. Ich konnte mich sowohl in Simons Ärger als auch in die Beweggründe meiner Mutter gut hineinversetzen. Es gab weder *richtig* noch *falsch* – und zum Glück musste ich für niemanden der beiden Partei ergreifen.

»Zehn lange Jahre bist du weg gewesen«, setzte Simon noch eins drauf, während er ihr ein Pflaster auf die gepikste Vene klebte.

»Ich habe in dieser Zeit immerhin herausgefunden, wer unsere Eltern waren«, sagte sie.

»*Waren?*«, wiederholte Simon. »Sind sie …?«

In diesem Moment begann der Wachmann, sich stöhnend auf dem Boden zu bewegen.

»Jetzt ist keine Zeit für Diskussionen«, mahnte Johann die beiden mit strengem Blick. »Wir müssen abhauen, solange sie uns noch nicht entdeckt haben.«

Stimmt! Vielleicht war Sidney schon längst wieder wach. Ich sah mich im Zimmer um. »Aber wie?«

»So, wie wir hergekommen sind«, sagte Johann. »Hinunter ins Erdgeschoss, durchs Küchenfenster raus und dann die Felswand runter zu unserer Taucherausrüstung.«

Meine Mutter schüttelte den Kopf. »Viel zu riskant. Ich habe eine bessere Idee.«

49. KAPITEL

Meine Mutter erhob sich auf wackeligen Beinen vom Zahnarztstuhl. »Gebt mir das Funkgerät.«

»Wir haben zwei erbeutet«, sagte ich. »Das von Sidney Stone und das von dem Wachmann.«

Die Gesichtszüge meiner Mutter hellten sich auf. »Zwei sind noch besser. Soviel ich bisher mitbekommen habe, verwendet die Security Kanal achtzehn für die Nachrichten an alle. Sidney Stones Codename ist Phoenix und der des Wachmanns, den ihr k. o. geschlagen habt, Eagle7. Sie sprachen öfter von einem Code Red.«

Johann nickte. »Fremdes Eindringen ins Haus.«

»Mit einer entsprechenden Falschmeldung könnten wir sie alle weglocken«, schlug meine Mutter vor.

»Zur Rückseite des Hauses«, rief ich, »während wir vorne über die Terrasse abhauen. Dort steht ein Jeep. Den könnte Johann kurzschließen.«

»Und wie kommen wir zu unserer Taucherausrüstung?«, fragte Johann.

»Hauptsache, wir sind erst einmal weg«, erwiderte meine Mutter.

Ethan reichte ihr Sidneys Funkgerät. »Du kannst ihre Stimme vermutlich am besten nachahmen.«

Meine Mutter verzog unglücklich das Gesicht. »Solange dieses Zeug wirkt, kann ich nicht lügen.«

»Okay, ich übernehme das.« Ich griff nach dem Funkgerät.

Indessen nahm Johann das Funkgerät des Wachmanns und sah mich mit entschlossenem Blick an. »Bereit?«

Ich nickte.

Johann schaltete auf Kanal achtzehn und versuchte die Stimme des Wachmanns zu imitieren. »Hier Eagle7, ich fürchte, wir haben einen Code Red. Mehrere Personen versuchen, sich an der Südseite über die Felswand unbefugten Zutritt zum Haus zu verschaffen. Erbitte weitere Anweisungen. Over.« Er nickte mir aufmunternd zu.

Ich führte das Funkgerät zum Mund. »Hier Phoenix …« Ich nahm den Finger wieder von der Taste, räusperte mich und holte tief Luft. »… alle Mann im Laufschritt zur Rückseite der Villa. Die Südseite muss um jeden Preis gesichert werden. Wenn auch nur einer dieser dreckigen Kanalratten das Haus betritt, werde ich höchstpersönlich dafür sorgen, dass Valerie De Boes Ihnen allen den Arsch bis zum Haaransatz aufreißt. Sie haben die Freigabe zum Schießen nach eigenem Ermessen – und jetzt vorwärts! Over and out.«

Ich sah auf. Simon, Johann, Ethan und meine Mutter starrten mich mit offenen Mündern und teilweise schockiertem Gesichtsausdruck an. Dann nahm mir Johann das Funkgerät aus der Hand und krächzte heiser: »Ich, ja … äh … denke, das reicht.«

Kurz darauf hörten wir, wie drei Funkmeldungen durch den Äther knackten. Stiefelgetrampel donnerte durchs Haus, zwei Türen schlugen. Da die meisten Sicherheitsleute immer noch am Strand nach Milos und Zoes Signal suchten, konnten sich nicht mehr allzu viele hier oben in der Villa aufhalten. *Unser Glück!*

»Und jetzt?« Johann sah uns an. »Quer durchs Haus nach vorne zur Terrasse?«

Simon schüttelte den Kopf. »Zu gefährlich. Falls sich jemand der Bediensteten im Haus aufhält und uns sieht, wird er sofort Alarm schlagen.« Er deutete zum Balkon. »Wir klettern direkt über den Balkon auf die Terrasse.«

»Das sind über drei Meter!«, entfuhr es mir. Ich nahm meine Mutter am Arm. »Schaffst du das?«

Sie stützte sich auf mich und machte zwei wackelige Schritte. »Alles besser, als weiter gefoltert zu werden.« Sie hielt inne. »Aber bevor wir gehen, müssen wir dieses Tonband mitnehmen.« Sie zeigte zum Beistelltisch.

»Ist da die Formel drauf?«, fragte ich. Nachdem sie bejaht hatte, ließ ich das Deck aufspringen, nahm die Mini-Kassette raus und stopfte sie mir über den Kragen in meinen Neoprenanzug. »Gehen wir.«

Alles war besprochen. Wir liefen zum Balkon, spähten durch den Spalt zwischen den Vorhängen durch und öffneten die Tür. Kühle Abendluft wehte herein. Vorsichtig traten wir hinaus. Tatsächlich befand sich niemand auf der Terrasse, sogar die Hunde waren weg. Nur der Jeep stand noch da.

Johann war der größte von uns allen. Er kletterte als Erster über die Balustrade, hangelte sich am Geländer nach unten, hing eine Sekunde lang frei unter dem Balkon und sprang dann hinunter. Er kam hart auf, rollte sich aber sogleich ab, sprang auf und sah sich um. Dann blickte er zu uns hinauf und winkte. »Der Nächste!«, flüsterte er.

Simon gab mir ein Zeichen. Ich kletterte rüber und

sprang. Johann fing mich mit seinen kräftigen Armen auf. Dann folgten meine Mutter, Ethan und zuletzt Simon. Wie ich sah, hatte er die Zeit genutzt, um dem Sicherheitsmann die Waffe abzunehmen. Die schwere Pistole steckte hinten in seinem Hosenbund.

Plötzlich ertönten Schüsse von der Rückseite des Hauses. Worauf auch immer die ballerten – Möwen oder Eidechsen, die sich zwischen den Felsen befanden –, tatsächliche Eindringlinge konnten sie dort nicht gesehen haben.

Ich war als Erste beim Jeep und sprang auf den Rücksitz. *Was für ein Glück!* Der Schlüssel steckte.

Noch bevor die anderen ebenfalls geduckt zum Geländewagen rennen konnten, flog die doppelflügelige Terrassentür auf. Die Holzrahmen knallten an die Wand. Aus dem Haus trat ein Mann ins Freie, eine große automatische Waffe im Arm, mit der er abwechselnd auf jeden von uns zielte.

Finn.

Er setzte ein bekümmertes Gesicht auf. »Dachte ich es mir doch, dass das nicht Sidneys Stimme war …«, er sah mich an, »… sondern deine.« Für einen Moment glaubte ich sogar, ein bewunderndes Lächeln über seine Lippen huschen zu sehen, das aber rasch wieder verflog.

»Schnell jetzt!« Ich kletterte nach vorn und wollte den Wagen bereits starten, um Finn notfalls über den Haufen zu fahren, als der die Waffe auf mich richtete. »Keine Bewegung, Terry.«

»Du verdammter Mistkerl würdest auf deine eigene Tochter schießen?«, fuhr meine Mutter ihn entsetzt an. Offenbar taten ihr die Bewegung und die frische Luft gut, denn sie hatte wieder Farbe im Gesicht und wirkte deutlich sicherer auf den Beinen.

»Wenn es sein muss«, antwortete Finn. »Ihr solltet mich nicht dazu zwingen.«

Hinter Finn traten nun der Reihe nach drei weitere Gestalten auf die Terrasse. Den grobschlächtigen Kerl mit den breiten Schultern kannte ich von unserem Besuch in Venedig. Es war Massimo. Sein Blick wanderte hin und her, blieb auf Johann hängen und verwandelte sich schließlich in den einer giftigen Kobra, die noch kein Frühstück gehabt hatte. Johann erwiderte Massimos Blick hasserfüllt. Anscheinend hatten die beiden noch ein Hühnchen miteinander zu rupfen.

Als Nächstes trat Sidney Stone ins Freie. Sie rieb sich die rote Stelle an der Schläfe, wo Johann sie getroffen hatte. Ihre Augen funkelten ebenso wütend wie die von Massimo. Und zuletzt kam auch noch Xavier heraus, den ich von New York und der Bohrinsel kannte. Dieser Arsch hatte Ethans Mutter kaltblütig umgebracht.

Alle auf einem Haufen!

50. KAPITEL

»Terry!« Simon hob eindringlich die Hand. »Keine Heldentaten, verstanden?«

»Du solltest auf deinen Onkel hören«, sagte Finn.

Ich starrte Simon entsetzt an. »Du willst dich doch nicht ergeben?«

Simon wollte nach der Waffe im Hosenbund greifen, doch Finn erhob sofort die Stimme. »Ah, ah! Auch Ihnen würde ich zu keinen Heldentaten raten.« Dann sah er uns an. »Netter Versuch, aber so wie es aussieht, seid ihr diesmal endgültig in der Sackgasse gelandet. Es dürfte sich demnach nur noch dieser Franzose an Bord der Kopernikus befinden, richtig? Und er allein kann das U-Boot wohl kaum richtig steuern. Das bedeutet …«, Finn lächelte, »… dass wir nicht nur euch, sondern auch das U-Boot haben, das garantiert irgendwo in der Nähe vor Anker liegt.«

Meine Mutter sah Simon an. »Du hast Pierre die Kopernikus überlassen?«

»Sei jetzt still!«, knurrte Simon.

Während Finn die Waffe abwechselnd auf Simon und mich richtete, umkreisten uns die anderen und schnitten uns den Fluchtweg ab. Dann kam Finn auf mich zu und streckte mir die Hand entgegen. »Komm aus dem Wagen, Kleine! Ich will nicht, dass dir etwas passiert.«

Auf einmal so fürsorglich, Daddy? Mit knirschenden Zähnen folgte ich seiner Anweisung. Er packte mich am Kragen meines Neoprenanzugs, zog mich zu sich und drückte mir die Waffe zwischen die Schulterblätter in den Rücken. »Keine hastigen Bewegungen«, mahnte er die anderen. »Dr. West, wenn Sie bitte die Güte hätten, Ihre Waffe ganz vorsichtig und langsam auf den Boden zu legen.«

Simon befolgte die Anweisung. Während hinter dem Haus noch gefeuert wurde, legte er die Pistole auf den Boden und richtete sich wieder auf. Indessen hatten Sidney, Xavier und Massimo meine Familie zusammengedrängt.

Finn ließ mich los und griff mit der freien Hand zum Funkgerät an seinem Gürtel. »Es wird Zeit, dass wir die Farce hinter dem Haus beenden und die Wachleute herholen, bevor sie noch mehr unnötige Munition verpulvern und sich noch selbst verletzen. Was meinst du, Kleine?«

Ich sagte nichts.

Bevor Finn jedoch seinen Funkspruch absetzte, sah ich aus dem Augenwinkel, wie er meine Mutter betrachtete. »Hast du einen letzten Wunsch, Darling?«

Meine Mutter zuckte bei der Ansprache zusammen. »Lass wenigstens Terry gehen … und Johann, damit er sich in Sicherheit bringen kann.«

Ich machte mich schon bereit abzuhauen, doch Finn entsicherte die Waffe und drückte mir den Lauf der Waffe fester in den Rücken, sodass ich kurz aufschrie.

»Keine Bewegung«, flüsterte Finn. Aus dem Augenwinkel sah ich, wie er das Funkgerät herunternahm. »Warum nicht nur deine Tochter? Warum ausgerechnet auch Johann?«

»Weil er …«, begann meine Mutter.

»Sag nichts!«, rief ich.

»Warum Johann?«, wiederholte Finn.

»Weil …«, sagte meine Mutter, während ihr die Tränen in die Augen schossen, »… er mein Serum in sich trägt.«

Finns Mund klappte auf. »Das Unsterblichkeitsserum?«

»Ja«, rief sie verzweifelt. Sie stand immer noch unter dem Einfluss der Wahrheitsdroge und konnte nicht anders, als die Wahrheit zu sagen.

Jetzt ist alles aus!

Ich spürte, wie der Druck der Waffe gegen meinen Rücken nachließ. Stattdessen bedrohte Finn nun Johann. »In *deinen* Adern fließt das Serum?«

Johann sagte nichts.

»Seit zehn Jahren«, antwortete meine Mutter.

»Mama!«, rief ich.

»Das glaub ich jetzt nicht«, sagte Finn amüsiert. »Wie fühlt man sich denn so als Mann mit extrem hoher Lebenserwartung?«

»Fahr zur Hölle!«, knurrte Johann.

Finn ignorierte den Kommentar. »Ich mache euch einen Vorschlag«, sagt er großzügig. »Unser Dr. Voss kennt bereits die Zusammensetzung der Formel.«

Ich versuchte, mir nichts anmerken zu lassen. Dass die Kassette mit der Formel in meinem Anzug steckte, wusste Finn nicht. Ich konnte nur hoffen, dass sie so kompliziert was, dass Voss sie sich nicht gemerkt hatte.

»Ihr händigt uns jetzt noch kampflos die Kopernikus aus«, fuhr Finn fort, »und Johann bleibt hier, dann haben wir auch eine ausgereifte und in der Realität bewährte Probe des Serums. Mehr brauchen wir nicht. Der Rest von euch kann gehen.«

Ich schielte zu Simon. *Dieser Deal ist niemals akzeptabel*, schien sein Blick zu sagen. *Wir müssen weg! Und zwar alle.*

»Wir können sie doch nicht laufen lassen«, protestierte Sidney.

»Und warum nicht?«, konterte Finn.

Xavier trat einen Schritt nach vorn. »Weil keiner von ihnen lebend die Insel verlassen darf.« Er zeigte mit dem Finger auf Finn. »Und du …«

»Halt's Maul!«, unterbrach Finn ihn schroff. Er war eine Sekunde lang abgelenkt. *Meine Chance!*

Ich drehte mich blitzschnell herum und wollte Finn die Waffe aus der Hand reißen. Doch sie fiel zu Boden und schlitterte über die Terrassenfliesen. Als Finn sich danach bücken konnte, trat ich ihm gegen das Schienbein.

Dann folgte eine Kettenreaktion. Noch bevor Finn die Waffe zu fassen kriegte, trat Ethan sie mit dem Fuß quer über die Terrasse, sodass sie zwischen den Stäben des Geländers über die Kante rutschte und in die Tiefe fiel. Gemeinsam stürzten wir uns auf Finn und packten ihn an den Armen, um ihn zu Fall zu bringen.

Gleichzeitig sah ich, wie Simon sich nach seiner Waffe bücken wollte. Xavier kam ihm zuvor und die beiden begannen, miteinander zu rangeln. Ich hörte harte Schläge. Dann wurde es hässlich.

Während meine Mutter ausholte und Sidney mit dem Handballen mitten ins Gesicht schlug, warf sich Massimo auf Johann und versuchte, ihn zu Boden zu drücken.

Ethan und ich mussten unbedingt verhindern, dass Finn mit dem Funkgerät Verstärkung holte. Aber Finn war ein durchtrainierter Erwachsener und wir waren nur zwei Jugendliche. Doch Ethan überraschte mich. Denn während ich

Finn umklammerte, schlug Ethan ihm zweimal hintereinander mit der Faust auf die Nase. Vermutlich taten ihm die Schläge sogar noch mehr weh als Finn, da er schmerzvoll das Gesicht verzerrte. Doch Finn schossen sofort die Tränen in die Augen, woraufhin Ethan noch einmal hart zuschlug und ich Finn endlich zu Fall brachte. Als er mit dem Gesicht auf dem Boden lag, hockten wir uns auf ihn.

Auch Johann war es gelungen, Massimo zu Boden zu ringen, während meine Mutter Sidney eine nach der anderen verpasste.

Den Ausschlag gab schließlich Simon, dem es gelungen war, Xavier an die Balustrade der Terrasse zu drängen. Mit einem gewaltigen Kinnhaken, den ich Simon gar nicht zugetraut hätte, traf er Xavier so, dass der rücklings über das Geländer kippte und die Klippen hinunterzustürzen drohte. In letzter Sekunde klammerte er sich verzweifelt an Simons Taucheranzug fest.

Das war Simons Chance, den Mistkerl loszuwerden. Doch was tat er? Keuchend und völlig ausgelaugt packte Simon diese miese Ratte am Kragen, um zu verhindern, dass er in die Tiefe stürzte.

»Nein!«, schrie ich. »Er hat Tante Katherine auf dem Gewissen!«

Xavier schien zu ahnen, dass Simon nicht in der Lage war, jemanden kaltblütig zu töten, denn ein schäbiges Grinsen machte sich auf seiner Visage breit. »Du bist genauso schwach wie deine Ex-Frau. Die Schlampe hat gejammert und um ihr Leben gebettelt, als ich ihr …« Plötzlich hielt Xavier ein Messer in der Hand.

In diesem Moment ließ Simon ihn los. Xavier kippte nach hinten und fiel mit einem lang gezogenen Schrei die Klippen hinunter. Mir stockte der Atem. *Simon hat es wirklich getan!* Auch Ethans Mund stand offen. Doch unseren Schock mussten wir auf später verschieben. Jetzt hatte Simon beide Hände frei und kam augenblicklich meiner Mutter zu Hilfe. Die Chance, mit dem Jeep abzuhauen, rückte wieder in greifbare Nähe.

Da krachte plötzlich ein Schuss, der uns alle mitten in der Bewegung erstarren ließ. Ich hob den Blick und sah sie.

Valerie De Boes stand auf der Terrasse, die Pistole in der Hand, mit der sie einen Warnschuss in die Luft abgefeuert hatte. »Aufhören!«, rief sie mit donnernder Stimme. »Bringt sie alle rein und sperrt sie in den Keller. Doppelte Wachen!«

Finn schüttelte uns beide sogleich ab, rappelte sich auf und richtete seinen Hemdkragen. »Halt!«, keuchte er, bevor sich Massimo und Sidney in Bewegung setzen konnten.

Valerie legte den Kopf schief, als hätte sie sich verhört. Sie starrte ihren Sohn an. »Wie bitte?«

»Du hast doch jetzt alles. Das U-Boot liegt vor der Küste, Voss hat die Formel und in Johanns Blut haben wir sogar eine Langzeitprobe des Serums.«

»Tatsächlich?« Valerie zog erstaunt eine Augenbraue hoch. »Und?«

»Wir können alle bis auf Johann gehen lassen.«

Ich hörte gespannt zu. Dasselbe hatte Finn uns zuvor zwar auch schon vorgeschlagen, doch hatte ich es für einen miesen Trick gehalten. Anscheinend meinte er es aber tatsächlich ernst. *Warum diese plötzliche Wende?*

»Bist du jetzt vollkommen verrückt geworden?«, zischte Valerie.

Finn machte einen Schritt auf Valerie zu. »Ich weiß, was du mit ihnen vorhast, Mutter. Aber wie lange wollen wir noch wie kaltblütige Mörder agieren? Es reicht! Lass sie gehen! Terry ist immerhin deine Enkeltochter.«

»Gehen lassen?«, brüllte sie.

»Du hast dein Ziel erreicht. Ist wirklich so viel Eis in deinen Adern?«

Valerie versuchte, sich zu beruhigen und lächelte schließlich. »Ich wusste, du würdest weich werden, sobald du Amanda wiedersiehst. Sie hat dich verhext! Und plötzlich entdeckst du deine väterlichen Gefühle. Wie rührend!« Sie wedelte mit der Waffe herum. »Aber jetzt ist Schluss mit der Diskussion. Massimo! Bring sie in den Keller!«

In diesem Moment stolperte Dr. Voss keuchend auf die Terrasse.

Scheiße!

Sein Hemd war aus der Hose gerutscht, die Haare standen ihm wirr vom Kopf ab und sein eines Auge blickte funkelnd von einer Person zur anderen. »Die Kassette ist weg!«

Mir plumpste das Herz in die Hose.

Valerie durchbohrte mich sofort mit ihrem Blick. »Die hat garantiert unser Häschen.«

Mir brach der Schweiß aus.

»Wusste ich es doch«, rief sie. »Finn, durchsuch sie!«

Finn zögerte einen Moment, doch dann wollte er nach mir greifen. In Sekundenschnelle überschlug ich meine Möglichkeiten und beschloss, es zu riskieren, zum Jeep zu laufen. Ethan erkannte meinen Plan und folgte mir.

Valerie richtete die Waffe auf mich. »Keine Bewegung, habe ich gesagt, du verdammte Göre!«

Doch ich ignorierte sie. Sie würde nicht auf mich schießen. *Nicht meine eigene Großmutter!* Aber anscheinend war das zu naiv gedacht. Fassungslos sah ich aus dem Augenwinkel, wie sie dennoch zielte, sich ihr Körper anspannte und sie tatsächlich kaltblütig abdrückte, während Finn mir folgte. In diesem Moment verlangsamte sich alles vor meinen Augen und lief wie in Zeitlupe ab.

Ich hörte den Knall, der mir das Blut in den Adern gefrieren ließ. Im gleichen Augenblick krampfte sich mein Körper zusammen, da ich bereits damit rechnete, die Kugel würde entweder mich oder Ethan, der neben mir stand, in die Brust treffen.

Doch statt den Einschlag und die Schmerzen zu spüren, sah ich, wie Finn sich drehte und vor Ethan und mich stellte. Erst da drang sein lang gezogener Ruf an meine Ohren.

»Neiiin!«

Dann war die Zeitlupe zu Ende und alles lief wieder mit normaler rasanter Geschwindigkeit ab. Finn wurde von dem Projektil zu Boden geschleudert. Er kam direkt vor meinen Füßen zum Liegen. Das Projektil hatte seine Brust getroffen, links, wo das Herz lag. Rasch bildete sich ein großer dunkler Fleck auf seinem blütenweißen Hemd, der sich wie eine Seerose ausbreitete.

Ich hatte gesehen, wie Tante Katherine in New York gestorben war und wollte nicht noch jemanden vor meinen Augen sterben sehen. *Es reicht!*

»Nein …«, rief ich verzweifelt.

»Terry …«, stöhnte er und versuchte sich an die Brust zu greifen, doch dazu fehlte ihm die Kraft.

Ich stürzte zu ihm, kniete nieder und drückte meine Handballen auf seine Wunde, ohne auf Valerie zu achten. *Soll sie mich doch abknallen!* »Du darfst nicht sterben!«

51. KAPITEL

Tränen schossen mir in die Augen. Während ich mit beiden Händen auf seine Wunde drückte, wurde mir bewusst, dass ich ihn zum ersten Mal geduzt hatte.

»Finn …«, schluchzte ich. »Bitte nicht …«

Ich fühlte mich ohnmächtig, als ich ihn so daliegen sah. Seine Augenlider flatterten, während ich weiterhin meine Hände auf seine Wunde presste.

Tränen liefen mir über die Wangen. Ich schaute auf. »So helft mir doch!«, schrie ich, doch alle standen nur reglos da und sahen mich entsetzt an.

Sogar an Valerie De Boes' Blick merkte ich, dass sie nicht glauben konnte, was sie soeben getan hatte.

Ich wischte mir die Tränen aus dem Gesicht und schmierte mir dabei unabsichtlich das Blut meines Vaters auf die Wangen. Ich schmeckte sogar sein Blut auf meinen Lippen. Im nächsten Moment drückte ich wieder auf die Wunde.

»Das wollte ich alles nicht … Terry … es tut mir so leid …«, presste er hervor.

Mir wurde gerade klar, dass sich mein eigener Vater geopfert hatte, um Ethan und mir das Leben zu retten.

»Stirb jetzt nicht«, weinte ich. »Bitte.«

Er wollte nach mir greifen, und ich löste den Druck, ließ das Blut sprudeln und nahm stattdessen seine vernarbte Hand, an der zwei Finger fehlten. Ich spürte den Puls in seiner Handfläche schlagen. Seine Augen suchten nach meiner Mutter.

Dann biss er die Zähne zusammen und sah mich an. Sein Blick schien mich um Verzeihung zu bitten, weil er mich in diese Situation gebracht hatte. Vermutlich tat ihm in diesen Sekunden sogar alles leid, was er in den letzten fünfzehn Jahren verbrochen hatte. Der Moment dauerte nur kurz, aber ich wusste, er würde sich für immer und alle Zeit in mein Gedächtnis brennen. Und dann war da nichts mehr. Kein Puls mehr. Seine Augen wurden starr. Sein Körper erschlaffte.

Ich löste den Griff, wischte mir die Tränen aus dem Gesicht und stand auf. Die Schüsse hinter dem Haus hatten aufgehört.

Sidney Stone stand völlig geschockt da, ihre Bluse hing in Fetzen und ihre Frisur war durch den Kampf völlig durcheinandergeraten. Massimo lag auf dem Boden und presste sich eine Hand schwer atmend gegen die Rippen.

Valerie De Boes aber hatte sich die ganze Zeit über nicht von der Stelle gerührt. Sie stand da wie eine Statue. Starrte mich und die Leiche ihres Sohnes ungläubig an. Ihre Schultern hingen herab, die Pistole lag kraftlos in ihrer Hand. Eine Mischung aus Trauer, Wut, Verzweiflung und Wahnsinn lag in ihrem Blick.

Da trat meine Mutter an sie heran und wand ihr die Waffe aus der Hand. »Merk dir diesen Moment gut, Valerie. Es ist hart, sein einziges Kind durch eigenes Verschulden zu verlieren. Ich weiß, wie das ist. Aber im Gegensatz zu mir kannst du keinen neuen Anfang mehr machen. Lerne, damit zu leben.« Sie sah mich an. »Terry, es tut mir leid, aber wir müssen von hier verschwinden.«

Ich war immer noch wie gelähmt und konnte keinen einzigen klaren Gedanken fassen. Im Nachhinein konnte ich mich nur noch daran erinnern, wie meine Mutter mich in die Arme nahm und mich mit Ethans Hilfe zum Jeep führte. Sie schoben mich zwischen sich auf den Rücksitz, während sich Johann hinter das Steuer klemmte und Simon auf den Beifahrersitz setzte.

Der Motor startete und ich hörte die schrille Stimme meiner Großmutter. »Wachen, hierher! Haltet sie auf! Massimo, so tu doch etwas! Wo ist Xavier, verdammt noch mal?«

Der Motor heulte auf und die Reifen quietschten, während Johann den Rückwärtsgang einlegte und von der Terrasse zum Umkehrplatz preschte, das Lenkrad herumriss und den ersten Gang ins Getriebe rammte.

Ich erlebte alles, als wäre ich nicht dabei. Völlig unbeteiligt und emotionslos ließ ich die Ereignisse von der Vogelperspektive aus an mir vorbeirauschen – wie Johann über den Randstein des Parkplatzes holperte, zur Straße preschte und den Wagen Richtung Serpentinen jagte. Wie Simon sich umdrehte und fragte: »Wie geht es ihr?« Wie Mama mir die Haare aus der Stirn strich.

Wie Ethan meine Hand hielt.

Und wie mir der Fahrtwind ins Gesicht blies und mein Haar durcheinanderwirbelte.

Johann legte den Wagen in die Kurven und raste über die engen Kehren hinunter. Knapp am Abgrund vorbei, sodass die Kieselsteine über die Klippen davonspritzten. Alles klang dumpf und schien so weit entfernt zu sein.

Irgendwann kam ich durch das Holpern des Jeeps zu

Bewusstsein, so als wäre ich plötzlich wieder in meinem Körper zurückgekehrt. Ich hörte die Fahrgeräusche, roch die Abgase, spürte meine Mutter neben mir und hörte Simon rufen.

Und da wurde mir eines bewusst: Wir waren noch lange nicht in Sicherheit. Das würden wir erst sein, wenn wir uns an Bord der Kopernikus befanden.

52. KAPITEL

Die Serpentinen hörten auf, die Kurven waren nicht mehr so eng und die Straße wurde flacher. Jetzt trat Johann das Gaspedal erst so richtig durch und jagte den Jeep am Tower, dem Bürogebäude und der Landepiste des Flugplatzes vorbei und danach weiter die Straße hinunter.

Simon hing am Funkgerät. »Siehst du uns?«

»Die Drohne wurde von einer Kugel getroffen, die Kamera ist hinüber. Kein visueller Kontakt mehr«, drang Pierres aufgeregte Stimme aus dem Lautsprecher.

»Wir fahren im Augenblick zur Küste«, rief Simon. Der Wagen holperte so, dass wir hochgeworfen wurden und ich mich an der Lehne des Vordersitzes festhalten musste.

»Ist Amanda bei euch?«

»Ja, aber wir haben keine Möglichkeit, dass wir den Felsstrand erreichen, wo unsere Taucherausrüstung liegt.«

»*Bien*«, rief Pierre. Er klang erleichtert. »Nehmt den Weg zum Sandstrand! Der müsste direkt vor euch liegen.«

»Aber die Wachen?«, rief Simon.

»Soviel ich zuletzt gesehen habe, sind die ausgeschwärmt, um nach denjenigen zu suchen, die das Signal auf die Insel gebracht haben. Milos Motorboot liegt noch dort.«

»Siehst du den Strand mit dem Periskop?«

»Negativ«, antwortete Pierre. »Aber vielleicht ist das Motorboot immer noch unbewacht.«

Simon nahm das Funkgerät runter. »Johann, hast du das gehört?«

»Ja.« Johann rammte den nächsten Gang brutal rein, sodass das Getriebe knirschte. »Zum Strand.«

So wie es aussah, war das Motorboot unsere einzige Option, die Kopernikus zu erreichen, denn ohne Flossen hätten wir gegen die Strömung keine Chance.

»Danke, Pierre, wünsch uns Glück. Over and out.« Simon steckte das Funkgerät weg und hielt sich am Überrollbügel fest.

Johann legte den Jeep in die Kurve, ich wurde zwischen Ethan und meiner Mama eingequetscht. Quasi auf zwei Rädern rasten wir so nah am Straßenrand entlang, dass die Palmwedel ins Auto schnalzten.

Nach zwei weiteren Kurven endete die Straße. Wir hatten den Strand erreicht und wühlten uns nun durch den Sand in dieser von Palmen umgebenen Bucht. Augenblicklich wurde hinter uns eine Staubwolke aufgewirbelt. Ungebremst steuerte Johann den Jeep am Ufer entlang, vorbei an mehreren Warnschildern. *Sperrzone. Betreten verboten!*

»Vorsicht!«, rief Simon. »Da vorn …«

Aber es war zu spät. Wir rasten über eine dicke, zur Hälfte im Sand eingegrabene Stacheldrahtrolle. Es rumpelte, der Draht wickelte sich knirschend um die Vorderachse und verhedderte sich zwischen den Rädern. *Eine Stacheldrahtfalle!* Plötzlich knallten die Vorderreifen. Der Jeep schlingerte und ich sah, wie die Reifen in Fetzen davonflogen.

Wir hatten zwei Platte. Die Räder gruben sich in den Sand. Johann rammte den Allradantrieb rein. Damit kamen wir aber nur noch knapp fünf Meter, danach blieb die Karre endgültig stecken.

Von hier aus konnte ich jedoch schon Milos blitzblaues Motorboot sehen. Der vordere Teil lag noch auf dem Sand, die hintere Hälfte mit dem Motor bereits im Wasser. Im Moment setzte gerade die Flut ein. Wir mussten nur am Ufer entlanglaufen. Hatten wir das Boot einmal erreicht, konnten wir es mühelos ins Wasser schieben und damit abhauen. Etwa dreihundert Meter trennten uns noch davon. Dazwischen lag nur ein Holzsteg, der aufs Wasser hinausführte.

Zu unserem Glück konnte ich keine Wachleute in dieser Bucht entdecken. Milo und Zoe mussten sie prima abgelenkt und vermutlich ins Landesinnere gelockt haben, wo sich die Höhlen befanden.

»Los, alle zum Boot!«, rief Simon und sprang aus dem Wagen.

Wir folgten ihm. Ich war jetzt wieder hellwach, mein Schock schien überwunden zu sein. Johann und ich stützten meine Mutter, dann liefen wir los.

Der steife Neoprenanzug war leider nicht gerade ideal für schnelles Rennen. Zudem kamen wir nur langsam voran, weil wir tief im Sand einsanken. Aber noch etwas lenkte mich ab. Ein Motorengeräusch am Himmel, das der Wind zu uns herübertrug. Suchend blickte ich auf. *Darwin?* Nein, dafür war das Knattern zu laut; außerdem hatte Pierre gesagt, dass die Drohne zerschossen worden war. Und dann sah ich es.

Aus der Abendsonne, die am Horizont blutrot im Meer versank, kam uns ein zweimotoriges Wasserflugzeug entgegen. Es setzte soeben zur Landung an.

»Weiter!«, rief Simon. Er lief voraus, aber wir kamen mit meiner Mutter nicht so rasch voran, da sie immer noch etwas schwach auf den Beinen war.

In diesem Tempo, das wurde mir nun schlagartig klar, würden wir es nicht mehr bis zum Boot schaffen. Das Wasserflugzeug landete. Es war eine große dunkelblaue Twin Otter mit großem Frachtraum und Spoilern auf den Flügeln. Als die Schwimmer auf dem Wasser aufsetzten, schoben sie eine gewaltige Welle vor sich her. Das Flugzeug legte am Holzsteg an. Nun befand es sich genau zwischen uns und Milos Motorboot.

Ich blieb stehen und schirmte die Augen mit der flachen Hand ab, um mehr zu erkennen.

»Terry!«, rief Simon. »Komm schon!«

Wer immer in diesem Flugzeug saß – wir mussten an ihm vorbei. Sicherheitshalber sah ich zurück. Bisher hatte uns niemand verfolgt. Anscheinend hatten wir oben bei der Villa den letzten Jeep ergattert.

Ich lief weiter, doch schon bald blieben die anderen auch stehen. Ein braun gebrannter Mann mit Designerjeans, weißem Poloshirt und einem Pullover über den Schultern stieg aus dem Flugzeug und kam über den Steg zum Sandstrand.

Benedict Thorn.

Eine Frau folgte ihm, die noch das Headset aufhatte. Anscheinend war sie die Pilotin. *Dina Ramirez.* Drei Männer begleiteten sie. Mit Kampfanzügen, bewaffnet mit Pistolen und ausgestattet mit Funkgeräten. Sie hätten genauso gut Valerie De Boes' Söldner sein können – optisch gab es da keinen Unterschied. Aber zum Glück waren es Thorns Leute und nicht die meiner Großmutter.

Mir fiel ein Stein vom Herzen. Jetzt hatten wir vor

Biosydc nichts mehr zu befürchten, falls die doch noch auftauchen sollten.

»Hallo, Terry«, rief Thorn. Lächelnd hob er den Arm. An seinem Handgelenk hing wieder eine goldene Uhr. Anscheinend hatte er mehrere davon.

Ich hob ebenfalls den Arm und wollte zu ihm laufen, doch meine Mutter packte mich an der Hand. »Nicht«, zischte sie.

»Was?« Ich riss ungläubig die Augen auf. »Mama, das ist Benedict Thorn, er hat uns …«

»Ich weiß«, unterbrach sie mich. »Aber das ist eine Falle.«

53. KAPITEL

»Eine Falle? Aber Mama«, widersprach ich, »du irrst dich! Thorns Spionin hat mich von der Bohrinsel befreit, und er hat uns geholfen, *dich* zu finden.«

»Das mag ja alles sein, aber hast du dich nie danach gefragt, warum?«

Ich sah meine Mutter immer noch verständnislos an. »Damit du nicht länger Valerie De Boes' Gefangene bist?«

»Falsch«, zischte meine Mutter. »Der wahre Grund ist, dass er selbst an mich herankommen wollte – und das ist ihm dank euch jetzt auch gelungen.«

Simon hatte unser Gespräch mitgehört. »Wie sicher bist du dir?«

»Glaube mir, ich kenne Thorn. In Wahrheit ist er hinterhältig und mit allen Mitteln hinter der Formel her.«

Simon nickte. Johann nickte ebenfalls. Offenbar waren sie sich einig. Ich wusste, dass sie Thorn von Anfang an nicht so richtig über den Weg getraut und nur aus der Not heraus eine Allianz mit ihm gebildet hatten.

Ich wollte noch etwas sagen, aber da Thorn und seine Leute mittlerweile schon sehr nahe herangekommen waren, musste ich flüstern. »Aber er ist gegen Tierversuche!«, versuchte ich, ein weiteres Mal zu protestieren.

»Oh, Terry.« Meine Mutter strich mir wehmütig lächelnd übers Haar. »Glaubst du das wirklich?« Ihre Stimme wurde leiser. »Ich habe zwar auch mit Tieren geforscht, habe den Delfinen aber nie ein Leid zugefügt. Und als ich Charlie das Serum injiziert habe, wollte ich ihm nur das Leben retten. Aber Thorn ist anders. Er würde alles dafür geben …« Sie verstummte.

Thorn war am Ende des Holzstegs angelangt. Wie ich jetzt sah, hatte er einen schwarzen Knopf im Ohr, von dem ein Kabel wegführte, das unter seinem Hemdkragen verschwand. Seine Männer postierten sich so neben ihm, dass sie uns den Weg zum Motorboot versperrten.

»Wie Sie sehen, ist unsere Befreiungsaktion geglückt«, sagte Simon laut. »Wir wollen jetzt nur noch dieses Boot erreichen.« Freundschaftlich breitete er die Arme aus, aber am Ton seiner Stimme hörte ich, dass er sich zu diesen Worten überwinden musste und selbst nicht so recht daran glaubte, dass Thorn sie schlucken würde.

Thorn ignorierte Simons Ansprache sowieso. Stattdessen lächelte er mich an. »Offenbar hat mich deine Mutter durchschaut und vollkommen richtig eingeschätzt. Du hättest viel früher auf sie hören sollen.«

»Was, wovon reden Sie?«, rief ich.

»Von den Tierversuchen, der Formel – einfach von allem.« Er zuckte mit den Achseln.

Ich schluckte. »Woher wissen Sie, worüber wir gesprochen haben …?«, fragte ich, verstummte jedoch, da mir plötzlich alles klar wurde.

»Schau nicht so enttäuscht, das ist ja herzzerreißend.« Thorn zog sich den schwarzen Stöpsel aus dem Ohr und ließ ihn vom Hemdkragen hängen. »Ihr habt sämtliches Equipment von mir, das ihr an Bord genommen habt, fein säuberlich nach Abhörgeräten durchsucht. *Ob ich wohl irgendwo einen Peilsender oder eine Wanzen versteckt habe?* Dabei habt ihr aber völlig vergessen, eure eigenen Sachen zu untersuchen.«

Ich starrte ihn finster an.

»Dina hat kleine, wasserdichte Abhörgeräte im Neopren eurer Taucheranzüge versteckt.«

Jetzt wurde mir auch der Rest klar. »Demnach haben Sie gewusst, dass meine Mutter gar nicht auf Gibraltar gefangen gehalten wird, sondern auf dieser Insel! Und Sie wussten, dass wir dorthin tauchen würden.«

Thorn hob entschuldigend die Schultern. »Ich *wusste* es nicht, sondern habe es nur *vermutet*. Aber ich wollte, dass ihr zwei Dinge gleichzeitig für mich erledigt. Die Forscher befreien, um Biosyde einen heftigen Rückschlag zu versetzen, und deine Mutter befreien. Beides scheint euch gelungen zu sein.« Er wedelte mit der Hand. »Ist das übrigens Blut in deinem Gesicht?«

Ich gab keine Antwort. Am liebsten hätte ich ihn in diesem Moment mit bloßen Händen erwürgt. Dieser elende Schuft hatte uns von Anfang an missbraucht und manipuliert, ohne sich selbst auch nur ein einziges Mal die Hände schmutzig zu machen. Aber es war nicht nur das, was mich so wütend machte. Unsere Flucht im Jeep hatte nichts gebracht und mein Vater hatte sich umsonst geopfert. Ich fragte mich, wer schlimmer war – Valerie De Boes oder Benedict Thorn.

»Und jetzt?«, fragte Simon.

»Nun …«, Thorn atmete tief durch, »… im Gegensatz zu meiner äußerst geschätzten Konkurrentin Valerie De Boes bin ich nicht an Ihrem U-Boot interessiert, mein Lieber.

Hightech, Kavitationsantrieb, kalte Fusion«, er wedelte abwertend mit der Hand, »haben mich noch nie fasziniert. Dafür habe ich keine Verwendung. Ich möchte einzig und allein die Formel. Leider war die Blutprobe, die ich von Ihnen erhalten habe, verunreinigt und damit wertlos.«

»So ein Pech aber auch«, sagte Simon mit einer Spur Galgenhumor in der Stimme. Anscheinend hatte er Thorn von Anfang an richtig eingeschätzt.

Nun zeigte Thorn auf meine Mutter. »Außerdem möchte ich die Entdeckerin der Formel und ...«, er deutete auf Johann, »... dieses lebende Objekt. Die perfekte Langzeitstudie. Der Rest von Ihnen kann gehen.« Großzügig deutete er hinter sich zum Motorboot.

Natürlich kannte er seit Kurzem auch Johanns Geheimnis. Irgendwo in unseren Neoprenanzügen steckten Sender, mit denen er alle unsere Gespräche mitgehört hatte.

»Nein!«, sagte Simon mit fester Stimme.

»Nein? Tja, dann ...«, Thorn schnalzte mit der Zunge, »... wird die Sache hier und jetzt für Sie alle übel enden.« Er nickte seinen Begleitern zu. Diese legten die Waffen an.

Verdammter Mist! Ich sah zum Motorboot. So knapp, bevor wir es erreicht hatten. Doch bestimmt würden wir weder Johann noch meine Mutter diesem Scheusal überlassen. Allerdings hatte ich keine Idee, wie wir das anstellen sollten. Diesmal würde uns kein Spiel mit einer weißen Dattel aus der Klemme helfen.

In diesem Moment hörte ich hinter mir das Geräusch mehrerer Fahrzeuge. Ich sah mich um. Vor der Stacheldrahtsperre parkten gerade drei weitere Jeeps im Sand. Mehrere Wachleute stiegen aus und kamen auf uns zu. Unter ihnen befand sich auch Valerie De Boes. Und sie sah ziemlich sauer aus.

54. KAPITEL

»Madame De Boes«, rief Thorn zum Gruß und nickte seinen Männern zu. Diese entsicherten unverzüglich ihre Waffen und legten sie auf Valerie und ihre Leute an.

»Benedict Thorn«, rief nun auch Valerie. »Sie befinden sich widerrechtlich auf meiner Insel. Was sollte mich daran hindern, Sie alle auf der Stelle festnehmen oder gleich erschießen zu lassen?«

»Drei bewaffnete Männer, die Sie im Visier haben?«, fragte Thorn ziemlich gelassen.

Mein Herz pochte wild bis zum Hals. Thorns Leute hatten Pistolen und Valeries Männer Gewehre – und wir standen genau in der Schusslinie der beiden. Dass Valerie absolut keine Skrupel besaß, hatte sie schon zuvor auf der Terrasse bewiesen, und ich war sicher, dass auch Thorn nicht bluffte.

»Wie es scheint, haben wir ein Mexican Standoff«, sagte Thorn.

»Sieht so aus«, antwortete Valerie.

Verwirrt betrachtete ich die beiden.

»Eine Patt-Situation«, flüsterte Ethan mir zur Erklärung zu. Ich merkte, dass auch er ziemlich heftig atmete. Simon,

Johann und meine Mutter waren ebenso angespannt. Die ganze Sache würde verdammt böse ausgehen – zumindest für einige von uns.

»Wir sollten uns alle beruhigen und die Waffen hinunternehmen«, schlug Thorn vor. »Bevor bei diesem schönen Sonnenuntergang ein hässliches Blutbad beginnt.«

»Ihre Leute zuerst«, antwortete Valerie.

Thorn presste die Lippen aufeinander und schüttelte bedauernd den Kopf. »Das kann ich meinen Männern leider nicht befehlen.«

»Aber Sie sind in der Unterzahl.«

»Nun ja ... eigentlich nicht«, sagte Thorn immer noch ziemlich gelassen. Er nickte Dina zu. Die griff hinter ihren Rücken und holte aus dem Hosenbund ebenfalls eine Waffe heraus.

Valerie funkelte Dina an, als wollte sie die Frau jeden Moment totbeißen. »So sieht man sich also wieder. Ich hätte nicht gedacht, dass *Sie* die Verräterin sind.«

»Sie ist nicht die Einzige«, sagte Thorn lächelnd.

»Wie bitte?«

In diesem Moment wechselte einer von Valeries Leuten die Seite, stellte sich zu Thorn und legte nun seinerseits sein Gewehr auf Valerie an.

»Morris! Du?«, entfuhr es Valerie. »Sie haben auch einen Spion in mein Wachpersonal eingeschleust?«

Thorn zuckte entschuldigend die Achseln. »Wir sprechen hier nicht von ein paar lausigen Cents, sondern von zig Billionen Dollar für *das* medizinische Produkt der Zukunft. Da muss man schon zu kreativen Mitteln greifen.«

Nun war die Situation tatsächlich ausgeglichen – und das beantwortete auch meine Frage, wer von den beiden gefährlicher war. *Keiner!* Sie waren *beide* tickende Zeitbomben.

»Und jetzt?«, flüsterte Simon meiner Mutter hinter zusammengepressten Lippen zu.

»Vielleicht schlagen sie sich gegenseitig die Schädel ein«, murmelte sie. Dabei ließ sie die Leute, die uns umzingelt hatten, nicht aus den Augen. »Ich habe noch die Waffe, die ich Valerie vorhin abgenommen habe.«

»Lass sie stecken!«, zischte Simon. »Oder willst du eine gewaltige Schießerei heraufbeschwören?«

Da fiel mir wieder der alte Spruch ein, den Simon einst zitiert hatte. *Gegen einen Feind gibt es kein besseres Gegenmittel als einen zweiten Feind.* Mit viel Glück würden wir mit einem blauen Auge aus dieser Situation herauskommen, während zwischen Valerie und Thorn ein Krieg ausbrach.

Doch leider ahnte das vermutlich auch Valerie, denn sie breitete lächelnd die Arme aus. »Wir wäre es mit einem Deal?«

»Ich höre«, antwortete Thorn.

»Wir könnten zusammenarbeiten, denn wir haben alles, was wir für unsere Forschung brauchen. Wir bilden eine Allianz, beherrschen den weltweiten Markt und teilen den Gewinn.«

Ich wusste genau, warum sie das so gönnerhaft vorschlug: Sie war scharf auf die Kassette in meinem Neoprenanzug.

»Ich könnte mir vorstellen, dass das Kartellgesetz etwas dagegen hätte, wenn die beiden größten Pharmakonzerne zusammenarbeiten«, entgegnete Thorn.

Valerie verzog das Gesicht. »Wer sollte es jemals erfahren?«

»Klingt gut.« Thorn dachte nach. »Aber warum der plötzliche Sinneswandel?«

Valerie seufzte. »Ich habe endlich alles, wonach ich so

viele Jahre gesucht habe. Ich bin müde und will nicht länger kämpfen.«

»*Sie* wollen nicht länger kämpfen?«, wiederholte Thorn überrascht. »Sie sind der Inbegriff von Ausdauer, Beharrlichkeit, Rücksichtslosigkeit, Ehrgeiz und Machtbesessenheit. Auch wenn Sie es vielleicht nie wussten, aber Sie waren immer mein großes Vorbild. Meine Inspiration. Ich habe Sie schon bewundert, als ich noch ein junger Student an der Medizinischen Universität war.«

»So alt bin ich nun auch wieder nicht.«

»Verzeihung«, murmelte Thorn. »Also warum der Sinneswandel? Warum *hier*? Warum *jetzt*?« Fragend breitete er die Arme aus.

Valeries Gesichtszüge versteinerten. »Wie gesagt – ich bin müde – außerdem habe ich vor wenigen Minuten meinen einzigen Sohn verloren.«

Thorn neigte den Kopf, als wollte er Valeries Gedanken sezieren. »Das tut mir aufrichtig leid. Er war ein harter, aber fairer Gegner, den ich immer respektiert habe.« Thorn warf mir einen kurzen Blick zu. Für einen Augenblick meinte ich, einen Anflug von Mitleid in seinen Augen zu sehen, doch im nächsten Moment war er wieder der harte Geschäftsmann. »Wir teilen den Gewinn fünfzig zu fünfzig.«

Valerie schüttelte den Kopf. »Ich bin in der besseren Position. Sechzig zu vierzig.«

»Ich weiß sowohl von den entführten Wissenschaftlern auf Gibraltar als auch, dass Sie Amanda West hier gefangen gehalten haben. Außerdem habe ich gehört, dass Terry die Kassette mit der Formel besitzt. Und im Anflug auf diese Insel habe ich gesehen, wo die Kopernikus vor Anker liegt – und dieses Boot wollen Sie doch auch gern haben. Also fünfzig zu fünfzig.«

Valerie schnaubte. »Sie erpressen mich.«

»So würde ich das nicht nennen. Wir sind doch immerhin beide Geschäftspartner.«

»Also gut, einverstanden.«

Oh, oh! Das klang gar nicht gut. Die beiden hatten soeben über unser Todesurteil verhandelt. Ich hätte Benedict Thorn von Anfang an nicht über den Weg trauen sollen. Das Tragische war, dass Milo Pakalidis mich auf Santorin gewarnt hatte, ich dürfe niemandem vertrauen. *Recht hat er behalten! Alle waren schäbige Gauner!*

Wo war Milo eigentlich?

Ich sah mich um. Von ihm, Zoe und Orwell fehlte jede Spur. Die hatten sich vermutlich irgendwo auf der Insel verkrümelt, als die ersten Schüsse gefallen waren.

»Was passiert nun mit Ihren Gefangenen?«, fragte Thorn.

»*Unseren* Gefangenen«, korrigierte Valerie ihn. »Ich würde vorschlagen, dass wir die in mein Sanatorium auf Gibraltar bringen. Dort gibt es jede Menge Räume, die nie jemand finden wird.«

»Einverstanden. Ich könnte sie mit meiner Twin Otter gleich überstellen«, schlug Thorn vor.

»Wenn Sie damit einverstanden sind, dass die Kassette hierbleibt und zwei meiner Wachleute Sie begleiten?«, bot Valerie an.

»Selbstverständlich.«

Na, die beiden sind ja plötzlich ein Herz und eine Seele.

Thorn schnippte mit den Fingern.

»Vorwärts!«, rief Morris, der Überläufer, und scheuchte uns zusammen.

Widerwillig ließen wir uns zum Holzsteg drängen. Saßen wir erst einmal im Flieger, gab es keine Möglichkeit mehr zur Flucht. Das Motorboot rückte soeben in unerreichbare

Ferne – ebenso die Kopernikus. Mit Schrecken dachte ich daran, dass Pierre sie nach diesem Tag dann wohl tatsächlich versenken würde, mit allem, was sich an Bord befand. Meiner Kajüte, meinen Büchern, meinem PC und all den Postkarten meiner Brieffreunde. *Und wie wird es dann wohl Charlie ergehen? Würde ich ihn je wiedersehen?*

Tränen traten mir in die Augen. In diesem Moment hörte ich ein Knattern am Himmel. Ich sah auf. Hinter dem Berg kamen zwei große schwarze Helikopter hervor, die wie fette Hummeln träge in der Luft schwebten.

Sowohl Valerie als auch Benedict Thorn sahen verdattert in die gleiche Richtung. *Aha!* Anscheinend hatte keiner der beiden mit diesem Besuch gerechnet. Aber wer zum Teufel war das?

Simons Funkgerät, das an seinem Gürtel hing, knackte. Wer funkte uns an? Ich hoffte auf Pierre, aber es klang nicht nach ihm, sondern nach Milo.

»Ich hoffe, es geht euch gut«, drangen Milos Worte leise aus dem Gerät. Sogleich dämpfte Simon den Lautsprecher unauffällig mit der Hand, sodass die Wachen nichts davon mitbekamen. *»Zoe und ich haben Schüsse gehört, daraufhin haben wir über das Konsulat Kontakt mit Interpol aufgenommen.«*

Simon hatte keine Möglichkeit, das Funkgerät zum Mund zu führen, ohne erschossen zu werden. Also ließ er die Hände da, wo sie waren.

»Viel Glück. Over and out«, sagte Milo, dann war die Verbindung weg.

Interpol!

Die Helikopter hatten uns erreicht und schwebten nun vor uns in Augenhöhe über den Strand. Sand wirbelte auf. In dem Chaos ertönte eine blecherne Stimme aus einem Megafon. »Waffen fallen lassen!«

55. KAPITEL

Während der Sand hochwirbelte und uns wie in einem immer dichter werdenden Sandsturm einhüllte, drängten wir uns näher zusammen.

»Interpol ist doch gut«, sagte meine Mutter gerade so laut zu uns, dass wir sie in dem Geknatter hören konnten.

»Wie man es nimmt. Willst du, dass wir alle im Gefängnis landen?«, entgegnete Simon.

»Wenn die Alternative lautet, dass uns Valerie und Thorn für immer spurlos verschwinden lassen, ja!«, gab meine Mutter zu bedenken.

»Fein, dann musst du der Regierung erst recht dein Geheimnis preisgeben.«

»Wir können uns sowieso nicht aussuchen, was mit uns geschieht«, mischte sich nun auch Ethan ein.

»Aber es gibt eine Alternative«, fuhr ich dazwischen, woraufhin sie mich ansahen. Ich deutete durch den aufgewirbelten Sand zum Ende des Stegs, wo Thorns Wasserflugzeug auf den Wellen schaukelte. Im Moment waren allerdings nur die Schnauze und die Propeller in der gelben Staubwolke zu erkennen. »Die Twin Otter.«

Simons Kiefermuskeln mahlten. »Pierre wäre ein guter Pilot, aber der ist auf der Kopernikus.«

»Aber *ich* könnte die Mühle fliegen«, schlug meine Mutter vor. »Pierre hat mir gezeigt, wie man eine DHC-3 Otter steuert.«

»Diese Twin Otter ist aber viel größer«, gab Simon zu bedenken.

»Dann brauche ich eben einen Co-Piloten.«

»Wir müssen es auch nur bis zur Kopernikus schaffen«, sagte Johann. »Allerdings müsste ich vorher die Maschine kurzschließen … das dauert vielleicht.«

»Das ist alles sehr riskant«, knurrte Simon. »Sie werden auf uns schießen und ich möchte nicht, dass jemand von uns verletzt wird.«

»Das möchte keiner von uns«, sagte meine Mutter. »Seid ihr so weit gefahren und habt all das riskiert, um jetzt aufzugeben?«

Sie hatte recht. Es gab nur diese eine Chance für uns.

Nun landeten die beiden Helikopter und der Sandsturm steigerte sich zu einem Tornado. Man konnte nicht mehr die Hand vor Augen sehen.

In diesem Moment trat Dina an uns heran, immer noch mit der Pistole in der Hand. Mir fuhr der Schreck in die Knochen. Hatte sie etwas von unseren Plänen mitbekommen? Vermutlich ja, denn sie griff mit der freien Hand in die Tasche und holte etwas hervor, das sie vor Simons Füße in den Sand warf.

Einen Schlüsselbund!

Simon warf ihr einen dankbaren Blick zu. Dann bückte er sich nach den Schlüsseln und sagte gedämpft: »Tun wir es! Jetzt!«

Wir sprangen hintereinander auf den Holzsteg und

rannten wie die Teufel über die Planken, vollkommen unbemerkt. Alle außer Dina sahen zu den Helikoptern, während die blecherne Stimme weiter aus dem Megafon bellte.

Plötzlich brüllte einer der Wachen. »Sie wollen abhauen!«

»Keine Bewegung!«, tönte es aus dem Megafon.

Ethan erreichte als Erster keuchend die Twin Otter und riss die Tür zum Cockpit auf. Während Simon und meine Mutter einstiegen, hatte Ethan bereits die Frachtluke geöffnet.

Johann schob mich und Ethan hinein und kam dann selbst hinterher. »Anschnallen!« Er knallte die Tür zu.

Ich griff sogleich zum Gurt und klinkte ihn ein.

Meine Mutter zog sich die Kopfhörer aus der Verankerung über den Kopf. »Batterien?«

Simon, rammte den Schlüssel rein und schaltete die Zündung ein. »Eingeschaltet.«

»Elektrische Hydraulik?«

Simon setzte sich die zweiten Kopfhörer auf. »Check.«

»Treibstoffpumpe?«

»Check.«

»Starten Haupttriebwerk!«

»Check.«

»Starten Hilfstriebwerk!«

»Check.«

Wir wurden durchgeschüttelt.

»Klappen auf zehn Prozent, Trimmung auf sechs Prozent!«

»Check.«

»Öl, Tank, Steuer- und Navigationssystem?«

»Check.«

Ich starrte durch die Scheibe zum Sandsturm. Bisher war

uns niemand gefolgt, aber das konnte sich jede Sekunde ändern. Indessen legten Mutter und Simon jede Menge Hebel und Schalter um, einige Kontrolllampen leuchteten auf. Die Rotorblätter wirbelten mittlerweile mit 10.000 Umdrehungen pro Minute, wie ich auf einer der Anzeigen erkennen konnte.

»Keine Sorge.« Meine Mutter legte Simon kurz die Hand auf die Schulter, dann drückte sie den Gashebel nach vorne. »Ist nicht komplizierter, als ein U-Boot steuern.«

Nun sah ich, wie Thorns Leute in Begleitung der Polizisten über den Steg in unsere Richtung rannten. Aber da driftete das Flugzeug bereits vom Steg weg und beschleunigte, sodass das Wasser bis zu den Fenstern hochspritzte. Wir sprangen über die Wellen, dann zog meine Mutter das Lenkrad nach oben. Wir hoben ab. Im Geknatter der Propeller hörte ich Schüsse. Metall knirschte. Zwei Projektile durchschlugen den linken Flügel, die Maschine ruckelte, neigte sich zur Seite und trudelte durch die Luft. Durch das offene Seitenfenster wirbelte der Wind herein. Der Motor heulte auf, alle losen Dinge flogen durch die Kabine. Es wurde turbulent, aber im nächsten Moment waren wir außer Reichweite der Kugeln. Anscheinend hatten wir es geschafft.

Da griff meine Mutter zum Bordfunkgerät. »Ladies und Gentlemen, hier spricht Ihr Captain«, ertönte ihre ein wenig zitternde Stimme über die Lautsprecher in der Kabine. »Ich entschuldige mich für die heftigen Turbulenzen und bitte Sie, die Anschnallzeichen zu beachten. Wir werden in Kürze landen … Captain Ende!«

Meine Mutter steuerte die Maschine direkt zu der Stelle aufs offene Meer hinaus, die Simon ihr beschrieb. Indessen rückte Johann zu mir herüber und tastete mit den Fingern über den Kragen meines Taucheranzugs.

»Was soll das?«, fragte ich ihn.

»Sorry«, sagte er nur und tastete weiter über das Neopren, strich über meine Ärmel und fuhr am Kragen entlang. Dann zückte er sein Tauchermesser vom Fußgelenk und näherte sich mit der Klinge meinem Hals.

»Johann!«, rief ich.

»Still halten!« Er stach mit der Klinge in den Kragen und schnitt den Anzug auf. Im nächsten Moment zog er einen fingernagelgroßen schwarzen, flachen Zylinder mit Kabel, an dem ein silberner Knopf hing, aus dem Kragen. »Ich habe den Sender gefunden.« Mit diesem Ding hatte Thorn uns also abgehört. Johann hielt sich das Mikrofon vor den Mund. »Goodbye, Mr. Thorn«, sagte er und schnippte es durchs offene Seitenfenster.

Daraufhin schnitt er auch Ethan und sich selbst die Wanze aus dem Kragen, und warf nacheinander alle Teile aus dem Fenster.

Ich konnte einen letzten Blick auf die Insel und den Strand mit Milos Motorboot und den beiden Polizeihelikoptern werfen. Soeben stieg ein Hubschrauber hoch, um uns zu folgen. *Verdammt!* Dann verschwand er aus meinem Sichtfeld.

»Wir werden verfolgt«, rief ich nach vorn.

»Hab ich gesehen«, antwortete meine Mutter.

Rasch kramte ich die Kassette aus meinem Neoprenanzug und betrachtete das Band, auf dem sich die Zusammensetzung von Mutters Formel befand. Ohne lange zu überlegen warf ich die Kassette aus dem Fenster. *Tschüss und auf Nimmerwiedersehen!*

Ein paar Atemzüge später konnte ich schon den stromlinienförmigen Rumpf der Kopernikus sehen, der unter der Wasseroberfläche lag. Die glasklaren Wellen funkelten in der Abenddämmerung. Wie ein schlanker Pottwal sahen die Umrisse des U-Boots aus. Nur das Periskop und die Antenne ragten heraus.

Nun beugte sich Johann nach vorne zum Co-Pilotensitz und entfernte auch aus Simons Kragen das Mikrofon. »Pierre, bist du noch da? Wir nähern uns der Kopernikus«, rief Simon indessen ins Funkgerät.

»Ja, Käpt'n«, kam prompt die Antwort. »Ich habe mich schon gewundert, wer da in dem Wasserflugzeug wie eine besoffene Schwalbe auf mich zukommt. Wer ist alles an Bord?«

»Amanda, Johann, Terry, Ethan und ich ...« Simon betrachtete das Abhörgerät in Johanns Hand. »... und eine Wanze.«

In diesem Moment fiel das Flugzeug mehrere Meter tief in ein Luftloch.

»Ich nehme an, die Wanze sitzt am Steuer?«, scherzte Pierre.

»Ha, ha, witzig, Pierre«, rief nun meine Mutter in das Funkgerät. »Ich habe den Kompass und den Höhenmesser verloren.«

»So wie du fliegst, hast du alle Instrumente verloren.«

»Bereit machen zur Landung!«, rief meine Mutter.

Dann setzte der Flieger hart auf und preschte über die Wellen. Wir wurden alle durchgeschüttelt. Die Propeller erstarben, die Maschine wurde langsamer und kam in der Nähe des Periskops zum Stehen.

»Wie kommen wir an Bord?«, fragte ich.

Simon drehte sich zu uns um. »Gute Frage. Pierre müsste den Anker lichten, die Stabilisatoren deaktivieren, die Wassertanks anblasen und das Boot so austarieren, dass der Turm aus dem Wasser kommt, ohne dass die Hydraulik verrücktspielt.«

»Für einen allein ein ziemlich schwieriges Unterfangen«, sagte Johann, »noch dazu, wenn man mit der Technik an Bord nicht so gut vertraut ist.«

Simon presste die Lippen aufeinander. »Aber wenn wir ihm die richtigen Anweisungen über Funk geben, könnte es klappen.«

»Aber so viel Zeit haben wir nicht!« Ethan deutete zum Fenster. Der Polizei-Helikopter, der von der Insel gestartet war, kam mit rasender Geschwindigkeit näher.

»Uns bleibt höchstens eine halbe Minute«, sagte Johann.

Wir alle wussten, dass das viel zu wenig war.

»Okay«, Simon nagte an der Unterlippe. »Dann tauchen wir.« Er schaltete das Funkgerät ein. »Pierre, ist die Tauchluke noch offen oder schon wieder zu?«

»Ja«, antwortete Pierre.

Simon sah uns an. »Was, *ja*?«

»Ja, Käpt'n!«, rief Pierre.

Simon verdrehte die Augen. »Pierre, wir brauchen die Luke *offen*. Wir springen vom Schwimmer des Wasserflugzeugs und tauchen unter den Rumpf. Wir haben keine Atemgeräte mehr und müssen die Luft anhalten.«

»Verstanden. Ich lasse zur Orientierung eine Leuchtboje an einem Seil runter.«

»Danke. Over and out.« Simon warf das Funkgerät auf den Boden, dann sah er uns an. »Wir orientieren uns am Periskop. Die Luke ist genau darunter. Es sind fünf Meter Tiefe. Wir schaffen das.«

Gleichzeitig rissen meine Mutter und Johann sowohl Cockpittür als auch Frachtluke auf. Wir kletterten aus dem Flieger und standen nebeneinander auf dem Schwimmer. Die Wellen klatschten gegen das Flugzeug und durchnässten unsere Schuhe. Zwar war die Maschine ein wenig abgetrieben, trotzdem befand sich das Periskop noch in akzeptabler Reichweite. Allerdings hatten wir keine halbe Minute mehr, wie wir zuvor noch angenommen hatten. Der Helikopter war bereits da. Jede Sekunde wurde das Geknatter lauter.

»Hier spricht Interpol«, ertönte plötzlich eine blecherne Stimme aus dem Megafon. »Dieses Flugzeug wird beschlagnahmt. Ergeben Sie sich!«

»Terry, du tauchst voraus«, befahl Simon. »Du kennst den Weg. Amanda, du folgst ihr. Danach Ethan. Wenn du Probleme hast, hilft dir Johann. Ich tauche zuletzt und sammle euch auf, falls ihr in Schwierigkeiten geratet.«

Aus dem Augenwinkel sah ich, wie Ethan seine Brille abnahm und in der Seitentasche verstaute. Gleichzeitig bellte wieder eine Warnung durch das Megafon. Ich holte tief Luft und sprang, ließ mich wie ein Pfeil mit nach vorn gestreckten Armen in die Tiefe gleiten. Dann machte ich ein kräftiges Schwimmtempo und tauchte am Rumpf der Kopernikus entlang nach unten. Durch das Wasser gedämpft hörte ich Schüsse, aber ich schwamm weiter.

Pierre hatte sämtliche Lampen an Bord eingeschaltet. Durch die Bullaugen fiel Licht, das half mir bei der Orientierung. In etwa drei Metern Tiefe musste ich schlucken, um den Druckausgleich herzustellen, danach tauchte ich tiefer. In fünf Metern Tiefe legte sich ein schwerer Druck auf meinen Kopf. Das Salzwasser brannte in den Augen. Wieder Druckausgleich. Mit Tauchermaske und Atemgerät wäre das kein Problem gewesen, aber so war es eine Herausforderung.

Ich erreichte die Unterseite der Kopernikus, stützte mich am Rumpf ab, um nicht nach oben zu treiben, und hielt nach meiner Mutter Ausschau. Sie befand sich unmittelbar hinter mir und formte mit Daumen und Zeigefinger einen Kreis.

Alles okay!

Ich tauchte unter den Rumpf und sah die blinkende Boje, die an einem mit Gewichten beschwerten Seil unter der Luke durchs Wasser tanzte und im Sekundentakt ein neonweißes Blitzlicht von sich gab. Nur noch drei Meter. Langsam wurde die Luft knapp.

Rasch schwamm ich unter dem Rumpf vorwärts, erreichte das Seil und zog mich daran durch die Röhre zur Luke hoch. Im nächsten Moment durchstieß ich die Wasseroberfläche und schnappte gierig nach Luft. Ich war in der Kopernikus.

Sofort griff Pierre nach meiner Hand und half mir, an Bord zu klettern, damit die nächsten hinter mir auch rasch hereinkommen konnten.

Aber es kam niemand.

Ich wischte mir das Wasser aus dem Gesicht, beugte mich über die Luke und wartete. Zwei Meter unter mir trieb die Boje im Wasser und blinkte. Darunter war das Meer so dunkel wie die Nacht.

Niemand tauchte auf.

56. KAPITEL

Pierre stellte sich an meine Seite und starrte ebenfalls durch die Luke in die Tiefe. Mit angespannten Muskeln umklammerte er den Metallrahmen. »Wo sind sie?«, flüsterte er.

»Sie müssen jeden Augenblick kommen«, keuchte ich, immer noch außer Atem. *Hoffe ich zumindest.*

Da spürte ich, wie etwas laut schnurrend mein Bein berührte. *Charlie.* Ich beugte mich kurz zu ihm hinunter und strich ihm übers Fell. Seine Gegenwart war tröstlich. Aber ich nahm ihn nicht hoch, sondern richtete mich wieder auf und spähte weiter ins tiefblaue Wasser.

Die Sekunden vergingen elend langsam, mit jedem Atemzug schwand meine Hoffnung mehr. Dann sah ich endlich einen Schatten neben dem Blinklicht. Einen Haarschopf. *Meine Mutter!* Sie hielt Ethan am Arm, paddelte mit den Beinen und schoss mit ihm nach oben. Gemeinsam durchstießen sie die Wasseroberfläche.

Während ich Ethan hochhalf, fischte Pierre meine Mutter aus dem Meer. Dicht hintereinander folgten nun auch Johann und Simon. Mir fiel ein Stein vom Herzen.

»Alle munter und gesund?«, prustete Simon, kaum dass er an Bord war.

Alle bejahten, spuckten, röchelten und schnappten gierig nach Luft – und trieften vor Wasser.

»Wir sollten rasch tauchen«, sagte Pierre. »Die Leute im Helikopter schießen immer noch. Sie haben bereits das Periskop und die Antenne getroffen.«

»Du hast recht.« Simon wischte sich das Wasser aus dem Gesicht. »Alle Mann auf ihre Posten … wir verschwinden von hier.«

Alle stoben auseinander. Nur Pierre und meine Mutter blieben einen Moment lang unschlüssig auf der Brücke stehen. Er reichte ihr ein Handtuch. Ich beobachtete die Blicke, die sich die beiden zuwarfen. *Was geht denn hier ab?* Doch im Moment war keine Zeit für eine rührselige Begrüßung.

Aus dem Augenwinkel sah ich, wie Charlie meine Mutter ungläubig anstarrte, den Schweif einzog und sogar einige Schritte zurückwich. Hatte er etwa Angst vor ihr?

»Ethan, Anker einholen!«, rief Simon.

»Aye, Sir.«

»Terry, Tanks fluten.«

»Aye, Sir.« Ich arbeitete an den Armaturen.

»Wir gehen auf eine Tiefe von vierzig Metern«, bellte Simon. »Johann, sieben Grad Neigung. Und alle Lampen aus, wir gehen auf Nachtlicht.«

Schlagartig wurden wir in dunkelblaues Licht gehüllt. Die Kopernikus neigte sich nach vorne und sank steil in die Tiefe. Einige lose Dinge schlitterten über den Boden. Charlie verkroch sich quiekend hinter einer Werkzeugkiste.

»Neuer Kurs?«, fragte Johann.

Mit angehaltenem Atem sah ich zu Simon. Da wir keinen weiteren Taucheranzug mehr an Bord hatten, war die

Gefahr gering, dass Dina uns eine weitere bisher unentdeckte Wanze untergejubelt hatte. Mit viel Glück würden wir auf Nimmerwiedersehen abtauchen können.

Simon betrachtete die Anzeige des Sonars. »Weg von der Insel. Aufs offene Meer. Und zwar so rasch wie möglich.«

Eine Viertelstunde später durchpflügten wir das Mittelmeer in einer Tiefe von neunzig Metern. Simon hatte nur eine Turbine des Kavitationsantriebs dazugeschaltet und das Boot machte halbe Fahrt mit knapp fünfzig Prozent Leistung, da die angeschlagenen Motoren nicht mehr hergaben. Schließlich wollten wir nicht riskieren, dass uns die Kolben um die Ohren flogen und wir absoffen. Unser neuer Kurs: die Straße von Gibraltar. Unser vorläufiges Ziel: in den Tiefen des Atlantiks zu verschwinden.

Ich saß mit frischer, warmer Kleidung im Schneidersitz auf dem Bett in meiner Kajüte. Charlie lag auf meinem Schoß, schnurrte verhalten und beäugte meine Mutter immer noch skeptisch, die neben mir saß. Die Tür war nur angelehnt.

Mutter hatte sich ihr nasses Haar mit einem Handtuch trocken gerubbelt. Sie sah unglaublich hübsch aus. Viel schöner als auf dem Foto, das ich besessen und im Medaillon verwahrt hatte. Ihr Blick war voller aufrichtiger Liebe. Das Medaillon besaß ich jetzt zwar nicht mehr, es lag irgendwo auf der Insel, aber dafür hatte ich jetzt meine Mutter in Fleisch und Blut. Und das zählte tausendmal mehr.

Nachdem sie einige Worte gesprochen hatte, begann Charlie damit, die Vorderpfote auszustrecken und vorsichtig nach ihr zu greifen. Sachte berührte er sie, als wollte er prüfen, ob sie tatsächlich echt war.

Meine Mutter blinzelte eine Träne weg, dann streckte sie

ihre Hand aus und streichelte Charlie. Schließlich schnurrte er laut und rieb seinen Kopf an ihrer Hand. *Ein gutes Zeichen!* Anscheinend war er nicht nachtragend.

»Hier lebst du also?« Meine Mutter sah sich um. »Ein schönes Zimmer hast du aus dieser Kabine gemacht.«

»Es ist nicht aufgeräumt.«

Sie strich mir übers Haar und lachte. »Terry, das war dein Zimmer noch nie.« Sie sah zum Buchregal. »Das liest du, ja?«

Ich nickte. »Ethan hat nur Sachbücher in seiner Kabine, aber ich mag Romane, vor allem die Abenteuer mit Doc Savage von Lester Dent.«

»Hast du gewusst, dass Dent ebenfalls Mitglied im *Explorers Club* gewesen ist, so wie dein Großvater?«, fragte sie.

»Nein.« Ich rückte näher. »Wie war Admiral Nathan West denn so?«

Ich hatte den Admiral nie kennengelernt, da er vor meiner Geburt gestorben war. Ich wusste nur, dass er Simon und meine Mutter adoptiert und gemeinsam mit Johann, der damals in den Diensten des Admirals gestanden war, großgezogen hatte.

»Nun ja, er war ein wenig absonderlich.« Meine Mutter tippte mir auf die Nasenspitze. »Mehr erzähle ich dir ein anderes Mal, wenn wir mehr Zeit haben.« Sie lächelte und in diesem Lächeln lag etwas Geheimnisvolles. »Wie ist der Unterricht mit Johann?«

Enttäuscht ließ ich die Schultern hängen. »Er ist ein strenger Lehrer. Im Moment machen wir Integralrechnung … na ja, wenn wir nicht gerade Festungen stürmen, Menschen befreien oder auf der Flucht sind.«

Eine Weile sah mir meine Mutter tief in die Augen.

»Wirkt das Wahrheitsserum noch?«, fragte ich.

»Ja … ein wenig«, murmelte sie.

Ich sah sie mit fester Entschlossenheit an. »Hast du Finn tatsächlich einmal geliebt?«

Sie atmete tief durch. »Anfangs schon.« Sie legte mir den Arm um die Schulter. »Weißt du, er war nicht immer so ein mieser Kerl. Seine Mutter hat ihn dazu gemacht.«

»Und ab da hast du ihn dann nicht mehr geliebt?«

In diesem Moment sprang Charlie zu ihr hinüber, schmiegte sich an sie, rollte sich auf ihrem Schoß zusammen und begann, fürchterlich laut zu schnurren. Ich musste schmunzeln.

Sie streichelte ihn, dann schüttelte sie den Kopf. »Richtig, danach habe ich jemand anderen kennengelernt.«

In diesem Moment steckte Pierre den Kopf in meine Koje. Am glücklichen Blick meiner Mutter erkannte ich, wer das gewesen sein könnte.

»Pierre«, sagte sie und hielt für einen Moment den Atem an.

»*Bonjour.*« In seinem Gesicht spielten sich gleich mehrere Emotionen auf einmal ab – Freude, Überraschung und Erleichterung – ganz im Gegensatz zu der Wut, die ich und später auch Simon verspürt hatten, als wir meine Mutter zum ersten Mal wiedergesehen hatten. Anscheinend ließ ihr Schicksal wirklich niemanden kalt, aber Pierre war der Einzige, der ihr offenbar gleich von Anfang an verziehen hatte.

Pierre hielt zwei dampfende Becher in der Hand. »Ich wollte fragen, ob ihr heißen Kakao wollt.«

Wir wurden von einem lauten Schnarchen unterbrochen. Charlie zog im Schlaf die Lefzen zurück und zuckte mit einem Ohr. Ich verkniff mir ein Lachen, aber schließlich mussten wir alle drei lachen, weil das Frettchen so herrlich tief und glückselig schlief.

Leise erhob ich mich von der Koje. »Nein, danke«, flüsterte ich. »Aber du kannst dir den Kakao gern mit meiner Mama teilen.«

Ich drückte mich an Pierre vorbei in den Gang und ließ ihn eintreten.

Draußen lief mir Ethan über den Weg. Anscheinend wollte er zu mir. »Komm mit!«, sagte ich. »Gehen wir in die Kombüse. Ich schmiere uns Brote mit Haselnusscreme.« Ich wusste, dem konnte er nicht widerstehen.

Wir ließen meine Mutter mit Pierre in der Kabine allein, denn mir war klar, dass die anderen ebenso Anspruch auf sie hatten, nicht nur ich allein.

Zwei Stunden später hatte jeder zumindest einmal kurz mit meiner Mutter gesprochen – mit Ausnahme von Simon. Aber nachdem der Autopilot die Steuerung übernommen hatte, trafen wir uns alle in der Kombüse.

Johann hatte eine Kanne frischen Kaffee gebrüht, und während Charlie aus einer Schüssel Trockenfutter fraß, hockten wir alle um den Küchentisch herum, um zu beratschlagen, was wir als Nächstes tun sollten.

»Ich …«, begann Simon.

»Bevor du anfängst«, unterbrach ihn meine Mutter, die Simon gegenüber am anderen Tischende saß, »möchte ich wissen, ob du mir verzeihen kannst?«

Mein Onkel dachte nach, dann gab er sich offenbar einen Ruck. »Wenn du mir versprichst, dass es keine Geheimnisse mehr zwischen uns geben wird und wir von jetzt an alle Entscheidungen gemeinsam treffen.«

Sie überlegte nicht lange. »Versprochen.«

Zum ersten Mal seit langer Zeit lächelte Simon. »Dann herzlich willkommen an Bord. Ich freue mich, dass es dir gut geht, und dass wir …«, er räusperte sich, »… mit Ausnahme von Katherine wieder alle vereint sind. So wie früher.« Er drückte Ethans Schulter.

»Es tut mir leid, was mit Katherine passiert ist«, sagte meine Mutter zu ihm.

»Du kannst ja nichts dafür«, sagte Ethan.

»Trotzdem … wenn ihr nicht auf meiner Spur gewesen wärt, würde sie noch leben.« Sie presste die Lippen aufeinander. »Ich versuche, dir ab jetzt eine gute Tante zu sein.«

»Danke.«

Eine Zeit lang herrschte Schweigen, dann räusperte sich Simon. »Du sagtest vorhin in der Villa, dass du herausgefunden hast, wer unsere Eltern waren.«

Meine Mutter nickte. »In den letzten zehn Jahren hatte ich viel Zeit. Ich habe all die Orte unserer Kindheit und Jugend besucht, habe reichlich recherchiert, in alten Akten geblättert und schließlich mit Leuten gesprochen, die sie gekannt haben.«

»Wer waren sie? Und warum haben sie uns in ein Heim gegeben?«

»Sie waren noch ziemlich jung, als sie uns bekamen – unsere Mutter war achtzehn, unser Vater neunzehn –, und dann waren wir auch noch Zwillinge. Sie waren egoistisch, hatten damals große Träume, wollten beide Medizin studieren und hatten jeweils zwei Nebenjobs, um sich die Universität und eine kleine Wohnung leisten zu können. Letztendlich waren sie mit der Situation überfordert. Die Entscheidung ist ihnen gewiss nicht leichtgefallen, als sie uns beide mit einem Brief in einem Korb vor der Tür eines Waisenhauses zurückgelassen haben.«

»Das kann ich mir gut vorstellen«, knurrte Simon.

»Jahre später haben sie ihr Studium beendet und sind

Ärzte geworden. Sie haben zwar erfahren, dass Admiral Nathan West uns adoptiert hat, wir durch Johann eine gute Ausbildung erhalten haben und später ebenfalls Medizin studieren wollten, aber trotzdem hatten sie ein Leben lang ein schlechtes Gewissen. Vermutlich haben sie sich deshalb nach einigen Jahren Krankenhausdienst freiwillig für einen Job in Afrika gemeldet. Sie haben dort als Entwicklungshelfer vielen Menschen das Leben gerettet. Vermutlich war es ihre Art, einen Teil der Schuld wiedergutzumachen, weil sie uns als Babys weggegeben haben.«

Simon seufzte und presste die Lippen aufeinander. »Und woher weißt du das alles?«

Sie atmete tief durch. »Ich habe sie ausfindig gemacht und sie besucht. Tief im Kongo. Ich habe ihnen von dir erzählt. Aber das war nicht notwendig. Sie haben deine Karriere als Meeresbiologe in den Medien verfolgt. Glaube mir, sie sind beide sehr stolz auf dich gewesen.« Sie machte eine Pause. »Du siehst unserem Vater übrigens sehr ähnlich, dein Blick, deine Stimme, dein Ehrgeiz. Du hättest ihn gemocht.«

»Hättest?«, wiederholte Simon. Seine Stimme klang trocken. »Was ist passiert?«

»Sie sind beide gestorben – leider viel zu jung. Eine heimtückische Krankheit, mit der sie sich angesteckt haben, als sie in einem Lazarett einen Ausbruch des Ebolafiebers bekämpft haben.« Meine Mutter ballte die Faust. »Ich hätte sie mit dem Serum retten können, aber zu dem Zeitpunkt hatte ich es schon vernichtet.« Schließlich blinzelte sie eine Träne weg. »Aber ich habe ihnen gesagt, dass wir beide – du und ich – ein schönes Leben haben.« Sie lehnte sich zu Johann und drückte seine Hand. »Dank Johann hat es uns nie an etwas gemangelt und der Admiral hat sich stets wie ein treusorgender Vater um uns gekümmert.«

Von Johann wusste ich, dass der Admiral ein großes Vermögen besessen hatte, wodurch er seinen beiden Adoptivkindern die beste Ausbildung ermöglichen konnte. Außerdem war dieser *Explorers Club* einer der exklusivsten Privatclubs der Welt. Johann hatte mir einmal erzählt, dass unter den Mitgliedern Pioniere, Polarforscher, Taucher, Astronauten, Ozeanografen, Bergsteiger oder Abenteurer waren, so wie Armstrong, Amundsen, Hillary, Heyerdahl, Lindbergh oder Dian Fossey, die sich zum Ziel gesetzt hatten, die Welt zu erforschen. Vielleicht wollten meine Mutter und Simon deshalb auch Forscher werden.

»Woher hatte Großvater eigentlich so viel Geld?«, fragte ich.

»Du weißt davon?«, entgegnete meine Mutter.

Ich wollte bereits antworten, doch Simon kam mir zuvor.

»Wir haben seine Truhe mit dem Bargeld von unserem geheimen Stützpunkt bei den Niagarafällen an Bord genommen – als Sicherheit und Vorsichtsmaßnahme«, erklärte er. »Und wie sich mittlerweile herausgestellt hat, ist das die richtige Entscheidung gewesen.«

»Verstehe …«, meine Mutter sah mich an, »… und nun willst du wissen, woher dieses Vermögen stammt?«

»Ja.«

»Nun, Nathan arbeitete für die kanadische Marine. Die Kopernikus war ursprünglich sein U-Boot, damals noch ohne funktionierenden Kavitationsantrieb«, erklärte sie. »Er war aber auch an anderen streng geheimen Forschungsprojekten der Regierung beteiligt wie dem Bau von Antarktisstationen. Sein Gehalt war enorm, seine Abfindung, als er in den Ruhestand ging, noch höher.«

»Und warum hast du nicht einfach *dieses* Geld für deine Forschung auf Wreck Island verwendet?«, wollte ich wissen.

Meine Mutter lächelte. »Dieses Geld gehörte Simon und Johann. Es war ihr Anteil von Nathans Erbe. Ich wollte es nicht anrühren. Stattdessen habe ich meinen Anteil und den Rest meines Privatvermögens in die Forschung gesteckt. Später brauchte ich dann aber noch eine Million Pfund, um unterzutauchen, und diese Summe hatte mir der Earl of Huntington gegeben.«

Nun verstand ich die Zusammenhänge. Ich dachte an den Earl, den wir auf seinem Schloss in Schottland besucht hatten. Auch in seinem Blut floss das Unsterblichkeitsserum. Traurig ließ ich die Schultern hängen. »Aber das ganze Geld nutzt uns jetzt nicht viel.«

»Terry hat recht«, sagte Simon. »Wir konnten dich zwar retten, aber unsere Lage hat sich dadurch nicht wesentlich verbessert. Biosyde und die Genetical Group werden sich zu einem riesigen Mega-Konzern verbünden. Gemeinsam werden sie die Formel rekonstruieren, weiterentwickeln, auf den Markt bringen und noch mächtiger werden. Mit Valeries Kundenliste und ihren Schmiergeldzahlungen werden sich ihre Machenschaften in Politik und Wirtschaft wie die Tentakeln einer Riesenkrake noch weiter ausdehnen. Möglicherweise können nicht einmal die Ermittler von Interpol etwas dagegen unternehmen.«

»Und wir werden nach wie vor wegen Verbrechen gesucht, die wir nicht begangen haben«, fügte Ethan hinzu.

Pierre rieb sich nachdenklich das Kinn. »Und darüber hinaus werden Valerie und Thorn dafür sorgen, dass wir nirgendwo auf diesem Erdball ein ruhiges Plätzchen als Unterschlupf finden können, da wir zu viel über sie wissen.«

»Ja, die nächsten Jahre werden interessant werden«, sagte Simon in einem ziemlich sarkastischen Ton.

Da erinnerte ich mich an diesen alten chinesischen Fluch,

den ich schon lange kannte. *Mögest du in interessanten Zeiten leben.* Ich hatte nie verstanden, weshalb das ausgerechnet ein Fluch sein sollte, doch allmählich begriff ich es. Unsere Zukunft würde turbulent werden, dabei wünschte ich mir doch nur, einfach in Ruhe weiterleben zu können, ohne ständig von einem Abenteuer ins nächste zu schlittern. Unwillkürlich dachte ich an den Unterricht mit Johann, den wir nun schon lange ausgesetzt hatten.

Als ich zu Johann schielte, fiel mir auf, dass er bis dahin gar nichts gesagt hatte. Er wirkte verbissen, starrte auf die Tischplatte und klopfte ab und zu mit dem Finger darauf. *Diesen Blick kenne ich doch!* »Johann!«, sagte ich streng. »Du weißt doch etwas …«

Er sagte nichts, mahlte nur mit dem Unterkiefer, während sein Augenlid zuckte, dann sah er zu meiner Mutter.

»Also …«, sie räusperte sich, »… es gibt da jemanden, der uns möglicherweise helfen könnte.«

Plötzlich wurde es still. Sogar Charlie hatte aufgehört zu knabbern und hob den Kopf. Wir sahen sie alle fragend an.

»Wen?«, wollte ich wissen.

»Wir haben gerade über ihn gesprochen«, antwortete meine Mutter. »Admiral Nathan West.«

»Aber der ist doch tot«, widersprach ich.

Simon beugte sich neugierig über den Tisch und fixierte meine Mutter mit Blicken. »Oder etwa nicht?«

»Nicht … ganz.« Man konnte meiner Mutter förmlich ansehen, wie schwer es ihr fiel, mit der Wahrheit herauszurücken. Allerdings hatte sie versprochen, keine Geheimnisse mehr vor uns zu haben. »Kurz vor seinem Tod habe ich ihm einen noch nicht ganz ausgereiften ersten Prototyp des Serums verabreicht. Ich war dagegen, es am Menschen zu testen, aber es war sein ausdrücklicher Wunsch. Er hatte nichts zu verlieren und wollte mir helfen, durch diesen Selbstversuch zu weiteren Erkenntnissen zu kommen.«

»Du. Hast. Ihm. Dein. Serum. Gegeben?«, rief Simon ebenso laut wie betont, als wollte er sichergehen, dass er das richtig verstanden hatte.

»Ja, er trägt die Null-Serie der Formel in seinem Blut. Danach ist er zu seiner eigenen Sicherheit untergetaucht.«

»Er lebt noch?«, prustete ich los.

Meine Mutter nickte.

Ich sprang auf. »Dann müssen wir ihn finden!«

»Ja, ich weiß«, sagte meine Mutter niedergeschlagen, »aber das Problem ist, er reist viel herum, und ich habe keine Ahnung, wo er sich im Moment aufhält.«

Das sind ja prima Nachrichten! Da gab es mal einen Lichtblick, und schon wurde er wieder zerstört.

Deprimiert ließen wir die Köpfe hängen.

Bis auf Johann. Der räusperte sich und hörte auf, mit dem Finger auf die Tischplatte zu klopfen. »Ich weiß, wo wir Admiral West finden.«

5. TEIL

ALASKA

57. KAPITEL

Zwei Wochen waren seit der Befreiung meiner Mutter und unserer Flucht vergangen. Mittlerweile hatte Simon mehrmals mit Milo telefoniert. So hatten wir erfahren, dass es Milo, Zoe und Orwell gut ging. Nachdem Interpol auf Valeries Insel gelandet war, hatte es viele vorläufige Festnahmen gegeben, und Milo war von den Ermittlern aufs Festland nach Marseille geleitet worden. Nachdem er dort auf dem Kommissariat seine offizielle Aussage gemacht hatte – *er wollte mit seiner Tochter nur einen Ausflug mit dem Motorboot machen, musste auf der Insel notwassern, hatte Schüsse gehört und die Polizei informiert* – befand er sich mittlerweile wieder in seinem Haus auf Santorin.

Für ihn war diese Sache also gut ausgegangen. Allerdings hatten sich unsere Befürchtungen bewahrheitet. Wir wurden immer noch international gesucht. Anscheinend wollte man uns nicht nur wegen Mordes, Einbruchs, Diebstahls, Körperverletzung, Kidnapping und Betriebsspionage drankriegen, sondern wie es schien, waren mittlerweile auch die verschiedensten Regierungen hinter Simons Kavitationsantrieb her. Um einer Anklage wegen Mordes an ihrem eigenen Sohn zu entgehen, hatte Valerie De Boes nämlich einen Deal mit dem Staatsanwalt gemacht, das Geheimnis der Kopernikus gelüftet und das U-Boot einigen interessierten hochrangigen Militärs schmackhaft gemacht. Und die gierten nun darauf, es in die Finger zu kriegen.

Außerdem hatte sich wohl herumgesprochen, dass meine Mutter noch am Leben war, was uns für einige Firmen, Behörden und superreiche Leute noch interessanter machte. Insgesamt hatten wir also viele gute Gründe, uns unauffällig und ruhig zu verhalten, um weiterhin unentdeckt zu bleiben. Aber da, wo wir uns im Moment befanden, würde uns sowieso niemand so rasch finden.

Wir hatten mit der mittlerweile ziemlich angeschlagenen Kopernikus im Not-Betrieb die Beringstraße erreicht, jene Meerenge im nördlichen Pazifik, die Alaska mit Russland verband. Auf einer der vielen Halbinseln Alaskas befand sich das sogenannte *Bering Land Bridge National Preserve*, ein riesiges Naturschutzgebiet. Der nördlichste Punkt, Kap Espenberg, lag nur wenige Kilometer über dem nördlichen Polarkreis. Diese Gegend war nach Karl Espenberg benannt worden, einem Arzt, Forscher und Entdeckungsreisenden. Von diesem Kap aus waren wir mit der Kopernikus in den Kotzebue-Sund getaucht, einen fischreichen Fluss, der ins Landesinnere Alaskas führte und mit hohen Felswänden zu beiden Seiten einem Fjord glich.

Fast niemand wusste, dass ein Teil dieses Naturschutzgebietes, das sich am Ende des Fjords befand, seit fünfzehn Jahren in Privatbesitz war. Und genau dort, an einem Steg an der verschneiten Küste, legten wir an einem Sonntagnachmittag mit dem U-Boot an. Neben den Holzpfosten lagen einige Kajaks vertäut. Wir luden unser Gepäck aus und machten uns zu Fuß auf den Weg.

Der schmale Bergpfad zum Gipfel des Admiral Nathan West Peak hinauf war ziemlich steil. Er war zwar nur dreihundertfünfzig Meter hoch, aber die Luft war kristallklar, auf der Schattenseite der Felsen lagen Fetzen absolut reinen weißen Schnees und man konnte schauen, so weit das Auge reichte. Die Sonne wärmte mein Gesicht, und da zum Glück kein Wind ging, kamen mir die null Grad gar nicht so schlimm vor.

Gegen Abend, als die untergehende Sonne den Himmel orange färbte, als hätte sich ein Eimer Farbe gleichmäßig über den Horizont ergossen, erreichten wir direkt an den Klippen eine Lichtung im Wald. Charlie lief ständig voraus, als kenne er den Weg. Hier lag ein dreistöckiges Haus. Das Erdgeschoss war massiv gemauert, darüber befand sich ein großes Blockhaus mit Spitzdach, unter dem viele Außenlampen brannten. Ringsum verlief ein großer Balkon, und an der Nordseite ragte ein mächtiger Schornstein in den Himmel, aus dem Rauchwolken stiegen.

Das Haus war beinahe so hoch wie die Bäume, die es umgaben. Daneben gab es noch eine Art Garage, vor der zwei Schneemobile mit breiten Kufen standen. Die vereisten Stufen führten zu einer überdachten Veranda. Obwohl es so hoch im Norden abends länger hell blieb, wies uns eine Lichterkette, die um die Holzbalustrade geschlungen war, den Weg durch das Zwielicht. Auch hinter den Fenstern brannte Licht.

Als ich auf der Veranda stand, klopfte ich mir den Schnee von Hose und Schuhen und wischte danach mit dem Ellenbogen ein Guckloch auf einer der Fensterscheiben. Dahinter sah ich einen gemütlich eingerichteten Raum mit dickem Teppich, Holzmöbeln, einem Sofa mit Sitzkissen und einem Kronleuchter aus Holz, der an einem mächtigen Querbalken hing. Im gemauerten Kamin knisterte ein Feuer, dessen Wärme ich nach diesem Fußmarsch schon dringend brauchte.

Während ich aufstampfte und mir die Arme um den Körper schlang, um mich warm zu halten, pochte meine Mutter an die Tür. Licht ging hinter dem kleinen Fenster neben dem Türstock an. Im nächsten Moment klimperte ein Schlüssel im Schloss, ein Riegel wurde zur Seite geschoben und die Tür schwang auf. Ein Schwall angenehmer warmer Luft drang aus dem Haus nach draußen.

Vor uns stand eine ältere kleine Frau mit ovalen dunklen Mandelaugen und einem freundlichem Lächeln, die uns hereinbat. »Willkommen, mein Name ist Anuk, ich bin Nathans Lebensgefährtin. Er erwartet euch bereits.« Sie gab uns die Hand und wischte sich lächelnd eine schwarze Haarsträhne aus dem Gesicht. Über ihrem weißen Pullover mit typischen Eskimo-Motiven baumelten zwei lange schwarze Zöpfe.

Wenn das tatsächlich Admiral Nathan Wests Frau war, dann war sie sozusagen meine »Großmutter« – allerdings war sie ganz anders als meine wirkliche Großmutter, die so eiskalt und Furcht einflößend war.

Aufgeregt, mit wild pochendem Herzen, trat ich ein. Im Vorraum legten wir unsere Rucksäcke, Jacken und Mützen ab, schlüpften in warme Pantoffeln und gingen weiter ins Wohnzimmer. Dort erwarteten uns prasselndes Kaminfeuer und der Geruch nach Tannenzapfen. Mächtige Dachbalken durchzogen die Decke, und an den Wänden hingen Gemälde und viele Bücherregale.

Schließlich kam uns aufrecht ein großer Mann mit Stock entgegen, den er vermutlich nur zur Zierde verwendete.

»Meine Güte«, entfuhr es Simon, »er ist es wirklich.«

»Vater!« Meine Mutter lief ihm entgegen und fiel ihm in die Arme.

Der Mann gab ihr einen Kuss auf die Wange, machte noch einen Schritt auf uns zu, blieb dann stehen und musterte uns der Reihe nach. Ich nutzte die Gelegenheit und betrachtete ihn ebenso neugierig wie er uns. Er trug eine Flanellhose, ein kariertes Hemd mit aufgerollten Hemdsärmeln und eine schwarze Weste darüber. Außerdem trug er eine Mütze, mit der er wie ein ausrangierter alter Seebär aussah. Viele Falten durchzogen sein Gesicht. Er war ja auch über neunzig Jahre alt, wirkte aber immer noch mopsfidel. Am meisten beeindruckten mich jedoch sein spitzer Kinnbart und der dichte graue Schnauzbart, der an den Enden wie eine Schnecke aufgerollt war.

»So, so, die Familie West also«, brummte er mit sonorer Stimme. Mit gütigen, warmherzigen Augen betrachtet er zuerst Johann, danach Simon, warf einen erstaunten Blick auf Charlie und danach einen interessierten Blick auf Pierre. Schließlich lehnte er seinen Stock an einen Ohrensessel und stützte sich auf die Knie. Mit leicht vorgebeugter Haltung sah er Ethan und mich an.

»Beim heiligen Klabautermann, wahrhaft prächtige Enkelkinder seid ihr geworden.« Er tippte mir auf die Brust. »Du musst Ethan sein, richtig?«

Mir blieb das Herz stehen. Unsicher schielte ich zu Simon. Der verdrehte nur genervt die Augen, als wollte er sagen: *Jetzt geht das wieder los.*

»Ich mach nur Spaß, Kleine«, brummte Admiral West. »Kommt mit, ihr beiden, ich zeige euch meine Bibliothek.« Er packte Ethan und mich an den Schultern. »Anuk bereitet in der Zwischenzeit unser Abendessen vor. Ihr habt doch nichts gegen zartes Robbenfleisch und saftige Rentiersteaks, oder? Nein, war nur Spaß. Es gibt Fisch.«

Anuk lächelte mir zu und tippte sich mit dem Zeigefinger

unauffällig an die Stirn, als wollte sie mir zu verstehen geben, dass ihr Mann ein merkwürdiger Kauz war, der nicht mehr alle Tassen im Schrank hatte, und ich mir keine weiteren Gedanken darüber machen sollte.

»Und Johann!«, rief der Admiral. »Mach dich nützlich und hilf ihr.«

»Ja, Sir«, krächzte Johann. Ich sah, wie seine Augen wässrig wurden. Anscheinend übermannten ihn gerade alte Erinnerungen.

Dann drängte uns der Admiral aus dem Raum, und Charlie, der wohl dachte, dieses Haus gehörte ihm allein, lief eilig voraus.

58. KAPITEL

Das Haus war der Wahnsinn! Im Keller gab es zwei riesige Erdwärmepumpen, die die Villa – so musste man sie wohl nennen – und die Nebengebäude mit Strom versorgten. Zudem wurde Strom über einen Wasserfall produziert, der vom Gebirge herunterkam, und mittels einer Batterie Sonnenkollektoren, die sich auf der angrenzenden Hochebene befanden.

Admiral Nathan West hatte dieses Grundstück vor fünfzehn Jahren der amerikanischen Regierung abgekauft und aus dem ehemaligen Verwaltungsgebäude des Naturschutzgebiets, das ursprünglich viel kleiner gewesen war, diesen gewaltigen Wohnsitz gemacht. Hier lebten Nathan und Anuk völlig unabhängig von der Außenwelt, und es mangelte ihnen an nichts. Sie waren zwar nur zu zweit, aber das Haus hatte drei Bäder und fünf Gästezimmer, eine finnische Sauna, Whirlpool, Billardzimmer, eine gewaltige Bibliothek, einen TV-Raum, zahlreiche Werkstätten, eine Funkstation, gewaltige Vorratslager, eine große Küche und drei Wohnräume. Ein wenig erinnerte es mich an ein luxuriöses Hotel mitten in den Rocky Mountains.

Täglich machte Großvater Nathan, wie Ethan und ich ihn ab sofort nennen durften, Ausflüge mit der Angel und dem Kajak, dem Schneemobil oder zu Fuß mit den Schneeschuhen, um sich fit zu halten. Brennholz schlug er selbst im Wald. Er war immer schon ein Abenteurer gewesen und hatte sich hier im Lauf der Jahre seinen eigenen Traum verwirklicht.

Nachdem wir unsere Runde durchs Haus fast beendet hatten und jetzt wieder zurückgingen, lief Charlie ständig zwischen unseren Beinen hindurch.

»Ist dieses Wiesel eigentlich stubenrein?«, fragte Großvater Nathan.

»Charlie ist ein Frettchen«, erklärte ich ihm. »Ich habe ihn, seit ich …«

»Ich weiß, ich mache nur Spaß«, unterbrach er mich. »Er ist so alt wie du. Woher ich das weiß? Ich bitte dich! Kurz vor meinem *Tod*«, sagte er mit gedämpfter Stimme und setzte das Wort mit den Fingern unter Gänsefüßchen, »war deine Mama mit dir schwanger. Achter Monat. Da hat sich dieses kleine Frettchen aus dem Wald vor meine Eingangstür verirrt. Damals war das Haus noch nicht so groß wie heute, ich hatte erst damit begonnen, es umzubauen. Jedenfalls war das Frettchen jung, offenbar elternlos und wäre draußen vermutlich eingegangen, aber Johann hat es gerettet. Und so wurde es ein Teil deiner Familie.«

»Dann kennt Charlie dieses Haus?«, fragte ich.

»Zumindest die ursprüngliche Version davon.«

»Und ja, er ist stubenrein«, fügte ich hinzu.

»Ich weiß, Johann hat es ihm beigebracht.« Großvater deutete in das Spielzimmer. »Spielt ihr eigentlich Billard?«

Ich schüttelte den Kopf, aber Ethan rief ein erfreutes: »Ja, Sir!«

»Wie wäre es mit einer Partie nach dem Abendessen?«

»Gerne, Sir … äh, ich meine, Großvater Nathan.«

»Fünfzig Dollar Einsatz, mein Junge, der Gewinner kriegt alles, der Verlierer muss einen Monat lang Holz machen«, sagte Nathan, dann boxte er Ethan in die Seite. »War nur Spaß, die erste Partie ist nur ein Übungsspiel, erst danach spielen wir um richtiges Geld.«

»Äh … ja, Sir.«

»Ha, ha, nein, war nur ein Scherz, ich spiele mit Kindern nicht um Geld.« Er lächelte. Wir kamen an der gut bestückten Hausbar vorbei. »Terry, möchtest du vor dem Abendessen ein Glas *Glenmorangie Pride*? Der Whisky wurde 1974 destilliert, mit 52% Alkohol. Von dieser Edition gibt es weltweit nur 504 Flaschen. Gut für die Durchblutung.«

»Gern, ich nehme einen Doppelten ohne Eis.«

So ernst, wie ich das gesagt hatte, nahm er mir das tatsächlich ab. Er kniff die Augenbrauen zusammen. »Wie bitte?«

»Ach, war doch nur Spaß«, nahm ich ihn auf die Schippe.

»Ha, du gefällst mir. Bist genauso albern wie ich.« Er kniff mich in die Wange. »Kommt, gehen wir zurück.«

Ein wenig schrullig war er schon, trotzdem mochte ich ihn. »Ist es hier nicht verdammt einsam, so ganz allein?«

»Anuk und ich sind hier zwar *allein*, ja, aber nicht *einsam*. Das ist ein gewaltiger Unterschied. Anuk hat Kontakt zu ihrer Familie, einem Stamm der Inuit, der in Alaska und Grönland lebt, und ich habe noch Kontakt zu meinen Kollegen vom *Explorers Club*.«

Und das, obwohl er vor fünfzehn Jahren seinen eigenen Tod vorgetäuscht hatte? Erstaunt hielt ich für einen Moment den Atem an, doch dann entspannte ich mich. »Du machst nur Spaß, richtig?«

»Was? Nein! Wie kommst du darauf?«

»Die wissen tatsächlich, dass du noch lebst?«

»Natürlich, wir haben keine Geheimnisse voreinander, so funktioniert dieser Club. Sie haben beim Ehrenkodex des Clubs geschworen, dieses Geheimnis mit ins Grab zu nehmen. Und seit fünfzehn Jahren kann ich mich auf dieses Wort verlassen – und glaube mir, niemand würde es wagen, den Kodex zu brechen.«

Wir kamen auf dem Weg zum Wohnzimmer wieder an der Bibliothek vorbei, wo eine gerahmte Wandtafel hing, auf der die Namen einiger der berühmtesten Mitglieder zu lesen waren.

»Wäre es nicht möglich, dass auch meine Mama und Onkel Simon Mitglieder werden?«, fragte ich.

Großvater Nathan lächelte. »Ein Beitritt in diesen elitären Club, so wie du dir das vorstellst, ist nicht so einfach. Mindestens zwei Mitglieder müssen für einen neuen Anwärter bürgen, und dieser muss nachweisen, dass er sein Leben der Forschung widmet.«

»Aber das …«, begehrte ich auf.

Er tippte mir auf die Nase, wie es meine Mutter auch manchmal tat. »Sei nicht so ungeduldig, Küken.«

Küken, pah!

Wir erreichten das Wohnzimmer. Großvater Nathan verschwand in sein Arbeitszimmer, wo er noch kurz zu tun hatte, während Anuk, Johann und Pierre bereits den Tisch deckten. Es roch herrlich nach gebratenem Fisch. Simon und meine Mutter standen beim Fenster, unterhielten sich gedämpft und blickten dabei in die sternenklare Nacht hinaus.

Nachdem wir alle gemeinsam gegessen hatten und Johann nun Kaffee und Kuchen servierte, steckte sich Nathan eine elektrische Pfeife an. Der Geruch nach Minze zog durch den Raum. Charlie lag vor dem offenen Kamin auf einem dicken Teppich, wälzte sich herum und gickerte wohlig.

»Ich nehme an, du weißt, warum wir hier sind«, leitete meine Mutter nun den ernsten Teil des Gesprächs ein.

Nathan kaute an seiner Pfeife. »Ihr braucht Hilfe.«

»Ja, und leider nicht zu knapp«, sagte meine Mutter. »Du hattest doch immer gute Kontakte zu Gott und der Welt.«

»Die habe ich immer noch.«

»Ja, ich weiß.« Meine Mutter sah zu mir; ich hatte ihr kurz zuvor vom *Explorers Club* erzählt. »Die Frage ist, ob uns jemand von denen helfen kann … und will.«

Nathan nickte nachdenklich. Obwohl er zuvor ständig merkwürdige Späßchen gemacht hatte, wirkte er jetzt völlig ernst und hoch konzentriert. »Mit all dem Wissen, das ihr besitzt – auch über die Machenschaften von Biosyde und der Genetical Group, und was das Geheimnis der Kopernikus betrifft –, könnt ihr unmöglich in die Öffentlichkeit treten. Das ist viel zu gefährlich geworden.« Er dachte nach und wählte, wie es schien, seine nächsten Worte mit Bedacht. »Ihr könnt nicht in euer altes Leben zurückkehren. Nicht nach all dem, was vorgefallen ist.«

»Das kommt jetzt nicht gerade überraschend«, sagte Simon ziemlich niedergeschmettert.

»Nun, ich habe schon lange befürchtet, dass diese Situation eines Tages eintreten könnte«, sagte Nathan. »Es war nur eine Frage der Zeit, wie lange es gut gehen würde, dass du, Amanda, unter deinem Decknamen unerkannt von einem Unterschlupf zum nächsten reist.«

Ich kannte diesen Decknamen – *Samanta Dew* war ein Anagramm ihres Namens gewesen.

»Und daher …«, seufzend richtete Nathan sich auf, »… habe ich meine Beziehungen zum Club spielen lassen.

Ihr beide wisst, dass man sich auf diese Mitglieder verlassen kann. Schon damals haben sie Amandas medizinische Forschungen beobachtet und ebenso Simons wissenschaftliche Forschungsreisen. Als sie kürzlich erfuhren, dass Amanda in Wahrheit noch lebt, holla, da war die Aufregung groß.« Er hob die Arme und wedelte durch die Luft.

»Das hast du ihnen verraten?«, rief meine Mutter entsetzt.

»Was blieb mir anderes übrig?«, entgegnete er. »Du siehst doch, wohin euch euer Kampf, ganz allein als Außenseiter und Einzelgänger, geführt hat. Ihr habt nur dann eine Überlebenschance, wenn ihr eine gewisse Unterstützung findet. Und die bekommt ihr, wenn ich es mir so recht überlege, nur vom Club. Wem wollt ihr sonst vertrauen?«

»Aber um Mitglied im Club zu werden, braucht man mehrere Bürgen und dann folgt ein jahrelanges Auswahlverfahren«, sagte Simon resigniert. »So viel Zeit bleibt uns nicht.«

Großvater Nathan kaute am Stiel seiner Pfeife, dann griff er zu einer Mappe, die auf einem Beistelltisch lag, und schlug sie auf. Darin befand sich ein dicker Packen Zettel. »Nun ja, da hast du ausnahmsweise einmal recht, mein Sohn.« Er verzog das Gesicht. »So ein Antrag wird bestimmt nicht einfach. Aber nanu …«, er blätterte durch die Seiten, »binnen zwei Stunden lagen mir über fünfundsiebzig Bürgschaften für dich vor, mein Junge. Und für Amanda …« Er zuckte mit den Achseln. »… waren es sogar zweiundachtzig.«

Zweiundachtzig?

Ich hielt den Atem an. Jeden Moment rechnete ich mit einem *Ich mache nur Spaß*, aber das kam nicht. Er meinte es völlig ernst.

»Aber wie …?«, krächzte Simon. Er war tatsächlich

sprachlos und räusperte sich. »Aber wie hast du das hinbekommen? Und wie stellst du dir unsere Zukunft vor?«

Nathan nahm die Pfeife aus dem Mund und klopfte mit dem Stiel gegen die Zähne. »Ich habe eure Situation ausführlich mit dem Direktor des Clubs besprochen. Scheint so, als gäbe es nur einen Ausweg – und zu diesem würde ich euch ehrlich gesagt auch raten.«

Anuk kam aus der Küche, setzte sich an Großvaters Seite und legte ihre Hand auf seinen Arm. Wir sahen die beiden gespannt an.

»Ihr müsst euren Tod vortäuschen«, sagte Großvater.

»Schon wieder?« Meine Mutter sah uns entsetzt an.

»Das ist die einzige Möglichkeit.« Großvater nickte. »Es hat schon einmal geklappt. Und es wird wieder funktionieren – aber diesmal muss es gründlicher vorbereitet und besser organisiert werden.«

»Okay, von mir aus, aber was passiert mit Biosyde und der Genetical Group?«, fragte meine Mutter. »Wir können ihnen doch nicht kampflos die Entwicklung des Serums überlassen! Sie würden es dafür benutzen, schreckliche Dinge anzustellen.«

»Ich habe damit gerechnet, dass du das fragst.« Nathan kramte einen Zeitungsartikel aus der Mappe. »Dieser Bericht wird morgen in der Washington Post erscheinen.« Er zwinkerte mir zu. »Meine Beziehungen erlauben es mir, an manche Informationen etwas früher zu gelangen«, flüsterte er, dann räusperte er sich, klemmte sich den Pfeifenstiel in den Mundwinkel und las mit knarrender Stimme vor. »*Interpol hat mehrere Verhaftungen durchgeführt* … bla, bla … *Valerie De Boes unter Anklage* … bla, bla, … *Benedict Thorn dementiert. Ein Wissenschaftler namens Patrick Hendry* – übrigens auch ein ehrenwertes Mitglied unseres Clubs –, *hat vor der Presse bekannt gegeben, wo weitere Nobelpreisträger gefangen gehalten werden* … bla, bla … *De Boes und Thorn wollen sich rausreden, haben sich gegenseitig die Schuld zugewiesen und den jeweils anderen der schlimmsten Verbrechen bezichtigt* … bla, bla … *Tonnen von Akten und Unterlagen werden nun beschlagnahmt.*« Er sah auf. »Das war's fürs Erste.«

Wir ließen die Worte auf uns wirken.

»Also gut«, sagte Simon schließlich, »wir täuschen unseren Tod vor, tauchen unter und führen unter anderer Identität ein neues Leben. Aber was passiert mit der Kopernikus?«

Unglücklich verzog Großvater Nathan das Gesicht. »Du weißt, dass die SSK 878 früher mein U-Boot bei der kanadischen Marine gewesen ist. Ich liebe diese alte Dame. Doch mit den Geheimnissen, die du entwickelt hast und die in ihren Schaltkreisen und ihrem Maschinenraum schlummern, wird sie zu einer Gefahr für euch alle.«

Ich wusste, was er damit andeuten wollte. Unwillkürlich dachte ich an den roten Selbstzerstörungsknopf in Onkel Simons Labor. Würde er das wirklich zulassen?

Niemand bewegte sich. Einige Sekunden lang herrschte angespannte Stille im Raum. Nur das Holz knisterte im Kamin und Charlie gab ein wohliges Grummeln von sich.

Schließlich rührte sich Simon. Schweren Herzens nickte er.

59. KAPITEL

Noch einmal ging ich eine letzte Runde durch die Kopernikus. Obwohl Charlie mich, wie schon so oft, auch dieses Mal begleitete, war alles doch irgendwie anders.

Das Sonar piepte nicht, die Maschinen arbeiteten nicht, nur die Notbeleuchtung summte einsam an der Decke und warf ihr schales Licht in die Gänge. Hin und wieder knarrte es in den eisernen Verbänden. Und noch etwas war anders als sonst: Das U-Boot war fast vollständig leer geräumt. Als hätte ein gewaltiger Staubsauger alles eingesogen, was nicht niet- und nagelfest war.

Keine Paletten mit Obst standen herum, keine Werkzeugkisten, keine Bekleidung, keine Ausrüstung, keine Vorräte – sogar die Kühlkammer war bis auf die letzte Scheibe Schinken leer.

Ich betrat meine Kabine. Die Wasseroberfläche zerteilte das Bullauge in der Mitte. Es war ein strahlend schöner Tag, und unterhalb leuchtete das Meer azurblau. Die Spiegelung der Wellen wurde an die Wände und Decke geworfen. Charlie sprang auf mein Bett, lief irritiert auf der nackten Matratze umher und schnüffelte an jeder Ecke. Das

Bücherregal war leer, ebenso die Schubladen, der Schrank und der Wäschetrog. Die Kisten mit meinen Büchern, Heften, Stofftieren, meiner Kleidung, dem Computer und allen anderen privaten Sachen befanden sich bereits an Bord des Wasserflugzeugs. So leer hatte ich mein Zimmer noch nie zuvor gesehen. Jetzt merkte ich erst, wie groß meine Kabine tatsächlich gewesen war.

Bloß die Poster von Imagine Dragons, BTS und One Direction klebten noch über meinem Schreibtisch. Einige Ecken hatten sich gelöst und hingen von der Wand. Diese Musik hörte ich schon lange nicht mehr, und ich würde diesen Postern auch nicht nachtrauern – sie gehörten zu meiner Kindheit, und die lag mittlerweile hinter mir. Sicherheitshalber öffnete ich noch einmal alle Schränke, ob ich auch wirklich nichts vergessen hatte, doch überall blickte mir gähnende Leere entgegen.

Ich hörte, wie die Wassertanks geflutet wurden. Die Kopernikus sank einige Meter tiefer. Schlagartig wurde es dunkel in meiner Kabine, als das Wasser über dem Bullauge zusammenklatschte.

»Charlie, komm!« Ich verließ die Kajüte und ging über die Brücke nach vorn zu Simons Labor. Auch dort war alles leer geräumt.

Simon war mit Ausnahme von Charlie und mir der Einzige an Bord – die anderen warteten bereits im Flugzeug. Er sprach gerade über Funk mit Pierre. »Alles Roger dort oben?«

»Bestätige, alles Roger, *mon ami*«, kam prompt die Antwort über den Lautsprecher. »Wir können jederzeit starten.«

»Danke, wir sind gleich oben. Over and out.« Simon schaltete das Funkgerät aus und hängte es an den Haken. Dann sah er mich an. »Bereit?«

Ich nickte. »Bereit, ein letztes Mal von Bord zu gehen, Käpt'n.« Ich führte die flache Hand zum Gruß an die Stirn.

Simon drückte meine Schulter. Dann ging er zu seinem Schreibtisch. Bisher war der Zutritt zu diesem Büro für mich tabu gewesen, doch jetzt sah ich zum ersten Mal seinen Arbeitsplatz aus der Nähe.

Er schob die Glaskuppel zur Seite und steckte den Schlüssel, der an einer Kette um seinen Hals gehangen hatte, in den Schlitz und drehte ihn. Ein Display erwachte zum Leben. Simon stellte den Countdown auf zehn Minuten ein und legte den Finger auf den roten Schalter. Dann atmete er tief durch. »Irgendwelche letzten Worte, Terry?«

»Gute Reise, altes Mädchen.« Etwas Besseres fiel mir nicht ein.

»Gut gesprochen.« Simon nickte. »Gehen wir von Bord.« Er kippte den Schalter.

Der Countdown begann rasant herunterzuzählen.

09:59:40

Wir verließen das Labor.

»Komm, Charlie!«

Das Frettchen blieb noch kurz in dem Raum sitzen, sah sich um, schnupperte hier und dort, doch dann folgte es uns.

Auf dem Weg zur Brücke kamen wir an einer Truhe vorbei. Es war die einzige, die noch an Bord war und auch hierbleiben sollte. Darin befand sich Jerichos Splitter, den wir vor der Küste Wreck Islands heraufgetaucht hatten. Aus einer Tiefe von dreißig Metern. In wenigen Minuten würde dieses Artefakt in die Tiefen des Meeres hinabsinken. *Für ewige Zeiten auf Nimmerwiedersehen!*

Ob dieses Horn, das englische Kreuzritter einst in der Wüste Jerichos gefunden und nach Santorin gebracht hatten, wo Milo Pakalidis es schließlich entdeckt hatte, nun tatsächlich vom Teufel stammte, wie die Legende behauptete, oder nicht, würde wohl für immer ein Geheimnis bleiben.

Jedenfalls war mir die Antwort darauf gleichgültig geworden – ich hatte meine Mutter gefunden und wir waren wieder eine Familie. Die konnten wir auf der Kopernikus, aber auch genauso gut in Alaska oder sonst wo sein, Hauptsache wir waren beisammen. Das war alles, was zählte.

Ich schnalzte mit der Zunge, Charlie sprang auf meine Schulter und ich kletterte mit ihm die Leiter im Turm hinauf. Simon folgte uns.

Draußen empfing mich der raue Wind des Pazifiks, augenblicklich schmeckte ich das Salzwasser auf den Lippen. Ich band mir die Haare zu einem Pferdeschwanz.

Simon kletterte neben mir aus dem Turm. Gemeinsam lösten wir die Leinen, mit denen das Wasserflugzeug an der Kopernikus befestigt war, dann sprang ich auf den Schwimmer des Fliegers, den wir ganz neu gekauft hatten. Ethan und ich hatten ihm an der Seite des Cockpits ein Haifischgebiss aufgemalt.

Charlie hüpfte von meiner Schulter durch die offene Frachtluke an Bord des Flugzeugs und verkroch sich sofort unter einem der Sitze. Johann und Ethan warteten drinnen bereits. Ich schwang mich rein und nahm gegenüber von ihnen Platz.

Da steckte Pierre den Kopf aus dem Cockpitfenster. Er hatte das Headset auf. »Klar zum Start?«, rief er raus.

»Einen Moment noch.« Simon schloss die hydraulische Luke der Kopernikus, dann ging auch er an Bord. »Bereit, Captain.« Er schob die Frachtluke des Fliegers mit einem Knall zu und ließ sich neben mir in den Sitz fallen.

Wir saßen in einer gewaltigen Twin Otter mit großem

Frachtraum und vollem Tank. Die Maschine lag schwer beladen im Wasser. Aber Pierre hatte uns versichert, dass wir über genug PS verfügten. Er wollte den Motor anlassen, doch der hustete nur und erstarb gleich wieder.

»Verdammt, nein!«, rief Pierre entsetzt.

»Was?«, brüllte Simon und blickte voller Panik auf seine Armbanduhr, die ebenfalls den Countdown anzeigte. *Noch zwei Minuten!*

Pierre lachte laut auf. »Nur Spaß.«

»Nicht du auch noch.« Simon verdrehte die Augen.

Pierre lachte immer noch, ließ die Motoren an und der Flieger erwachte zum Leben. Die Rotorblätter drehten sich und die Twin Otter entfernte sich langsam von der Kopernikus. Pierre sah in den Rückspiegel. Ich legte den Sicherheitsgurt an und zeigte ihm mit erhobenem Daumen, dass alles okay war.

Pierre nickte, dann drückte er den Hebel nach vorne. Die Maschine beschleunigte und wir hoben ab. Pierre zog die Otter steil in den Himmel, legte sie schief und drehte eine Runde über die Kopernikus.

Durchs Seitenfenster konnte ich sehen, wie sich ihr langer Schatten unter der glitzernden Wasseroberfläche abzeichnete. Weit und breit um das Boot befand sich nichts anderes als das weite blaue Meer. Wir befanden uns mitten auf dem Ozean in internationalen Gewässern, zwischen Japan, den Philippinen und Papua-Neuguinea.

Unter uns befand sich der Marianengraben. Mit mehr als 11.000 Metern die tiefste Stelle des Meeres, die es auf diesem Planeten gab.

Simon blickte auf die Uhr. »Noch knapp eine Minute.«

Pierre flog mit uns der aufgehenden Sonne entgegen, in Richtung Nord-Osten. Es war die kürzeste Strecke. Wir würden an der Küste Asiens einen Zwischenstopp machen, um aufzutanken, und danach wieder den Fjord erreichen.

Es war ruhig an Bord. Anscheinend zählten wir alle die verbleibenden Sekunden im Geist. Im nächsten Moment hörten wir auch schon eine dumpfe Explosion. Ich blickte durchs Fenster zurück und sah, wie eine gewaltige Wasserfontäne aus dem Meer aufstieg. Die Säule hielt sich einen Moment lang und brach dann in sich zusammen.

Simon sah nicht zurück. Er blickte nach vorne. Die Stimmung an Bord war getrübt. Ich lehnte mich zu ihm rüber und drückte seine Hand. In den nächsten Minuten würde die Kopernikus wie ein Stein auf den Meeresgrund sinken. Danach existierte das Geheimnis des Kalten Fusionsreaktors und des Kavitationsantriebs nur noch in Simons Kopf. Und das Horn würde dorthin verschwinden, wo es am besten aufgehoben war. In die ewige Dunkelheit des Meeres, wo es niemand je würde bergen können.

Da knackte es in den Lautsprechern.

»Ladies und Gentlemen, hier spricht Ihr Co-Pilot«, ertönte die Stimme meiner Mutter aus dem Cockpit. »Wir erwarten auf unserem Flug keinerlei Turbulenzen. Beachten Sie bitte dennoch die Anschnallzeichen. Wir werden erst in einigen Stunden wieder landen. In Kürze werde ich Sie mit Brötchen und kleinen Erfrischungen versorgen. Genießen Sie den Flug … Co-Pilot Ende!«

»Ich hoffe, du kochst besser, als du fliegst«, sagte Pierre.

Nun lächelte sogar Simon.

EPILOG – DREI MONATE SPÄTER …

Ich saß in meinem Erkerzimmer in Großvater Nathans Haus, direkt unter dem Dachboden, und genoss den Ausblick auf den Wald, die Berge und den Felspfad, der zum Fjord hinunterführte.

Dieses Zimmer mit den vielen Dachschrägen war etwas größer als meine Kabine an Bord der Kopernikus. Ich hatte die Möbel ein wenig umgestellt und es mir gemütlich eingerichtet. Nebenan lag Ethans Zimmer. Über ein Ofenrohr, das durch unsere Zimmer verlief, konnten wir miteinander morsen. Aber nicht vor zehn Uhr morgens, denn so lange schlief Ethan. Ich hingegen hatte bis dahin entweder schon ein halbes Buch gelesen oder Johanns Rechenaufgaben gelöst.

Wenn ich nicht mit Großvater Nathan durch den Wald streifte und ihm beim Holzmachen half, erhielt ich Unterricht von Johann. Die üblichen Fächer wie Mathematik, Latein, Physik, Kostenrechnung, Geschichte, Geografie oder Fremdsprachen. Nächstes Jahr würden Philosophie und Psychologie dazukommen. Ich konnte es kaum erwarten, denn dann konnte ich Ethan endlich mit unwiderlegbaren logischen Argumenten beweisen, dass er ein Idiot war.

So gesehen hatte sich gar nicht so viel für mich geändert und ich genoss den Alltag, der mein neues Leben bestimmte. Ich konnte außerdem schon gut Billard spielen und übte mich gegen Großvater in Schach und gegen Anuk in Go. Sie war total nett und brachte mir Kochen, das Stricken von Pullovern sowie das Bluffen beim Pokerspielen bei. Charlie lief die meiste Zeit draußen im Wald herum, kletterte auf Bäume oder tollte durch den Schnee. Für ihn war es ein Paradies. Offenbar trauerte er der Enge der Kopernikus kein bisschen nach.

Jetzt war es kurz nach neun Uhr morgens, an einem Sonntag und damit »schulfrei«. Ich leerte die Kaffeetasse und verkroch mich mit meinem Laptop wieder ins Bett. Auf dem Display hatte ich den Presseartikel einer australischen Tageszeitung geöffnet, der brandaktuell war. Insgesamt las ich ihn dreimal und kannte die Worte inzwischen auswendig.

> **Sydney Morning Herald:** *Wie nun bestätigt wurde, ist die Kopernikus vor drei Monaten bei einem Fluchtversuch durch internationale Gewässer vor der japanischen Küste explodiert und rasch gesunken. Speziellen Tiefensonaraufzeichnungen eines amerikanischen Atom-U-Boots zufolge liegt die Kopernikus vermutlich an der tiefsten Stelle des westpazifischen Ozeans in 11.000 Metern in der Tiefseerinne des Marianengrabens. Mögliche Ursache war ein Brand an Bord, wie ein letzter SOS-Funkspruch vermuten lässt.*
> *Wie vor einigen Tagen bereits berichtet, war das internationale Interesse an der Kopernikus groß,*

da sich sowohl der einzigartige Kavitationsantrieb als auch der revolutionäre Kalte Fusionsreaktor von Dr. Simon West an Bord befanden. Wie Experten nun bestätigt haben, kann das U-Boot in dieser Tiefe unmöglich geborgen werden. Laut Angabe der japanischen Hafenbehörde befanden sich zum Zeitpunkt des Unglücks mehrere Personen an Bord. Wir trauern um die Verstorbenen Dr. Simon West, Ethan West, Terry West, Johann von Clausewitz, Pierre Derancourt und die seit zehn Jahren verschollen geglaubte Dr. Amanda West. Mögen ihre Seelen in Frieden ruhen.

Nun war meine Mutter zum zweiten Mal gestorben. Diesmal höchst offiziell und hoffentlich endgültig. Ich schloss den Artikel und öffnete die Webseite der Washington Post. Dort war soeben ein Nachruf auf Onkel Simon erschienen.

Washington Post – ein Nachruf: *Was unmöglich scheint, muss nicht unmöglich sein. So ließe sich das Leben von Dr. Simon West zusammenfassen. Er war nicht nur Meeresbiologe, sondern auch Forscher und Erfinder. Elternlos aufgewachsen, adoptiert von einem Admiral der kanadischen Marine, wuchs er in Kanada auf, studierte am* Massachusetts Institute of Technology *Physik, danach am* Ozeanografischen Institut Bedford *Meeresbiologie und wurde einer der brillantesten Forscher seiner Zeit.*

Mit seinem U-Boot, der legendären Kopernikus, bereiste er die Weltmeere und revolutionierte die Wissenschaft mit der Erfindung einer Drohne, die

im Flug Wasserproben entnahm, sogleich analysierte und die Daten an die Forschungsstationen übermittelte.
Allerdings verlief das Ende seiner Karriere tragisch. Zu Unrecht von den Behörden beschuldigt, seine Ex-Frau, die New Yorker Anwältin Katherine Gennaro, ermordet zu haben, befand er sich in den letzten Wochen seines Lebens auf der Flucht. Der Beweis seiner Unschuld konnte allerdings erst nach seinem Tod erbracht werden. Das Video einer Überwachungskamera des New Yorker Bürogebäudes belegt, dass Dr. Simon West den Füllfederhalter, mit dem Katherine Gennaro ermordet worden war, nach seiner Anmeldung im Foyer nicht *an sich genommen hat und im Fahrstuhl* ohne *Tatwaffe zu ihrem Büro hinaufgefahren ist. Die Spur zum wahren Täter konnte mittlerweile ausfindig gemacht werden und führt in den Dunstkreis des Pharmakonzerns Biosyde. Weitere Ermittlungen werden folgen. Für Dr. Simon West leider zu spät.*
Er ist er im Alter von 39 Jahren an den Folgen eines tragischen Unfalls im Westpazifik gestorben. Das Meer hat ihn wieder.

Wir wussten bereits, dass Xavier für den Mord an Katherine verantwortlich gewesen war – und egal, was die Ermittlungen noch zutage bringen würden, Xavier hatte seine gerechte Strafe bereits erhalten.

Wichtig war mir vor allem, dass es uns gelungen war, Simons angeschlagenen Ruf zu rehabilitieren. Nachdem wir den Reportern von der Presse eine Kopie des Videos anonym zugeschickt, und die es geprüft und für authentisch befunden hatten, hatte Simon den Nachruf erhalten, der ihm auch zustand.

Wir hatten zwar weder Biosyde noch die Genetical Group zerschlagen können, doch wie wir den neuesten Medienberichten, die täglich hereinkamen, entnehmen konnten, bekämpften sich Valerie De Boes und Benedict Thorn bis aufs Blut. Jeder von ihnen arbeitete verbissen daran, die Formel zu rekonstruieren, doch statt wie ursprünglich geplant mit einer geheimen Absprache zusammenzuarbeiten, entbrannte ein Rechtsstreit zwischen ihnen, der wohl noch geraume Zeit dauern würde.

Außerdem war die chinesische Marine ziemlich sauer auf Valerie, weil sie das versprochene U-Boot nicht hatte liefern können. Dazu kamen auch noch die Prozesse gegen Biosyde und die Genetical Group wegen Entführung, Freiheitsberaubung, Betriebsspionage und Bestechung höchster Regierungskreise, was zur Folge hatte, dass ihre Produktions- und Forschungsstätten vorübergehend geschlossen wurden. Valerie De Boes drohte der Knast und Sidney Stone bekam wegen Beihilfe zur Entführung von dreizehn Wissenschaftlern fünf Jahre Sozialarbeit aufgebrummt.

Wie es aussah, würden die Anwaltskosten der beiden Konzerne astronomische Höhen erreichen. So einen langen Atem hatte niemand. Eines Tages würden ihnen die Gelder ausgehen, dann würden sie sich gegenseitig ruiniert haben und finanziell am Ende sein. Und ohne Mutters Wissen um die beiden geheimen Komponenten der Herstellung würde es auch keine Formel für ein verdammt langes Leben geben. Umso vorsichtiger mussten wir aber sein, damit wir weiterhin unentdeckt blieben. Deshalb wussten nur wenige Menschen, dass wir noch am Leben waren.

Simon stand mit Dina Ramirez in Kontakt. Anscheinend vertraute er ihr. Immerhin hatte sie uns die Flucht von der Insel ermöglicht. Danach hatte sie bei Benedict Thorn gekündigt und war mittlerweile die Kronzeugin der Anklage gegen beide Konzerne geworden. Als Spionin bei Biosyde und als Vertraute Thorns brachte sie viele brisante Details über deren Machenschaften ans Tageslicht.

Ausschlaggebend für ihren Gesinnungswandel war der Moment am Strand der Insel Monique gewesen, als sie mitbekommen hatte, dass sowohl Valerie als auch Thorn unseren Tod leichtfertig in Kauf genommen hätten, einfach nur, um Profite zu machen. Zumindest hatte sie das Simon gegenüber behauptet. Ich jedoch glaubte, dass sie sich auch ein bisschen in Simon verguckt hatte. Wie auch umgekehrt. Was nicht schwer zu erraten war, wenn man den beiden so zuhörte, wie sie heimlich miteinander telefonierten.

Ethan spielte jetzt wieder öfter auf seiner Mundharmonika und die Musik wurde zunehmend fröhlicher. Immerhin stand er mit Zoe in Kontakt. Sie telefonierten häufig, wie ich hören konnte, wenn ich mein Ohr an das Ofenrohr legte – was ich natürlich nur äußerst selten tat. Wenn einigermaßen Gras über die Sache gewachsen war, würden entweder wir Zoe und Milo auf Santorin besuchen oder sie würden zu uns nach Alaska kommen.

Meine Mutter hatte Pierre wiedergefunden und ich freute mich von ganzem Herzen über ihr Glück. Und zwar jedes Mal, wenn ich die beiden eng umschlungen miteinander sah. Wenn ich das richtig interpretierte, würde Pierre ein Leben lang nicht mehr von ihrer Seite weichen. Und ihren Blicken zu entnehmen, war ihr das gar nicht so unrecht.

Und ich?

Ihr fragt euch jetzt vielleicht, wie es mir erging. Nun, ich trauere nach wie vor um meinen Vater. Natürlich habe ich nicht vergessen, was er mir alles angetan hat – aber Johann hat kürzlich einen schönen Satz zu mir gesagt: *Letzten Endes zählt das, was man zuletzt aus seinem Leben gemacht hat.* Und Finn hat mich nicht nur vor fünfzehn Jahren gezeugt, er hat mir zuletzt auch das Leben gerettet. Und ich denke, genau das macht einen wirklichen Vater aus. Vielleicht rede ich mir das auch nur ein, aber im Grund genommen war er gar kein so schlechter Mensch. Am Ende hat er sich für die richtige Seite entschieden.

Jedenfalls steht ein Foto von ihm auf meinem Schreibtisch. Ich habe Mama den Grund dafür erklärt und für sie ist das okay. Pierre hat mir sogar einen schönen Holzrahmen für das Bild gezimmert.

Ach ja … da wir ja hier in Alaska nun eine fixe Adresse haben, kann mir Jake auch wieder Briefe schreiben. Ich habe kürzlich seine Visitenkarte hervorgekramt und ihn angerufen. Er besitzt Thorns goldene Uhr immer noch. Allerdings ist er nicht mehr im Orient-Express, sondern »arbeitet« jetzt auf der Strecke der Transsibirischen Eisenbahn, dieser Gauner. Falls er mal nach Sowetskaja kommt, ist er im Grunde genommen gar nicht mehr so weit von uns entfernt.

So haben wir alle jemanden ins Herz geschlossen. Sogar Charlie hat eine Freundin im Wald gefunden – eine junge Frettchendame mit weißem Fell. Nur Johann hat niemanden. Er begleitet Großvater Nathan oft zum Fischen, aber abends sitzt er manchmal allein auf der Veranda, raucht und denkt an seine alte Heimat und seine adelige Familie in Hamburg. Zumindest erzählt er mir öfter davon, wenn ich mich zu ihm setze.

Und weil ich schon befürchtet habe, er würde vereinsamen,

habe ich ein ernstes Wort mit Simon gesprochen. Seit ein paar Tagen hilft er nun Simon, der an einer neuen Erfindung bastelt. Eine Drohne – wie kann es anders sein. Allerdings kann Darwin II, wie wir sie nennen, entsprechend einem Programm, das Ethan entwickelt hat, Kapseln ganz tief in den Schnee schießen, um das Schmelzwasser der Gebirge zu analysieren, was Rückschlüsse auf den Klimawandel geben soll. Anwendungsgebiete gibt es viele – Nordpol, Antarktis, Grönland, das Himalayagebirge oder der Permafrost Sibiriens. Die ersten interessierten Anfragen sind bereits gekommen. Natürlich entwickelt Simon diese Erfindung nicht unter seinem wirklichen Namen, sondern als Dr. Nemo Twiss. Ein Anagramm von Simon West. Meine Mutter hat ihn auf diese Idee gebracht.

Außerdem hat mich meine Mutter auf die Idee gebracht, meine Erlebnisse niederzuschreiben. Was ich auch seit drei Monaten fleißig tue. Es fehlt nur noch der Schluss. Eine letzte Eintragung. Aber welche?

Nach langem Grübeln sind mir endlich die richtigen Worte eingefallen:

»Von meinem Fenster aus habe ich einen herrlichen Ausblick auf den Wald, die Berge und den Fjord. Alaska ist wunderschön. Und es ist nicht weit entfernt von meinem Heimatland Kanada.

Mama und Pierre haben das Klappern meiner Tastatur durch die Tür gehört. Sie sind soeben in mein Zimmer gekommen und haben mir eine heiße Tasse Milch mit Honig gebracht. Mama trägt einen von Anuks Pullovern. Er steht ihr gut. Es ist schön, Mama so glücklich zu sehen.

Bevor Pierre mein Zimmer verlässt, hat er mit den Fingern gegen das Ofenrohr geklopft. Richtig, es ist ja schon nach zehn. Zeit für Ethan, endlich aus den Federn zu kriechen.

Ethan hat mir übrigens ein Programm auf meinem Notebook installiert, das meine Eintragungen mit einem unknackbaren Code verschlüsselt, sodass nur ich sie lesen kann. Ethan meint, es wäre wichtig, falls mein Computer einmal in die falschen Hände fallen sollte. Denn dann würde jeder unseren derzeitigen Aufenthaltsort erfahren und Großvater Nathan und wir wären nicht mehr sicher.

Das ist auch der Grund, warum wir nur noch ein paar Monate hierbleiben, für den Fall, dass es jemanden gibt, der nicht an unseren Tod glaubt und versucht, uns aufzuspüren. Anfang nächsten Jahres werden wir unter neuer Identität zu einem anderen Quartier aufbrechen: Simon, Ethan, Johann, Pierre, Mama und ich. Dort werden wir auch Dina treffen. Und zwar in …«

Ich tippe unsere neuen Namen und unseren nächsten Wohnort zu Ende und starte mit der Tastenkombination das Chiffrierprogramm. Während Charlie durch den Türspalt in mein Zimmer saust, in mein Bett springt und seine eiskalte Nase an meiner Wange reibt, verwandeln sich die Zeichen meiner letzten Eintragung auf dem Bildschirm.

Auf dem Monitor ist nur noch zu sehen:

»… ÆĦ ǾΨΩ εЖ ҺЮŒϨ ǤǤ₦¥!«

Lächelnd klappe ich das Notebook zu, nippe an der heißen Milch und denke an unsere neue Heimat.

DANKSAGUNG

Viele Jahre habe ich an dieser Abenteuer-Trilogie gearbeitet und nun ist Terry Wests Geschichte zu Ende erzählt. Und auch diesmal gibt es wieder jede Menge Personen, ohne die dieses Buch nicht möglich gewesen wäre.

Dank gebührt Melanie Korte, die die Innengrafik von der Kopernikus so schön umgesetzt hat, Isabelle Hirtz für das wunderbare Coverdesign, mit dem sie Terry und Ethan optisch so gut getroffen hat, Jodie Ahlborn und Achim Buch, die den Figuren in den Hörbüchern ein so kraftvolles Leben eingehaucht haben, meiner Verlegerin Susanne Krebs, meiner Lektorin Tanja Poestges für ihre tollen Anregungen, sowie meinem Literaturagenten Roman Hocke und dem ganzen cbj-Team für ihre großartige Arbeit.

Außerdem möchte ich mich bei meinen Testlesern bedanken, die mir mit vielen guten Ideen zur Seite gestanden haben: meine Autorenkollegen Veronika Grager und Roman Schleifer, meine Lieblingsmalerin Gaby Willhalm, meine Nachbarin Johanna Froihofer, mein Freund Günter Suda, seine Tochter Simone, mein ehemaliger Arbeitskollege Norbert Hufnagl, seine Kinder Tim und Jane Feyer und mein ehemaliger Chef Jürgen Pichler, als ich noch in einem Pharmakonzern gearbeitet habe, sowie meine Frau Heidi, die mir so viel Arbeit abnimmt, dass ich Zeit finde, diese Bücher zu schreiben.

Wie ihr ja bereits wisst, gibt es Charlie wirklich. Allerdings ist er in Wahrheit kein Frettchen, sondern mein kleiner roter Kater, der aber genauso verfressen und neugierig ist wie Terrys Charlie. Sie könnten in der Tat Brüder sein. Während ich das schreibe, döst er gerade zusammengerollt vor der Terrassentür und denkt nicht die Bohne daran, rauszugehen, weil es draußen in Strömen regnet. Es ist das richtige Wetter, um zu überlegen, welche Geschichte als Nächstes kommen könnte.

Deshalb danke ich allen Leserinnen und Lesern, die es mir ermöglicht haben, Geschichten für sie zu erfinden. Das war mir wie immer eine große Freude.

PERSONENREGISTER

Terry	14,5 Jahre, Kanadierin, frech, abenteuerlustig, grüne Augen, Sommersprossen, langes, von der Sonne ausgebleichtes Haar. Lebt bei ihrem Onkel an Bord der Kopernikus.
Charlie	Terrys rotbraunes Frettchen, neugierig, gefräßig, hat seinen eigenen Willen und einen ausgeprägten Orientierungssinn.
Dr. Simon West	Terrys Onkel, Meeresbiologe, Käpt'n des U-Boots Kopernikus, Dreitagebart, braun gebrannt, Shorts, Sandalen und Hawaiihemd.
Ethan	Terrys Cousin, 17 Jahre, hager, strubbeliges Haar, wissbegierig und ein Computer-Nerd, er programmiert u.a. an Bord die Flugrouten der Drohne Darwin.
Johann	Ex-Häftling, glatzköpfig, tätowiert, Boxerstatur, steht schon seit vielen Jahrzehnten im Dienst der Familie West und unterrichtet Terry und Ethan.

Pierre Abenteurer, Taucher, Pilot, Rastalocken, unrasiert, führte ein Touristenunternehmen auf Wreck Island. Hat sich der Familie West angeschlossen.

Kopernikus Ehemaliges U-Boot der kanadischen Marine, jetzt im Besitz von Dr. Simon West, der es mit Fusionsreaktor und Kavitationsantrieb auf 80 Knoten beschleunigt hat.

Valerie De Boes Leiterin des Pharmakonzerns Biosyde mit Sitz auf der Insel Monique vor Marseille sowie des Biosyde Hills Sanatoriums auf Gibraltar.

Finn Ranghoher Mitarbeiter von Biosyde, trainiert, hart, vernarbt, Goldzahn, immer stylisch gekleidet, ihm fehlen zwei Finger an der linken Hand.

Sidney Stone Valeries Sekretärin, jung, hübsch, clever, sie managt Biosyde und ist in alle Geheimnisse eingeweiht.

Benedict Thorn Leiter des Pharmakonzerns Genetical Group mit weitreichendem Einfluss. Stets hell gekleidet, Sonnenbrille im Haar, blond, Erzfeind von Valerie De Boes.

Jake Terrys Brieffreund, 15 Jahre, groß, drahtig, dunkelhäutig, Rastamähne. Mitglied einer Diebesbande auf Tahiti, inzwischen international selbstständig tätig.

Andreas Gruber

Code Genesis

eOnly

Sie werden dich finden
Band 1, 336 Seiten
ISBN 978-3-570-16535-5

Sie werden dich jagen
Band 2, 352 Seiten
ISBN 978-3-570-16536-

Sie werden dich verraten
Band 3, 384 Seiten
ISBN 978-3-570-16537-9

Lass dich nicht schnappen
Exklusives Prequel,
ISBN 978-3-641-26679-0

Terry West (14) ist auf den Weltmeeren aufgewachsen, an Bord des Forschungs-U-Boots Kopernikus. Die Crew: Frettchen Charlie, Terrys Onkel Simon, ihr nerdiger Cousin Ethan sowie Simons treuer Assistent, Ex-Sträfling Johann. Ein Zwischenstopp in Miami, bei dem Terry das Haus ihrer Kindheit aufsucht, in dem sie seit dem mysteriösen Tod ihrer Mutter nicht mehr war, endet böse: Plötzlich wird Terry polizeilich gesucht und ihr Onkel des Mordes bezichtigt. Auf der Flucht rund um die Welt wird ihnen klar, dass sie es mit einem mächtigen Gegner zu tun haben. Jemandem, der sie überall aufspürt – wo immer sie sind …

20295_3

cbj

www.cbj-verlag.de